主编　陆军

飞扬的蒲公英

——上海校园戏剧作品选

上海人民出版社

图书在版编目(CIP)数据

飞扬的蒲公英：上海校园戏剧作品选 / 陆军主编.
上海：上海人民出版社，2025. -- (上海校园戏剧文本
孵化中心 1＋1 丛书). -- ISBN 978-7-208-19373-4

Ⅰ. I230

中国国家版本馆 CIP 数据核字第 2025SR8924 号

责任编辑 赵蔚华
封面设计 张志全

上海校园戏剧文本孵化中心 1＋1 丛书

飞扬的蒲公英
——上海校园戏剧作品选

陆军 主编

出　　版	**上海人民出版社**	
	（201101 上海市闵行区号景路 159 弄 C 座）	
发　　行	上海人民出版社发行中心	
印　　刷	江阴市机关印刷服务有限公司	
开　　本	890×1240 1/32	
印　　张	14.25	
插　　页	5	
字　　数	330,000	
版　　次	2025 年 4 月第 1 版	
印　　次	2025 年 4 月第 1 次印刷	
ISBN 978 - 7 - 208 - 19373 - 4/J・753		
定　　价	78.00 元	

目　录

大师剧

话　剧

马相伯与史量才

编剧　肖　留　陆　军

谨以此剧献给马相伯先生和史量才先生

时　间　晚清,民国

人　物
老　者　90 岁
青　年　实际年龄为中年,但看上去像青年
叙述者甲　与老者年纪相当
叙述者乙　与青年年纪相当
神　父　60 多岁,身材高大,看上去十分虔诚
影　子　50 多岁,光头,穿长袍
甲乙丙丁　由不同年龄段的男性和女性组成,亦可扮演记者和随从

　　从晚清到民国,是风雨飘摇的中华民族命运最灾难深重的年代。"灵台无计逃神矢,风雨如磐暗故园"。爱国、对中华民族命运的担忧,是每一个仁人志士心中无可逃避的共同心愿,他们为了国家和民族命运上下求索、慷慨赴难,永远为后人所铭记。
　　松江泗泾,短短不过几百米的距离,就居住着马相伯和史量才两位杰出的爱国人士。其中马相伯先生是震旦学院、复旦公学(复旦大学前身)的创办者,著名的教育家、政治活动家,在晚清和民国政府中扮演过重要角色,在 9·18 事变后宣传抗战、不做亡国奴,是中国历史上不可或缺的重要人物;史量才是中国近代著名报人和教育家。他主持的《申报》揭露国民党的"攘外安内"的虚伪、积极宣传抗战,为中华民族的士气凝聚作出过不可磨灭的贡献。马相伯和史量才年龄相差四十余岁,历史上有记载的交集并不多,但我们相信,共同的爱国志向让他们息息相通、肝胆相照,为帮助中华这条飘摇的大船走出困境而殚思竭虑、前赴后继……
　　今天,当我们来到上海松江泗泾镇,走进他们生活过的故居,仍然能够感受到他们爱国的拳拳之心和对民族命运的上下叩寻。

［大屏幕上，一组组珍贵的历史图照与影像资料铺天盖地而来……

序

［光起，叙述者甲和叙述者乙。他们身上的以稻草和竹子所制的斗笠和蓑衣，令人联想起与土地、房子有关的事物。甲须发皆白，而乙则是位手持竹竿的英武青年。他们身后有两扇饱经沧桑的木门。

叙述者甲　站着好累，我真想马上倒下来，房子到了我们这样的年纪，早该同大地融为一体了。

叙述者乙　那窝白蚁，它们弄得我好痒；这朵蘑菇，一遇到下雨，就迫不及待想要出头。

叙述者甲　可是，这里的人们不愿意让我们倒下来。他们又是量又是比画，还做了个小模型，我一看：这不就是我吗？他们要抢救我，重新布置我。

叙述者乙　他们把我切掉了一半，说那些完全坏了，不中用了，现在这具身体，有好些不是我的。但是，如果我们能再站上一百年的话,外来的部分也会成为我自己的了。

叙述者甲　我们站在这儿,是想给大家讲个故事。

叙述者乙　一个不大不小的故事。

叙述者甲　它和所有的历史课本都不一样。

叙述者乙　也迥异于我们听到的秘史传闻。

叙述者甲　我们在寻找这样一个人。

叙述者乙　一个能够听完这个秘密的人。

叙述者甲　他不会说:"我不信,我不信!"

叙述者乙　也不会说:"别讲啦,别讲啦!"

叙述者甲　我把这个故事写进每一块砖头。

叙述者乙　我把这个故事藏在了屋檐下。

叙述者甲　树木黄了又绿,每一片窃窃私语的叶子中都有它。

叙述者乙　蚂蚁走走停停,它们扬起的触角中都有它。

叙述者甲　我们必须把故事说出来。它在我们身体里膨胀,吸收了
　　　　　　雨水、阳光而变得沉重。

叙述者乙　如果我们不把这些故事吐露出来,我们自身就会因为承
　　　　　　受不住分量而倒下。

叙述者甲　我们在寻找一个可托付故事的人。

叙述者乙　一个能够完整地听完故事的人。

叙述者甲　他不会如获至宝:"我知道,我知道!"

叙述者乙　也不会如临大敌:"我害怕,我害怕!"

叙述者甲　他不会到处散播:"听我说,听我说!"

叙述者乙　他不会故意卖弄:"你知道吗? 你知道吗?"

叙述者甲　我们讲述的故事,纵然翻遍历史书也找不着记载。

叙述者乙　在所有的文字中都没有踪迹。

叙述者甲　我敢打赌,我们讲的故事,之前是在书上的,后来它们自己逃跑了。

叙述者乙　可能是经不起人们的凝视、质疑、诘问……缺少自信、自感漏洞百出,悄悄溜走了。

叙述者甲　我们在寻找一个合适的人。一个听到秘密不会大惊失色,随后捂着耳朵逃跑的人。

叙述者乙　也不会听到秘密就奇货可居,到处宣扬的人。

叙述者甲　我们讲的,是一个老人和一位青年的故事。

叙述者乙　他们住在同一条街上,相距不过百米。那里的房子外观上很相似。

叙述者甲　它们的烟囱像桅杆,白色的墙体像张开的帆,当黑色的屋脊连在一起时,就像绵延的甲板。

叙述者乙　他们都在类似的环境下长大。

叙述者甲　老人的一生,是一条汩汩流淌的滔滔大河,跟随着一个世纪的风云变幻,虽然波谲云诡,不无险滩,但也瑰异、壮阔、令人目不暇接。既能横刀立马,也能著书立说。世俗之人所向往的功名利禄,于他如探囊取物,他还时时驻步,留意倾听来自苍穹的声音。这样的人生,绝不令人厌倦。

叙述者乙　而青年人的一生,起初只是一条幽咽不通的细流,处处阻碍、处处不顺,后来,他苦心谋划、惨淡经营,凭着坚韧、敬业和一丝不苟,终于让不起眼的细流有了起色,他开始浩浩荡荡,他在这浩荡之中品尝到了人生的壮美,他想象着波涛和海浪的模样,拼着全力把所有的激流喷涌而出,而全然不打算存储一些给未来……

叙述者甲　让我们回到故事的开始,青年只是一股涓涓细流——

叙述者乙	而老人蓦然发现，自己进入了白发丛生的暮年——
叙述者甲	他们第一次见面的时候，就谈到一艘船——
叙述者乙	一艘千疮百孔然而气度仍旧雍容的大船——
叙述者甲	在他们生活的那个年代，谈论大船是不被允许的。
叙述者乙	你在所有的书本和报刊上都找不到它们的身影。
叙述者甲	不仅是船，就连锚、帆和甲板，都是违禁的词语。

1. 学校，汉奸，卖国贼

〔光转，青年和老年。

〔青年叩门。

〔老者斜倚在躺椅上。

老　者	是约翰神父吗？门是虚掩着的，您可以进来。
青　年	（推门而进）是我。
老　者	（坐起来）你？你是谁？
青　年	我叫史量才，泗泾人。我毕业于杭州蚕学馆，那是一所职业学校，并不出名。不过，我也在南洋中学、育才学堂、江南制造局兵工学堂、务本女校任教。
老　者	哦。
青　年	受张謇先生举荐，我还在上海海关清理处和松江盐务局担任过一段时间的公职。
老　者	（不无讽刺地）听起来很上进啊！你身上，似乎有一股熟悉的味道，就好像——

青 年	是中药的味道！我们共同居住过的那条街上的味道！我父亲开过药铺。我们家外面的茶桌上,常年摆着供人免费取用的膏药。它离您母亲的宅子不远,您也许见过这药铺?
老 者	(坚决地)我不记得在没在那里停留过。
青 年	也许您看到我父亲背着药箱匆匆回来,也许您听到树下传来的读书声。
老 者	不,没有。应该不可能,那些日子里我很忙碌,总是有办不完的公务,我还要协助我的弟弟翻译书稿。
青 年	(失望地)哦。可您应该熟悉这药香,您的父亲是个大夫。
老 者	可我家里不开药铺。
青 年	您的父亲乐善好施,他对人很亲切!
老 者	你来找我,就是为了说这个? 说吧,你来找我,为着什么事?
青 年	我需要一笔钱！你是我听说过这附近最有钱的人了！
老 者	钱? 你要钱,是为了读书,为了一张车票,还是为了一身崭新的袍子?
青 年	都不是。我想办一所学校,我已经筹备了一些款子,但还不算多,我需要您的帮助。
老 者	一所学校? (笑)你离开学校还没多久吧? 你想办什么样的学校?
青 年	我知道,您也办学校,一些高级的招收聪明人的新式学校。教他们学外文,操作新式的科学仪器。我没有那样的野心,我只想办一所招收女子的学校。
老 者	女子?
青 年	准确地说,是教女子养蚕的学校。女子能够自食其力,就不会随随便便把自己嫁出去,或者沦落到从事不体面的营生。

老　者　你要做慈善？

青　年　不,不,不是慈善。(边说边拿出计划书)蚕桑对于松江的水土很适合,丝绸也是抢手货,只需要一笔启动资金。我想,靠了蚕桑一项,学校能够自给自足。

老　者　是个人才。还没办学校,就已经想到收益了。

青　年　因为我想办家报馆,我要当个报人!

老　者　报人?

青　年　一家举足轻重的报社,上面刊载举足轻重的新闻,人们争相传阅它的报纸!

老　者　然后,你也会成为一名举足轻重的人物,一个上进的青年。你这样上进的青年,我见得多了。我没钱,你走吧!

青　年　我……我知道,有过许许多多像我这样的青年,他们从您这儿借钱,然后升官发财,追名逐利,辜负了您! 我跟他们不一样! 当然,您不会相信我,我现在也没办法证明自己。您不会知道,办报并不是我最终的目的。对不起,打扰了。

　　　　(欲下)

老　者　等一等! 你刚才说,你办报是为了什么?

青　年　算了,我还是不说了。说了您也不敢听,说不定还要怪我。

老　者　不敢听? 我有什么不敢听的? 只怕你是不敢说。

青　年　那我就说了。我想要找到一艘船,我想在报纸上收集和传播关于它的消息!

老　者　(一惊)你说什么?

青　年　那艘能够搏击风浪,在大海上所向无敌,威风凛凛的大船。

老　者　我不知道你在说什么!

青　年　它是否安然无恙,还是破败不堪? 它在哪儿? 如何才能找到它？他们把它弄到哪儿去了？

老　者　谁让你来的？谁让你问起大船的？

青　年　是我，我自己！我每天都在想着它，我看到的每一幢房子都像大船，每个夜晚，床铺都在我的身子底下动荡不止，我就好像感觉到陆地是一片汪洋大海——

老　者　别说了，别说了！

青　年　我听说，你是唯一到过船上的人，你亲自在海里搏击过，为了这艘船。

老　者　我没有……我不记得了！

青　年　我们脚踏的是陆地，还是一块甲板？我还想要知道，如何成为船员，如何成为大副，如何成为船长！

老　者　不，不，我不能告诉你这些。

青　年　我们确实有过一艘威武的大船，这是千真万确的。只是，许多年轻人不顾父母哀求，他们背井离乡，告别父母，奋不顾身去寻找大船，结果，有的跌死在沟渎里，有的渴死在沙漠里，有的淹死在海里。因为这许许多多的原因，有人害怕了，大船被禁止提起，书上异口同声地说："从来没有那样一艘船"；可又鬼鬼祟祟地说："即使有，那也是很久远的事情了，谁也不能让它重生！"

老　者　不，不要说了！

青　年　可那是写在纸上的谎话，大船一直都有！

老　者　不要再说了，不要再说了！你会招来带有手枪的人的！

青　年　为什么？

老　者　因为这不被允许提起。在一些别有用心的人看来，这是一种有毒的猩红热，它会席卷很多人，让他们看到不该看到的东西！他们的脸会变成赤色,手掌变成赤色,连头发和心也是赤色！就会有一百道火来烤你,一百道河来淹你,还有刺骨的罡风吹散你的皮肉！

青　年　如果能够救大船,我愿意变成赤色！

老　者　你还年轻,还是好好想想蚕桑学校吧。喏,这张支票是给你未来的学校的。

青　年　可是——

老　者　我只能给你这些。关于船,我什么也不知道！

青　年　可我还想聊聊大船。

老　者　不,不！我不想聊什么大船！我从来不知道有船,也不知道什么海岸、礁石！我的世界就在这木屋之内。我累了,你走吧！

青　年　(坚定地)我会找到大船的。

　　　　〔青年离开。

　　　　〔老者望着他的背影。

叙述者甲　(上)老者注视着青年远去的背影。

叙述者乙　就像注视着曾经的自己。他的心里生起一个念头——

叙述者甲　他好像听到了涛声,还有大船的鸣笛声。

叙述者乙　他赶紧祷告、画十字。

老　者　主啊,宽恕我吧！

　　　　〔叙述者甲、乙隐去。

　　　　〔神父上。

神　父　(倨傲地)若瑟,你好啊。听说你要找我,但不知为了什么事啊？

老　者　约翰神父,您好。是啊,我找您的原因,是想把家产捐献给教会,这是我的字据。

神　父	（欣喜地）你是说,你要将家产捐献给教会吗?上帝会奖励你这份虔诚的。来吧,将它交给我吧。
老　者	可是就在十分钟之前,我见到了一位青年,我改变了主意。
神　父	什么青年?你不打算捐献了吗?
老　者	不,不,我仍旧要捐献。可是,我想指定这笔钱的用途。
神　父	你说。
老　者	我将青浦等地的三千亩良田变卖,交给教会,是想办一所学校。
神　父	若瑟,替教会规劝迷途的羔羊,让他们成为上帝的信徒,这是功德无量的事啊。来吧,放心交给我吧,你会如愿的。
老　者	不,不,神父,请听我说完。我还有一些请求。
神　父	你说。
老　者	我希望这所学校既招收孩童,也招收成年人,包括女子。
神　父	女子?增加一些女信徒也不错,那就依你。
老　者	神父,我还有一个请求。学校的课程设置,除了学习我国和外国的语言文字外,还应该崇尚科学、注重文艺。
神　父	要求的是否太多了?按照我的想法,学生们一部《圣经》就够了。虔诚祈祷,上帝会给他们一切的。
老　者	不,不,先学习西方的语言文字,然后自然、天文、哲学,哦,还有先进的工业技术。学生们应该学习天文学、航海学,增添航海的仪器和设备。
神　父	你要这些做什么?这里并没有海,也没有船。
老　者	万一有需要呢?航海是西方最先进的领域之一,西方大学里都有这一科目。
神　父	如果我们一切课程都开设,学生们用什么时间诵读《圣经》

呢? 若瑟,我们是教会学校!

老　者　如果没有基本的头脑,即使把《圣经》倒背如流,也只是更加愚昧。他们会把上帝当成排斥异己的工具,说不定还要以上帝的名义杀人。神父,我想您也不愿意看到这种情况的发生。

神　父　若瑟,以你对上帝的虔诚,你不应该思考这些问题。把捐献交给我吧,上帝会安排一切的。

老　者　如果您不答应我,我就收回捐献。

神　父　什么? 若瑟,你敢出尔反尔吗? 上帝会重重惩罚你的!

老　者　可您说过,您不放弃任何一个替上帝召回羔羊的机会。

神　父　把捐献的字据交给我吧。

老　者　您答应我了?

神　父　(夺过)若瑟,我并没有答应你。

老　者　那您为何还要接受我的捐献?

神　父　作为上帝的代言人,我不会放弃任何一个挽救罪人的机会。即使这条路看上去危险重重、布满荆棘。你们中国,不也说"有教无类"吗?

老　者　神父,您不能这么干!

神　父　我暂时答应您,先教语言文字和科学。但是学校以后怎么发展,一切全凭上帝的旨意!

　　　　〔老者愕然。

神　父　(环顾四周)对了,你捐献的田产中,也包括这幢房子吗?

老　者　不,不包括。这是我母亲住过的房子,是我们家的祖宅。

神　父　也好,你应该给自己留一点东西。好安放你的兴趣。

老　者　我的兴趣?

神　父　听说你喜欢演算数学,还喜欢天文学。回头我会命人送一架天文望远镜来,还有牛津最新的数学教材。

老　者　可是我的请求——

神　父　(语重心长地)若瑟,一个虔诚的教徒,是不可以讨价还价的。(在胸口画十字)他应该毫无保留地将自己的一切奉献给主。

老　者　一切?

神　父　这房子里的一切,你的父亲、母亲用过的物件,你的兄长和弟弟用过的物件,房子里面的房子外面的,甚至你的祖国也奉献给主。主自会赐福你的。相信我,不要跟主讨价还价。

　　　　〔神父下。

　　　　〔老者环视房间,这是他祖辈生活的老屋,他拿起一件旧的物件,珍惜地掸去上面的灰尘,欲放回原处。

　　　　〔叙述者甲上。

叙述者甲　捐献家产办学校,谁能说这不是一件利国利民的好事呢?谁能说这样的事,不会给社会带来福祉呢?这看上去是希望的风帆,能够带领大家乘风破浪去往理想的彼岸。然而你再走下几步就会发现,所谓的宽阔和平直只是幻象,战战兢兢,如履薄冰,稍有不慎,就会粉身碎骨。

　　　　〔某甲、某乙、某丙上。

某　甲　请问,现在是哪一年?(自答)光绪二十八年,也就是公元1902年。

某　乙　甲午海战才过去多久?《马关条约》的割地赔款,债都还清了吗?

某　丙　三千亩田产,这是多少两白银?能买多少军舰、枪炮?

某　乙　如果用它们来武装我们的军队,我们还会节节败退吗?

某　甲　读书和教育那是远水解不了近渴!达官贵人们,哪个不是经纶满腹?哪个不是出口成章、头头是道?那只是满足他们文过饰非的需要罢了。

某　乙　现在的中国,应该把学生从学校里解放出来,多学只是浪费时间,拖延的借口。不然,就要国破家亡了!

〔他们向前一步。

某　乙　为什么不交给中国人呢?

某　丙　外国人到底是外邦、是异族啊!

某　甲　你这不是揭自己的短吗?显得同胞不如人家吗?

某　乙　这种教会学校培养出来的学生,会替咱们中国人说话吗?

某　甲　中国人为什么要学外语?我们认识方块字就够了!你知道茴字有几种写法吗?

某　丙　你捐助外国人就是汉奸、走狗,卖国贼!

某　乙　来呀,我们把他的东西抢走!

某　丙　对,抢走,省得他巴结外国人!

〔甲乙丙各取些物件,隐去。

〔老者摇摇头,苦笑。

叙述者甲　事情常常是这样,你满腔热血做件好事,结果招来许多非议。你呀,常做这种吃力不讨好的事。

老　者　我三岁那年,正好道光跟英国因为鸦片打起来,咱们输了。11岁那年,我一个人到上海,顺路考察了吴淞口的军舰。我才发现,我们之所以输,并不输在船不够坚固炮不够先进上。而是我们带兵的人,跟人家一交手就望风而逃。人家转而用我们的炮台来对付我们,用我们的炮来打我们!

叙述者甲　唉,这些人啊!

老　者　逃跑的人还说自己是拼死奋战,还要为自己申报军功,朝廷乐得报喜不报忧,还给予嘉奖! 这种欺上瞒下,上面只想听好听的、下面只拣好听的说的习气不改,我们的枪炮越厉害,军舰越威猛,也只是为人作嫁衣!(稍顿)爱国不仅仅是演说、游行,写几行慷慨激昂的文字。就好比驾驶一条大船,得懂船、懂水,通晓驾船技艺——到哪天,人们才会明白啊!

叙述者甲　会有一天,你会说出那句著名的话。

老　者　什么话? 我要说哪句话?

叙述者甲　"叫了一百年——"

老　者　我什么也不想说!

　　　　〔收光。

2. 铜子和子弹

　　　　〔光起,叙述者乙。

　　　　〔青年的身影。

叙述者乙　他的学校很成功,后来,他把学校卖掉,改行做了报人。因为报人总是有第一手的信息,这里保不住有大船的信息。他的报纸很成功,他积累起大量的财富。可他常常想到老者,想到自己和其他寻求老者帮助的年轻人。他和他们有什么两样? 他是不是已经忘记了大船? 于是,他的报纸开始刊登船、铁锚,以及其他令人谈起来变色的事件。他的西服后摆像帆一样鼓起来,他感觉自己就像一艘船,可以航行到任何他想要去的地方! 可忽然有一天,他的报社被封禁了。人们劝他,报道一些安全的新闻,比如——

［记者甲上。

某　甲　这是今天的突发新闻! 某地忽降暴雨,劈死蜈蚣精一只,据传其腿有婴孩手臂粗细……这个不行,无稽之谈!

［记者乙、丙上。

某　乙　"神秘富豪为某女星一掷千金,举办盛大游园会。"

某　丙　还有这些呢,"某男坚持不懈买彩票,终中四万元大奖!""富婆重金求子。"像这样的新闻还有许许多多!

某　甲　我们到底有没有能够称得上大事的新闻?

某　乙　当然有。杨杏佛遇刺;中国民主同盟召开大会;总裁派人出使美国,欲与洋人联手剿共……但是,请你想想,我们已经被禁几次了?

［青年上。

某　甲　史先生来了! 史先生,您看今天的新闻!

青　年　让我看看。(皱眉)哦。

某　甲　都是这种新闻! 关门大吉算了!

青　年　(思考片刻)我们要关心新闻背后的新闻。重金求子,这种骗局总是有人中计,是否不劳而获的心理在作祟。彩票这种,百姓生活愈是困苦,这种广告就越是大行其道。某已婚女星那个,我们应该关心,那位富豪的第一桶金,是从哪里来的。那是一种神奇的营养液,但据称检出砒霜的成分。

某　乙　那是剧毒啊!

青　年　可仍旧被称作秘密配方,在市场上畅通无阻。许多人服用
　　　　后目盲。

某　甲　那蜈蚣精那个呢? 难道我们要去调查蜈蚣精的腿,是否有
　　　　婴孩手臂一样粗细吗?

　　　　[众笑。

青　年　(严肃)我们当然要去。我们要去实地勘查,告诉大家根本
　　　　没有蜈蚣精,事实上,暴雨冲垮了堤坝,数千人无家可归。
　　　　如果你进一步调查,会发现蜈蚣精的出处,恰恰是赈灾事务
　　　　部的某要人。你还会发现,每当水灾要发生的时候,都会有
　　　　类似的活灵活现的谣言。

某　甲　您是怎么知道的?

青　年　因为我刚从现场回来,你们看,我的裤腿上还有泥土。这条
　　　　暴雨导致堤坝损毁、百姓无家可归的新闻,必须发,而且是
　　　　现在!

某　甲　好!

　　　　[某甲和某乙下。

某　丙　可是先生,您看。这是报社今天收到的。

　　　　[某丙出示一信封,打开,里面赫然两粒子弹。

青　年　子弹?

某　丙　这分明是一种警告,一种不让我们报道某些新闻的警告。

青　年　(思忖,闻嗅)我好像闻到了海水的味道。

某　丙　海水?

青　年　它一定跟船有关。我要走了。

某　丙　您去哪儿?

019

青　年　子弹来的方向,也是刺杀杨杏佛的地方,阻止中国民主同盟
　　　　成立的地方。那儿一定有我想要的第一手的新闻。

某　丙　您不能去,这很危险!

青　年　(平静地)可我是个报人。

　　　　〔光转,两名记者正等着影子。

　　　　〔汽车声,雷鸣般的掌声。

记者一　他来了! 总裁看镜头! (蹲下拍照)

　　　　〔影子缓步上,他含笑点头。影子掏出一方手帕,拭汗。

记者二　(追上)总裁留步! (单膝跪地,仰拍)

　　　　〔影子慌忙将手背在身后,做出气宇轩昂的姿态。

记者三　总裁往这边看!

　　　　〔记者三几乎趴在地上完成了拍照。

记者一　总裁果然雄才大略,运筹帷幄,我等佩服!

记者二　是啊,今日采访醍醐灌顶,获益匪浅!

记者三　马上回去见刊!

影　子　诸位客气了! (招呼众记者)我们一起来合个影吧。

　　　　〔影子毫无悬念地被拥戴于最中间,合影。

　　　　〔青年上。

　　　　〔众记者一见,随即簇拥着他。

记者一　是史先生?

记者二　史先生,您最近有什么重大新闻?

记者三　史先生可谓海上名流,给我们报社题个字吧!

　　　　〔影子不悦,重咳一声。

　　　　〔众记者迅速散开。

影　子　(矜持地)史先生,我们一起合个影吧。

青　年　（一愣，旋即）好，好的！

　　　　〔他走过去，谨慎地站在一边。

影　子　（招呼）史先生过来一点。史先生比我年长，又是报界巨子，
　　　　怎么能站在下位呢？应该站在左侧，左侧是上位。

青　年　不，我怎么能取代您的位置？这不合适。

记者二　总裁，我看，还是您在中间吧。

记者三　是啊，总裁，您是大众的领袖——

影　子　史先生到中间来。我个人的位置有什么关系呢？人人可以
　　　　坐得。

　　　　〔青年踌躇。

记者一　史先生，恭敬不如从命！

记者二　是啊，总裁诚意相邀……

记者三　史先生，请！

　　　　〔青年听命。

影　子　（环视一番）这才合适嘛。来，拍照。

　　　　〔拍照，众人鼓掌。

影　子　这张照片意义重大，政府与报社联手的态度。我想，史先生
　　　　都明白了。

记者一　当然，政府与报社同在一艘船上，必须同舟共济！

影　子　不！政府是掌舵之人，报社就是政府的喉舌。（假笑）史先
　　　　生，你说是不是？

青　年　总裁，我找您有事。

影　子　正好，我找史先生，也有点事。

　　　　〔众人感觉气氛不对，悄悄溜下。

　　　　〔办公室里只留下青年和影子，气氛顿时变得冷落下来。

青　年　我的报社收到了子弹。而它只是报道了新闻。我不知道报道新闻，为什么要收到子弹。

　　　　〔沉默。

影　子　史先生，我喜欢船这个比喻。我们是在同一条船上。我是掌舵的船长，而你是乘客。我承认这条船破烂不堪、急需改造。我保证你以后不再收到子弹，不过，眼下大敌当前，要紧的是同仇敌忾。

青　年　报社绝不会放弃监督政府的立场。

影　子　不，你无需改变立场，我希望你坚持现有的立场。

青　年　坚持现有的立场？你是说，我们可以报道其他的事，比如生了锈的船钉，还有开裂了的甲板？

影　子　你说什么？你莫不是在做梦吧？看看外面的楼房，马路，车辆，还有一排排的树木。这是陆地，没有海，更没有什么大船。

青　年　可是我知道有大船！正是这些楼房、马路、车辆的存在，才让人们看不到伤痕累累和锈迹斑斑，它们把破败的船体和甲板遮蔽起来了，这些沉重的楼房和马路，也加剧了大船的下沉。湿漉漉的带着海水咸味的老鼠，它们一定是从底舱蹿出来的，它们觉察到了大船在沉，它们想逃到岸上！

影　子　你既然知道甲板，还知道底舱，我想，你八成看了不该看的书。

青　年　为什么不让大家看呢？这样，他们才知道不乱扔果皮纸屑，以免招来老鼠；他们才知道用木板去堵上看到的一切漏洞，他们才知道不要只是把老鼠赶到邻居家，而是要真正地将它们赶到海里！

影　子　一旦让人们知道这条船岌岌可危，你猜人们会怎么办？他们不会想到补船修船，他们第一时间想到的是抱怨和逃跑，你会引发一场骚乱。这件事还是交给有经验的人来做，我和我的助手们——

青　年　不，那不够。你们的目光怎么能够遍及每一处缝隙呢？你们怎么保证他们恪尽职守呢？当疲于奔命的时候，再忠诚的助手也会停下来打瞌睡。就在刚才的短短几分钟内，我看到的老鼠已经不下十只了。船这么大，需要修补的地方如此之多，还要应对随时会来的风暴和无情的海浪，每个人都应该成为大船的守卫。

　　　　［停顿。

青　年　（真诚地）我不认为，人们知道船的情况后会逃跑，相反，每个人心里都不曾忘记船，虽然是碎片式的、残破的，但每个人把心里的碎片拼出来，就可以得到一艘完整的船——威风凛凛、所向披靡，令老鼠们感到畏惧和头疼，它们无论如何，也攻不破这样的大船。单靠你们是做不到的。再说——

影　子　（终于忍不住了）你应该回药店看看了，兴许服上几服中药，治治你脑子里的病——

青　年　我脑子里的病？

影　子　病得不轻。没有什么船，那是你幻想出来的。你为什么不报道其他的东西呢？赈灾游园会，中彩票的失业可怜人，求子的富婆和女明星，对了，还有那只被劈死的蜈蚣精，甚至我的家庭也可以报道。我的妻子有一口流利的英文，她在最正宗的教会学校读过书，她在外交舞台上大放异彩，难道这不值得关注吗?

青　年　你是让我选择性地批评……

影　子　这不是极好的吗?你发你的声,我做我的事。我们都知道彼此的界限在哪里,这种默契很完美,难道不是吗?

青　年　我不知道界限在哪里。

影　子　(厉声)你会知道的。一次不知道,两次不知道,三次不知道,到第四次,我想你会知道了。

　　　　〔沉默。

　　　　〔一个声音在祈祷。

影　子　(叹气,缓和)那是我的太太,她信仰基督。

青　年　她一定不喜欢流血。

影　子　我也不希望。

青　年　我想知道,这艘船到底有多危险?

影　子　这个你不需要知道。

青　年　不,我需要知道,这样我才能估算,我将在多大程度上撒谎。

影　子　如果你看到,你就不能走出这间屋子了。

青　年　为什么?

影　子　因为你会四处传播。

青　年　为什么不允许记者们报道大船呢?这正是报人的职责。我们不能把全船的安危寄于船长和他的大副手里,我们要发动更多的人关心大船。

影　子　那所有人都会变成赤色的!让大船烧起来的赤色!那是可怕的赤色……不,不,我不想看到它!

青　年　让大船烧起来的,并不是赤色,而是黑暗。黑暗让人们看不清大船的危险,看不清火星与陷坑,把大船放到光明之下,就不会发生这样的事情。

影　子　史先生,按照世俗来看,你已经颇为成功了。想当年,您刚
　　　　到上海的时候,口袋里只有十二个铜子。你舍不得坐车,踩
　　　　着泥泞一路走到了大世界。后来,你用这十二个铜子,打下
　　　　了三家报社,一幢自住别墅,两家报社,一条铁路,还有数不
　　　　清的这会长那委员。现在,想必史先生早忘了那几个让你
　　　　发家的铜子了。可我还是收罗了十二个。我将它们作为礼
　　　　物送给你。(递给青年一个匣子,不经意地)这些铜子所用
　　　　的金属,能够锻造几枚子弹?

　　　　〔隔壁的祈祷声。

影　子　你真的应该回药店,回到你父亲的药店,好好治治你脑子里
　　　　的病!

　　　　〔影子隐去。

　　　　〔众记者上。

记者一　你们谈了一些什么?

记者二　我相信,无论什么,新闻价值都极高!

记者一　您手里攥着的是什么?

记者二　铜子,十二个铜子。

记者三　这可是老古董了!

记者一　关于今天的会面,史先生不会只留给《申报》吧?

青　年　不,《申报》不会报道今天的见面。

　　　　〔记者与青年隐去。

叙述者乙　确实如他所说的,这次会面,后人只有猜测。《申报》自己
　　　　没有报道,青年也秘而不宣。也许他本准备哪天讲出来的,
　　　　但他没有想到,留给他的时间只有一个月了——

3. 叫了一百年也不会醒

[光起,叙述者甲。一幢老宅的木门。

叙述者甲　我来继续我的故事。他把家产捐出去,原想获得内心的宁静。可他并没有实现愿望。他的眼前常常浮起一片动荡的海,他的耳边常常听见一种隆隆的声响,他感到有潮湿的飞沫不断地拍打在脸上……任凭他画多少十字都无济于事。他感觉房间随时会裂开,一股巨大的浪潮会把他,还有所有的一切都席卷而去。于是他走出屋子,到学校里去,希望能在人流中驱逐自己的幻想。可动荡不安的感觉更严重了,青年学生们的脸,就像一朵朵跃动在海里的浪花——

[老者与神父。神父带着两个随从,他们捧着一些仪器,看上去庄严不可犯。

神　父　若瑟,听说,你这些日子以来,在跟学生们谈论船和航海?

老　者　主啊,我要坦白,我要忏悔。这些日子以来,我的眼睛很痛,看东西总是迷迷蒙蒙,就比如屋顶上的烟囱,我就会想象成——

神　父　想象成什么?是不是桅杆?

老　者　不,我没有那么说。

神　父　可你说你的眼睛很痛。

老　者　我是说我的眼睛很痛,我看东西看不清楚,房子的屋檐在我面前连成一片——

神　父　就像一条大船的甲板。

老　者　托着它们的大地——

神　父　就像是没有尽头的大海!

老　者　主啊,我要忏悔!

神　父　若瑟,你说了太多违禁的词了。你会给教会带来不必要的
　　　　麻烦。烟囱是桅杆,房子是一艘大船,大地是海,树木是海
　　　　岩和礁石,你们中国人就是在这动荡的大船之上,眺望着海
　　　　岸的,忧心如焚的乘客——但这是错的,是你的灵魂不够坚
　　　　定,被外魔入侵所致。为了减少你对学生的影响,我代表教
　　　　会决定,即日起,你不再参加学校的管理。

老　者　为什么?

神　父　他们只需要读《圣经》就够了。

老　者　您不能这样!学生们不可以只读《圣经》!他们的未来不是
　　　　成为见习修士、修士,终生在教堂中度过。他们终究是要回
　　　　到大海上的!

神　父　又来了!没有海也没有船,我们永远也不会教他们如何航
　　　　海,在海上生存的技能。

老　者　神父!

神　父　我带了一些礼物给你。(吩咐随从)把这些仪器架起来。

　　　　[随从递过一本《圣经》。

神　父　你可以为我们翻译一些《圣经》。

老　者　我翻译很多了!

神　父　那就研究研究数学,也许哪天,你会成为牛顿爵士。哦,还
　　　　有这些显微镜,你会得到意想不到的乐趣。

老　者　我需要一架望远镜!

神　父　不,显微镜就够了。你不需要朝远处看,你已经老了,研究
　　　　你自己的手掌就够了。还有,你不是喜欢敲敲打打吗?这
　　　　是工具箱,锤子、扳手、螺丝刀、虎口钳,应有尽有。你可以
　　　　把房子修修结实,不要让魔鬼进来。

老　者　我需要跟学生在一起!

神　父　你对学生讲的那些话,他们早就听厌了。他们对大船不感
　　　　兴趣,他们学习的是在陆地上筑房盖屋的技艺。

老　者　可大船需要他们,您知道,需要他们。

神　父　(傲慢地)若瑟,作为教会的学校,我们不培养哪一国的国
　　　　民,也不干涉该国政治,我们只为上帝挑选虔诚的子民。从
　　　　明天起,你就在这间房子里反省。

老　者　你要关我禁闭?

神　父　这栋房子就好比你危机重重的灵魂。你是天主教徒,应该
　　　　忘记你的国家,只信上帝的旨意。好好看看这里的一切,把
　　　　这些缝隙加固,不要让魔鬼进来侵蚀你的心灵。

老　者　约翰神父,你才应该向上帝忏悔,你不守信用!

神　父　上帝会支持我的,因为我是神父。倒是你,你的母亲在去世
　　　　的时候都不愿意见你,因为你不够虔诚!

　　　　〔老者愕然。

神　父　好好修理这屋子吧,就像修复你破绽百出的信仰。这是你
　　　　母亲的遗愿!(下)

　　　　〔老者黯然神伤,他打开工具箱,拿出一样样工具。

　　　　〔甲乙上。

某　甲　看看,让我们说中了吧?

某　乙　说不让你给教会,你偏给。

某　甲　振振有词,说西方比咱们先进,说保证不会卖国。可现在,
　　　　人家连你也要扫地出门了。

某　乙　你为什么不说话? 你说话啊!

某　甲　把大好的田产送给外国教会。换了这几样破仪器!

某　乙　这么多倒毙街头的饥民你不关心,你只关心学校! 最后还
　　　　被扫地出门!

某　甲　汉奸!

某　乙　卖国贼!

某　丙　这些破仪器不应该留在这里,应该被砸烂,扔进垃圾堆!
　　　　〔甲夺过他手中的锤子,狠狠扔在地上,啐他,然后扬长
　　　　而去。
　　　　〔叙述者甲上,他捡起锤子,交到老人手里。

叙述者甲　(充满同情)别怪他们,他们只是孩子。有一天他们会后
　　　　悔的。我们还是修理屋子吧,等屋子修好了,它的木板密不
　　　　透风,虫眼也给堵上了,你就可以在这里休息了。(见对方
　　　　不答)你在想什么?
　　　　〔老者愣愣地。

老　者　就在刚才,我的眼前出现一艘大船。

叙述者甲　你又提起了大船。

老　者　我曾经看到过它——
　　　　〔舞台上出现船的投影,优雅、自信。

老　者　不是因为船体不够坚硬,不是因为枪炮没有火力,而是这条
　　　　船病了,生了很重的病! 毒疮、脓肿已经深入到船体内部。
　　　　留着它们,船体迟早烂光。要救这艘船,必须清除掉那些脓

疮,要寻得一些好药!

叙述者甲 (冷静地)你找到药了吗?

老　　者 我找到了,而且重新修理大船的款子也募齐了。可是——

叙述者甲 (冷静地)你怎么哭了?

老　　者 我没有救它!

叙述者甲 为什么?

老　　者 因为有人说,外来的药怎能给大船用? 万一人家想害咱们
怎么办? 还有的说,我从修船中能得一笔大大的好处,我还
许诺了好处给别人——我不愿意听到这样的话。

叙述者甲 (安慰)这是常有的事,做事的人火急火燎,不做事的人指
手画脚。你也不必难过,这样也好,恐怕你把这间屋子全部
拆掉,也修补不好那艘大船。反正你现在在陆地上,一切跟
你无关了。

老　　者 是啊,我跑了,躲得远远的,再也不想考虑大船的事,只想做
个虔诚的教徒。那个时候,我不知道还有二十年的生命,如
果我知道,我肯定不会停下手来! 我自责了二十年。

叙述者甲 别难过,这是常有的事。我们必须明白,把中国叫醒,那
不是嗓门大就可以的。那得有枪,有子弹,这不是你这样的
年龄所适合的。许多年后,你会后悔今天的举措。你会说
出一句话——

老　　者 一句话?

叙述者甲 叫了一百年,也没有把中国叫醒?

老　　者 我……

　　　　　〔老者有些失望,有些落寞。

老　　者 那我就什么也不做等死?

叙述者甲　（同情地）照顾好你自己,让自己健健康康,太太平平。会有别的勇者去救大船的。睡吧!

〔他像哄婴儿一样,将老者扶进一把摇椅,给他盖上一床毛毯。

〔老者睡去。

叙述者甲　他睡得很不安宁,他做了一个梦。他梦见一艘气势非凡的大船。

〔舞台上出现船的投影,优雅、自信。

叙述者　当它劈开波浪从容优雅前进的时候,周围的小船退避三舍,颤抖地闭上眼睛,它夺目的光芒令它们不敢直视,它们在大船的映衬下相形见绌,它们竭尽全力模仿大船,但是,就连它的影子也模仿不到一点。美好、高贵、雍容,一切最好的字眼形容它都不为过。它曾经像天上的太阳和初生的猛虎。每一个人都为能成为它的一员而自豪,它当之无愧是海洋的主人。(停顿)可突然有一天,它变了。变得老态龙钟、缩肩驼背,处处受气、到处挨打,一天天降到奴隶的地位。

〔甲午海战,船体中弹,火光冲天。

老　者　（猛然惊醒)大船……这是你吗? (睁大眼睛)

〔收光。

4. 知晓一切蛀虫,仍不失为房子

〔光起,一幢旧宅,"吱呀"一声,门开了。

〔青年走了进来。他的外表已是中年,但气质仍然是青年。

叙述者乙　在跟影子谈过之后,青年决定急流勇退。他想拥有的一切都拥有了。他回到童年时的药店。四十年前,他从这里走出;四十年后,这是他第一次回来。

〔青年在老屋中徘徊。屋中陈设有柜台、药柜,另一侧是茶桌,桌上有剑,还有一架古琴。

叙述者乙　老宅的药铺许久不营业了。柜台后面的墙上,一排排顶天立地的柜子还在。那些柜子排列着一个个古色古香的抽屉,每拉开一个,里面盛放着烘干的中药材。在高大的黑色柜台后面,童年的他就常常吟诵这些好听的名字——

青　年　(如念童谣,纯粹出于好玩)紫苏、黄荆,玄参、丹皮;黄芪、黄檗,泽泻、茯苓。

叙述者乙　这些药名彼此之间没有任何意义,仅仅是因为念起来好听。

青　年　半夏、贝母,青皮、枳壳;白芷、三七,紫参、桃仁;甘遂、商陆,百合、莲须。

叙述者乙　他喜欢它们由文字构成的颜色,虽然真正的炮制好的草药都是黑不溜秋的,它们熬出的那碗苦汁子更是非棕即黑。

〔青年拿起药包。

叙述者乙　不,不,生活已经够苦了,他想让自己过得轻松一些。

〔青年拿起茶包。

叙述者乙　他重新学着品茶、赏花,在花香果香当中,用芬芳馥郁驱赶走内心的不快。可茶香总带着一缕药香,让他想起白芷,想起远志;而当他想起白芷,就会想起洁白的船帆,当他想起远志,就会想起一艘大船。

　　[青年烦躁地停止品茶。

叙述者乙　他学着舞剑,练习从容不迫、游刃有余、滴水不漏……

　　[叙述者将自己手中的竹竿递给青年,青年以之当剑。

叙述者乙　他的同龄人当中,有人十年前就安排自己适应老年生活,
学着老去。他该歇歇了,一生的事业完成了,还有什么心愿
呢? 谁能像他,在五十岁时就做出如此大的成就? 他应该
学着老去……徐徐微风轻抚着他,丝丝细雨滋润着他,似乎
告诉他,如果你自己慢下来,那么周围的一切也会慢下来。
如果你剑愈舞愈快,那么,你周遭的一切也会变快。风会变
得激烈,它嘶吼着,想要托起什么或者扯破什么,雨也像爆
裂的子弹,将他的脸颊击得生疼,在他的心里留下深深浅浅
的弹痕。

　　[青年手中的剑突然刺向自己,叙述者乙慌忙打掉他手中
的剑。

叙述者乙　您又胡思乱想了! 您还是听听古琴曲吧!

　　[青年木然地坐下。

叙述者乙　他什么也不做、什么也不看。他闭上眼睛,安然不动,将
自己淹没在意境悠远的琴声当中。然而,他听到了流水的
淙淙声,继而演变成雷鸣般的瀑布声,他眼前出现了惊涛
骇浪……

　　[青年突然起立,琴声戛然而止。

叙述者乙　他揽镜自视,肌肉比先前强健,牙齿坚固,精神矍铄,白发
似乎也少了。可他又能干些什么呢? 他似乎返老还童了,
他又想起童年时的歌谣——

青　　年　合欢、远志；白芷、当归。合欢、白芷；远志、当归……

叙述者乙　当他念到白芷时，眼前会浮现一张洁白的船帆，出现帆的意象；念到远志这个名字时，脑海中就浮现一艘大船，出现船的影子；念到当归时，心中又会生出一种惆怅。

青　　年　当归，远志；远志，当归——

叙述者乙　他颠来倒去地念，时而"当归"在前，时而"远志"在先。在他的手中不知不觉变成一艘头尾尖尖的纸船：紫砂的茶壶，厚重的古琴，睡觉的眠榻，在他眼中都变成了海中漂浮不定的小船。他做了一个光怪陆离的梦。

　　　　　〔青年躺在摇椅上，睡去。

　　　　　〔波浪的声音，背景是一艘模糊的大船。

　　　　　〔光转，叮叮当当的声音。原来是甲正在撬起一块木板。以下可用虚拟表演。

　　　　　〔甲撬起木板，发现下面是个大洞。他小心翼翼地看看，跨过去，将木板在安全的地方折断，点火，烤火。他烤完背心烤裤子，很是惬意。

　　　　　〔某乙和某丙上，见状指指点点，颇为艳羡。于是他们也如法炮制，拆下一块木板。

　　　　　〔甲见状，与乙、丙争夺。双方大打出手。

　　　　　〔老者上。

老　　者　住手，住手！这是船，你怎么能在这里点火？（走过去，把火踩灭，发现是甲板）这是船的甲板，你怎么能用甲板烧火？

　　　　　〔某乙和某丙抬木头欲走。

老　　者　这是船的甲板！你们不能拿走它！

某　乙　什么甲板?

老　者　我们是在船上,船在水上,抽走了木板,甲板会漏水的!

某　甲　这老头在说什么胡话啊? 什么船不船的,这分明是坚实的
　　　　陆地上的一幢破屋子。抽走了木板,下面不还有土地吗?
　　　　有什么可漏的,又能漏到哪儿去? 真是疯话。我太太要生
　　　　孩子,我总得给新生的婴儿烧盆热水吧。

老　者　这是甲板! 全靠了它咱们才没掉水里!

某　乙　这是地板,不知道什么人扔在这里的破地板。

老　者　这是甲板,你看,它们本来应该一块块挨着,用木钉和榫头
　　　　连在一起。

某　甲　那么,它们还能再连到一起吗?

老　者　不能了,缺少了就不能再连到一起了,除非把缺失的补上。

某　乙　那我何必把它们放回去呢? 即使它们曾经是你说的甲板,
　　　　它们再也不可能是甲板了。它们唯一的用途,就是取暖和
　　　　烧饭了。

某　甲　再说了,别人可以拿,为什么我们不可以拿呢?

某　乙　别跟他废话了,家里人还等着呢!

老　者　不,不,人人都像你这么想,这船就漏水啦!

某　甲　你是管理这些房子的人吗?

老　者　我不是。我只关心这一船人的性命。

某　乙　你还是关心自己会不会冻感冒吧。你没有家人吗?

某　甲　看你的胡子和头发,好久没有梳洗了吧?

某　乙　你吃得饱吗? 你应该把关心甲板的工夫用在关心你自己
　　　　上。要不,你跟我们走吧,这木板你看到了,也有你一份。
　　　　你也可以来烤火。

老　者　大船真的会漏，随时会漏！

某　甲　报纸上从来没有过一个船字，除了你之外，我也没有听别人
　　　　讨论过一个船字。说实在的，到底船是什么样子，我都不知
　　　　道。它是软的、硬的，方的、圆的？

老　者　船在水上！

某　乙　如果船是一种行走在水上的很不稳定的物体，那为什么还
　　　　要有它呢？我认为，我们站在坚实的陆地上。

老　者　你错了，这是海水，不信，你伸出脚踩踩看。

某　甲　首先，我不相信这是海水。其次，如果这真的是海水，那我
　　　　为什么踩上去？你为什么劝我踩上去？

老　者　我只是想让你清醒！

某　乙　我不需要清醒，我跟大多数人一样就好啦。

　　　　〔甲抱木板，乙丙抬木板下。

老　者　唉！

　　　　〔某丙上。他是个头发乱糟糟的穿长衫的人，见到老者即心
　　　　生警惕。

某　丙　你就是那个到处告诉人，我们脚下是条大船，这大船即将沉
　　　　没的疯子？离我远一些！你以为只有你聪明吗？告诉你，
　　　　你知道是船，我知道是船，他也知道是船。我们不光知道是
　　　　船，我们还知道这是一条破船，一条即将沉没的船！但是，
　　　　我们仍然想假装是陆地，脚下是坚定的陆地，而不是一脚踩
　　　　不到底的海水。因为知道是船，这种感觉太可怕了。不要
　　　　告诉我这条船有多破。我恨你。（飞一般地逃走了）

　　　　〔老者愕然。

　　　　〔叙述者甲上。

叙述者甲　你又看到船了!

老　者　(迷茫地)你是谁?

叙述者甲　你醒一醒,醒一醒!

老　者　我这是在哪儿?

叙述者甲　(用哄骗婴儿的口吻,让他转向一个方向)你在房子里头
　　　　　啊,你看,远处有山,有树。这不是船,这是你刚刚修好的
　　　　　房子。

老　者　(疑惑地)这是房子? 可是我明明看到……(努力想转过
　　　　　头来)

叙述者甲　不、不,你不要往远处看,你就往近处看。你看,这是地
　　　　　板,这是墙壁。这是你打算住上一辈子的房子。它虽然比
　　　　　不上大船令人心驰神往,但是,安全、舒适,让人想睡觉。你
　　　　　累坏了吧? 来,睡一觉就好了。

老　者　不,不! 这不可能是梦!

　　　　　〔老者收拾行囊。

叙述者甲　你要干什么?

老　者　我快八十了,我不想把遗憾带到地下去。

叙述者甲　你要去找大船? 等一等! 你要做的事,是一件极其艰难
　　　　　的事。单靠你一个根本不够! 你只有一双手,而破坏它的,
　　　　　有千双万双手! 扒去你的衣服、皮肉,粉身碎骨、挫骨扬灰
　　　　　也救不了!

老　者　(头也不抬地)可它若哀苦,我必不能欢笑;它若饥寒,我必
　　　　　不能独自保暖……

叙述者甲　但你能忍受别人吃你的拿你的用你的,诅咒你,侮辱你,
　　　　　呵斥你,诋毁你,踩踏你,推搡你,孤立你,背叛你,驱逐你,

把你弄成丑角来衬显自己的高明吗？

老　者　　侮辱我、呵斥我，诋毁我，还要踩踏我？

叙述者甲　你到时候，会说出那句著名的话，"我是一条狗——"

老　者　　"我是一条狗，叫了一百年，也没有把人叫醒。"

叙述者甲　对，你就是叫上一百年，也不会有人醒的。还是不要出
　　　　　去了！

老　者　　那，你能跟我说说，你身上有多少修补的钉眼吗？

叙述者甲　什么？

老　者　　你能跟我说说，你全身的木板里有多少条裂缝，多少窝白
　　　　　蚁，下雨之后，有多少蘑菇在啃食你，把你弄得直痒痒吗？

叙述者甲　这我怎么可能知道？有木头的地方就有它们。

老　者　　那你为什么还站着，你为什么不倒下呢？

叙述者甲　是啊，我为什么还站着呢？这么多白蚁，我应该倒下才
　　　　　是。可是，我为什么要倒下？我倒下还叫房子吗？

老　者　　对啊，几窝白蚁、几堆蘑菇，根本撼动不了你。这叫作——

叙述者甲　——知晓一切蛀虫的存在，仍不失为房子。

老　者　　没错。即使叫不醒，即使没人听到，我也要叫下去。（下）
　　　　　〔青年突然惊醒，他从躺椅上坐起。

青　年　　等一等，我也要去！
　　　　　〔然而朦胧的光线中，一个模糊的身影立在那里。

青　年　　是你吗？我想，我们曾经见过面，在我们的家乡，在上
　　　　　海——请带我一起走吧，我也要去找大船！
　　　　　〔人影戴着面具出现，他摘掉面具，原来是影子。

青　年　　是你？

影　子　　去死吧！

038

　　　　　[枪响。

青　年　啊!

　　　　　[光转,依旧回到老宅。

青　年　(怅然地)原来是个梦。

叙述者乙　他突然醒了。茶炊还在火上沸腾,差不多已经快烧干了,
　　　　　他喝了一口,竟然是苦涩的中药味,他愈是品茶,愈是品出
　　　　　药味。

　　　　　[青年重重放下茶杯。

叙述者乙　我们可以舞剑,可以抚琴,可以试试其他。忘记那个梦。

青　年　不,不,我的脑子里有许多声音。

　　　　　[出现众记者。

记者一　怎么能够寄希望于他,让他担负报界兴亡呢?他不会做这
　　　　　种事的,他只是要做一个富家翁,扩大祖上的家业。跟他说
　　　　　这些话会吓死他!

记者二　他能从爱国中得到什么呢?他已经有三房妻子,还有房产、
　　　　　工厂、股票,他活下去的唯一动机,就是多生几个继承人,不
　　　　　要让庞大的产业后继无人。

记者三　他早就腐化堕落了!早就忘记自己做中学老师时,跟学生
　　　　　讲过的激进的话了。不过即使在那个时候,他也没有明白
　　　　　的态度,也只是说一些意味深长的话。当学生拉住他要进
　　　　　一步讨论时,他就总是推脱有事走开了。毕竟,他家祖上是
　　　　　开药房的,是做小生意的,所以他已经养成了斤斤计较的习
　　　　　惯,养成小富即安,谋划支出和收益。

记者一　这个胆小鬼,他被子弹吓跑了!

记者二　他再也不敢回来了!

记者三　他放弃当报人，去当富家翁了！

　　　　［他们大笑着隐去。

叙述者乙　别听他们的！别理他们！如果你听不到他们，他们就不
　　　　存在。

青　　年　你不懂，我听到的是海的声音，大船航行的声音，我甚至听
　　　　到海浪开裂的声音。

叙述者乙　啊？

青　　年　这声音被封在我脑子里了！

叙述者乙　他给我讲了一个故事，故事的主人公，是一个想要拯救大
　　　　船的青年。他们不被允许讨论关于大船的一切消息。虽然，
　　　　他发现彩灯和绸带下面是吓人的大洞，每天晚上都有衣冠楚
　　　　楚的人乘坐着快艇逃跑，从底舱传来的恶臭，名贵的香水也
　　　　遮盖不住。他甚至从船体行驶的声音中，判断出它在呻吟、在
　　　　挣扎、在呐喊。"救救我吧！"他听到船在低语。

青　　年　（冷静地，以讲述故事的口吻，边思考边讲）他决定要救救大
　　　　船，让每一个人知道大船的消息。他拿起了笔。他描述大
　　　　船上可怕漏洞，写船员们中饱私囊。但是，情况跟他想象的
　　　　不同。次日报纸上发出来却是船员们慷慨解囊，展示的船
　　　　体平整光滑，连一个凹坑都没有；他描述每天晚上都有人在
　　　　夜色的掩护下登上快艇，弃船逃生。然而次日，那些被指控
　　　　离开的人，却笑容满面出现在甲板上，同围观的人们握手。
　　　　当然，谁都不曾在甲板上见过他们，那些无意中被拍摄进照
　　　　片的人们也不记得发生过这回事。细心的人们发现，这些
　　　　照片的背景并不完全一致，拍摄时间不明；他描述一心想要
　　　　逃离、却又没有快艇可乘坐的人们，绝望地将孩子装进皮

箱,自己再抱着皮箱跳进海里。然而,然而第二天,出现在报纸上的却是一封来信,来自一个已经逃走了的人。他到了陆地上,却发现那儿到处是虎狼和毒蛇,人们嗜血啖肉。所有相信陆地的人都上当了,他们悔不当初,请求大船高抬贵手,给他们一个回归的机会。他明白,有一种奇怪的网,阻挡了他的消息传出去。

叙述者乙　那他怎么办?

青　年　他必须把消息传出去。

叙述者乙　他们不会放过他!

青　年　没错。他一出门就遇到了子弹。他不停地奔跑,挣扎到最后一刻。他没有求饶,尽可能地迎接着子弹。坦白讲,他身中了许多颗子弹,跟船上的漏洞一样多。

叙述者乙　他会死!

青　年　没错。他躺在那里的样子,双手交叉举过头顶,他的双脚也交叠着,就像尖尖的船尾。这是一艘船啊! 所有看到遗体的人都这样议论。这条船上的弹痕累累,触目惊心,总是让人联想到那艘在海中飘摇的、千疮百孔的大船。

叙述者乙　他以近乎自杀的方式传递了信息?

青　年　后来海水把他带走了,他终于成了一艘船。

叙述者乙　你要去哪儿?

青　年　我要去找大船。

　　　　　〔影子出现,他接起电话。

影　子　什么? 他敢回来? 我不想再见到他,不想再见到他!

　　　　　〔收光。

5．奔向大船

[光起，叙述者甲和叙述者乙。它们感伤且无奈。

叙述者甲　当他要离开的时候，我不断地祈求他。

叙述者乙　你不要离开，只要你不离开半步，我可以保护你，替你将一切危险挡在外面。

叙述者甲　外墙没有了还有院墙，大门被攻破了还有窗户，我将尽一切能力保护你！

叙述者乙　房子里有许许多多被巧妙地隐藏起来的暗道，只有我才知道怎么找到入口！就待在这里，不要离开，无论是水、火，还是杀人的凶手，它们都伤害不了你。但是，如果你要离开，我将会束手无策。因为危险在路上，在我的能力范围之外！

叙述者甲　（对老者）或者，我们还可以到别的地方去。你会喜欢那里的气候，你将再也不想回来。如果你舍不得老宅，也可以一并带走，或者在那里重新造一个和这里一模一样的。这有过先例，之前有个画家漂泊在外，他到处寻访和家乡一模一样的风景，他开凿河流，用石头堆叠假山，不顾千里迢迢，成袋成袋运送故乡的泥土，四处寻访日夜想念的树木，所花的金钱远远超出这些树木自身的价格，最终在异国他乡重造了一个故乡。这一整幢房屋，我们都可以原封不动地移过去！

叙述者乙　（对青年）你不是从来不畏流言，不在乎别人说了什么吗？你娶青楼女子为妾，你娶了三房太太，你开报社、办纱厂，你请保镖、坐防弹汽车，哪一个文人是像你这样的？你从来不在乎别人的评价，何况是这些你根本看不起的人！

　　　　　　〔老者和青年收拾行李。

叙述者乙　当他们正在离开，我不断地警告他。

叙述者甲　不要走，不要走！

叙述者乙　于是，一家人围坐着吃饭时，突然汤碗里掉进一只壁虎。

叙述者甲　于是，一只放在桌上的暖瓶突然爆裂了。

叙述者乙　于是，养了许久的花，突然枯死了。

叙述者甲　"不要走，不要走。"我们从四面八方喊道。

　　　　　　〔老者和青年走到门口，看一眼老宅，轻轻带上了门。

叙述者甲　当他真正离开，我做好了跟他永别的准备。

叙述者乙　但这是一种特殊的永别，你知道对方一直都在，但你不能再看到他。

叙述者甲　只要你不见到他，他就可以一直都在。

叙述者乙　让我们各自安好吧，我对他说。

叙述者甲　只要知道你安全平静地活着，那也就足够了。

叙述者乙　我不需要见到你。

叙述者甲　也不希望你为了见到我而冒险。

　　　　　　〔片刻。

叙述者甲　他这一去，就再也没有回头。从船的东部出发，一直往西，又往南。他病倒了，昏昏沉沉中，他好像下了船，坐了快艇，到了陆地，然后又是船、又是陆地……当护送他的人终于觉得安全、松了口气，不再担心身后浪涛的追赶时，他突

然惊醒了——他的眼前赫然出现一艘大船,气势不凡地航
行在闪闪发亮的海上。

老　者　　我看到了,我看到了!

叙述者甲　一切都像他记忆中的样子。这艘船金光闪闪,像初升的
太阳那样可爱。它劈开波浪如此优雅,周围的小船退避三
舍,颤抖地闭上眼睛,它夺目的光芒令它们不敢直视。它们
在大船的映衬下相形见绌,它们竭尽全力模仿大船,但是,
就连它的影子也模仿不到一点。美好,高贵,雍容,一切最
好的字眼形容它都不为过。

老　者　　是的,它像天上的太阳和初生的猛虎。我为成为它的一员
而自豪,无论什么时候提到它,人们的眼睛都闪闪发亮!那
时候,它当之无愧是海洋的主人!原来它完好如初!

叙述者甲　他听到另一种声音,非常可怕而且巨大。回头一看,那
是一艘燃烧着熊熊大火、快要沉没的船。底舱已经全部
陷在水里,人们呼喊呻吟,把幼子抛向海中,自己也随之
跳入大海。可是,在头等舱的甲板之上,设宴享乐、唱歌
跳舞还在继续。有人为着金钱和饭碗讨价还价。又有一
种人,要趁着大船还未彻底破坏到一文不值,作价卖给外
人;又有一种人,眼看大船已经无可救药,趁火打劫,来分
杯羹。

　　　　　〔兵荒马乱的逃难景象。

老　者　　这是怎么回事?

叙述者甲　一切跟他梦中一模一样。

老　者　　可哪个梦才是真的?哪艘船才是真的?

　　　　　〔他冲着着火的船奔过去。

　　　　　　　　　　[神父上。

神　父　若瑟,你要迷途知返! 那是属于底舱的船,你的船是挪亚
　　　　　方舟!

　　　　　　　　　[老者复奔回,他看着那艘崭新的闪亮的大船,又看看着火
　　　　　的大船。

老　者　不,不! 我绝不登上只有我自己的挪亚方舟!(奔下)

　　　　　　　　　[青年上。

青　年　(困惑地)大船在哪儿?

　　　　　　　　　[甲乙丙丁上。

某　甲　这儿没有船!

某　乙　当心你的脚下!

某　丙　我们该回去了!

某　丁　是啊,该回去了。你已经完成一生的志向了!

青　年　回去? 志向? 这让我想起童年时的一首歌谣。(念)合欢、
　　　　　远志;白芷、当归。

叙述者乙　突然意识到,这些药名中就蕴含着他的一生。这些药名
　　　　　和它们散发的芳香不断萦绕着他,白芷、豆蔻味道浓烈,生
　　　　　地、茱萸香得自然。在这些所有的芳香之外,又闻到一种海
　　　　　水的湿咸,一股烈焰冲天。一艘大船出现在面前。

青　年　大船,这就是大船! 它已经危急到了极点,我们必须救他!

某　甲　你不应该再随便到甲板上走,那里有许多裂缝!

某　乙　不要到桅杆下面去,你知道它很容易折断。

某　丙　要当心舷梯的拐角,别不带保镖就出门,别在光线照不到的
　　　　　地方停留! 你现在的身份,对于世界举足轻重!

某　丁　如果你死了,你就什么也得不到了!

某　丙　船怎么样,其实跟你没有关系。

某　丁　你的属于未来的船!

青　年　你们知道,一个报人最重要的是什么吗?

某　丁　报人? 你还在想着做报人?

青　年　第一手资料。新闻,真正的新闻! (下)

　　　　　[甲乙丙丁同下。

　　　　　[老者跌跌撞撞上。

叙述者甲　汹涌的大海,扑面而来的巨浪的声音,那声音里,有人在
　　　　　叫喊着,有人在挣扎着,一切和他梦里一模一样。

老　者　(老泪纵横)原来这才是它!

叙述者甲　那才是他的大船。烈焰冲天,黑烟滚滚。他看到它身上
　　　　　吸附着许多蛀虫。他看到许多艘小船围攻他的大船,而那
　　　　　大船竟然无力自卫! 因为管船的人根本不想救它,他们只
　　　　　顾着自己!

老　者　大船,大船,你比上次我们相见时更破旧了! 我是应该庆
　　　　　幸,还是应该悲哀,在我有生之年还能见到你!

叙述者甲　可你太老了,你根本到不了那儿去。等它烧光、烧没,变
　　　　　成灰,你也到不了那儿去。你只能眼睁睁看着它烧毁。你
　　　　　太老了,救不了它了! 很短一段路他就要走上几天,而且每
　　　　　天要睡许多觉。人们都说,他睡觉的时间会越来越久,直至
　　　　　长睡不醒。

老　者　(老泪纵横地)我已经快要一百岁了,让我跟船一起毁掉吧,
　　　　　让我陪着它死在海里吧!

叙述者甲　然而,他已经到了那样大的年纪,一举一动都要有人看
　　　　　顾,即使想死,他也办不到。死神就在不远处等着他,然而

他衰朽的身体严重束缚了他,想快一步、早些奔向它也做不到。你年轻的时候错过了,你年老的时候永远永远也到不了! 跟我回去吧!

　　　[短暂的录像,老者发表演讲的录像或照片。

老　者　我不,我不! (下)

　　　[青年上。

青　年　(心醉神迷地)大船。乘风破浪的大船,跨越千山万水的大船,让所有人为之骄傲的大船。

叙述者乙　根本没有大船! 大船只是传说!

青　年　我有一桩特大新闻,记得留好版面。

叙述者乙　不要!

青　年　请相信我,"船"以后会越来越多地出现在报纸上。帆、桨、舵都可以是隐晦的比喻。谈论船成为正常的事。许多人挖刨发现生锈的铁钉作为证据,越来越多的人相信船的存在。船开始进入课本,头一次出现它的画像。有人开始探析,船在人类漫长的历史中时隐时现地存在着,世界既然有这么多海水,就是让船把人类载到新的彼岸的。

叙述者乙　(捂住耳朵)住口! 他们会杀死你!

青　年　让他们来吧! 当那一天来临的时候,请相信我,我是一个好的报人,我知道什么样的新闻报道最有价值。

　　　[影子上,掏出枪,青年将十二个铜子向他扔去。

　　　[影子一愣,射击。

青　年　我,就是新闻本身! (倒下)

影　子　我真是命苦!

　　　[史量才被刺杀前后的新闻录像。短暂停顿,以便欣赏这些

录像。

　　［甲乙丙丁大为恐慌。

某　甲　他死了！

某　乙　他们杀死了他！

某　丙　我看到了血，这太可怕了！

某　丁　我没看见，我没看见！

　　［甲乙丙丁抱头而逃。

　　［老者向前一步。

叙述者甲　危险！

老　者　看他多像一艘船！海水把他带走啦！我明白了！

　　［老者朝后退几步。

　　［神父上。

神　父　若瑟，你竟然敢逃！你应该闭门思过，修补你千疮百孔的
　　　　灵魂！

老　者　约翰神父，我想起一个著名的问题，世界上是否有一块上帝
　　　　也举不起来的石头？

神　父　若瑟，你这是渎神！上帝是万能的！上帝要惩罚你！

老　者　是啊，上帝是万能的。因此，他不会自暴自弃，不会因为有
　　　　人提出这个问题，而将他变成哑巴。更不会因为世上有块
　　　　自己举不起的石头，而迁怒于其他的石头，不允许石头在地
　　　　球上生存，或者把它们碎为粉末。

神　父　你到底想说什么？

老　者　上帝会不断地举下去，直到找到举不起来的石头，再把它举
　　　　起来。（他郑重地从肚子取下十字架，亲吻，放到地上。）我
　　　　首先是中国人，然后是天主教徒！

叙述者甲　不,不要!

叙述者乙　他纵身跳进了海里,变成一艘小船。努力地、不顾一切
　　　　　地,朝被火焚烧的大船靠去。

神　父　我怎么让他逃了? 你已经决定皈依天主,你就不应该离开!
　　　　天主教徒没有国籍,他们是上帝的子民!

　　　　[影子出现,他不停地拭汗。

叙述者乙　他的太太祈祷得愈发地勤,就好像是知道,他每天都犯下
　　　　　一桩需要饶恕的罪行。

影　子　我真是苦命,为什么是我?

叙述者乙　有那一刹那,他愿和躺在棺材中的哲人交换人生,后者将
　　　　　有不朽的声名,而他,是否能不被钉在历史耻辱柱上,还说
　　　　　不清。

影　子　我真是苦命!

　　　　[收光。

尾　声

[光起,叙述者甲与叙述者乙。它们恢复第一幕时讲故事的
神气。

叙述者甲　我们就此分手。他离我越来越远。1937 年上海沦陷,冯
　　　　　玉祥和李宗仁请他去了桂林,后来于右任请他去昆明、去重
　　　　　庆,去越南的谅山……他离我越来越远。可突然有一天,从
　　　　　越南谅山传出消息,他在当晚溘然而逝。但那是假的。没

有了史量才的《申报》不值得相信。我知道他会回来，果然，第二天，我的门被打开了，一个清瘦的老人飘然而进。

[门"吱呀"一声，老者上。他走到天文望远镜前看看，又走到数学课本前看看。他看到《圣经》，像触电一样。最后，他将手按在胸口上，虔诚地祈祷。

叙述者乙 这是一种特殊的永别，你知道对方一直都在，但你不能再看到他。只要你不见到他，他就可以一直都在。让我们各自安好吧，我对他说。只要知道你安全平静地活着，那也就足够了。可突然有一天，我看到《申报》上的一条新闻——《史总经理遇难始末记》。

[史量才遇难的新闻、讣告，纪念资料。

叙述者甲 这是《申报》上最后一条以他为主角的新闻。

叙述者乙 但那是假的。没有了他的《申报》不值得相信。就在当晚，我的门被打开了，一个矮小的身影飘然而进。他又恢复了青年时的模样。

[青年走进药铺，拉开一个个抽屉审视着。

叙述者甲 我知道他没有走，他重新回到了我的身体里。

叙述者乙 这里，这里，这里，他无处不在。

叙述者甲 我们在说什么呢？我们在说什么呢？我们在说自己的回忆。

叙述者乙 从这里空了以后，住着的人搬走以后，我们就只有回忆了。

叙述者甲 什么是一座房屋的死去？记忆的失去？倒塌？展品被移到其他地方，空荡荡的。

叙述者乙 即使是这样，如果大门没有被关上，或者即使被封条贴上,被木板钉上,仍然有人试着透过开裂的缝隙朝里张望,仍然有人绕到后面,深一脚浅一脚踏过荒草,不怕鞋底沾上难缠的淤泥,隔着上锁的门朝里窥看,我们就又可以回忆上很久。

叙述者甲 即使是散落成一地的砖块,被装车运走,被分散到不同的垃圾场,被无人问津,只要经过此地的路人,看到这块不同寻常的砖头,想起它先前附着的是怎样的房屋,目睹过的送往迎来,这幢房屋就不算完全死去。

〔时钟转动的声音。

叙述者甲 这里哪里传来的声音?就像时钟的表针在不停地走动。这声音每响一下,就让人想到一柄不停工作的斧头,从人的生命中砍掉一段生命。必须不停地奔跑,才能躲开它的利刃。

叙述者乙 人的一生是多么匆忙地就过去了啊,过去的一天天,就好像没有经历过似的。除非像展览馆里那样,一页页一张张被贴在这里。

叙述者甲 请看看我们,时间是如何巧妙地分布在我们的不同部分:第一进是童年,第二进是中年,第三进是老年。东厢房才呱呱坠地,西厢房中已然老去;南向的上房中迎接远道的归人,北面的檐廊又只看到离去的身影。在转角楼梯处千言万语,又在天井中独自望天。这边如花美眷犹在眼前,那边惊起白头,却突然被偷走了几十年!

〔同步投影房子的照片。

叙述者乙 一去不返时间带给人压迫,而空间让一切舒缓,从容地从一段时间步入到另一段时间。这条滑溜溜的时间的大河,人们终于能够把它抓在手中,摊开,翻转,反复地细看打量,而不必担心它遽然飞入虚空。时间不再是飞驰的野兽,而是生命的一个个站点。

〔新改建的泗泾老街。

〔悠远的音乐响起,似悲似喜,似遥远的回忆,也像未来的希冀。

叙述者甲　我们守在这儿、待在这儿,一直在等,在寻找一位游客。

叙述者乙　寻找一个故事的听者。

叙述者甲　有人会说,你们说的是假的。这些事有些是虚构的,有些是确有其事,但是,它们并不总是发生在这间屋子里!

叙述者乙　你不知道,屋子与屋子之间有着广泛的联系。

叙述者甲　我们生活在同一片天空下。有时候,一朵云会从这座山飘到那座山,蜜蜂会从这朵花飞到那朵花。隆隆的雷声,断线的风筝,远方飘来的灰尘,都可以成为我们交流的工具。

叙述者乙　当然,更为方便的还是人,所有到过屋子的人,他们的喜怒哀乐、一举一动,都会投射到屋子里。

叙述者乙　在屋子里停留过的人,身上也会反射上那间屋子的一切信息。惊诧,愤怒,惊恐,欢笑,都会在人的身上留下印迹。但是,这微妙的信息只有我们才能解读。

叙述者甲　当你们迈步在这个空间时,就仿佛跟一个世纪前的他们建立了联系。

叙述者乙　当你们进入我们,我们也就和你们建立了联系。

叙述者甲　即使从此分手,再不相见。

叙述者乙　即使天各一方,永远不在一起。

叙述者甲　你们仍然会停留在房子的记忆里。

叙述者乙　只要你们回到这里,就像倒带一样,我会让你们看到自己。

叙述者甲　遗憾的是,如同人们不能踏进同一条河流。

叙述者乙　人们也很少踏入同一个景点。

叙述者甲　故事一层一层地被写入,影像一层一层地被叠映,每个人的面孔变得模糊不定。

叙述者乙　而我仍然可以一眼认出你,是你,那是你!

叙述者甲　喂,我说那朵蘑菇,如果你明年还想从同一个地方长出来,今年你最好收敛一点,别把伞撑得太大。被人发现了可不得了。

叙述者乙　喂,我说那只白蚁,如果你还想把香火延续下去,就不要把动静搞得太大。惊动了白蚁防治小组可有你好受的,我不可能每次都庇护你。

　　[叙述者甲和叙述者乙隐去,两幢青砖瓦房并排出现在投影中。它们分别是马相伯故居和史量才故居。

　　[投影像大海一样微微起伏着,依次放映出马相伯、史量才的相片和生平资料。最后定格在马相伯"捐资助学"的字据和史量才"国有国格,报有报格"的题字上。

　　[字幕:如欲了解更多相关信息,请移步泗泾开江中路214号的马相伯故居,以及江达北路85号的史量才故居。

　　[光渐收。

话　剧

飞扬的蒲公英

编剧　孟　云

时　间　现代。对桃源村来说，是一个新的开始，村里新建了卫生所。上海健康医学院第一批医学生顺利毕业，即将走向全国各地

地　点　桃源村卫生所

人　物

李慧珍　女，65岁。性格耿直，做事雷厉风行。年轻时候不忍看见村民因缺医少药而病死，立志从医。从田间地头到走向世界卫生大会的舞台。她做了一辈子的赤脚医生，一辈子为人民服务，甚至不惜牺牲亲情。即使到了退休的年纪，不顾家人屡次劝退，坚持留在村里。这一年，村里新修了卫生所，来了新乡医。新老两位医生的治病方式和理念有了矛盾，两人在治病救人的过程中不断磨合。最终因为好友的病逝，她意识到，一生的荣誉之下，内心深处是多么恐惧，在悬壶济世的理想与医术上获得真正的自我认识。她最终放心地将卫生所和村民交给了新乡医

袁　满　男，24岁，上海健康医学院的医学生。优秀毕业生，出生于医学世家，来到桃源村实习。严格按照规定行医，却忽略了如何走进患者的内心，也因此与李慧珍及村民们发生了种种误会和矛盾；最终在李慧珍的影响下，开始对疾病和死亡有了自己的思考，找到了人生价值和意义。不甘心一辈子埋没在偏僻落后农村的他，决心永远留在这里，继承李慧珍的事业，成为一名有温度的健康守门人

黄秀英　女，65岁上下，退休的村支书；也是村里最时髦的老太太，外表精致、乐观豪爽、热心肠。她是李慧珍一生的闺蜜和知己，彼此了解对方内心深处的喜与悲、伤与痛。一对老友在面临人生新的境遇和选择时，彼此陪伴，互相支持，直至走向人生

的终点。黄秀英的死使李慧珍对一生的事业有了新的思考

邵　　兴　　男,72岁,李慧珍的丈夫。温厚朴实,对妻子默默支持

邵康民　　男,30岁上下,李慧珍的儿子

熊老师　　男,40岁上下,袁满的班主任

群演若干,随时进戏出戏,担当歌队、村民、学生等各类角色

[关于舞台设计，这是一个发生在上海浦东郊区乡村的故事，在梦境与现实之间横跨了三四十年，不要过于写实。虽然是乡村，但绝不是传统意义上的贫穷落后。这是江南的一个乡村，整个风格是明亮、纯净、美好的：既有采菊东篱下，悠然见南山的恬静淡然，也有狗吠深巷中，鸡鸣桑树颠的烟火气。

[舞台前方悬挂一面幕布。在现实与梦境中自由切换。

[舞台前方是一个简单的小院，村民聚集此处休闲娱乐。诊室虽小，五脏俱全。墙壁上挂满红色锦旗，金黄色的文字满载着乡亲们的赞美和祝福之语。透过窗子可以看到后院的一片百草园。决明子、野菊花、地丁草、蒲公英、鸡冠花……一派夏日江南的田园景色。

[字幕：1965 年 6 月 26 日，毛主席发出了"把医疗卫生工作的重点放到农村去"的指示。为了解决农村缺医少药的问题，让广大农民能够在家门口看病，在党中央的关心下，一个特殊的群体——"赤脚医生"应运而生了。世界卫生组织评价：远在世界其他国家认识到以人为本的初级卫生保健的重要性之前，中国的"赤脚医生"就已经在向社区提供这种保健服务。

序　立志从医

[灯光将舞台分成不同的演区。

[20世纪60年代。

[病人求救声此起彼伏,回荡在村庄的上空。声音一:"瘟疫,是瘟疫,是瘟神来索命了。"声音二:"医生,医生在哪里?救救我吧,救救我吧。"声音三:"阿弥陀佛,诸佛护念,护法神保佑,一切鬼神通通退去!"声音四:"别念了,神仙也救不了我们。"声音五:"十里八乡一个懂医的人都没有。"声音六:"我们什么时候才能有自己的医生啊?"

[歌队演员扮演一对父母。电闪雷鸣的夜晚,母亲穿着雨衣,怀里抱着一个婴儿。父亲追了上来。

父　亲　站住,你给我站住!孩子他妈!你去哪?

母　亲　上医院,孩子烧了三天了,吃什么吐什么。

父　亲　哪来的钱去医院啊?之前找那郎中开的药,比金子都贵!家里的钱早就花光了!

母　亲　钱钱钱……那可是咱家的一条命啊。

父　亲　(母亲要走,父亲拦住了母亲的去路)救不了,上次郎中说了,这个病治不好。

母　亲　我不信!老天爷!老大三岁就病死了,我不能再没有老二了啊。(看一眼怀中的孩子)我不管!老二的命,必须救!(跑下场)

父　亲　（没拦住母亲）孩他妈！（留在舞台上收光）

　　　　　［在撕心裂肺的呼号声中，被病痛折磨的村民纷纷冲上舞台，艰难地和瘟疫抗争。青年李慧珍忙着照顾病人，也已经筋疲力尽。年轻的黄秀英拿着一份文件匆匆赶来，扶着快要晕倒的李慧珍。

黄秀英　慧珍，大家有救了。桃源村也要培养自己的"赤脚医生"，我们就要有自己的医生了。

李慧珍　培养自己的"赤脚医生"？那让我去吧。

黄秀英　你？你能行吗？

李慧珍　我不能再看着大家被病痛折磨，看着这么多人因为缺医少药而死。让我去吧。

　　　　　［所有人将目光投向李慧珍，仿佛看到了生的希望。

　　　　　［光转。

一　偷药

　　　　　［仲夏之夜。

　　　　　［这里是全村最热闹的地方。萤火虫提着灯笼在百草园巡视，凉风习习，蝉鸣阵阵，蛙声一片，悬挂在屋檐下的一盏灯晕染出一圈橘黄色的光。郭兰英演唱的《赤脚医生向阳花》的歌声从收音机里娓娓流泻，让小院瞬间鲜活起来。纳凉唠嗑的人比看病的人多。辛苦了一天的村民在此处休憩。村民甲坐在板凳上，跟着收音机里的歌声轻轻哼唱，蒲扇轻

摇,驱赶蚊虫。村民乙忙里忙外照看着一箩筐鱼。村民丙、丁兴致勃勃地下棋博弈。袁满戴着草帽看丙和丁下棋。一旁指点。

村民丙　我这神之一手,瞧瞧!

　　　　[村民丁焦急不知所措,袁满为村民丁出谋划策。

袁　满　大伯,你这样,红"车"捉"炮"的时候平一步"炮"。

村民丙　欸,小伙子,古话说观棋不语真君子! 看你就是自以为是! 你哪里来的啊? 我们怎么没见过你啊?

袁　满　(支支吾吾)哦……这个……我邻村的,这是你们医务室吧? 我等个人,你们玩,你们玩啊,我不打扰了。

村民丙　那你等等吧,人还没回来呢。

　　　　[说完袁满像怕暴露什么,赶紧走到旁边假装等人,又东张西望,假装参观小院,村民丙和丁看了看他也没多理会,继续下棋。

村民甲　天都快黑了,慧珍姐怎么还没来?

村民乙　现在正是农忙,看病不能耽误,田里的活也要做啊。

村民甲　(用手中扇子指了指四周,颇有指点江山的气势)新修的卫生所就是不一样,哪哪都是崭新的……要是再多几个新医生就好了。

村民乙　新修了卫生所就想换新医生啊? 慧珍姐在我们这里做了一辈子医生,当年你妈难产,要不是她在床边守了三天三夜,能有你吗?

村民甲　我什么时候说想要换新医生了? 我是心疼咱唯一的慧珍姐,全靠慧珍姐一个人风里来雨里去的,照顾我们村的老老少少,她都六十多了,你们忍心看她继续操劳下去吗?

村民丙　新医生？就咱们这小村子,年轻人谁愿意到这来啊?

村民丁　就算来了,现在的年轻人啊,谁能像慧珍姐一样随叫随到啊? 要我说啊,对自己亲爹亲妈都做不到这样!

村民乙　这些年我们村的医生,一个个来了又走,没一个留得住的,我就把话放这,真要有新医生,我第一个把他轰走。看病我只认慧珍姐。

　　〔说话间,袁满走了出来。村民们立刻警觉地围了上来。

村民丙　喂,小伙子,我不是说了吗? 人还没回来,你要等就在外面等,里面的东西都是李医生的,你不好乱动的哦!

袁　满　您放心,我就在门口看看,可这诊疗室、治疗室、注射室、候诊室,竟然全部混在一间房子里。一点规范意识都没有啊。

　　〔袁满一边自言自语,一边仔细观察各个角落,丝毫没有注意到悄悄跟在身后的村民乙,一个转身,两人差点撞上,尴尬地面面相觑。

村民乙　哎,我说年轻人,你到底是来看病的,还是来视察的?

袁　满　我就随便看看,随便看看。您忙您的,不用管我。

村民乙　(自言自语)看着不像有病啊。

　　〔村民乙假装离开,却在暗中观察。袁满拿起药罐,见左右无人,于是拿出处方纸装了一些药折成药包,被村民乙发现,抢过药包。众人闻声围了过来。

村民乙　好啊,鬼鬼祟祟,一看就不像好人,原来是个贼,偷药偷到我们村子来了啊。快说你是什么人? 来干什么的?

　　〔众人听闻把袁满围住。

袁　满　我哪是什么贼啊! 我就是来这里熟悉熟悉环境,踩踩点。

村民乙　踩点? 你还是个嚣张的贼啊!

袁　满　你别一口一个贼的,小心我告你诽谤。

村民乙　哟呵,那咱们一起去派出所讲个明白吧。

村民甲　小伙子,你赶紧说清楚,你拿这些药要干什么?

袁　满　我……

　　〔幕后,李慧珍:"药能干什么,当然是治病啊。"众人循声望去。李慧珍肩上挎着红棕色的医药箱风风火火地赶来。一身粗布衣裳,汗流浃背,裤脚卷到膝盖,露出纤细紧实的小腿,脚上满是泥巴。

李慧珍　小伙子,要看病就排队吧。

　　〔李慧珍示意村民甲乙把看病的木桌摆放好,两把椅子分放在桌子两侧。她把医药箱放在桌子上,麻溜地打开药罐,给自己及几位村民按照顺序泡一杯秘制的茶水,大家边喝边聊。

李慧珍　老规矩,看病前先喝安心茶。

村民甲　田里活忙完了吗? 今天来得有点晚嘛。

李慧珍　田里的活儿都交给我们家老邵了。下午正割着麦子,突然就被三队的一户人家叫走了,6 岁的孩子发热呕吐,我一看,眼睛发黄、脸色也发黄,给他检查完,不得了,我估计是急性传染性肝炎,立马送到市里传染病医院隔离去了。孩子父母不在家,爷爷奶奶大字不识几个。我能不陪着吗?

村民乙　怪不得这么晚才来。孩子怎么样了? 这里里外外的,肯定忙得不轻吧?

李慧珍　可不是嘛,(用草帽扇了几下)给我累的,一身臭汗,浑身都湿透了。好在孩子命大,我才松了口气,不然今天我也回不来。

村民丙　你们别说,来看病这么些年,喝下这安心茶,心里果真就能踏实了一半。

村民丁　见了慧珍姐,心里就踏实了另一半呀。慧珍姐,您这茶到底是什么秘方啊,怎么有这么神奇的效果?

村民乙　(手放在嘴边)嘘!怎么能当着外人面问呢?这可是机密。刚刚还有人心怀不轨,想要偷安心茶呢。

袁　满　你别冤枉好人。

李慧珍　什么机密不机密的,只要能治好大家的病,百草园里的这些药草就算没白长。

　　　　〔李慧珍将一杯泡好的茶递给袁满。袁满将信将疑地喝下。李慧珍会心一笑,继续给村民问诊。李慧珍给村民甲做了简单的检查,随即从药箱里拿出一瓶药,倒了几粒在处方纸上,仔细裹好,写上字,交给村民甲。

李慧珍　好多了,这次给你减少用药量,还是老规矩,吃完了再来。

村民甲　谢谢慧珍姐。

　　　　〔村民丙走上前来。

村民丙　慧珍姐,您帮我看看,喉咙疼,喝水都疼。

　　　　〔李慧珍仔细检查。

李慧珍　以后少吃点辣。嗓子还要不要了?

村民丙　李医生,您不像是个医生,倒像是算命先生。

村民丁　算命先生只会算命,人家李医生可是会救命的。

李慧珍　好了,少拍马屁。老丁,你有什么毛病?

村民丁　我没毛病,就是来凑个热闹,讨杯安心茶喝。

村民乙　我也是!

李慧珍　行,那就给你们再添一杯!

　　　　〔李慧珍这才走向袁满。

李慧珍　小伙子,黑眼圈有点重哦,舌头伸出来。

袁　满　我没病,我不是来看病的。

村民乙　对,他是来偷药的。

李慧珍　(拦住了激动的村民乙)你们都少说两句啊。来我这不为了看病,难不成你还真是来偷药的?(袁满一时说不出话来)我知道,你们年轻人总觉得自己健康得很,但有几个把健康当回事的? 真要出了事啊,那就是大事了! 所以既然来了我这里,就不能让你白跑一趟。伸舌头!

　　　　[袁满乖乖伸出了舌头。李慧珍看罢,开了药包好交给他。

李慧珍　经常熬夜吧,看看你的舌苔,上火多严重,拿回去泡茶喝。年轻人少熬夜,饮食要规律……

袁　满　您说的这些我都懂,但是学医的人一年能睡几个完整觉,一日三餐有几次能按时按点地吃啊。

李慧珍　听你这话,你也是医生?

袁　满　啊……学生,学生,准确说是医学生,我还没毕业。

李慧珍　你只要把这份用功用在学习上,那前途不可限量啊。你刚才说你不是来看病的,你到底是来干什么的呀?(若有所思,走到他的身后)

袁　满　我……我还有事得走了。(准备起身被李慧珍按住)

李慧珍　等等,我看你肩颈不太好的样子,是不是学习太累了? 到治疗室,我来给你按摩按摩。

袁　满　多谢您的好意,不必了,不必了。

李慧珍　你不愿意去治疗室,那就在这里吧。

　　　　[李慧珍向村民乙使了个眼色。大伙把长凳拼成简易的床,村民甲乙玩笑着将袁满拉到病床上。袁满只好躺下。李慧

珍撸起袖子,三人一副磨刀霍霍向猪羊的架势。

袁　满　哎哟,哎哟……轻点,轻点,我怕痒。李医生,李奶奶,老祖
　　　　宗,您就让我走吧。

　　　　〔众人大笑。

村民甲　小伙子,你可犯了大忌了。咱们桃源村远近闻名的两枝花,
　　　　李医生和黄书记,一个治病救人,一个带领村子脱贫致富。
　　　　方圆十里你问问,谁敢在她们面前说一个"老"字?谁敢叫
　　　　她们"奶奶"?还好不是秀英姐,你要是当面叫她奶奶,就
　　　　让你……

　　　　〔黄秀英循着热闹的动静拿着手电筒匆匆赶来。

黄秀英　就怎么样啊?(村民甲赶紧咽下了还未说出口的话)我说一
　　　　路上打了好几个喷嚏,原来是你在背后嚼舌根子。

村民甲　黄书记,您听错了,没有嚼舌根,我们夸您这么多年了一直
　　　　没变,还是跟年轻时候一样好看。

黄秀英　就喜欢你说大实话,那我得奖励你,我想想奖励你什么呢?
　　　　下次村里再有义务大扫除,我第一个叫你。

　　　　〔众人一起嘲笑村民甲。

黄秀英　慧珍姐,刚刚去你家找你,发现你还没回来,我就猜到你还
　　　　在卫生所。

村民甲　这还用猜?卫生所才是她的家。

李慧珍　你的口腔溃疡好点了没有?

黄秀英　吃着药呢,估计还得疼几天。

李慧珍　戒烟戒酒,饮食清淡,多喝水、多吃水果,少熬夜。

黄秀英　知道啦知道啦,耳朵都听出茧子了。

李慧珍　这么晚找我什么事儿?

黄秀英	（东张西望转了一圈）没啥事，出来溜达溜达，听到你们这边这么热闹，正好来看看新修的卫生所怎么样。
村民乙	好得很，凉快，敞亮。
村民丙	要是医疗设施能跟上就更好了，跟大医院一样，咱们看病就方便多了。
村民甲	而且人手也不够，里里外外只有慧珍姐一个人。有些病还得送到大医院。今天慧珍姐就在市里医院忙了一天。
村民丁	生病不要命，折腾要命啊。
黄秀英	卫生所是该分配新医生来了，慧珍姐既要下田干农活，又要问诊，身体也吃不消啊。
李慧珍	不用，我早习惯了，家里还有老邵呢。
黄秀英	那你要么先休息两天，等田里活儿干完了再来。
李慧珍	我倒是想休息呢？他们怎么办？病可不等人呀。
黄秀英	那……
李慧珍	秀英你今天怎么了？退休都半年了，怎么，舍不得这一村之长的大权啊？咋还管这么宽呢？
黄秀英	瞧你说的，这事儿要不是新书记托了我，我才懒得折腾呢。吃力不讨好，里外不是人。
李慧珍	哎哟，谁敢让你不痛快啊，说来我听听。
黄秀英	整个桃源村，除了你还有谁敢这么折腾我。上午给老邵打了电话，你不知道吧？
李慧珍	哎哟，这忙了一天，还真没工夫见他。
黄秀英	行，可真有你的，让你用手机你不听，要找你只能打老邵电话，把老公当秘书使唤。你就只知道自己想知道的，不想知道的一概当不知道。

李慧珍　别绕口令了,听得我头晕。先不和你聊了啊,我这还有一位病人呢,你也别溜达了,赶紧回吧。

　　　　〔说完回去继续给袁满推拿,黄秀英跟过来。

黄秀英　话说完我就走。有个事啊要当面通知你。下周上海健康医学院的老师会带着一批学生来卫生所见习。

李慧珍　这好事儿啊。怎么不早说呢。你这么一说那我更不能休息了。放心吧,这事儿交给我了。

　　　　〔袁满刚准备起身,被李慧珍按了下去。

李慧珍　你别动!

黄秀英　他们这次不光是见习。还会有一位刚毕业的新乡医要分配过来。明天就来上班了。

村民丙　真的啊。那太好了,卫生所终于有新乡医了,慧珍姐也该退休养老,享享清福了。

　　　　〔气氛突然严肃起来,李慧珍低头给袁满做推拿,一语不发。

村民乙　(瞪了村民丙一眼)说你缺根筋还真是一点没错。

黄秀英　姐,你这么忙,我就不打扰你了,先走了啊。哦,对了,卫生所的钥匙,先给我一下,我去帮你配一把给新来的医生。

李慧珍　秀英妹子,你怎么越老越沉不住气。没看到我这儿正忙着吗? 急什么? 新乡医? 能不能留得住还有待考察呢。

黄秀英　你说谁老,你才老呢。

李慧珍　我跟你说了,你别动!

　　　　〔李慧珍用力一掰,袁满一声惨叫。黄秀英这才看清了袁满。

黄秀英　你是……小袁?

袁　满　黄书记您好,是我,袁满。

李慧珍　你们认识?

黄秀英　你怎么今天就来啦?

袁　满　明天不是要开始上班了嘛,所以提前过来熟悉一下,踩个点!(最后三个字故意加重语气,故意说给村民乙听)还差点被误会了……

村民乙　还真是来做医生的啊!

袁　满　(站起来面对李慧珍正式介绍自己)李医生好! 在学校听过您的讲座,一直对您的独门手法很钦佩,本想来看看,结果直接体验了一把,没承想闹了误会,被当成了小偷。

李慧珍　倒是挺积极的。

黄秀英　那好,省得我再介绍了。以后啊,多向李医生学习。慧珍啊,你们多交流、多沟通啊。

袁　满　我们老师上课的时候讲过"赤脚医生"的历史,您是中国"赤脚医生"第一人,是时代的功臣。不过我刚刚看了一圈,有一些小小的建议想跟您说,首先是卫生所的一室多用问题,现在的医疗理念和以前不一样了,有了更多的规范……

[李慧珍一脸不快,啪的一声关上了医药箱,打断了袁满的建议。

黄秀英　(向袁满使了个眼色)来日方长,再议,再议!

[光转。

二　抉择

[1973 年,画外音:经外交部、卫生部研究决定,由李慧珍同

志作为中国赤脚医生的代表,参加1973年第二十六届世界卫生大会。

　　[家中,丈夫邵兴欣喜地整理婴儿的衣服。三十出头的李慧珍小腹微微隆起,她看了一眼丈夫,故意走到他的身边,捧着一个本子大声读着。

李慧珍　Good morning! Nice to meet you!（走到邵兴面前）Hi! How are you?（李慧珍伸出了手,邵兴疑惑地看向李慧珍）How are you?（李慧珍抓过邵兴的手）我在向你问好,你也应该跟我问好。

　　[男人转过来露出大半张脸,回应,看着妻子的肚子。

邵　兴　你怎么去外交部参加了个培训就魔怔了?

李慧珍　下下个月我就要……（李慧珍身体有反应,邵兴赶紧扶她坐下）

邵　兴　我知道,我知道,去日内瓦参加世界卫生大会。（盯着李慧珍的肚子）

李慧珍　你不替我高兴吗?

邵　兴　高兴高兴! 是不是啊,宝宝? 他说"是"了! 你刚怀孕,身体反应这么大,让我怎么放心让你去那么远的地方?

李慧珍　我怎么没听见他说话?

邵　兴　父子俩有心灵感应!（看着李慧珍的肚子）宝宝啊! 奶奶给你缝了好多衣服!（将衣服小心地搂在怀里）这件,咱们以后长大了当兵的时候穿! 这件,复员回来,咱们当警察穿! 冬天冷了,穿这件!

李慧珍　都是男孩子的衣服,姆妈就想要抱孙子。我喜欢女孩子。

邵　兴　只要是咱们的孩子,男孩女孩都一样,我都喜欢。

李慧珍	现在说这些还早呢。
邵 兴	咱们聚少离多,一年也见不上两次……自从知道你怀孕,我和姆妈不知道有多开心。孩子的名字我都想好了,你不是最喜欢蒲公英吗? 女孩就叫阿英。要是男孩就叫康民,守护广大人民的健康。
李慧珍	这次打算在家里待多少天?
邵 兴	下周就要回矿上了,但是你放心,等你要出生的时候,爸爸一定提前申请回来。
李慧珍	老邵,老邵,你先坐。
邵 兴	(对着肚子说)爸爸不走不行,爸爸要努力工作,供你读书,先上小学、读初中、读重点高中,再读名牌大学,大学之后再当科学家、当警察……哎! 但爸爸跟你商量个事,咱不做医生好不好啊! 别的干什么爸爸都支持你!
李慧珍	为什么不能做医生啊! 当医生救死扶伤多好啊!
邵 兴	当医生太操劳了,爸爸不忍心啊!
李慧珍	老邵,我有事跟你商量。
邵 兴	听你妈妈讲两句!
李慧珍	(犹豫片刻,握住丈夫的手)你看,我马上要去日内瓦了。
邵 兴	(开心的)妈妈要带你去日内瓦了。
李慧珍	这孩子能不能不要?
邵 兴	孩子能不能……慧珍,不能当孩子面开这个玩笑。
李慧珍	我没开玩笑。
邵 兴	(语无伦次)怎么不能要啊慧珍? 你是不是身体哪儿不舒服?
李慧珍	我没不舒服。

邵　兴　这可是咱们的孩子啊！

李慧珍　对不起老邵,我跟你一样爱他,一样期待他的到来,可是他来得不是时候。

邵　兴　(跪下说)慧珍哪！你先别激动,你就当我求你行不行。孩子的爷爷奶奶都在等着……

李慧珍　对不起老邵,他来得不是时候,我不能要他。我已经决定了！

邵　兴　别的我都可以答应你,可这件事我不同意。

　　　　〔李慧珍拿出了报告。

李慧珍　我已经……

邵　兴　已经怎么了?

李慧珍　我已经向组织提交了报告。(邵兴松了一口气)日内瓦我是一定要去的。我要把中国"赤脚医生"的经验带到全世界,你知道可以救多少人吗?

邵　兴　(气急败坏)别人的命你总是看得比什么都重要。别人的命才是命！但你不能为了救别人的命,就要了孩子的命,要了我的命吧?

　　　　〔光转,另一个演区老年李慧珍趴在卫生所的办公桌上熟睡。老年邵兴叫醒了她。

邵　兴　慧珍,你怎么在这儿睡着了?

李慧珍　看完最后一个病人有点累,趴了会儿就睡着了。哎哟,都天亮了。

　　　　〔李慧珍一脸疲惫,用手搓了搓脸,试图让自己清醒一些。

邵　兴　又做梦了?

李慧珍　我,我梦见刚怀老大的时候。

邵　兴　过去了就过去了,老大也已经长这么大了。

李慧珍　老大最近打电话来吗?

邵　兴　电话是没有的。

李慧珍　(有些失落)是我这个当妈的亏欠他的。

邵　兴　但是他回来了。

李慧珍　康民回来了!(激动地站了起来)这不是过年过节,他这个时候回来做什么? 不会发生什么事吧?

邵　兴　是有事!(李慧珍面露惊色,邵兴握住她的手,轻轻拍了拍以示安慰)

李慧珍　什么事? 你赶紧说啊,还卖关子。

邵　兴　别着急,喜事! 康民啊,进来吧。

　　　　[邵康民提着保温壶走上。

李慧珍　你怎么这个时候回来了?

邵康民　这不是想您了! 妈,您先坐! 这是早上您儿媳妇刚包的汤圆,您尝尝。

李慧珍　太好了,谢谢你们了。老邵,你刚刚说喜事? 快说说什么喜事,我们家可是很多年没有喜事了。

邵康民　妈,闻闻,怀孕啦!

李慧珍　(惊喜地站了起来)真的? 太好了! 盼星星盼月亮,总算把大孙子盼来了。什么时候的事啊? 男孩还是女孩啊?

邵康民　妈,刚怀上,还不知道是儿子女儿呢。

李慧珍　不管是男孩女孩,都一样,妈都喜欢。

邵　兴　快吃吧,儿媳妇孝敬你包的汤圆。

李慧珍　来来来,一起吃。

邵　兴　我们在家里都吃过了。

李慧珍 （打开保温壶，吃了一口）好吃，闻闻的厨艺进步了。还记得你小时候包汤圆，把面粉当成糯米粉，结果包的汤圆一下锅就全化了。

邵康民 （动作由拘谨到放松）妈，您怎么把这事儿拿出来说啊？那时候我才五岁，灶台还够不着，就跟弟弟两个人站在凳子上烧火做饭了。

李慧珍 穷人的孩子早当家，你们没让爸妈失望。

邵康民 妈，我跟弟弟都已经成家了，也有了自己的事业，让您和爸爸留在村子里，我们心里总觉得过意不去。

邵　兴 （试探）听秀英说，村里会分配一个医学生过来，要我说你就趁这个机会退了吧。

邵康民 是啊妈，正好闻闻怀孕需要人照顾，她爸妈在外地过来不方便，我工作经常要出差，她一个人在家我不放心。您是经验丰富的老医生，没有人比您更合适了，就跟我一起去城里住吧。

李慧珍 你们父子俩少在这一唱一和的。城里条件这么好，产检去大医院也方便，用不着我这个老婆子。这里才离不开我，我也离不开乡亲们。

邵康民 什么离不开啊，人家正规医学院的高才生在这里给村里人看病，您有什么不放心的。

李慧珍 你以为读个几年书就会看病了？你想的天真！

邵康民 您一个小学毕业的都能做几十年医生，更何况人家一个正规医学院毕业的大学生。医术肯定不会比您差。去年闻闻腿骨折了您就没来看她，她心里已经有疙瘩了。这次我是替您大孙子来请您的，您不给我们面子，不能不顾及闻闻肚子里的老邵家的长孙啊。那些外人能跟肚子里的这位比吗？

李慧珍　怎么是外人呢？桃源村的每户每家，这些老老少少，这么多年都是我给看的病，我了解他们就跟了解自己家人一样，什么时候拿他们当过外人。再说了，还有后院的百草园里一百多种药草，我走了谁来照顾？告诉你，城里我不去。

邵康民　是是是，他们都是您的家人，这些野草也都是您的孩子。我们不算什么。我看您不是舍不得这里，是舍不得自己"中国赤脚医生第一人"的头衔。

邵　兴　怎么跟你妈说话呢？越说越不像话。

李慧珍　你不懂！（坚定地）你什么都不懂！

邵康民　我不懂！我不懂您的工作有多么伟大，多么有意义，但是我知道，每过完年，爸爸就要远去甘肃工作，家里用的钱几乎都是爸爸用命赚的。那年奶奶骨折躺在床上，大小便没人管，您也是医生，您怎么说的？您对奶奶说，卫生所治病救人要紧，让奶奶只好受一点委屈。我跟弟弟从懂事起就开始挑水、洗衣、做饭，同龄的孩子还在父母怀里撒娇，我们就会下田插秧了。您又是怎么说的？您说穷人的孩子早当家。这话也没错，可别人都笑我们是有娘生没娘养的野孩子。

邵　兴　住嘴！要怪就怪我，在甘肃待了一辈子，直到退休才回来，没尽到父亲的责任。你们别怨她。

邵康民　我没怨她。我考上了重点高中，家里没钱供我读书，只能选择家门口的学校。您倒好，又是做农民，又是做医生，又是做干部的，一年下来光拿工分不拿钱，病人看病没钱您还要问爸爸要钱。爸爸理解您,奶奶理解您,我也想理解您!您这辈子"为人民服务",崇高,伟大,可现在卫生所不需要您了,您还赖在这里有什么用啊?您什么都想要,一直要,会不会太贪心了?

〔李慧珍一怒之下将手中的碗摔在了桌上。邵兴挡在李慧珍和邵康民中间调和。袁满赶来上班,远远看见正在激烈争吵的一家子,站在门外不敢上前。

邵　兴　你混账!说好是来劝你母亲的,是让你说这些乱七八糟的了?给我滚回家去!

李慧珍　你让他说!

邵　兴　说什么呀!

李慧珍　你让他说!

邵康民　什么样的母亲因为要参加一个会议,就决定打掉自己怀着的孩子?要不是国家让怀孕的女同志暂缓出国,您会生下我吗?如果国家第二年没有给您参加世界卫生大会的机会,您会恨我吧?

〔儿子的话像是一把剑,深深地扎进她的心里。夫妇俩极为震惊,邵兴扶着颤颤巍巍的妻子,一语不发。

〔光转。

三　问诊

〔卫生所里,袁满将堆放的农具等不符合医疗卫生规定的物品清理了出来。连桌上的饼干糕点零食和那个破旧的医药箱，也一并被请出了卫生所。

村民乙　你们快来看看，这是什么新鲜玩意儿，怎么从来没见过？

村民丁　这不就是袁医生从城里带来的新规矩号码牌吗？

村民甲　医术不知道怎么样，规矩倒定了不少。

村民丙　你不懂，这是新医生搞点花头给你看看的，土包子。

村民丁　瞧你说的，你、你、你，不都是土包子？

袁　满　要问诊的病人请排好队。

　　　　　〔村民只觉得新鲜，嘟嘟囔囔排成了一个歪歪扭扭的队伍。袁满为村民甲做了简单检查后，眉头紧锁，在电脑上敲击着。村民甲惊恐地看着袁满，又看向电脑，奈何一无所获，以为自己得了什么大病，坐立不安。与袁满的惜字如金相比，村民甲明显要焦躁很多。

村民丙　卫生所也要改朝换代了。

村民甲　医生，怎么了？是不是很严重？我不会得了什么大病吧？

袁　满　嗯……（看着电脑上的数据，尾音拖得很长）

村民甲　医生你不要瞒我，有什么问题你尽管说，我能接受。

袁　满　问题嘛，有是有……（村民甲惊恐地站了起来）

村民甲　（带着哭腔）我就知道，活不长了。最近夜里老是做梦，梦见去世的老爹来接我跟他一起住。

　　　　　〔就在村民甲喋喋不休的时候，袁满飞速地写好了病历，拿了一盒药，一起交给村民甲。

袁　满　不会死的，上火而已。下一个。

村民甲　什么？你确定没有看错吗？（凑了上去）要不你再仔细看看。

袁　满　第一次见没病找病的。下一个。

　　　　〔村民甲将信将疑,还未死心,袁满已经在对村民乙望闻问
　　　　切了。随即同样飞速在病历上写了几行字,递给村民乙。

袁　满　没什么大问题,回去按时吃药。

村民乙　医生,真没事吗?

袁　满　没问题啊,下一个。

村民乙　我……

　　　　〔村民乙疑惑地走到一边,等他回过神,村民丙也已经看完
　　　　了。大家议论纷纷。

村民乙　(拿着病历卡)这上面写的啥字啊? 我识的字不少啊,怎么
　　　　一个都不认识啊?

村民甲　(凑过来看了一眼,向村民乙展示了自己的病历卡)我的也
　　　　是啊。

村民丙　这叫火星文,只有医生看得懂。

村民乙　每个人一分钟不到,也不知道看明白没有。

村民丙　你就是土包子一个,城里大医院看病都是这样的,看病先取
　　　　号排队,排队两小时看病两分钟。

村民乙　我来都来了,还不能多唠几句啊。

村民丁　该说的医生都说了,你问再多有啥用,听得懂还是怎么的?

　　　　〔袁满在墙上贴了一张通知,村民立刻围了上来,其中一人
　　　　大声读出通知的内容:"由于工作安排,每周五停诊一次,每
　　　　周一到周四正常上班,带来不便望谅解。"

村民甲　小袁啊,这就是你的不对了,生病我还能挑日子啊?

袁　满　周五我还有别的工作安排,不可能一天到晚守在这里。

村民乙　那我们以后生病了能去你家找你不?

袁　满	我不住在村里。
村民乙	什么？还有不住在村里的村医生？
袁　满	我住在市里，工作日开车来上班，不耽误工作的。不是不欢迎你们，你们要来我家找我看病，还不如直接去市医院。
村民丁	那我要是生病了你不在怎么办？
袁　满	小病吃药，大病去三甲医院。
村民乙	（窃窃私语）我听村书记说，他每年的工资可不低，我们村哪有钱养这么尊大佛啊？
村民甲	这钱不用我们给，国家出。
村民乙	那还不是羊毛出在羊身上。
村民丙	（故意大声挑衅）以前慧珍姐在的时候，一天24小时随叫随到，现在每周固定时间看病，这是什么规矩……
袁　满	这位老乡，以前是以前，现在是现在。从今天开始，所有人看病都要照规定来。还有，这里是卫生所，不是娱乐场所，请大家保持安静，卫生所不得大声喧哗。（拿出一张"禁止喧哗"的纸贴在了墙上）
李慧珍	有一句话叫入乡随俗（从观众席入），你既然来了我们桃源村，就要按照我们桃源村的规矩办事。
	［众人循声望去。只见李慧珍戴着草帽，背着农具，汗流浃背但步履矫健。她迅速洗了个手，捋了捋头发，坐了下来。
袁　满	李医生，您这身，不符合卫生规定，不适合接诊吧。
	［李慧珍看了一眼衣架上的白大褂，迅速穿在了身上。
李慧珍	你的工作时间是周一到周四的早上八点半到下午四点半？
袁　满	是的。
李慧珍	中午有休息时间吗？

袁　满　十一点半到一点半午休。

李慧珍　要不要我再给你拿份报纸,泡杯茶?

　　　　⌈众人大笑。

袁　满　这是上级卫生部门的规定,而且我能保证在工作时间高质
　　　　量高效率完成接诊的任务。您看今天上午,以往拖拖拉拉
　　　　要半天才能接诊完的病人,我一个小时就看完了。不闲聊,
　　　　不瞎扯,既节省了病人的时间,也保证了工作时的专注。

　　　　⌈李慧珍找她的医药箱,这才发现躺在门口的地上。她小心
　　　　捡了起来,从药箱里拿出秘制的安心茶,像往常一样给大家
　　　　泡上。

袁　满　按照规定,您不能给病人喝这些来历不明的东西。

李慧珍　来历不明?你来我们村第一天不是也喝了嘛?有不舒服
　　　　吗?看病之前给大家喝杯安心茶,唠唠家长里短,聊聊八卦
　　　　新闻,谈笑风生中病就看完了。你以为只是闲聊扯淡呢?
　　　　你们老师应该教过要透过现象看本质,聊天的本质就是望
　　　　闻问切,对病人的饮食起居、生活日常了如指掌才能对症
　　　　下药。

袁　满　根据病人的症状,一样可以对症下药,药到病除。

李慧珍　你真的以为把症状治好了就完事儿了?

袁　满　我们的工作不就是这个吗?我知道您是从"赤脚医生"的年
　　　　代过来的。白天务农,晚上送医送药。如今那个缺医少药
　　　　的时代已经过去了,新的疾病给医生带来了更多的挑战,如
　　　　果现在医生还去下地插秧收割,帮助病人处理家长里短、鸡
　　　　毛蒜皮的小事,还怎么能做好本职工作呢?

李慧珍　年轻人啊,看来有些事情真的是需要年龄才能懂,村民们已

经用脚投票,在你我之间为他们的健康做出了选择。袁医生,你说呢?

[村民起哄,一个村民见两人争执不下,悄悄叫来了黄秀英。

黄秀英　哟,聚在这儿聊天呢。田里活儿都干完了?

[黄秀英给身边的村民使了一个眼色,村民招呼着其他人纷纷离开。同时阻止袁满继续争论。

黄秀英　慧珍姐,你快去给我泡一杯那个神仙茶来。我这口腔溃疡反反复复,现在连呼吸都疼。

李慧珍　自己不爱惜自己,别浪费我的茶了。(嘴里说着狠话,身体却很真诚,立马给黄秀英泡了杯茶)

黄秀英　你原先说我是工作狂,我今天就是用实际行动告诉你,人不光要爱工作,还要爱生活。我参加老年京剧团的一个面试,你猜怎么着,导演一看我这形象,觉得我是女一号的不二人选。

李慧珍　你确定是女一号,不是女一号的丫环?

黄秀英　真真切切的女英雄——穆桂英。

李慧珍　那真要恭喜你哦。你说你退休就退休了,一把年纪了还搞了个第二事业,看不出来你还有一个当演员的心啊。演了女一号就不要身体了?

李慧珍　我就是被村支书耽误的女明星。好不容易有了实现多年愿望的机会,我还不得抓紧时间排练啊。你也知道我不是专业的,所以要比那些专业演员花更多心思,吃更多苦。当初你去考医师证的时候,不也是这样嘛。

李慧珍　我那时候多大,你现在多大?真当自己还二三十岁呢?

黄秀英　那你看我,是不是还保持着当年的风采。他们怎么说我来着,风韵犹存!

[黄秀英突然牙疼,李慧珍将一包包好的草药交到她手中。

李慧珍　再这样不爱惜自己的身体,大罗神仙也救不了你。

袁　满　等一下。你的口腔溃疡反复发作多久了?

黄秀英　记不清了,得有一个月了吧。

袁　满　(绕着黄秀英转了一圈)你是一直都这么瘦吗?

黄秀英　为了这个角色,特意减肥的,最近瘦了十斤。

袁　满　一个月内暴瘦十斤,恐怕不是减肥这么简单。

黄秀英　怎么了?

袁　满　你的口腔溃疡极有可能是其他病灶导致的,我建议您明天
　　　　去大医院按照流程,做一遍检查。

李慧珍　暴瘦是对身体不好,可我们农村人,谁家里没有农活,谁不
　　　　辛苦?注意饮食营养均衡就行了,没什么大惊小怪的。

袁　满　您不能讳疾忌医啊。

李慧珍　你多虑了。我们俩认识几十年了,她一直就这样,像你刚
　　　　才说的那些个家长里短、鸡毛蒜皮那些事,哪个不需要她
　　　　来管?她能按时吃饭睡觉啊?要真能,她的口腔溃疡就
　　　　好了。

袁　满　李医生……

黄秀英　口腔溃疡而已,还去什么大医院,我哪有这个闲工夫。

袁　满　李医生,我觉得我们应该好好谈谈。

李慧珍　谈口腔溃疡的治疗方法吗?还是谈谈你的工作态度?

袁　满　您似乎对我有偏见。

李慧珍　不是偏见,咱们的见解根本就不在一条道上,道不同不相
　　　　为谋。

［李慧珍一边说着一边把门口的农具搬了进来。

黄秀英　小袁啊,你也别生气。

李慧珍　黄书记,你来评评理,袁医生一来就把我的东西都扔在外面
　　　　是怎么回事? 今天扔我的东西,明天是不是连我也要一起
　　　　扫地出门啊?

黄秀英　怕是有什么误会吧? 他们老师告诉我小袁是个品学兼优的
　　　　孩子。小袁,你快跟李医生解释清楚,这是怎么回事?

袁　满　卫生所空间本来就不大,更应该合理利用。诊疗区和候诊
　　　　区混在一起,大家没事就喜欢聚在这里,看病的,聊天的,下
　　　　棋的,乌泱泱的什么人都有。我花了一上午打扫卫生,清理
　　　　杂物,还要接诊病人,结果反而吃力不讨好。

李慧珍　这个医药箱也是杂物?

袁　满　您看这医药箱都破成什么样了? 不打开看还以为是一个废
　　　　弃的木箱子。

李慧珍　废弃的木箱子? 我告诉你,这个医药箱跟了我一辈子,它跟
　　　　着我去过联合国,参加过国庆阅兵,毛主席和周总理接见我
　　　　的时候,我都把它背在身上! 它走进过千家万户,是千千万
　　　　万贫苦百姓家里的座上宾,它的年纪比你还要大些。

黄秀英　行了行了,他也不是故意的。你一个享誉中外的老医生,跟
　　　　一个刚毕业的学生计较什么。你还嫌不够忙啊?

李慧珍　我计较? 我误会? 那这些糕点呢? 也是误会?

袁　满　我还从来没见过医生的接诊室里会有这么多零食。

黄秀英　行了,袁满,少说两句!

袁　满　也许您该好好考虑一下您儿子的话。

李慧珍　我儿子怎么了?

黄秀英　袁满,别说了!

李慧珍　你让他说。

袁　满　您儿子让您去城里照顾孕妇,不过是找个借口想让您放下
　　　　卫生所的工作。您的丈夫倒是理解您,可他还不是为了迁
　　　　就您而放弃了享天伦之乐。大家不断地回忆、强调您过往
　　　　的不易和功绩,就是想证明您曾经对这个村子的贡献,强调
　　　　您曾经不可替代的价值。可是,那都是过去! 1985 年初,
　　　　卫生部就不再使用"赤脚医生"这一称呼,"赤脚医生"的时
　　　　代结束了!

黄秀英　袁满,你别说了!

李慧珍　我听明白了,你说这些,就是想告诉我,我老了,不中用了!

袁　满　黄书记,我来之前您特意到我们学校找过我,您当时是怎么
　　　　说的?

李慧珍　你去他们学校找的他?

黄秀英　新书记忙不过来,就托我替他跑一趟。

袁　满　那是因为新书记不敢和您提这件事。黄书记,您说桃源村
　　　　需要改变,需要更好的医疗环境,需要更先进的医疗技术,
　　　　所以你们重修了卫生所,希望我毕业以后过来。可是现在
　　　　呢? 村民不理解,李医生处处不满意,您夹在中间也左右为
　　　　难,我不知道我来这里还有什么意义。还有这个医药箱,
　　　　(跑过去拿起来、托着)一个应该待在博物馆里的老古董,一
　　　　个应该出现在媒体新闻中的宣传品,或者应该变成一张照
　　　　片,印在教科书上供后人顶礼膜拜。对,它历尽沧桑,它功
　　　　不可没,它应该被历史牢记,但是它不应该还出现在这里。
　　　　这个时代,已经不属于它了。

〔袁满拎着医药箱的带子,高高地悬在半空中,突然啪的一声,带子断了,医药箱摔到地上,本就不堪一击的木箱子,盖子已经脱离了身体,里面的药品和器具滚落一地,四分五裂,支离破碎。这一声,狠狠地击中了李慧珍,她痛心不已,慢慢缓下身子,一点点捡起四散的零件。

〔袁满为自己的失手懊悔不已。急忙想要捡起地上的残骸。被黄秀英拉住。

〔光转。

四　传道

〔一阵雷雨以后,卫生所焕然一新,百草园焕发出勃勃生机,湿漉漉的叶子上还挂着圆滚滚的水珠,争先恐后地一跃而下,扎进泥土里。清新淡雅的白色蒲公英在微风中悄然无息地摇曳生姿,游离于姹紫嫣红的名利场之外,一个个蓄势待发,为即将奔赴远方而努力。卫生所迎来了健康医学院的师生。一群学生跟在熊老师后面,有人拿着笔记本,有人拍照录像。

学生甲　(深深吸了一口气)这里空气真好,泥土都是香的。

学生乙　"渭城朝雨浥轻尘,客舍青青柳色新。"大概就是这个样子。

学生丙　我老家雨后也是这个味道,有点想家了。

熊老师　等你们毕业就可以回老家了,到时候天天生活在世外桃源。

学生甲　熊老师,这儿可真美! 但是偶尔体验体验生活还行,美要保持距离。

学生丙　还是没有城里方便。昨天晚上我们几个肚子饿了,出去逛了一圈,也没找到一家可以吃夜宵的店。

熊老师　这点生活上的苦就受不了啦? 我们上海健康医学院的学生,毕业以后可是要到祖国的大江南北,广阔的农村地区发光发热的。就像是蒲公英洒向祖国大地的种子,飘到哪就在哪里生根开花。你们的学长学姐有很多已经为你们打好了前站。袁满就是在这里工作的。袁满呢? (走到卫生所的门口呼唤)袁满……

　　　　〔袁满半天才走出来,一副心事重重无精打采的样子。熊老师走到袁满身边,盯着他手里的医药箱看了半天,若有所思。

袁　满　熊老师好,同学们好。

学生甲　学长,我们来看你啦。

学生乙　学长好!

学生丙　学长好!

熊老师　袁满,我们正好说到你,这几天工作怎么样,还适应吗?

袁　满　我……都挺好的。

熊老师　刚刚正说到你,忙什么呢?

袁　满　修东西……

　　　　〔停顿。

熊老师　修东西? (看了一眼诊室内)今天没有病人?

袁　满　嗯……

熊老师　一直都是这样吗?

袁　满　这两天挺闲的……

〔停顿。

熊老师　（看了一眼墙上的字）禁止喧哗，你贴的？

袁　满　我贴的。

〔停顿。

学生甲　刚刚一路走过来，看村民都在田里干活，可能是最近农忙，大家也没时间生病。

学生乙　怪不得这里这么冷清。

学生丙　（小声嘀咕，还是被众人听到）农忙的时候不是小毛小病最多的时候吗？什么腰酸腿疼、胃胀胃酸、感冒伤风的……

〔学生甲拽了拽学生乙的衣袖。

〔气氛突然变得严肃起来，熊老师拿出一封信。

熊老师　袁满，这里有一封你的投诉信。

〔众人惊愕，退到一旁窃窃私语。

袁　满　投诉我？（不可思议地接过投诉信，迫不及待地看了起来）熊老师，上班时间又不是我定的，他们凭什么投诉我？还有诊疗方式我都是严格按照规定来的。他们简直就是蛮不讲理，不可理喻。熊老师，我没有错，不怕他们投诉。

熊老师　好，那就先不论对错，你先给大家讲讲这几天的工作体验吧。

〔稍停顿，众人齐刷刷地看向袁满。

袁　满　（像是背诵课文一样无精打采地介绍）这里就是中国第一位"赤脚医生"李慧珍曾经工作过的卫生室。"赤脚医生"是中国卫生史上的一个特殊产物。没有固定编制，一般指经乡村或基层政府批准和指派，有一定医疗知识和能力的医护人员……

熊老师　停停停！说书上没有的。

袁　满　我刚来这工作的时候,发现这里的人没有人叫她李医生,都喊她慧珍姐。不管何时何地,只要病人有需要,她就会去病人家里赴诊。治得了的,就尽力去治。治不了的,就送医院治,有时还亲自陪着送去。

学生甲　那这里的村民看病贵吗?

袁　满　她不拿工资,给村民的药也很便宜,有时候碰上困难户,她还倒贴。

学生甲　还有这样的人? 她是怎么坚持这么多年的啊?

学生乙　熊老师,她们那个年代的医生都是这样的吗?

熊老师　(看向袁满)袁满,这几天你一直跟着李医生,还是你来说一说吧。

袁　满　"全心全意为人民服务",这是她的口头禅。

学生甲　那个年代的人都是有信仰的吧。

学生丙　整天喊口号,生怕别人不知道。

熊老师　袁满,你也是这么认为的吗?

袁　满　熊老师,您想听真话吗?

熊老师　你说说看。

袁　满　我们入学前都是签了定向协议的,学费是国家交,每个月还有生活补贴。毕业后也不愁找工作,回农村下基层定向就业,工资待遇都很稳定。我们努力让自己学有所成,努力让自己在城里立足,可是现在,一切好像又回到了原点。站在村尾一眼就能看到村头,就像站在这个院子里,就能看得见我人生的尽头。医者仁心、救死扶伤,我也有自己的人生理想,我不想一辈子困在这里,防防病、发发药、宣宣教,这样的人生是没有意义的。

熊老师　说得好！

　　　　[大家惊讶地看着熊老师。几位同学跃跃欲试。

学生甲　老师，学长说得对，现实就是很多同学为了将来有更好的发展、有更广阔的天地，都想要去更大的医院工作。

学生乙　熊老师，同学们，我想分享一个经历。去年我在三甲医院见习的时候，有一次和同学逛街，看见一个女人被车撞飞，我们本能地冲过去用还没实践过的急救知识，组织现场搬运、按压，直到救护车赶来，救护车司机给我们竖起了大拇指，那是我第一次体会到救死扶伤的自豪和满足。

学生丙　看到那一双双充满渴望的、噙着泪水的眼睛，听到那些发自肺腑的感激，才知道自己被需要，被信任，被生死相托，所有的辛苦和汗水都是值得的。

学生甲　老师，我们不是吃不了生活上的苦，是吃不了精神上的苦。既然选择了从医，早就有了心理准备。和死神搏斗，只能赢，不能输，因为我们输不起。

熊老师　好，大家说得都很好，只是……

村民甲　(拿着修好的医药箱走上)袁医生，你托我修的东西我修好了。

袁　满　谢谢啊。

　　　　[村民甲走下。

袁　满　慢走！

　　　　[袁满拿起医药箱。

熊老师　袁满，这是李慧珍医生的医药箱吗？

袁　满　嗯。

熊老师　这个箱子我见过,这可是活历史啊。这么好的东西……

袁　满　是我不小心给摔坏了。

熊老师　你啊,这李医生还不得心疼死啊。

袁　满　现在都什么年代了,还需要靠这样一个破损严重的医药箱
　　　　行医治病?卫生所像是娱乐场所,医生像农民。行医规范
　　　　形同虚设。这跟我在学校接受的医学教育完全不一样。您
　　　　说,这封投诉信,能怪我吗?

熊老师　既然被投诉了,就要写检查。

袁　满　(一脸不服气的样子)凭什么?

熊老师　这样吧,检查先欠着,老师给你布置一个作业。学校正在筹
　　　　建基层医生博物馆,你就以这个医药箱做一个报告,好好介
　　　　绍一下这个医药箱的来龙去脉。做得好,检查的事一笔勾
　　　　销,做不好,检查一个字也不能少。

袁　满　老师,就这么一个医药箱还用得着做一个报告?我不写。

熊老师　老师问你们,很多时候大医院里的医生治不了的病,"赤脚
　　　　医生"、乡村医生反而治得了,这是为什么?

袁　满　这不可能!

熊老师　可不可能自己去求证。刚才你提到的精神上的辛苦,还有
　　　　关于乡村医生是否有存在的意义的问题,答案也许就在这
　　　　医药箱里。

袁　满　熊老师,那如果我做完了这个报告,可以选择离开这里吗?
　　　　我从小的梦想就是拿起手术刀,去拯救更多的生命。

熊老师　我知道你父母都是医学界知名的专家教授,你从小耳濡目
　　　　染的生长环境和现在的经历有天壤之别。等你做完了,如
　　　　果还想离开,我支持你。

五　症结

[舞台后方出现一个熟悉的身影,老年李慧珍正在给百草园
里的花花草草施肥浇水,披一身蓑衣,任凭一生风雨。瘦小
的身躯沉浸在一片花草中,远远看去,像是一株遗世独立的
孤独而倔强的蒲公英。

[黄秀英裹着头巾,忧心忡忡地走来。背对着李慧珍。李慧
珍看了一眼黄秀英,继续低头干活。

李慧珍　这就扮上了? 这么晚了你找我有什么事啊?

[黄秀英不作声。李慧珍笑着看了她一眼。

黄秀英　没事。

李慧珍　你呀,无事不登三宝殿,又是来做和事佬的?

[黄秀英依旧不作声。李慧珍停下。

李慧珍　我可跟你说,小袁的背景我都了解清楚了。医学世家,优秀
毕业生,心气高。但是想要独自撑起咱们这个卫生所,恐怕
还得再磨炼磨炼。你也甭护着他了,小心我说出什么不好
听的话,你听着心里难受。

[黄秀英突然哭了出来。李慧珍赶紧放下手上的活儿,走向
黄秀英。

李慧珍　你看你,好好的哭什么? 我这不还没说呢嘛。

[黄秀英哭得更撕心裂肺了。

李慧珍　我这人就是心直口快,咱们这些年虽然经常斗个嘴,但是你

知道的呀,我能有什么坏心思呢? 你快别哭了,我最见不得别人掉眼泪。

黄秀英　慧珍姐……

　　　　[黄秀英缓缓扯下头巾。只见嘴角鼓起一个大包。李慧珍吃惊地看着这个大包,用手轻轻触碰,黄秀英哇的一声喊了出来。

李慧珍　你毁容了?

黄秀英　(见李慧珍愣住了,紧紧抓住她的手)慧珍姐,你救过那么多人的命,会一百多个民间药方,之前村里有个小孩,刚出生已经没气了,你给打了一针人就活了,救救我,你一定有办法救我的,对不对?

　　　　[李慧珍拉着她就往外走。

李慧珍　咱去医院。

黄秀英　不,我不去。

李慧珍　不去医院怎么治你的病?

黄秀英　我就是从医院回来的。

李慧珍　检查报告出来了? 怎么说?

黄秀英　癌症。

李慧珍　现在医学这么发达,癌症也能治的。

黄秀英　晚期。

李慧珍　啊? 那接下来怎么办?

黄秀英　还能怎么办? 住院,手术。

李慧珍　那我们就听医生的,现在就去医院。

黄秀英　我不去,我不想去。

李慧珍　你担心什么? 担心没人陪你,还是没钱? 你放心,有我呢。

〔黄秀英摇了摇头。

李慧珍　一把年纪了,怎么还跟个孩子一样任性。

〔黄秀英缓缓抬起头,擦干了眼泪。

黄秀英　我来了这么久,连杯安心茶都没有。

〔李慧珍起身去泡茶。黄秀英接过茶,一饮而尽。

李慧珍　我再去给你拿点点心。

黄秀英　别,慧珍姐,你陪我坐一会儿。

黄秀英　慧珍姐,咱俩一起在桃源村相伴了一辈子了,是最好的姐
　　　　妹。人活一辈子,就活个价值。你做"赤脚医生",红遍全
　　　　国,被需要了一辈子,被肯定了一辈子,你们家老邵爱了你
　　　　一辈子。事业和爱人你都有了。可是我呢,除了工作,什么
　　　　都没有,晚了,晚了,什么都晚了。我知道这世上还有比生
　　　　命更重要的事情。

〔李慧珍思考片刻。

李慧珍　我知道,对你来说那就是舞台。只要你好好坚持治疗,我一
　　　　定圆你这个梦。对了,你那个戏,什么时候演啊?

黄秀英　下个月,可是你看我现在这个样子还怎么演啊?

李慧珍　这有什么呀,现在的化妆技术已经很高明了,男人都能化
　　　　成女人,化妆师都可以解决。你以前不是老觉得我抢了你
　　　　的风头吗? 这次咱好好出一回风头。我把你打扮得漂漂
　　　　亮亮的,让你闪亮登场,让所有人都看看我们黄秀英是最
　　　　美的。

黄秀英　可能是我这辈子的最后一次演出了,也是这辈子唯一一次
　　　　演女主角了。

李慧珍　别想太多了,早些回去休息吧,送送你。

黄秀英　慧珍,谢谢你。

李慧珍　你和我说这话就见外了。

黄秀英　走了!

　　　　[黄秀英含着泪,满怀感激地离开。李慧珍见她走远了,赶紧脱下围裙,拿起外套正准备离开,袁满拿着修好的医药箱赶来,喊住了李慧珍。

袁　满　李医生。

　　　　[袁满走上。

李慧珍　你来得正好,我有事跟你商量。

袁　满　我也有事找您。(将医药箱递给李慧珍)李医生,我不是故意的,对不起。

　　　　[李慧珍接过医药箱,拿了一盘糕点招待袁满。

李慧珍　其实那天被你扔出去的点心,是老邵知道你来特意为你准备的,怕你刚来辛苦,肚子饿了还能垫垫。

袁　满　糕点我确实没打算扔,我就是想把桌子擦干净再放回去。

李慧珍　行啦,不怪你。接诊室要有接诊室的样子。过些天有空了,我们一起把这里重新规整规整。

袁　满　我都计划好了,我们可以把诊疗室和候诊室分开,还可以隔出输液室、药房,药物分门别类,每一种药物的库存和保质期都可以列个表写在小黑板上……

李慧珍　好,听你的。不过这事儿不急。我问你,这个左颊黏膜……

袁　满　左颊黏膜恶性肿瘤?

李慧珍　对对对,它的治愈率有多高啊?

袁　满　黄书记? 确诊了?

　　　　[李慧珍点了点头。

李慧珍　很严重吗？你赶紧和我说说。

袁　满　以前跟老师见习的时候遇到过一次这样的病例。绝大多数
　　　　　黏液表皮样癌为低度恶性，生长缓慢、质硬，表面光滑……

李慧珍　行了行了，你说这么多我也听不懂，你就告诉我这能不
　　　　　能治？

袁　满　如果早期配合治疗还是很乐观的。

李慧珍　能治就行，我来想办法。

袁　满　但是……高度恶性者复发率为60%。而且治疗的过程会很
　　　　　痛苦，不知黄书记能不能坚持下来。

李慧珍　我相信她，她能。

袁　满　我们还是要做好最坏的打算。

李慧珍　就算……（哽咽），就算治不好，我也得让她体体面面、开开
　　　　　心心地走完最后一程。

袁　满　我能做点什么吗？

李慧珍　你信我吗？

袁　满　我们不都是百姓健康的守门人吗？

李慧珍　（满意地看了看医药箱）小袁，医药箱修得不错。

袁　满　我看再用个十年不成问题。

六　试药

　　[李慧珍背着医药箱走上。她拿下帽子，露出肿胀的脸。随
后打开医药箱，将日记本摆好，一边翻着医书，一边拿了一

把草药放到嘴里嚼了嚼,咽了下去,霎时天旋地转,一头栽倒。邵兴赶来发现躺在地上的妻子,慌忙扶她坐起,李慧珍明白自己中了毒,艰难地指了指药箱里的一包药,又指指自己的嘴巴。邵兴慌忙把那药喂到她的嘴里,轻抚着她的后背,焦急紧张地看着她。李慧珍半天才缓过来,却跟没事人一样,拍了拍老邵的手。

〔李慧珍打开笔记本,记下药性,随后又用银针在自己脸颊上扎了几针。

邵　　兴　你这是在干什么?你又试药了?你不年轻了!

李慧珍　我没事。

邵　　兴　为了秀英?

李慧珍　让她少遭些罪。(指了指脸上的伤)有我陪着,她就不害怕了。

邵　　兴　慧珍!你真是疯了。你要是有事,我怎么办啊!

李慧珍　别担心,试针试药,又不是第一次了,习惯了,死不了。

〔李慧珍继续她的试验,邵兴拦不住,只能在一旁守着。邵康民怒气冲冲地匆匆赶来。

邵　　兴　你今天这个样子,儿子来了要怎么见他啊?

李慧珍　儿子要来?

邵　　兴　今天秀英演出,钱不够,昨天我打电话给他,让他送钱过来。

邵康民　做医生不够,又想要做活菩萨了!妈,上次我给您道歉了,我承认错误了,您一说要用钱,我连媳妇都没通知,回家拿上卡就赶过来了。(拿出一张银行卡,并未看到母亲的脸)我还以为出什么事了,村口看见大家都喜气洋洋的,原来您是要办什么演出,咱们家是开银行的吗?(邵兴拦住了他,

　　　　　　康民走近这才看清楚李慧珍)妈,你的脸?(焦急地)难不成
　　　　　　你跟秀英姨一样,也得了那个什么病?

邵　兴　　呸呸呸,你这个嘴,少咒你母亲。

李慧珍　　我在试药呢。

邵康民　　妈!你不要命了吗?

李慧珍　　你妈我命硬着呢,还要看孙子出生、上小学、上大学,要活到
　　　　　　一百岁呢。

　　　　　　[邵康民含泪转过身去,擦干眼泪,走到李慧珍身边,从口袋
　　　　　　里拿出一张银行卡、一张宣传画。李慧珍看后十分惊讶。

邵康民　　我也管不了您老人家了。(无奈)您爱怎么样怎么样吧!您
　　　　　　要钱,卡给您准备好了!这张照片您还有印象吗?

李慧珍　　你怎么会有这张照片?

邵康民　　那时候我在外地读初中,路过一家新华书店发现的,看见上
　　　　　　面印着您,我就攒了一星期的早饭钱,买了下来,一直收藏
　　　　　　着。我也给同学们看看,我母亲是画报上的明星!

李慧珍　　真是难为你了,这么多年了,还保存得跟新的一样。

邵　兴　　儿子心里还是很崇拜你的。(凑过去欣赏)你妈年轻的时候
　　　　　　扎着两根麻花辫,背着个小药箱,真好看。

李慧珍　　年纪大了就不好看了?

邵　兴　　好看,都好看!在甘肃工作的时候,你们就是我最大的动
　　　　　　力。每次回家,从兰州到上海要坐三天三夜的绿皮火车,车
　　　　　　轮和车轨摩擦,咔嚓咔嚓,一声一声,从耳朵传到心里,好像
　　　　　　听见你对我说:老邵啊,你看我的百草园,蒲公英开花了,等
　　　　　　花儿飞到甘肃去,就是我们来找你了。顿时觉得满车厢花
　　　　　　香四溢。

李慧珍	你净瞎说,蒲公英哪有花香?要说味道,那也是苦的。
邵 兴	怎么没有?鲜绿的叶子,黄色的小花,毛茸茸的白色花蕊,随风飞扬,让人闻着、看着,就心旷神怡。
李慧珍	可百草园的药草只能卖了。为了给秀英办这场演出,你把养老的老本都拿出来了。
邵 兴	药草不娇气,等明年春天,我再陪你一茬一茬种出来。我想好了,以后咱们一起开个小商店,说好了我要养你一辈子的。
邵康民	爸妈,不是还有我吗?你儿子这么会做生意,有我在,咱家就不会缺钱。只要妈愿意享福,其他的事我都替你们安排好!(得意地炫耀手上的银行卡)
李慧珍	我们老年人,也决不能让年轻人看低了。
	〔众村民抱着海报长凳上。在宣传栏贴上了印有黄秀英照片的海报。
村民甲	慧珍姐,邵老师,咱们这些天忙得比过年过节还要热闹。
李慧珍	是吗?辛苦辛苦。
村民甲	这东西放哪呀?
村民乙	黄书记为了村子任劳任怨,大家这些年都靠她照应着。现在她倒下了,我们也就只能为她做这点小事了。
李慧珍	谢谢你们了。
众村民	慧珍姐,海报来了,我们贴哪?
李慧珍	两幅啊,一张贴这,一张就贴那吧。
村民丁	听说当年剧团来我们村下乡演出,有个男演员,长相人品也算出类拔萃,秀英和那个男演员,好像有过那么一段感情。
村民丙	那人不是早就出国了吗?估计人家连秀英姐这个人都不记得了。

村民丁 可惜秀英姐到现在还是一个人。

村民甲 还好有慧珍姐一直陪着她。

村民乙 我们桃源村都是一家人,不管谁家有困难大家都会帮忙。少说话,多做事。干活去!

　　　　〔李慧珍高兴地摆摆手,突然一阵急促的汽车鸣笛声,袁满着急跑上场。

袁　满 李医生! 李医生!

李慧珍 小袁啊,不用急啦,之前咱差的那些钱啊,我儿子先代表我们家垫上,问题解决啦!

袁　满 乡亲们,李医生,演出……取消了!

　　　　〔众人大惊。

邵　兴 什么? 不是都说好了吗? 大家忙了这么多天,就等今天看演出了。而且秀英姐……

袁　满 我在村口等演出公司的人来装台,可到中午也没见到他们,我打电话过去问,他们说接到通知演出取消了,而且是秀英书记亲自打给他们的!

李慧珍 (着急)那你去找秀英了吗?

袁　满 我去了,家里没人,附近也找了,没找到啊!

李慧珍 大家伙都帮帮忙,赶紧去找找秀英,你们几个去村口找,你们几个去学校附近看一看,拜托大家了!

邵康民 妈,您别激动,我们这就去找秀英阿姨。

　　　　〔众人三三两两分开准备下场去找,这时本想跟着一起去的李慧珍迈一步后突然晕倒,被邵兴发现。

邵　兴 老伴!

　　　　〔众人发现,作出反应,"慧珍姐!"收光。

七 演讲

[一束聚光灯下,青年李慧珍站在 1974 年瑞士日内瓦第 27 届世界卫生大会的演讲台,她拿着演讲稿,紧张地看向台下来自世界各地的不同肤色的人群。照相机的闪光灯照向她时,她本能地闭上了眼睛,因而不小心撞到了话筒,刺耳的电流声仿佛在向她叫嚣,连呼吸都急促起来。另一侧,黄秀英在舞台一区域身着戏服表演唱段《猛听得金鼓响画角声震》。李慧珍被戏曲唱段吸引,也学着模仿起黄秀英的身段。

李慧珍　你是谁啊?

黄秀英　以后我们自然会相见的,然后我们会成为一生的好朋友。你在颤抖?

李慧珍　不,我没有! 我只是,有点冷。

黄秀英　(帮她擦干额头的汗)你害怕了。

李慧珍　我害怕了?

黄秀英　你在怕什么?

李慧珍　我在怕什么?

黄秀英　一个只有小学文化程度的农民,一个背着医药箱在田间地头为村民巡诊的泥腿子,如今要登上世界卫生大会的最高讲坛,你真的不怕吗?

李慧珍　不,我不怕,我什么都不怕。我能无数次把乡亲们从鬼门关抢回来,我怎么会怕?

黄秀英　这就是你的恐惧所在。一根针一把草，却要管这么多人的生死，有时候病人的生死就在你的一念之间。你忘不了祖祖辈辈因为缺医少药而受的苦难。你害怕治不好他们。

李慧珍　是，我怕做不好！成为"赤脚医生"是我想都不敢想的事情。所以我拼了命地学习，尝遍百草，在自己身上练习针灸。因为我知道，多学一点医术，或许就能多救一个人。学成归来，白天与社员一起参加生产队劳动，晚上回家点灯为社员看病。农忙时送医送药到田头，带着银针治病到床头，空闲时采药在村头。不管是白天黑夜，刮风下雨，还是天寒地冻，哪怕是三更半夜，只要有病人需要，一定随叫随到，全心全意为病人救治。

黄秀英　这是你为之付出了一生的事业。你有没有想过，万一你不再是赤脚医生了呢，你会怎么样？

李慧珍　我不知道，我不敢去想。

黄秀英　任何事物都有消失的一天。更何况我们只是在那个特定的历史背景下应运而生的。时代变了，历史的舞台自然也不属于我们了。

李慧珍　那我，现在站在这里还有什么意义？

黄秀英　你这次的任务是什么？

李慧珍　向全世界介绍和宣传中国的"赤脚医生"。

黄秀英　为什么世界需要"赤脚医生"？

李慧珍　世界上有许多积贫积弱的国家，百姓缺医少药，有我们在，就有人为他们的健康兜底。

　　　　〔舞台与李慧珍平行的另一空间，一盏灯定点亮起，袁满拿着修好的旧药箱。

李慧珍　他是谁啊？

黄秀英　这小子啊，他可是你今后最得意的徒弟，更重要的是，他是你的接班人。

李慧珍　那他也是"赤脚医生"喽？

黄秀英　你听。（指向袁满）

袁　满　同学们，老师们好，我是上海健康医学院的毕业生，袁满，也是一名乡村医生。这次回母校作报告，我想讲讲我的师父李慧珍医生从世界卫生大会回国之后的事，当时世界各国和地区有两百多个代表团到访江镇，来采访参观学习江镇的"赤脚医生"经验。世界卫生组织也把中国"赤脚医生"经验写入著名的《阿拉木图宣言》，这是对中国"赤脚医生"历史的世界公认。

李慧珍　真的吗？

袁　满　但是"赤脚医生"会被乡村医生、全科医生替代，李慧珍这个名字也会被人们渐渐淡忘。

李慧珍　我不甘心。

黄秀英　我也不甘心，我也舍不得乡亲们，可是，时代变了，医疗技术和医疗水平也变了，人们不再需要"赤脚医生"了。（见李慧珍失落的样子，立刻安慰她）可是，总有东西是不变的。慧珍，你的口头禅是什么？

李慧珍　（恍然大悟的样子，脱口而出）为人民服务，守护百姓的健康。

袁　满　所以，"赤脚医生"需要被留下的，不是什么医术，而是精神，是服务基层、服务大众的赤子之心，是为人民谋幸福、为民族谋复兴的初心和使命！这就是"赤脚医生"的价值！

黄秀英　这也是你今天站在这个世界舞台的意义。

〔台下是会场各国代表杂乱的交流声,照相机的快门声和闪光灯的声音,随着灯光变为演讲的定点光,青年李慧珍在众人面前,黄秀英在高台上看着她。

李慧珍　尊敬的大会主席,各位女士,各位先生,我是来自中国的"赤脚医生"李慧珍……

〔声音渐渐淡去。光暗。

〔幕后声,李慧珍:"你们现在的病人看病难吗?吃药贵吗?"黄秀英:"有好的医生,有正规的医院,不过,人们对健康的追求,远不止这些……"

八　传承

〔阳光照进卫生所的小院。小院外,袁满拿着黄秀英练功的戏服边看边思考着,小院里李慧珍在浇花,百草园又迎来了满园花香。

袁　满　在秀英姐剩下的日子,她坚持要在家里度过。她的身体每况愈下,伤口溃烂的速度要快过换药的速度。慧珍姐在卫生所种满了花,花香盖住了消毒水的味道,盖住了伤口的腥臭。她每天在卫生所为秀英姐换药,用药减轻她的痛苦。虽然她对即将到来的结局早就心知肚明,但是心中仍有一丝期待。日复一日、年复一年,百草重复着生长,这是生命的规律,慧珍姐说,做一件好事容易,做一辈子好事难。而我们重复地工作、重复地生活,就像是春风吹又生的蒲公英,每一次绽放都是人生意义的诠释,每一次生长都是一次生命的怒放。

李慧珍　袁满啊,这些天辛苦你了。

袁　满　医生不就是干这个的吗? 要我下地插秧去啊,这我可真不行了。

李慧珍　你在我们桃源村怎么能不会插秧呢? 下次我亲自教你。

袁　满　倒是可以体验一下"锄禾日当午,汗滴禾下土"的辛苦。

　　　　〔李慧珍突然想到了什么,抱来一个纸箱子,拿出一沓厚厚的笔记本。袁满把黄秀英的戏服递给李慧珍。

袁　满　对了,这是秀英姐的……

李慧珍　几十年来一直在我耳边叨叨叨的,现在听不见了,反倒有些不习惯了。(将戏服放好,把笔记本交到袁满手上)这是我这些年每一次问诊的记录,桃源村每家每户、老老少少的身体情况,都在这本子上了。交给你,以后也许有用。

袁　满　这不就是我在电脑上做的全村人的健康档案吗? 原来您早就做好了!

李慧珍　是吗? 看来咱俩想到一块儿去了。

袁　满　(翻开第一页,惊喜地发现了秘密)原来安心茶就是蒲公英泡的茶呀。

李慧珍　其实大家早就知道了,安心茶就是蒲公英泡的茶。让人安心的,从来不是什么神药,而是我们"赤脚医生"。

袁　满　我现在终于明白了,为什么熊老师说有些病,只有"赤脚医生"能治。

　　　　〔李慧珍站起来,郑重地将卫生所的钥匙交给袁满。

李慧珍　袁满医生,从今天起,你就是这卫生所的主人了!

袁　满　放心吧,李医生。

李慧珍　你叫我什么?

袁　满　我叫您,师父。(用上海话说)

李慧珍　哎!

　　　　[一阵风吹来(音效),突然大朵蒲公英从天空中飘然落下。
　　　　师徒二人一同望向风吹来的方向。

尾声　新来了全科医生

　　　　[光起,很多年过去了,卫生所小院,村民们有序排队看病,
　　　　熊老师带着当年的三个学生重新回到桃源村。袁满忙着招
　　　　呼病人,丝毫没有注意到老师同学们。

袁　满　哎哟,张叔,您腿脚不方便,别站着排队了,快坐下,快坐下。
　　　　(招呼其他人)大家别急别急,排好队,有序问诊,咱们有的
　　　　是时间,慢慢聊。

熊老师　袁满、袁满……

　　　　[熊老师喊了两声,袁满都没听到。一位病人提醒之后袁满
　　　　才回过身来。

袁　满　熊老师,你们来了。

学　生　学长好!

袁　满　大家好,我这忙得……招呼不周。

熊老师　没事,你忙你的,我们对这里也已经很熟悉了。

袁　满　你们怎么来了?

熊医生　送新医生来实习。

　　　　　［其中一位学生骄傲地站出来。

学　生　学长多多指教。

袁　满　(伸出了手,两人握手)欢迎欢迎。

熊医生　袁满,恭喜你啊,考上了医学硕士生,怎么样,还打算走吗?

袁　满　当然不走了。老师您之前问我的那个问题,我现在终于明白了,这老旧的医药箱里不仅装载着生老病死、人生百态,还有医者的悲悯和仁爱之心,就像蒲公英一样,是延续的生命、永不停步的爱。

熊老师　当年学校的博物馆建好以后,还得感谢你把李慧珍医生的医药箱和那些手稿资料无偿捐给了学校,这都是无比珍贵的精神财富。

袁　满　这还得好好感谢我师父,我跟师父提出这件事后,她十分支持。慧珍姐和邵老师把自己以前的婚房腾出来,也打造了一个陈列馆,我师傅说不为别的,就是欢迎大家常来看看。

熊老师　对,李医生现在还多了一句口头禅,全心全意为人民服务,做……

全　体　百姓健康的守门人!

　　　　　［邵兴和邵康民急匆匆赶来。

邵　兴　袁满! 袁满啊!

邵康民　袁满! 爸,您慢点。

袁　满　邵老师? 康民? 你们今天怎么从城里来啦? 我师父也来了吗?

邵　兴　就是因为你师父，我们一早就找不见她。

邵康民　是啊，我说，妈，您都这么大年纪了，就别去凑热闹了。您还放不下自己"赤脚医生"的身份呢？

邵　兴　她却说，桃源村来了新医生，她要来看看。

袁　满　乡亲们，你们有看到慧珍姐吗？

村　民　慧珍姐回来啦？没看见啊。

邵　兴　慧珍！慧珍！慧珍呐！

　　　　〔众人向山坡望去，李慧珍在不远处的山坡上挥手呼唤着大伙，身旁还跟着一个小姑娘（青年李慧珍）。

袁　满　师父！

　　　　〔主题曲音乐起，大家一起同山坡上的李慧珍医生挥手，灯光最后收在李慧珍医生的身上。

　　　　〔投影画面：蒲公英飞扬在祖国大地。上海健康医学院培养出的优秀学生代表在全国各地基层卫生所工作的照片。

　　　　〔字幕：习近平总书记指出，没有全民健康就没有全面小康。党的十八大以来，以习近平同志为核心的党中央，坚持以人民为中心的发展思想，把人民健康放在优先发展的战略地位。党的二十大报告提出，把保障人民健康放在优先发展的战略位置，完善人民健康促进政策。新中国成立以来，重视基层医疗，打造基层医疗体系的实践，创造了健康的奇迹，走出了一条中国式道路。

　　　　〔字幕：飞扬的蒲公英

　　　　〔全剧终。

"百·千·万字剧"编剧
工作坊学员作品选
（第8期）

短 剧

吃 药

编剧 赵 琼

时　间　周末清晨
地　点　张三家中

人　物
张　三　男,73 岁,独居老人,退休前是小学数学老师
儿　子　(画外音)男,43 岁
老　徐　(画外音)男,70 岁,张三的朋友
专家甲、专家乙、专家丙、专家丁(画外音)

　　〔张三站在桌前,一边念乘法口诀,一边抖抖索索盛稀饭。

张　三　一五得五,二五一十,三五十五,四五二十……(坐下,端起碗要吃)哦,吃药!(起身取药,刚要吃)欸,我好像吃了嘛。(张三缓缓坐下,陷入沉思)吃了吗? 难道没吃?
　　〔张三躺回床上,在屋里依次回忆并模拟了早上发生的一切。

张　三　早上五点,我就醒了。窗外有鸟叫,是同一只鸟在叫,我都记得。然后我就给自己做按摩,额头、眼睛、脸,从头到脚,用手指敲,相当于锻炼了。做一套大概半小时,看会儿手机。儿子给买的智能手机,很好用,群里发个早安,刷刷短视频,啥都有。然后……我就起床了,慢慢起,在床边坐会儿,慢慢给自己倒杯水喝,慢慢去刷牙、洗脸。昨天剩的饭,倒点开水,微波炉转转就能吃了。等等,洗完脸我吃药了

110

吗?(比画拿毛巾、擦脸、把毛巾放回原处的一系列动作)不对,那是前几天的事了,今天我到底吃了没?

[张三沮丧地坐下。

张　三　唉,眼门前的事儿,我这记性,背乘法口诀也不顶用了。过去我记性多好,什么地方去一次,什么人见一次都不会忘,电话号码报一遍就记得,老了,不服老都不行。(拿起药)到底吃没吃呢?

张　三　对,问问抖音!

[张三拿起手机,打开抖音,单指用力按键。

专家甲　(画外音)养生专家提醒,电水壶不能反复烧,反复烧开水会产生致癌物,此信息和每个人的生活息息相关,请转发给你爱的人。

[张三马上打开微信发语音。

张　三　儿子,你上次从小日本买的那个印象牌电水壶可以丢掉了。专家说了,反复烧的开水致癌,不能喝,是很有名的那个养生专家讲的,叫什么来着?(又打开抖音)儿子教过我语音搜,(清嗓子,对手机)搜著名养生专家。

专家乙　三个小妙招,帮你搞定高血压。第一个小妙招:玉米须须煮水喝,可以治疗高血压。

张　三　哎哟,降压药,我怎么把这事给忘了!(对手机)搜高血压忘了吃没吃药。

专家丙　各位朋友,有患者咨询降压药多服用了怎么办,大家不要慌张,降压药是非常安全的,你就是多吃了三片问题也不大。

张　三　那就算我早上吃了,再多吃一片也行吧。

[张三手指划过手机屏幕,同时拿出药要吃。

专家丁 老年朋友们,服用降压药一定要规范,千万不要多服、少服、不服。有的老年朋友可能觉得多吃一片少吃一片没问题,问题非常大,下面向您介绍过量服用降压药的七种危害。

〔张三刚把药送到嘴边,突然停住。

张　三 那还不能乱吃。这吃也不是,不吃也不是,这什么专家,还不如老徐靠谱。(打开微信给老徐发语音)老徐,我记不得早上降压药吃没吃了,你说我是吃还是不吃?

老　徐 (画外音)可不能乱吃! 你躺在床上不要动,血压就能保持平稳。

张　三 对对,老徐说得对,躺着不要动。

〔张三躺下,深深吸一口气。原本他的手平放在身体两侧,这使他感到肌肉紧张,于是他慢慢把双手举过头顶,还是觉得不舒服,又慢慢把双手往下移,交叠放在胸口,深深呼出一口气。四周很安静,张三好像听到了自己的心跳声。

张　三 不行,不能放胸口,压迫心脏,血液循环不畅。

〔张三把手放回到身体两侧,这么躺了一会儿。

张　三 老徐啊老徐,我也不能一直这么躺着啊。

〔张三起身,决定自救。他取出所有的存药,开始数药。

张　三 络活喜每日2次,每次半片。络活喜开了2盒,每盒7片,二七十四片。(翻病历卡)应该是上周二晚上开始吃,(翻日历)到今天吃了1、2、3、4、5、6、7、8、9天,不对,不算今天,8天,4片,那今天早上没吃。不对不对,要加上周二晚上的半片,四片半,那今天早上应该吃过了。通天口服液每盒10瓶,每日3次,每次1瓶,(闻到油烟味)哎哟,什么味道? 隔壁烧饭了。

〔张三一阵咳嗽,连忙跑去关窗。

张　三　(嘀咕)大清早煎鱼……

　　〔张三走回来重新坐在桌边,面对一桌药盒,呆看着。

张　三　(咳嗽)……通天口服液,每日 3 次,每次 1 瓶……

　　〔张三突然生气地扔掉药盒。

张　三　每日 3 次,每次 1 瓶,教了一辈子书,和数字打了一辈子交
　　　　道,这么简单都算不清楚! 没用! (气得跟踉,摸额头)是不
　　　　是血压高了? 这可怎么好!

　　〔张三着急地打开血压计包,取出血压计量左手臂血压。

张　三　160,100,高了!

　　〔张三辛苦地弯腰去捡回药盒,停顿,又量了一遍右手臂血
　　　　压,150,100。

张　三　好一点,也可能是紧张。

　　〔张三慢慢躺回床上,深呼吸。四周安静,闹钟的滴答声尤
　　　　其响亮。张三忍不住翻身坐起,再次测量血压。

张　三　150,90,不能吃,万一多吃一顿,血压太低更糟。(摸了摸
　　　　粥碗)都凉了。到底吃不吃?

　　〔张三坐在桌边,呆呆地看着粥,肚子饿得咕咕叫。

张　三　小时候挨过饿,没东西吃,后来日子好了,都忘了挨饿的滋
　　　　味。好久没这么饿过了。老伴啊,你就这么扔下你老头子
　　　　走了,有你在我啥时候操过这心啊,你都给我安排得明明白
　　　　白的,你看我现在过的。

　　〔张三忍不住抹泪。

张　三　保持平静,专家说了,过度激动对控制血压不利。我再
　　　　量量。

〔张三又开始量血压。

张　三　140，90，还可以，可我怎么就觉得这么不舒服呢？这血压
　　　　计是不是不准？买了也有四五年了，也不知道上哪儿去调。
　　　　（焦急地来回走动，拿起手机，准备给儿子打电话）一定要让
　　　　儿子给我调去。

〔铃响，无人接听。

张　三　这小子，从小爱睡懒觉。也是，周末嘛，该多睡会儿。

〔张三见手机上跳出新页面，戴上挂在胸口的老花眼镜
　　细看。

张　三　健康问题，家庭医生 24 小时咨询热线，您的家庭医生随时
　　　　守护您的健康，欢迎拨打 400-500-600-000。及时雨啊！

〔张三拨通电话。电话内声：亲爱的用户您好，健康咨询请
　　拨 1，养生问题请拨 2，联系家庭医生请拨 3，重听请按 0，结
　　束请挂机。

张　三　喂喂？这是按几？再打一次。

〔张三挂断电话重拨，电话声快速重复，他还是没听清，犹豫
　　地按下 0。电话冷冰冰地再度重复。

〔张三被逼迫着选择了 3。电话内声：请输入您本人的身份
　　证后四位。张三掰着手指头数后四位，随后着急地去翻找
　　身份证。寻找时，电话语音一直重复。

〔张三好不容易找到身份证，输入后四位，电话内声：请输入
　　您的查询密码。

张　三　查询密码？

〔张三愣住。过了一会，电话内声：您的输入超时，请稍后再
　　拨。忙音。张三失望地挂上电话。

114

张　三　现在电话讲得又快,声音又轻,听也听不清,后面还没讲完,前面已经忘了。唉,现在可怎么办?

　　　　〔张三越来越着急。

张　三　(猛然想起)对了,刘强! 他是医生,他一准知道! 我的通讯录呢?(一边翻箱倒柜找一边自言自语)这孩子当年做了三遍也没解出那道应用题,真不知道他是怎么考上医学院的,现在可大出息了,听说还当了教授当了主任医师。哦,这儿。

　　　　〔张三把屋子翻得乱七八糟,终于找到通讯录。他戴上老花镜,依次查找刘强的号码。终于找到后,张三激动地拨打电话。电话中传来"您拨打的用户已停机"的声音。张三失望地放下电话。

张　三　我还记得那道应用题:全班同学去划船,如果增加 1 条船,正好每条船坐 6 人,如果减少 1 条船,正好每条船坐 9 人,问这个班共有多少人。我足足教了他一个礼拜他才弄明白,那天他走出教室的时候得意地甩着书包,把书撒了一地。这些我都记得清清楚楚,50 年了,我甚至记得小强的学号是 19 号,怎么这眼门前的事儿一点都想不起来了,我到底吃没吃这药? 我到底吃没吃这药?!

　　　　〔张三像是在问观众,又像对着空气说话,他仿佛困兽一般对着这无形束缚住他的牢笼嘶吼,又似乎在卑微地恳求一个答案。

　　　　〔沉默中,张三顽强地站着,用手勉强支撑桌面。

张　三　还是去趟医院吧。

　　　　〔张三穿上外套,戴上帽子,把病历本、药和手机装进帆布袋子。

张　三　（喃喃自语地清点）病历本、药、手机。（刚要出门，又折回来）再带个水杯、纸巾，还有饼干，防止低血糖。（放进包里，走到门口，正要关门）对了，还有房门钥匙。（开始到处找钥匙）欸，奇怪，我钥匙放哪儿了？

〔张三找钥匙时不小心打翻了桌上的稀饭，慌忙去擦拭，擦到一半突然顿住。

张　三　我想起来了！早上吃药的时候我把水打翻了，就在这儿，没擦干净，还有水渍！然后……我又去倒了一杯水，对，我喝了水，把药吃了。

〔张三瘫倒在椅子上苦笑。

〔手机铃声突兀地响起，张三仿佛用尽了力气，过了很久才从椅子上起身，挪着身子去接电话。

儿　子　（画外音）怎么那么久才接电话？出什么事了？

张　三　没事，没事。

儿　子　（画外音）没事你给我打什么电话？大清早的，把我急得。

张　三　没事了，没事了。

〔电话被挂断，传来嘟嘟嘟的声音，和着稀饭一滴滴落在地板上的声音，越来越响，渐渐变得震耳欲聋。

〔张三举着手机，僵直地呆立着，像耗尽了所有力气，终于颓然倒在椅子上。

〔手机铃声再次响起。

〔剧终。

短　剧

合　影

编剧　陶秋乐

时　间　某天放学
地　点　A市某小学

人　物

小　青　　女,12岁,六年级
游老师　　女,34岁,班主任
赵校长　　男,54岁,校长
张　凯　　男,12岁,同学
蔡老师　　女,32岁,英语老师
周老师　　男,45岁,数学老师
青　爸　　男,45岁,小青的父亲

[幕起,有放学人群熙熙攘攘的声效,舞台上呈现出一个教室的基本布置,前景是课桌,背景板是带有窗子的一面墙,墙上布置有一些班级文化展板,贴有作业展示。小青正在教室里收拾东西,班主任在门口叫住了小青。

游老师　小青!

小　青　游老师?怎么了?

游老师　过来送送你,你是明天就走?

小　青　(局促)是的,老师,明天一早的车。

游老师　东西都收拾好了吗?

小　青　都好了,老师。

游老师 好的好的……(一时不知道说什么)那个,去了那边要好好学习。爸爸那么努力工作,给你创造更好的学习环境,要对得起他才是。

小 青 啊……我会的,老师。

游老师 老师和你合个影吧,留个纪念。

小 青 (手抓着衣角)好,好的,老师。

游老师 (叫住教室里正在打闹的一个男生)张凯!别玩儿了!过来帮我和小青拍张照!

张 凯 (一边和同学打闹一边爽快答应)行!

　　〔张凯接过手机,游老师和小青有些局促地靠近,游老师伸出一只手搂住小青的肩膀,小青尴尬地两只手端正地摆在身前。突然,一个男人出现在二人的身后。

张 凯 (瞬间收敛嬉皮笑脸站直)校、校长好!

游老师 (连忙回头)赵校长。

小 青 (往角落里靠,声音极小地)校长好。

赵校长 (堆着笑容)在拍照呢?

游老师 是,这不是班里学生要走了嘛。

　　〔游老师回头示意张凯把手机递过来,张凯迅速照做,趁校长和老师谈话的间隙溜走了。

赵校长 嗯。小同学的爸爸今天来给她办了手续。

游老师 哎,一路教他们到快毕业,都跟我亲生小孩一样了,这突然要走,还真是舍不得。

赵校长 是呀,不过我们也应该为小同学高兴,这也是莺迁之喜嘛。小同学是叫……小青? 我也是想着人家爸爸过来办完手续,我这个做校长的也应该过来送送孩子。

小　青　谢……谢谢赵校长。

游老师　校长说的是，这孩子呀，除了数学稍微薄弱些，其他成绩都很优秀，绝对是厚积薄发的料子。

小　青　谢谢老师。

赵校长　有游老师教育，再加上小青爸爸那么优秀，小青这孩子前途大好啊！

游老师　这是一定的。

赵校长　欸，刚刚你们不是在合影吗，要不然一起照吧，再叫叫任课老师，咱们来张大合照，以后拿出来咱也跟着沾沾小青爸爸的光不是？

游老师　对，对！小青也可以留个纪念。张凯！去办公室把咱们班还没走的老师叫来。

赵校长　（开始在教室里踱步选取拍照的地方，最后停在了墙上贴着的一块展板前，那里展出了班里书写比较好的同学的作业，其中有一篇就是小青的）我看看……欸，刚好！就在这里拍吧。哎呀，小青字写得真好，字如其人！真是有其父必有其女。

　　　　〔英语老师上，进教室的时候遇到同学都要玩笑两句，一副打成一片的样子，嘻嘻哈哈地入场，抬头才看见校长和主任都在。

蔡老师　（一瞬间噤声，又展开了笑容，插科打诨道）哎哟，Mr.赵都在啊！

赵校长　人还没到，楼道里就听见你的声音了。（调笑道）比学生还闹！

蔡老师　哎哟，快别埋汰我，学生还在呢！今天什么风把您给吹来了?

赵校长　（无奈）你啊……

游老师　（及时插话）小青要走啦。

蔡老师　小青要走? 放学不都要走……（突然想起）欸,小青要走了? 那么快! 游老师之前跟我说的时候我还以为好久呢,怎么一眨眼就要走了,什么时候走啊!

小　青　明天就走,Ms.蔡。

蔡老师　这也太突然了,这两天事儿有点多就给忘了,我以为还早呢。

游老师　蔡老师,贵人多忘事了不是! 看看咱们赵校长都专门来一趟呢。

蔡老师　哎哟,我比 Mr.赵还差得远呢! 咱 Mr.赵这是早把身心都献给学生了!

　　　　［众人在玩笑声中,数学老师匆匆忙忙上,手臂里还夹着大三角板。

周老师　哎呀赵校长,实在不好意思,刚在隔壁班下课,是有什么事吗?

赵校长　要说还是我们周老师上课认真,这会儿才下课。

周老师　哎,不是我诚心拖堂,隔壁孩子不省心,统考成绩下来,数学成绩一塌糊涂的,留他们上上发条呢。

赵校长　真不愧是市公开课获奖老师。

周老师　运气,运气。

赵校长　叫你来呢也没什么大事,就是送送小青同学,一起合个影!

周老师　送送……（这才看到边上的小青,心虚似的不敢看小青,局促地把头转向校长）哦对,哦对,小青要走了是吧? （这才回头看向小青)周老师祝你前程似锦!

小　青　谢谢。

周老师　(连忙躲避小青的眼神)校长,还……有什么事儿吗,没事儿
　　　　的话办公室有几个小孩儿还等着我讲题呢。

赵校长　不急呀周老师,你现在是拿了市公开课一等奖的老师了,之
　　　　后和小青爸爸指不定还能遇上呢。

周老师　什、什么意思……

赵校长　小青爸爸现在是市教育局的骨干了,像周老师这样的金牌
　　　　教师,以后肯定会多多去市里交流的。说到这我倒是要说
　　　　你了小青,你爸爸要今天不来,我都完全不知道小青爸都一
　　　　路晋升到市里教育局了,那么优秀还那么低调。早知道的
　　　　话我们得到小青家去拜访拜访,学习学习啊。

小　青　啊,对不起校长,爸爸比较忙,他的事我也不太懂……

游老师　哈哈哈这孩子,赵校长跟你开玩笑呢,你爸爸很优秀,大家
　　　　都很尊敬他才这么说的。

蔡老师　(听出了校长话外之意,笑着抚上小青的肩膀)哎,老师都还
　　　　没教够你呢。

张　凯　(小跑进教室,打断了周老师的话)校长,其他老师估计都走
　　　　了,就叫到这几位老师了!

赵校长　哈哈哈,辛苦小凯同学了,三位主科老师在就好了。现在人
　　　　也到齐了,叫大家过来是希望几位老师一起拍个大合照,给
　　　　小青践行一下,也是留一个纪念。

　　　　〔小青一直向教室门外张望,似乎是期待着什么似的。

小　青　(看向张凯,小声问道)高老师……也走了吗?

张　凯　他办公室都不在我们楼,离得太远了就没去。

赵校长　怎么了小青？

小　青　校长，音乐老师……不叫一下吗？

游老师　哎，小青，高老师的办公室离那么远，我们快照完，别耽误了校长的工作。(又转头看向校长解释)小青啊平时和音乐老师比较亲。

赵校长　哈哈哈，回头小青到高老师办公室去，和他单独拍一张就好！

游老师　是是是，人齐了，咱们快开始拍吧！

赵老师　各位老师快落位吧。

　　　　[一群人挤在展板一侧，众人嘴上都热热闹闹地安排着，其实没一个人上前站进镜头里。小青更是站在人群边缘的边缘。

赵校长　(笑)怎么回事？等着我一个一个请啊？

游老师　哈哈哈，大家快！拍好了也好让小青回家收拾东西。

小　青　(连连摆手)不急，不急的。

　　　　[周老师见状率先移动到最右边，并让各位女老师往中间站，小青则夹在了右边。赵校长动身站到队伍最左边。站位从左到右依次是赵校长、蔡老师、游老师、小青、周老师。

张　凯　三——二……

游老师　欸！怎么我站最中间了！小青，快过来！赵校长，您得来中间和小青站一起呀！

赵校长　我和周老师两位男士镇守两边，女士站中间嘛。小青，快往中间站！

周老师　校长，这不合适，边上我来镇守就好了，您跟小青站中间最好。

赵校长　不存在的事儿,小青和你们任课老师更亲,我站这里就好。

蔡老师　Mr.赵,您就过去吧,您往中间一站,这照片都气派些。

赵校长　嚯,太阳打西边出来了,小蔡老师今儿这么客气。

蔡老师　Mr.赵,这是什么话,我又不是那种不分场合的人。您本来
　　　　就应该站中间的呀。

赵校长　(开玩笑地看着周老师)这小蔡老师今天突然懂事了,回头
　　　　得给她多奖励几节公开课啊。

　　　　〔玩笑话引发老师们一阵哄笑。

蔡老师　哎,别给我搞那玩意儿啊,准备一节累得慌,看看我们周老
　　　　师都累成啥样了。

游老师　(又开始借机恭维)是的是的,蔡老师说的是对的,赵校长,
　　　　您真的站到中间来,在边上真的不合适。

赵校长　(指着游老师)你啊……

　　　　〔话语间赵校长开始往中间走,队伍又开始挪动,从左往右
　　　　依次是蔡老师、小青、赵校长、游老师、周老师。

张　凯　那我开始拍了哦,老师们! 三——二——一! 老师,要看看
　　　　照片吗?

　　　　〔游老师上前,接过手机,又拿给校长看看。

游老师　校长,您要看看有什么需要调整的吗?

　　　　〔赵校长拿着手机蹙眉,大屏上显示出一张照片,赵校长本
　　　　就占据最中间的位置,小青的身体还无意识地偏向左边的
　　　　蔡老师,和校长之间留出一条不大不小的缝隙。

赵校长　嘶……我这思来想去啊,游老师还是得来中间,小青站到正
　　　　中。这照片啊讲究一个阴阳对称,别到时候传出去一看,把
　　　　班主任挤在边上,人家要说这个学校官僚主义,喧宾夺主

的,哈哈哈哈哈!

游老师　没事的,校长,我站在这里挺好的!

赵校长　小游,听话,你和小青爸爸打交道了那么多年,和你肯定更
　　　　熟悉,到时候看照片,看到你和小青在中间当然更好!

　　　　［游老师欲言又止,只好又点头哈腰地走到中间。小青身子
　　　　不知不觉正了过来,表情也显得放松了些。

张　凯　三——二——一!

　　　　［游老师接过手机查看,大屏上显示出一张看似很正常的
　　　　照片。

游老师　哎,老师们别动,我再检查一下照片!(看着照片蹙眉,实在
　　　　不觉得让校长站在边上是一个好的选择)嘶——我们这个
　　　　队列是不是有点太长了,边上校长都被拉得变形了,不然我
　　　　们分两排?

　　　　［赵校长和周老师颇有默契地往前站。

赵校长　可以,就分两排吧,咱没穿裙子的就往前站。

游老师　(顺了顺自己的裙摆)赵校长真的太体贴了。

赵校长　(趁老师还在调整自己的站位,见周老师在自己身边半蹲,
　　　　便低语道)可以啊小周,当时你们年级推荐你去参加市公开
　　　　课竞赛时我还有些怀疑,现在看来果然没看错人啊。

周老师　(心虚、羞愧)没有没有,年级上看得起我。

赵校长　(凑到周老师耳边)我知道你耍了什么小动作,到时候小青
　　　　爸爸一看公开课录像发现你根本没让小青去参加,你说他
　　　　会怎么想。

周老师　(瞬间大惊失色,很着急很小声地解释)校长,这,我也是没
　　　　有办法的办法,小青她实在是太闷了,公开课所有的环节一

到她就掉节奏,再说了,没去参加的也不止她一个……

赵校长 行了行了,今儿这场合是你最后的机会,你还不赶紧对她表示表示。

赵校长 (瞬间挂起笑脸)咱再看看这队伍现在好些了没?(转头看向周老师使眼色)

周老师 (极其不好意思地)欸,我也想站小青旁边合一张,这孩子以前成绩没少让我操心,这突然说之后都不用操心了,我还真不习惯!

赵校长 哈哈哈,周老师啊,要不说金牌教师呢,操心的命!

蔡老师 (一直在观察)得得得,你们主科老师和学生感情深,我刚好穿裤子,就蹲前头!

［队伍又重新站好,张凯又拿了手机开始拍照。

张　凯 三——二——一!(看向游老师)游老师,还看照片吗!

游老师 还是看一下吧,毕竟咱们六张脸呢!(接过手机蹙眉)嗯……这张……这让校长他们蹲在前面,我们站后面,这照片显得有些头重脚轻,不然咱们还是站成一排吧,张凯离远些照!

赵校长 不存在,小游,要是大家都好,就用这张吧!

游老师 (佯装看照片若有所思)我这张表情也有些怪……还是再来一张吧!

张　凯 (童言无忌道)哪有,游老师笑得多灿烂!

游老师 (瞪了张凯一眼,随后笑起来)重拍一张吧,毕竟小青要离开,照张大家都满意的照片最好了。

［队伍重新移动,又变成了一个横排:蔡老师、周老师、赵校长、游老师、小青。张凯疑惑着拿回手机,欲言又止,但鉴于

校长是他不敢惹的,于是只好乖乖听话。

张　凯　　（拿着手机正准备拍照,突然地）报告校长,我有个问题。

赵校长　　怎么了,小凯同学?

张　凯　　小青不用站中间吗? 她现在在边上根本不显眼了。

　　　　　〔小青尴尬起来,拼命给张凯使眼色打手势,让他别说了。

赵校长　　嚯! 是呀! 小凯同学说得太对了,小青,快过来!

　　　　　〔队列站好,重新拍照,从左到右依次是蔡老师、游老师、小青、赵校长、周老师。

游老师　　（小跑出队伍接过手机细细端详）这次不错! 赵校长您看看。

赵校长　　（接过手机来仔细查看,想说什么但看了看小青又没说）好的好的,这张照片很好,辛苦各位老师了。小青,回头让游老师把这张照片发给你爸爸。

小　青　　好的,校长。

　　　　　〔灯暗留定点光,各位老师一一走进光里和小青道别。

蔡老师　　（拿着手机自拍录着视频,极其热情地抱着小青）哎呀,小青宝贝,真舍不得你呀,去了那边要好好学习! 蔡老师和你自拍一张吧。

　　　　　〔不等小青回答,就拿手机给二人拍了一张,然后看着照片下场。

周老师　　小青……老师想和你……（想说什么却还是没有说出口,只是鞠躬一样前倾着身体）祝你前程似锦。

小　青　　也恭喜周老师拿到金奖。

　　　　　〔周老师更是羞愧难当,不敢和小青对视,急忙下场。

　　　　　〔灯暗,背景音传来赵校长故意找茬训高老师的声音。舞台只留下了定点光照亮小青,她郑重地把纸条放进文具盒,拿起书包离开,暗场。

[灯亮,赵校长和游老师上。

赵校长　(看着手机里的照片,蹙着眉说道)小游,回头你给她爸爸发送之前能稍微P一下这张图吗? 我不会用那些软件。

游老师　可以的校长,您说。

赵校长　要是能稍微把小青同学的表情P得笑一些就好了,你看她好像站得很靠后,离我们很远的样子,表情又有点阴郁,我就是怕……

游老师　我知道的,校长。

赵校长　人家爸爸当大领导了,以后这张照片可能还有用,多留个心眼总是好的。

游老师　明白,校长,这是我应该做的。

赵校长　嗯,你办事我放心。

[灯暗,定点光亮,小青爸爸上,手机消息音响,大屏幕显示出手机屏幕的内容——一张白天的合照,还有游老师配上的文字消息:"祝小青爸爸工作顺利,小青同学学业进步,期待今后再相见!"紧跟着还有蔡老师的视频,点开看,冗长的合影换位被删去,只留下了伤感的背景音乐和老师们与小青合影、拥抱、寒暄的画面,最后配上了小蔡老师明媚地笑着和小青的自拍及大合照,看着照片中女儿灿烂的笑容,他不禁自己也笑了。

短　剧

门把手

编剧　孙莜佳

时　间　夏天的一个傍晚
地　点　李四家

人　物
李　四　48岁,女,事业成功女性
张　三　50岁,男,李四老公
张　一　24岁,女,李四女儿

[傍晚,知了不停地叫着。到处充满着马路车辆嘈杂的声音。李四提着箱子,加快脚步,仿佛在躲避这令人烦躁的喧闹。

[一声刺耳的音效。李四顿感一阵眩晕。她插进钥匙想打开门,拧动门把手,可她越急门好似着了魔似的越难打开。李四用尽全力扭动着门把手,却始终打不开。眩晕、烦恼加上出差的疲惫让临近崩溃边缘的她蹲在地上抱头嘶喊着。

[片刻,半清醒中的李四扶着门抬起头来。突然,她发现门把手上爬着一只大眼蝇。苍蝇的眼睛显得格外大,直直地与李四对视着。李四由平静而转为欣喜,一时不知所措的她在门外来回踱步。李四刚想蹲下身子看苍蝇,却发现苍蝇不见了。李四张望着寻找苍蝇,突然门打开了。

〔张三穿着围裙突然打开门,微笑地望着李四。

〔屋子凌乱,到处摆放着李四和张三的合影。

张　三　回来啦!

李　四　(惊讶却高兴)你在啊!

张　三　我一直在啊,你出差回来啦?

李　四　嗯,对,你一直在,一直在。(李四傻笑起来)

　　　　〔张三接过李四的箱子,给她按摩肩。

张　三　啊呀,亲爱的老婆,出差辛苦了。

　　　　〔李四阻止张三,抓着张三手不放。

张　三　(傻笑)老婆,你怎么啦? 我要去烧饭了呀? 你饿了吧? 今
　　　　天我烧你最喜欢的罗宋汤哦。

李　四　罗宋汤啊!?

张　三　这回我记得的,买的是罐头装的番茄酱,其他品牌太甜了你
　　　　不喜欢的。

　　　　〔李四突然抱着张三。

张　三　呵呵,哎哟哎哟,才几天没见,被一一看到要笑话了。好了,
　　　　我去做饭(摁遥控器),这段音乐可以吧。

李　四　我来帮你做饭吧!

张　三　你? 太阳打西边出来了,你不是说你这双手做赚钱以外的
　　　　事就是浪费吗?

李　四　我把西装挂起来就来!(挂外套)

张　三　好,呵呵,好? 好!(疑惑)

　　　　〔张三下。李四看着张三的背影进厨房。突然眼前又飞来
　　　　那只大眼蝇。红色的大眼睛吸引着李四的注意。

李　四　张三,张三!!(突然焦急喊起来,跑到厨房门口)

〔张三慌忙跑出来。

张　三　怎么啦怎么啦!?

李　四　苍蝇!

张　三　本性又暴露了吧! 你才是苍蝇!

李　四　不是,是大眼苍蝇!

张　三　嘿! 我眼睛是大,我是整天围着你。但我不是苍蝇好吗? 我也是有尊严的……(半生气半开玩笑地说完,转身进厨房)

李　四　(拉住张三)你去哪里啊!?

张　三　我能去哪里啊? 我那个汤要烧干了! 我开玩笑的,我就做只苍蝇,我就一辈子直盯着你,烦死你,行吗? (进厨房)

　　　　〔张三下场。李四看着厨房,大眼苍蝇飞来,嗡嗡围着李四。

　　　　〔张一在门外欣喜地拿出一张纸看看,敲门,发现门没关。

张　一　妈,你出差回来了啊! 怎么门不关啊,(拧动门把手)门把手怎么坏了啊?

　　　　〔大眼苍蝇消失。李四开始找苍蝇。

李　四　那你就关一下啊,门把手坏了就修。(边找边说)

张　一　家里这么乱啊?

李　四　嗯!

张　一　我买了点水果放着哦!

李　四　嗯!

张　一　对了,我们晚上吃什么? 对面新开了家店,去尝尝? 顺便我有件事告诉你。

李　四　好。(无意识地回答,集中注意力找苍蝇)

张　一　那走吧,我们!

李　四　嗯！

张　一　妈,那你倒是走啊!?

李　四　你能不能安静一会儿啊!?

张　一　我说去吃饭啊!

李　四　你爸不是已经在做了吗?

张　一　我爸? 在做饭?

　　　　［刺耳的音效。

张　一　妈? 你最近药吃了吗? (小心试探)

李　四　你那个药我吃了头疼。

张　一　你是不是又犯病了?

　　　　［李四没搭理张一,继续翻找。

张　一　(翻柜子、倒水、拉住李四)妈,来,先吃药吧!

李　四　我说了我不吃! (继续寻找)

张　一　你在找什么?

李　四　一只苍蝇!

张　一　苍蝇!?

李　四　说不清,我今天有点忙,一一,你先走吧,改天妈妈陪你吃饭
　　　　好吗? (推女儿走)

　　　　［张一阻止李四。

张　一　(尽力保持冷静)妈,妈,这样,我帮你找,你说说看,你要找
　　　　的苍蝇长什么样?

　　　　［李四边找边看家里一个个摆放的与张三合影的相框。张
　　　　一边假装找,边观察李四。

李　四　它眼睛很大,就像你爸爸那样。

张　一　嗯。

133

李　四　它的叫声很温柔,就像你爸爸那样。

张　一　嗯。

李　四　它飞得很快,一眨眼就不见了,就像你爸爸那样。(哭泣)

李　四　对了,它最早是在门把手上的。

〔李四去看门把手,发现没有。突然发现门一直开着。

李　四　门怎么开着,是不是他又走了! 你为什么门不关,为什么?
(怒吼)

张　一　妈,爸已经死了!

〔李四停下找苍蝇,看着张一。

李　四　(继续寻找)我知道他死了,他死了5年零299天了。但是
他刚刚回来了知道吗? 他变成苍蝇回来找我了! 我知道他
会回来的! 他走的时候还生着气呢!? 他这个人心思深,放
不下的,放不下的。

张　一　妈! 没有苍蝇! 没有我爸! 我们还是去医院吧!(拉李四)

李　四　那天晚上,雨下得很大,我们吵架,我说他是苍蝇,除了围着
我转没半点用,然后他走了,再也没回来……(陷入病态)这
样,——,你帮妈妈找找那只苍蝇,算妈妈求求你了,求求你
了;我就想和他说声对不起呀,就一声对不起呀!(拉着张一)

〔张一开始收拾家里张三和李四的合影相框,往地上扔。

李　四　你干什么,你干什么!

〔李四追着张一,试图阻止她。张一撕照片,砸相框。激动
中李四动手扇了张一一巴掌。

张　一　这些照片留着有什么用? 它们除了让你整天半梦半醒,还
能干什么? 还有这个门把手,什么苍蝇?(张一用锤子把门
把手砸了)

李　四　（阻止）不要不要，他不认识回家的路了。（李四坐在地上哭泣）

张　一　妈妈，那天晚上是意外，不是你的错！这么多年了，你该放下了。

李　四　（抱着门把手）对不起，我怎么会说这些话？对不起，那天不该让你走！对不起，你对我那么好我为什么不珍惜呢？我宁愿什么都不要，只要你能回来！（打自己）。

张　一　（抱着李四）妈妈。

张　一　妈妈，我知道你活得很辛苦。他不会回来了，他永远不会回来的。但你抬头看看现在，你摸摸你爱穿的西装。（递西装）你看看你爱的事业（打开旅行箱）。你看看我，我是你的女儿。还有，你就要做外婆了，你知道吗？

　　　　〔李四看着张一。

张　一　（拿出包里的化验单）本来今天就是来告诉你的，我怀孕了。

张　一　妈妈（捧着妈妈的脸），不要活在无法改变的过去，看看我们的未来，我们把未来每一天都活得更精彩，好不好？

　　　　〔李四看着化验单，抱着女儿哭着笑了。

　　　　〔一只大眼苍蝇发出嗡嗡的声响，停在被砸坏的门把手上。

张　一　妈妈？

李　四　（看看周围）呵呵，可能是家里太乱了，把苍蝇引来了。

张　一　那我们去吃饭吗？

李　四　走，咱们庆祝一下。对了，等一等。

　　　　〔李四抱着相片，拿着门把手扔进了垃圾箱。

李　四　对不起！你走吧！

　　　　〔苍蝇飞出了李四家。

短 剧

门把手

编剧 高添扬

时　间　初春,一个中午
地　点　李四家门口楼道里

人　物
李　四　女,28 岁,白领,独居女性,1402 住户
张　三　男,30 岁,公司职员,1401 住户
王　五　女,27 岁,实习生,1403 住户
赵　六　女,29 岁,张三女友,不常住 1401

〔幕启。李四提行李箱上,边走边看手机。

〔手机(画外音):25 岁独居女子出租屋被害,案发细节曝
　光。女生发现家中出现这些异常要注意——

〔手机铃声响起。

李　四　(接电话)亲爱的,我到家了。哎……出差那么久,累死我
　了。你这就又要上手术啊?嗯,你也辛苦了,我这就到门口
　了,(掏钥匙开门)啧,门把手上怎么有只苍蝇(凑近一看)还
　是只死苍蝇——好恶心!(手忙脚乱翻口袋找纸巾,突然意
　识到什么,动作停滞)不对。你先别挂电话啊,等我看
　看……(去查看邻居家的门把手)别挂,不许挂啊……不对
　不对,我隔壁那个姑娘家门把手上也有一只死苍蝇!亲爱
　的,你现在能来我家吗?我怀疑我门口被人做了标记!什
　么巧合,哪可能这么巧?你快过来,我害怕!喂?喂?(挂

137

电话，小声嘟囔）手术重要我重要？真是的。（又弯腰小心
翼翼地查看门把手）这把手的角度还真像是被人掰过……

［屋内传来咣当一声。

［李四猛然直起身子，去按1403的门铃，无人回应；又去按
1401的门铃，迟迟无人响应。李四急得想拍门却不敢发出
太大声音。

［张三打开门。

张　三　（系着围裙）别按了别按了，我做饭呢。

李　四　救命，我门把手上有只死苍蝇！

张　三　姑奶奶，你就因为这个催命似的叫门啊？有苍蝇你拿纸巾
擦一擦不就完了吗？

李　四　不光我门把手，还有隔壁小王，她家门把手上有只一模一样
的死苍蝇！

张　三　呵呵，好巧啊。你还有事吗？没事我回去做饭了，一会菜再
糊了，我可没法跟我女朋友交差。（欲关门）

李　四　（抵住门）别走！（靠近张三，悄声）我怀疑我们门把手被人
做了标记。

张　三　你有病吧？人家没事标记你家门把手干什么？

李　四　嘘……喊什么喊？你小声一点。不是标记我家的门把手，
是标记了单身女性的门把手。你看，咱们三户，只有你家的
门把手上没有死苍蝇，而我和小王家的都有，哪有这么巧的
事情？

张　三　就算是吧，你擦掉不就完了吗？干吗这么大惊小怪的。女
人啊，太可怕了。

李　四　就算擦掉，我独居的事实已经暴露了，我现在很危险啊。你

看最近那个新闻没有？也是就在出租屋里，25岁的一个独居女孩被害……多吓人啊！

张　三　哟、哟、哟，还暴露了，你以为你是特工啊？天天放个男士拖鞋在门口虚张声势，点个外卖一天换一个名字，餐具还特意备注要两份……真是此地无银三百两。

李　四　(警惕)你还看我外卖？

张　三　你们女生都这样。我女朋友，赵六，也跟你一样，一天到晚疑神疑鬼，我的裤衩都被她借走好几条挂在阳台辟邪了。

李　四　你们男的是不会懂的。

张　三　好好好，我不懂，我回去做饭。(又欲关门)

李　四　别呀，你得帮帮我。(要往张三屋子里钻)

张　三　你离我远点，这让我女朋友看见该误会了。(敞开门走出来)你说吧，让我怎么帮你？(从口袋掏出纸巾，擦掉李四门把手上的苍蝇)我帮你把这"标记"清除，(把纸巾上的死苍蝇拿到李四眼前)你看看，这就是一只苍蝇。

李　四　(躲开张三)噫——拿走拿走。(凑到门把手上)不对，这就是标记，你看看它留了这么明显的印子，擦都擦不掉！

张　三　(不耐烦地瞟了一眼门把手)这是我没擦干净，你一会拿湿巾仔细擦擦，肯定什么也没了。

　　　　〔李四仍然靠近门把手，仔细盯着看。此时李四房间里传出"砰"的声音。

李　四　(猛然弹起)不对！他就在屋子里！

张　三　谁啊？

李　四　小偷！抢劫犯！杀人凶手！

张　三　你能不能别一惊一乍的。

139

李　四　你没听见吗?(拉着张三)里面刚刚的声音你没听见吗?
　　　　(指门把手)这就是标记,这就是他的标记!

张　三　那也可能是你什么东西没放好,掉下来了,别想这么多了,
　　　　赶紧开门回家吧。

李　四　不行,你陪我一块进去。

张　三　这要是让我女朋友看见,让我怎么解释啊?再说你动动脑
　　　　子想想,谁会恶心到用死苍蝇做标记啊?这玩意一擦就掉,
　　　　而且还是在这么明显的地方,要真是有人这么做标记,估计
　　　　这人也不太聪明,你不用怕,啊。

李　四　他就是利用人的这种心理,故意选了这种最常见的东西,让
　　　　所有人都不以为意,最终方便他下手!

张　三　大姐,你悬疑片看多了吧?

李　四　(眼含泪光)求你了,你就陪我开门进去吧。

张　三　好吧好吧,要是我女朋友突然过来,你替我解释啊。插钥匙
　　　　开门吧!

李　四　不行,你那有菜刀吗?

张　三　不至于吧?

李　四　你这体格,斗得过穷凶极恶的歹徒吗?快去拿刀。

张　三　(不情愿地回屋)真是输给你了。(嘟嘟囔囔)还得给你找
　　　　刀……我这锅都没来得及关火……

　　　　〔王五上。

王　五　(跟李四打招呼)哈喽,出差回来啦?(拿出钥匙要开门)

李　四　别开!

王　五　怎么了?

李　四　你看看你门把手上,有只死苍蝇。

王 五 还真是——恶心死了。

李 四 我这也有一只,但是1401没有——我怀疑是有人专门在独居女孩家门口做的标记。

王 五 (惊恐)啊?那怎么办?你看最近那个新闻了吗?

李 四 看了看了,所以这才吓得不敢进家门啊。

王 五 不只那个,还有女孩深夜打出租被司机杀害的。还有几个月前,那人装成外卖员,骗女孩开了门,然后——

　　　［李四的屋子里又传来哐当一声。两个女孩尖叫。

张 三 (拿着刀出来)又怎么了?

　　　［两人继续尖叫,王五被吓得躲在李四身后。

王 五 你干什么?我告诉你,我报警了!警察马上就到!

张 三 不是,(用刀指李四)你不是让我拿刀出来吗?

　　　［王五把李四拉到后面。

王 五 你想干什么!

李 四 (站出来)你误会了,是我刚刚叫他拿刀出来陪我开门的。

王 五 (狐疑地盯着张三)他可不靠谱,我劝你别相信他。

张 三 不是,我怎么又不靠谱了?明明是你非得叫我出来干这愚蠢的事情的,怎么我还成坏人了?

王 五 那你说,为什么就你家门口没做标记?搞不好你跟他就是一伙的。

张 三 (气笑了)不是你俩叫嚣着标记单身女性、单身女性吗?首先我不是单身,更不是女性。

李 四 不对,你刚刚不是还一口咬定说这不是标记吗?怎么突然承认这就是标记了?怪不得你百般替这个苍蝇开脱,原来你也有问题!

王　五　（拉着李四往楼下跑）咱们快跑，离他远点，还是快点报警吧！

　　　　　〔王五和李四边打110边要跑下楼。

张　三　（追上去）不是，有话好好说啊，怎么就要报警了呢？

　　　　　〔王五正欲下楼，转身碰到正在上楼的赵六，王五摔倒。赵六和李四连忙搀扶。

赵　六　（扶着王五）这么着急要干什么？

张　三　（欲哭无泪）亲爱的，你总算来了。

王　五　你看看你男朋友！

赵　六　（疑惑）你在这拿着菜刀干什么呢？

张　三　我这……哎，我这不是给你做饭嘛，（指李四）她非得说她家门把手被人做了标记，让我拿着刀跟她一起开门，还说什么她屋里有声音。现在两个人疯疯癫癫地又怪罪到我头上，还要报警抓我，我真的……

赵　六　标记？什么标记？

李　四　（指着门把手上的印子）这里本来有只死苍蝇，你看抹掉之后还有黑印子，我怀疑这是人故意做上去的。

王　五　不光她那里，我家的门把手也有。

赵　六　（笑起来）哦，你这个苍蝇我知道。那天我来这时，发现垃圾忘扔了，招来很多苍蝇，我烦得很，就来打苍蝇。（对王五）我清楚地记得，那天我就在你家门把手上拍死一只苍蝇，忘给你清理掉了，真不好意思。（对李四）你这边我不太记得了，估计也是那天拍死的，就是普通苍蝇，不是什么标记。

张　三　听见了吧，听见了吧？疑神疑鬼，污蔑好人。

李　四　可是……那我房间里的声音是怎么回事？很大的声音，还响了两次!

赵 六 那我们一起陪你打开门看看,人多势众,有危险我们也不怕。

李 四 (点头)嗯,谢谢你们。

[张三举起菜刀站到前面,几人摆出防御的姿势严阵以待,李四用钥匙打开门,张三把门一脚踹开。没有任何声音。片刻后,李四的猫从屋里跑出来扑到李四怀里。

李 四 (无奈)原来是你搞出的声音!

王 五 (哈哈大笑)虚惊一场!

张 三 行了,各回各家吧。(搂过赵六)我要跟我女朋友过二人世界了,你们谁都不许打扰!

[几人欢欢喜喜进门,各自把门关上。

[片刻后,李四屋里传来惨叫。

李 四 (在屋里撕心裂肺)救命——

[安静的几秒。

王 五 (猛然打开门)不对!

张 三 (打开门冲到李四门前,猛敲门)李四——李四——

[没有回应。

[幕落,伴随着警笛响起的声音。

短　剧

喷　嚏

编剧　刘利凤

时　间	周末的上午
地　点	王子岩的家里

人　物

王妈妈	王子岩的妈妈,三十多岁,原服装店营业员,现在刚失业。善良、强势,被现实生活压迫,变得敏感焦虑
王爸爸	王子岩的爸爸,三十多岁,房屋中介员工,内向老实,有自己的想法,却因为收入不多经常向老婆妥协
王老师	王子岩幼儿园里的老师,二十多岁,刚参加工作,社会经验和工作经验不足,有点武断莽撞,对宠物毛过敏
王子岩	五岁小男孩,内向寡言,喜欢猫
吉　尔	被王家收养的流浪猫,因为先天不足,经常生病,常打喷嚏

〔王子岩家,妈妈和爸爸收拾房间。

王妈妈　(一边擦柜子)今天子岩幼儿园的小王老师来家访,子岩上午的英语课和钢琴课就上不了了,下午的游泳课和书法班你带他去。

王爸爸　(一边拖地)你干什么去?

王妈妈　我去我妹那儿一趟。

王爸爸　咱家钱又不够了?

王妈妈　我没工作了,你那边房产中介市场也不好,咱家买的这个学区房的月供得交啊!

王爸爸　我当时就说多贷几年,别弄这么大压力!

王妈妈　废话！我不也是想少点利息嘛,谁知道赶上三年疫情,现在你们中介生意又这样不好啊!

王爸爸　(欲言又止)那个听说那个小王老师是刚毕业的,不知道今天家访有啥事?

　　〔王子岩抱着猫上。

王子岩　妈妈,快看啊,吉尔又生病了,打了好几个喷嚏,它最喜欢的罐头都不吃了。

王妈妈　是吗?(抱过猫,抓了一手猫毛)这怎么还掉了这些毛?完了,完了!麻烦又来了。

王爸爸　赶紧去医院吧!

王妈妈　这猫三天两头就病,养个猫都快赶上养个孩子操心了!给猫看病,一天的计划都打乱了,子岩的课得上啊!

王爸爸　那些课外班,少上一次耽误不了啥,本来我就不想让孩子上这些课,这么小的孩子学这些太累了。

王妈妈　他明年就要上小学了,不提前学点能行吗?在教育孩子上咱俩能不能步调一致?

王爸爸　我也想跟你一致。但也得看孩子有没有那个特长,咱家有没有那个条件,得量力而行,不能瘦驴拉硬屎吧?

王妈妈　(扔掉手中的抹布)量力而行?现在这社会,谁家对孩子不是倾力而行?网上都说这是个硬卷的时代!让你赚钱你不行,拖后腿你第一名!

王爸爸　(被戳中软肋)算了,我不跟你说了。

王子岩　妈妈,不赶快去医院,吉尔万一死了怎么办?

王妈妈　一会儿老师走了咱们再去看病。

王子岩　我不喜欢王老师,他总批评我。

王妈妈　啥？老师批评你？你跟小朋友吵架了？你不好好吃饭了？你……

王子岩　（支支吾吾）我没有……（噘着嘴）反正我不喜欢王老师。

王妈妈　（对着子岩爸）完了，完了，指定是咱们没给这个新来的老师送礼，她给咱们孩子穿小鞋，子岩过来（仔细查看子岩的胳膊腿）老师没偷着掐你吧？

王子岩　没有！

王妈妈　（扒开子岩的头发）老师没往你头里扎针吧？我看新闻上有的老师这么干过！（冲着爸爸）这学期开学我就说咱们给新换的老师送点礼，你就是不让，现在好了！

王爸爸　你淡定点行不？弄得好吓人，别一遇到点事就完了完了，一会儿王老师来了咱问清楚，有问题解决问题不就得了吗？从幼儿园开始就给送礼，啥时候是个头？

王妈妈　啥时候是个头我不知道，我就知道人家都送，咱们不送就是另类，老师肯定另眼相看！再困难这个钱不能省，今天我得给老师准备个红包。

［王妈妈准备红包。门铃响，王老师上。

王妈妈　（开门，热情地）欢迎王老师来家访！

王爸爸　欢迎王老师！

王老师　（微笑着）为了孩子，这都是应该做的。

王妈妈　（冲着子岩）子岩，快过来，喊王老师好！

［王子岩抱着吉尔不情愿地过来。

王子岩　老师好！

［吉尔突然冲着王老师打了个喷嚏。

王老师　（看着猫，有些惊讶）哎呀，你家养猫了？（说完了下意识地

往后躲了躲)

王妈妈	是啊,我家子岩喜欢猫,猫是他的好伙伴儿。
王老师	你家这猫看着挺乖啊。
王子岩	吉尔很活泼的,它现在是病了。
王老师	看着是不怎么精神,那赶紧去医院吧!
王子岩	妈妈说您比猫重要,一会儿再去。
王妈妈	(冲着子岩使眼色)子岩! 王老师,您快坐! 我们家子岩是不是在学校给老师惹麻烦了?
王老师	哦,是这样的,子岩这孩子平时比较内向,也不爱跟小朋友一起玩,他经常自言自语说你们都好,就吉尔不好,为什么?不公平,不公平!
王妈妈	这孩子说话怎么还颠三倒四的。
王老师	看见幼儿园里带猫的图片,他不是用笔乱画,就是偷偷摸摸地把图片页撕下来。(把子岩画乱的书和撕掉的图片拿出来)我问他为什么也不说,我批评过他几次,我看孩子这几天总是躲着我。昨天他跟一个小朋友说谁家猫可爱时还吵了起来,他把那个小朋友给推倒了。
王妈妈	是嘛,这孩子怎么那么手欠呢,脾气还急,回头我批评他(瞪了一眼子岩)。
王老师	别着急批评,咱们得找找原因。子岩是不是心理有什么压力啊?
王妈妈	我家孩子是不爱说话,没发现别的问题啊。
王老师	你家猫经常生病或者受过外伤吗?
王妈妈	是三天两头地生病,这猫是我们收养的流浪猫。
王爸爸	外伤嘛,有一次,子岩不小心把它的腿踩断了。

王老师　(意味深长地)确定是不小心吗……

王妈妈　小孩子跟猫玩起来没轻没重的。(瞪了子岩爸一眼)

　　　　〔这时蔫头耷脑的吉尔突然冲着王老师又打了个喷嚏。

王老师　(吓一跳,又下意识地躲一躲)这猫好像病得不轻啊?

王妈妈　子岩,快把猫抱走。没关系,王老师,这都是老毛病了。

王老师　(又意味深长地)哦,老毛病?

王妈妈　一会儿到医院开点药就能好。王老师,您接着说子岩他……

王老师　是这样啊,我也是猜想的,看孩子在学校的表现和你家猫的
　　　　状态,我觉得猫对子岩的心理造成了一定的影响,或者也可
　　　　以从另一个角度看,你家猫总有病是不是子岩造成的?对
　　　　子岩来说,猫可能是玩物而不是玩伴,是他发泄内心不好情
　　　　绪的工具,甚至,我是说可能啊,在我们看不到的时候,他会
　　　　不会有一点虐猫的行为或者倾向啊?我在学校学幼儿心理
　　　　时学到0—5岁孩子都可能会有虐待动物的倾向,我这就是
　　　　猜想的,还希望你们作为家长配合多观察,多跟孩子沟通,
　　　　现在幼儿心理有问题的也不少。

王妈妈　(着急地)不能,王老师,绝对不能!子岩从小就喜欢猫,吉
　　　　尔是流浪猫,他都没嫌弃,生病了他最着急,这不刚才就急
　　　　着要送猫去医院呢。

王爸爸　是啊,王老师,我们家子岩很善良的,他内向随我,我就
　　　　那样。

王妈妈　他脾气急随我,我就那样!但是他绝对不会虐猫,我和他爸
　　　　都不那样!

王爸爸　是啊,是啊!

王妈妈　(急切严厉地)子岩,妈妈问你,你在幼儿园为什么要在有猫

的图片上乱画?

[子岩害怕,开始抽泣不说话。

王妈妈 (更加着急了)你这孩子,你倒是说话啊! 你为什么要破坏学校有猫的书啊!

子 岩 (咧开嘴,哭着说)图片上的猫都很健康漂亮,可我的吉尔总是生病,我不想吉尔生病?

王老师 就这个原因?

子 岩 嗯,不公平,为什么我的猫总得病啊? 昨天的小朋友还嘲笑我的猫是病猫!

王老师 你的猫病了,找医生治疗,你把那些图片撕掉、画乱了也不治你的小猫的病啊。书都弄坏了别的小朋友就看不了了。

子 岩 我才不管呢,我就要我的吉尔是健康的。(抱着吉尔哭)

王老师 (耐心地)子岩不哭了,老师现在知道你是怎么想的了,以后你心里有事跟老师说,别躲着我好吗?

子 岩 (一边抚摸吉尔一边说)嗯。

[与此同时吉尔突然冲着王老师又打了个喷嚏。

王老师 (也跟着打起了喷嚏,站起来)子岩爸爸妈妈,既然问题了解清楚了,我就走了,以后咱们再多沟通啊。(一边说着一边着急地往外走)

王妈妈 王老师,您看您刚来就走了,再多坐一会吧,中午就留在我家吃饭吧,给我们机会让我们好好感谢一下您对子岩的关心和照顾,现在像您这样负责的老师不多了。

王老师 您太客气了,咱们以后再聊。(急下)

王妈妈 王老师,子岩您还得多关照啊!

王老师 放心,以后咱们事上见!

150

王妈妈　（关门，疑惑地）不对啊,王老师怎么说走就走了呢?

王爸爸　简单的事,问明白了就走了呗。

王妈妈　王老师说咱孩子有虐猫倾向,虐猫? 那不是心理变态吗?
　　　　完了,完了,咱孩子不会真……(转头盯着子岩)子岩,你打
　　　　过猫吗?

子　岩　（大声喊道）我不打猫,吉尔是我的好朋友!

王爸爸　（对着子岩妈妈）咱们儿子什么样,你不清楚啊! 王老师就
　　　　是猜测,她不了解情况,你怎么还听风就是雨了呢? 你别把
　　　　孩子吓着!

王妈妈　对对,我太着急了。但是他撕书乱画也不对啊!

王爸爸　是不对,回头咱们真得好好跟孩子沟通一下,怎么面对猫生
　　　　病的事。不过咱们也得想想,平时对孩子是不是要求太多
　　　　了,你给孩子报那些班,孩子让你掌控得像个小木偶,心里
　　　　多少也是有点压力的。

王妈妈　你怎么又跟我扯这个话题了? 现在不是说这个的时候!
　　　　欸,那你说王老师能轻易就相信咱们的解释吗?

王爸爸　那有什么不信的,家里的情况她不都看到了吗?

王妈妈　不对! 王老师要是真相信了咱家子岩没问题,她为什么突
　　　　然匆忙地走了?

王爸爸　正是相信了才走的啊!

王子岩　妈妈,咱们赶紧上医院吧!

王妈妈　（思虑中）等会儿!

王爸爸　又怎么了?

王妈妈　忘给老师红包了! 完了,完了。

王爸爸　问题解决了,还给什么红包?

王妈妈　解决了？你太天真了！你想想啊！王老师刚才她临走时说事上见，什么事上见，见什么？

王爸爸　关心孩子的事上呗！

王妈妈　不对！我真担心啊，王老师以后看不上咱家子岩了，不给吃饱饭、动不动就吼孩子，给孩子冷眼，咋办？

王爸爸　事都解释清楚了，不能啊！

王妈妈　不能？现在的小年轻老师可不好说！还有，你说王老师会不会跟别人说咱家孩子虐猫，心理变态？完了，完了，要是王老师这么说，咱们子岩以后可就完了。咱们买的这个学区房是幼小初一贯制的，子岩现在的同学大部分也将是他以后的同学，那要是传出去咱们孩子心理有问题不就完了嘛！

王爸爸　欸嘛，老婆啊，你想多了！

王妈妈　能不多想吗？咱俩没啥文化，也就这样了，希望就寄托在孩子身上了。咱俩省吃俭用买这个学区房为了啥？不就为了子岩有个好学校，有个好起点吗？可咱孩子小学还没上呢就背个心理变态的阴影。心理学家都说了，童年的不幸要用一生去治愈，咱孩子这不还没起跑呢就输了吗？

王爸爸　(无奈的)老婆啊，你这跟陈凯歌导演有一拼啊，他导演了电影《一个馒头引发的血案》，你这儿编了一出一个喷嚏导致的人生惨案啊！你说的我都瘆得慌！

王妈妈　喷嚏？可不，都怪吉尔打喷嚏(抬手打了一下身边的吉尔)都怪你，你这个小坏蛋，偏偏那个时候打喷嚏！

　　　　［吉尔喵的一声，蹿到了沙发的另一头，一爪子下去把王老师落下的真丝围巾给抓破了。

王妈妈　哎呀，这回彻底完了，完了！这是王老师落下的丝巾，吉尔给抓破了？本来王老师就对咱家猫和咱家子岩有成见？这下完了！完了！

王爸爸　又不是故意弄坏的，咱们给老师买个新的不就得了。

王妈妈　对对，正好，我妹前两天送给我个新的，我还没打开呢，把这个给老师。

王妈妈　这回不能光给条丝巾，(把红包放到丝巾袋子里)我得把这个大红包放进去，正好借这个机会，我再跟老师说说咱孩子真没虐猫。

王爸爸　你这就不是从根本上解决问题。

王妈妈　(突然停住)等会儿！根本上解决问题？对啊，问题的根本在猫上，虐猫的前提是得有猫(看向吉尔)，要是吉尔不在了……

王子岩　(恐惧地)妈妈，你要干什么？

王妈妈　子岩，听妈的，咱不养猫了！妈答应你，先把吉尔的病治好，然后送人！

王子岩　(哭喊)不行！我要吉尔！

王爸爸　你这是干什么啊？养只猫不至于啊……

王妈妈　怎么不至于，老师怀疑咱孩子虐猫，咱家没猫了，那不就一片乌云都散了！子岩，妈是为你好，你长大了就明白了。

王子岩　(大声哭喊)我不要，我要吉尔！

　　　　[王妈妈正要再说话，门铃响。

王老师　子岩妈妈，不好意思，我刚才走得匆忙，忘记拿我的丝巾了。

王妈妈　哎呀，(对子岩爸爸)说曹操曹操到(冲着爷俩)都给我调整情绪！(开门)王老师，我正要给您送去呢。那什么王老师，实在对不起啊，您的丝巾刚才被我家猫给弄破了，我赔给您一条新的吧！(丝巾递给王老师)

王老师	不用,坏就坏了,您太客气了。
王妈妈	应该的呀,您就收下吧,您那么照顾子岩,我们本来就应该对您表示感谢,对您的心意都在这里了!(抖抖手里装丝巾的袋子)
王老师	那东西我先收下,回头多少钱我给您!
王妈妈	不用,您千万别给我钱!
王老师	您不要钱,那丝巾我不能要(两人推脱,手提袋子掉在地上,红包掉了出来)子岩妈妈,您这是……
王妈妈	您看子岩在幼儿园给您添麻烦了,我家猫刚才又很不礼貌地冲着您打喷嚏,您都没多坐一会儿,我们心里没底,也特别不好意思,这就是一个意思。
王老师	我刚才走得匆忙,是因为我对宠物的毛发和分泌物过敏,时间长一点就开始打喷嚏,吉尔不打喷嚏我也会打。我走得急,是不想在您家失态,您看您误会了不是?
王妈妈	是,是,我想多了。可王老师,我家子岩真没虐猫,你可得相信我们啊!
王老师	孩子虐不虐猫这事咱们别着急定论,再观察观察啊,再观察,都是为了孩子好。
王妈妈	(又把装丝巾的袋子牢牢地放到老师手里)老师,这个您必须收下,(坚定地)另外,我们不养猫了!今天我们就把猫送走!
王子岩	(哭喊着)我的猫,不要送走我的猫。
王妈妈	我家子岩这没虐猫,老师您千万要相信啊!
王爸爸	是啊,老师,没虐猫。
王老师	你们这是干什么?

王妈妈　我肯定不养了。(抱起猫,子岩跟妈妈抢猫,两人一失手,猫被重重地摔在了地上,晕了过去,众人震惊沉默)

王子岩　(突然大喊一声)我讨厌你们!

　　　[吉尔在地上打了个微弱的喷嚏……

短　剧

团圆饭

编剧　牛立超

<table>
<tr><td>时　间</td><td>晚上 6 点多</td></tr>
<tr><td>地　点</td><td>家中</td></tr>
</table>

人　物

张　三　父亲,65 岁,已退休,好面子,父爱深藏

李　四　母亲,65 岁,家庭妇女,有点抠门,心疼孩子

张小丫　女儿,36 岁,上有老,下有小,外有工作,内有家务

赵小山　女婿,40 岁,天天忙,家里基本指望不上

赵小花　外孙女,8 岁,小学生

[家里,张小丫正在收拾房间,电视机播放着春晚节目。

张小丫　(站定了,开始介绍)忙忙碌碌又是一年,今年过年终于把爸妈给盼来了,这个春节的主题就是:取悦爸妈,不惜血本!爸妈快乐,全家快乐! 爸妈生气,全家遭殃!

赵小花　(窝在沙发上,嘟囔着)妈妈,姥姥、姥爷怎么还没到啊? 我都饿死了。

张小丫　谁说不是呢,4 点多就到车站了,这都两小时了,电话也打不通。(门铃响起)姥姥来了,小花快去开门!

[老两口进门,身上挂满大包小包,张三正气喘吁吁地打电话。

张小丫　(赶紧接过父母手里的东西)怎么这么慢啊? 快进屋!

张　三　(一手提着麻袋,一手还在继续打着电话)过年好,过年好,

这不是刚到上海嘛,闺女非让来,不来不行啊。啥有本事啊,都是瞎混,好啦不说了,回去了咱哥俩再聚。(挂掉电话,自言自语说道)这人真是,非得说吃个饭,给我饯行(电话声又响了)你看看,电话又来了。(接过电话)对,对,已经到啦,女婿去接的,我来嘛,他肯定要去接的。你说的那事肯定没问题,我跟他说那还不是一句话嘛,哎哎,等着我的好消息啊! 哈哈哈(挂掉电话,走进房间)。

张小丫　我说打你电话怎么一直占线呢,赶紧进屋歇歇。

张　三　我跟你妈这次出门那可真叫轰动,咱村能有几个人来上海过个年啊。

李　四　你呀整天到处嚷嚷,又是电话又是朋友圈的,搞得跟个大喇叭一样,尾巴都翘上天了。

张　三　我能不翘吗? 儿子、儿媳、闺女、女婿,3个博士、2个教授,上网一搜都是闺女写的文章,论威风我比县长都胜一筹。

赵小花　(一屁股坐到李四腿上)姥爷又开始吹牛了。

李　四　嘿嘿嘿,咱小花也是越来越机灵了,长大了肯定比爸妈更有出息。(手突然扶住大腿,痛苦状)哎哟,我这个腿啊,小花快下来。

张小丫　(紧张)腿怎么啦?

李　四　(责怪丈夫)看吧,让你不听闺女的话! (转向女儿)你爸非要坐公交,大包小包地挤来挤去,生怕别人不知道乡下来的。

张　三　你嚷什么,坐公交车两个人才4块钱。省下钱给我们小花买吃的不好吗?

张小丫　不是让你们打车来吗? 我说怎么这么慢呢,去受这个罪!

早知道我去接你们了。(看到父母受苦,有点心疼)

李　四　你可不能到人多的地方,现在月份还小,得处处留心。其实
我们还好,休息一下没大碍,来,老头子,一起把东西收拾一
下,乱七八糟的,别绊倒孩子。

张小丫　(抬头看了一下时间)不早了,回来再收拾吧,饭店都催了多
少遍了。

张　三　大过年的往哪儿走啊?

张小丫　去吃饭啊,我之前跟你们说过的,今年的年夜饭咱们去深
坑吃!

赵小花　对啊,姥姥姥爷,那个饭店可好啦,还有灯光秀呢。

张　三　啥秀不秀的,我查过了,一顿饭要几千块呢。不去不去!

李　四　(吃惊)要几千块啊,我说小丫啊,那些大饭店吧,吃顿饭好
多人站边上盯着,别扭,还吃不饱,咱们就在家里吃了。

张小丫　爸妈,咱都三年没团聚了,今天一定得去吃顿好的,我带你
们体验一次啥叫星级服务。

张　三　我都这把年纪了啥没体验过啊。(转向李四,大喊)老太婆,
把我带的土猪肉找出来,晚上咱俩在家包饺子。

张小丫　别闹了,快走吧,我费了老大工夫才预约到了那个饭店的年
夜饭。(说着,拽起李四就要往外走)

　　　　　[李四一躲,撞倒了小花。

赵小花　(大哭,指着张三)妈妈把好吃的全留给你,你还挑三拣四,
我讨厌你!(众人怔住,张小丫松开手,张三也不再争执)

李　四　(赶紧打圆场,从包里找出一个袋子)小花别哭啦,你看姥姥
带了炸鸡,你最爱吃的。(说完,扬扬手里的饭盒)

张小丫　(看到盒上的"中国高铁"字样)这不是我特意叫跑腿送进火

车站的午饭吗,你们饿了一路过来的?!

李　四　哎呀,我们不饿。

张小丫　整整一天了还说不饿。打车舍不得,吃饭舍不得,我就纳闷了,花点钱能掉块肉吗? 出个门别抠抠搜搜的了!

张　三　我们不省吃俭用,怎么供你兄妹两个上学,我们大老远地跑过来,还不都是为了你们。

张小丫　大老远跑过来,是让你们享福的,不是来逃难的。(说完,开始抽抽搭搭抹眼泪)

李　四　哎呀大过年的,咋还哭上了? 都少说两句。

　　　　〔大家都沉默了。这时手机铃声响了。

赵小山　喂,你们到饭店了吗? 我先回趟家就赶过来。

张小丫　到什么饭店?! 吃什么饭?! 全家都饿着呢。

赵小山　啊? 我看爸爸发朋友圈,还以为你们已经吃上了呢。

张小丫　(吃惊)什么朋友圈啊?(赶紧翻看手机,打开爸爸朋友圈)"我们已经到上海了,女儿带我们来深坑吃年夜饭,人均1 800"。爸,你发的这是什么啊?

张　三　(面露尴尬笑容)随便吹吹牛了,真是的。

张小丫　不是,带你去吃饭死活不去,然后自己从网上找图发上去,什么意思啊?

张　三　朋友圈里不都是你吹吹我吹吹吗,反正他们也不知道我去了没。

张小丫　可是你的照片还带着水印啊!

张　三　啊,啥水印啊!(赶紧掏出手机来,扶着老花镜,认真看)

李　四　(指着张三)唉,我说你啊,丢人丢到家了,你能让人省省心吗,一天到晚就摆弄个破手机。

张　三　（继续操作手机）刚刚没发现水印啊，删了删了，多大点事儿啊！

李　四　你说你一个破手机，一会儿晒升学，一会儿晒入伍，还有乔迁的、升职的，成天发这些没用的干吗？

张　三　好啦，别一天到晚陈谷子烂芝麻地翻旧账，我这不是心里惦记着孩子，希望他们过得好嘛！

张小丫　为了我们好就让我们省点心，一边这不要那不去，一边又晒晒晒，虚伪！

张　三　我虚伪?！我发个朋友圈，就嫌我虚伪?！那你让我发什么？（一手扯着自己的衣服）发这件衣服不是儿子买的名牌货，是随手买的地摊冒牌？（狠狠把衣服脱下来扔了）发我自己给自己买生日礼物，对儿子说是闺女买的，对闺女说是儿子买的，两头骗吗？发你妈被你喊过来带孩子，一住就是一年，我一个人在家摔断两根肋骨没人照顾吗？（撩起自己的衣服）发你春节不回家，你哥春节不回家，都跑别人家去当孝子，你妈一口饺子一口泪吗？真是的，我只是想在朋友圈里当一个体面的人，有错吗？

李　四　别说了，老头子，大过年的，说这些干吗？

张小丫　（有点懵住了）爸爸，我每次问你们，都是家里什么都好，不要惦记。这就叫什么都好吗?！生病了，你瞒着我，过年我要回去，是你说春运坐车不方便，不要来回跑的。你过生日，我是忘了，可是你提醒一下我啊。

张　三　提醒什么呢？瞒都来不及。看你们孩子小，工作忙，我们也心疼，帮不上忙，就尽量不去给你们添麻烦。可是有时候吧，这心里头确实是空落落的。盼着儿女成才，就像那小

161

鸟,飞得越高越好,越远越好。可是你们飞走了,我们倒成了空巢老人。你们是我的全部啊,你们走了,我们就什么都没有了。

张小丫　我们是越飞越远了,可是飞得不安心啊。年轻的时候,觉得交通这么发达,去哪儿工作不一样呀。可是,看到父母一天天变老,需要女儿承欢膝下的时候,才发现回家的路原来那么远,一场疫情就让我们三四年见不上面。我不是不想回,是实在回不去啊,工作不能不做,孩子不能不带,每天忙得像陀螺,什么难过委屈都得自己咽下。可是这心没有一天不是揪着的,就怕看到你们突然来个电话,担心啊,担心有个三长两短,担心突然生了重病。我知道也想对你们好,买了衣服,你们连吊牌都不拆,原封不动挂在柜子里。给你们寄了钱,你们跑上二里地也要去银行给我汇过来。结婚之后,我最怕的就是过年过节了,周围越热闹,我就越想家,融不进婆家,回不去娘家,夹在中间就像个多余的。今年好不容易因为怀孕,我把父母盼来了,我就想带你们,我们吃好的,穿好的,我们花钱,消费,把这么多年亏欠你们的补回来啊。

张　三　一家人哪来的亏欠?只要跟你们在一起,吃糠咽菜也幸福。我们这次来,就是想全家人坐在一起,平平淡淡吃顿团圆饭,像你们小时候那样。一到过年,你妈擀皮,我来包,你跟你哥跑前跑后,给我们剥蒜、倒醋,就等着鞭炮一响,开锅吃上这热腾腾的饺子。

张小丫　好,爸爸,我们包饺子,现在就包。
　　　　[冲进厨房,把食材拿出来,一家人开开心心围坐在一起包

162

饺子。门铃响,赵小山进屋。

张小丫　这懒人就是有懒命,卡着点回来吃饭了。赶紧帮爸摆一下盘子,饺子马上就好。

赵小山　没问题,我来帮爸开瓶酒,这饺子必须就着酒。快快,你们都过来,咱们拍个照片,发个朋友圈,新年快乐。

〔众人比"耶",将开心定格下来,完。

短 剧

微 笑

编剧 邹 妍

时　间　傍晚
地　点　公交站台

人　物
张　三　男,七十多岁
李　四　女,三十多岁
女士甲　养老院护工
女士乙　养老院附近新开精神病院的护工

　　〔幕启。
　　〔没有车辆通行的乡间公路上,一块简陋的公交站牌旁有一
　　张长椅。
　　〔张三站在站牌下,不停向远处张望。
　　〔女士甲坐在长椅上。

张　三　(略显着急)都已经等了这么久了,11 路公交车怎么还
　　　　不来?

女士甲　快了,车马上就来了。

张　三　姑娘,都这么晚了,你也要进城?

女士甲　嗯,我也进城。大伯,车还要等好久呢,要不您也过来坐吧!

张　三　好。(缓慢向长椅移动)

　　　　〔李四抱着一个婴儿包裹上,神色焦急。
　　　　〔女士甲警觉地起身。

165

李　四　　（小跑到张三面前,微微一笑）老伯,您能借我用一下手机吗? 我的孩子生病了,我想打电话叫120。

张　三　　（下意识摸口袋）我……我没有手机啊……

女士甲　　（急忙掏出手机上前）我有! 用我的!

　　　　　　〔李四接过手机,慌乱地拨打120急救电话。

李　四　　您好,是120吗? 我的孩子发高烧昏迷了! 我这边没有车……（停顿）我能不急吗? 我现在在哪儿? （停顿）我现在在哪儿? 我在……我不知道我在哪儿啊! 我这儿有一个车站……车站……（崩溃）我不知道这里是哪儿啊!

女士甲　　（从李四手中接过手机）喂,您好,请派120急救车到郊区的夕阳养老院。（停顿）对,您过来就会看到我们。（停顿）好,我们在原地等待。

李　四　　（感激地）谢谢您!

张　三　　姑娘,你怎么一个人抱着孩子去医院啊? 你丈夫呢?

李　四　　他不在……

女士甲　　（试图掀开包裹婴儿的被子）孩子怎么……

李　四　　（闪躲）别碰他!

女士甲　　（吓得退后半步）好好好,我不碰,您别着急,120马上就来了。

李　四　　（意识到过激）不好意思,我太激动了。

女士甲　　没事。

李　四　　（焦急张望）救护车要多久才能来啊?

女士甲　　这里是比较偏远的郊区,路上应该不会堵车,但从最近的救护站开过来也大概需要二十多分钟。

李　四　　（焦急）二十分钟……（看站牌）那你们也是在这等车的吗?

张　三　我等公交车,进城看我儿子。

李　四　(突然从口袋里掏出一个橘子递给女士甲)对了,谢谢你借给我手机!我也不知道该怎么谢你,给你吃个橘子吧!

女士甲　(摆手)不用谢,借用一下手机而已,谁都有遇到困难的时候。不过你怎么一个人带着孩子在这儿呢?我记得这附近除了我们……除了一家养老院也没别的地方有人住啊?

李　四　(支支吾吾)我……我……

张　三　(突然激动)姑娘,你这橘子哪里买的?

李　四　哪里……橘子哪里买的……我,我不知道啊……它就在我口袋里……大伯,你想吃吗?那给您。(递给张三)

张　三　(接过橘子)我儿子喜欢吃橘子,我得先找地方买点儿橘子再进城,给他带过去。

女士甲　大伯,城里到处都有卖橘子的,您不用特意买了再带去。

张　三　我儿子说,乡下的水果比在城里买的好吃。而且他工作忙,没时间吃水果,只有我买给他的,他才会吃。

女士甲　(叹气)那等车到站了,我招呼您。

张　三　谢谢你,姑娘你人真好,等车的时候还愿意陪我聊天,也不嫌我烦。

女士甲　怎么会嫌烦呢?(对李四)这位女士,你抱着孩子,还是坐这等吧。大伯,您也坐。

〔张三和李四坐到长椅上,女士甲站在他们旁边。

〔收光。

〔光起,十分钟后。

〔女士乙匆匆上。

女士乙 这儿根本不通公交车,怎么还有个车站啊?(看到李四,冲上前)你怎么自己跑到这里来了!(拉扯李四)走,快和我回去!

李　四 我不回去!我要等救护车接我的孩子去医院看病!

女士甲 (上前阻拦)你和这位女士是什么关系?你先别拉她!

张　三 你们、你们有话好好说啊!

女士乙 她是不是和你说她孩子发烧了,昏迷不醒?

张　三 是啊!

女士乙 她是精神病,她见到谁都这么说!

张　三 啊?

李　四 (怒吼)我才不是精神病!你才是精神病!我的孩子生病了!我要带他去看医生!

女士甲 (警觉,对女士乙)我们凭什么相信你说的话?

女士乙 (一把掀开李四怀中的包裹婴儿的被子)看看她所谓的"孩子"吧!其实就是一个玩具娃娃!

　　[玩具娃娃从被子中脱落坠地,李四慌乱地蹲下,手足无措地重新将娃娃包裹起来。

李　四 (痛苦地蹲在地上)不,我的孩子没死!我的孩子没死!我要带他去医院!我的孩子不会死!

　　[张三站在李四身边,看到这一幕,手足无措。

女士乙 我是附近新开的精神病院的护工,这个女人的孩子发高烧死了,从那之后就疯了……

女士甲 原来是这样……

张　三 (被回忆击中)啊!孩子!死了……死了……(呆滞地跌坐在长椅上,手中的橘子滚到了一边)

女士乙　（疑惑）大伯？您怎么了？

女士甲　（拉女士乙到一旁）其实我也是护工，附近养老院的……

女士乙　啊？

女士甲　这位大伯有阿尔兹海默病，时不时一犯糊涂就要坐车进城找儿子，我们院长实在是拦不住，就想了这么个办法，在这儿造了个假公交站。他等车的时候，我们护工就装作是乘客陪着……

女士乙　既然老人不方便进城，那就让他儿子来看他啊！

女士甲　他儿子早就死了……英年早逝，可惜了……

女士乙　啊……

张　三　（落寞地起身，走到女士甲身边）姑娘，我们回去吧，今天又给你添麻烦了。

女士甲　（微微一笑）没事大伯。（对女士乙）那我们先回去了，再见。

女士乙　再见。（搀扶蹲在地上的李四）我们也走吧。

　　　　［李四抱着娃娃呆滞地起身，任凭护工乙牵引。

　　　　［两组人分别搀扶着向相反的方向走。

　　　　［微弱的救护车鸣笛声响起，愈来愈响。

　　　　［收光。

　　　　［剧终。

短 剧

一片韭菜叶

编剧 顾尚岩

时　间　下午
地　点　茶叶公司

人　物

赵局长　50 岁,区质监部部长

张　三　47 岁,茶叶公司领导,工作细致,在麻烦的人际关系问题上依
　　　　赖下属

李　四　38 岁,茶叶公司质监部主任,工作经验丰富,处事圆滑

王　五　25 岁,茶叶质监员,直肠子,思想简单,干活卖力

女茶叶质检员　52 岁,王五的母亲,由王五介绍,在厂里流水线从事茶
　　　　叶挑选工作

　　　　〔茶叶公司办公室,办公室里摆满了茶叶样品,办公室一角
　　　　放着茶几,茶几上摆着热水壶和杯子,办公室墙上挂满了安
　　　　全生产、质量达标的标语。

　　　　〔李四、王五正匆忙地收拾着办公室,李四正用毛巾一遍一
　　　　遍地擦着桌子。

李　四　小王啊,那个标语是不是还是有点歪呀? 再稍稍往左一
　　　　点点。

王　五　(踩着椅子把标语轻轻挪动一点)您这也太讲究细节了,我
　　　　都感觉不出来差别。

李　四　下午局里的质监部部长要来了,领导交代了,工作一定要细

之又细,对了,检查的茶叶准备好了吗,给领导检查的茶叶一定要是首采的一级茶叶,里面一根头发丝都不能有。

王　　五　主任放心,都检查过了,这茶叶都是我让工人精心挑选的。

李　　四　时间差不多了,你去把烧好的热水灌上,一会领导来了,一定不要乱说话,看我眼色行事。

王　　五　好的,主任。

　　　　　[门开了,领导张三引着赵局长进来。

张　　三　赵局长请进,容我介绍一下,这是我们县食品安全质监局的赵局长,这是我们公司的质检部主任老李,这是质检员小张。

李四、王五　赵局长好!

赵局长　(上前握手)你们好!

王　　五　(伸头望着领导的嘴巴)局长您……

李　　四　(连忙打断)局长您请坐,我们去给您沏壶茶。

　　　　　[李四拉着王五到屋角的茶几旁。

李　　四　你刚才想说什么?

王　　五　李主任,你没看到吗,局长牙上有一片韭菜叶,我想提醒他一下。

李　　四　你小子是不是傻了,那可是县里的质检部局长,你是想让局长当着你的面用舌头舔掉还是用手扣下来,你这一说弄得局长尴尬不尴尬?

张　　三　(走过来)赵局长可是区里的领导,今天谁要是让他在咱们公司丢了面子,吃不了兜着走!

王　　五　这简单,我绝口不提这韭菜叶不就行了。

张　　三　那局长出了公司要是回家发现牙上有韭菜叶,咱们三个大

172

活人不是成了睁眼瞎?

李　四　哎,我有办法了,桌上有上午的陈茶,一会儿呀,我先端一杯给局长说说咱这茶有茶文化,喝茶前先用陈茶漱口,有益身心健康。

王　五　(拍脑门)好办法,我的口臭就是这么治好的。

张　三　就这么办,赶紧把茶端上去。

〔王五沏了茶,放在桌上,李四倒上一杯陈茶,先迎了上去。

李　四　局长,刚冲的茶烫,您先试试这个,这是陈茶水,我们这里喝茶呀,讲究先用陈茶水漱漱口。

赵局长　哦,这倒是第一次听说,有什么好处?

王　五　能消除口臭!

〔张三、李四面露慌张神色,李四从背后掐了一下王五,王五疼得直挤眼。

李　四　他呀,用陈茶漱口治好了口臭,所以只知道这一种功效,其实这陈茶漱口最大的好处就是可以抑制口腔里的厌氧菌,防治牙周炎和牙龈出血。

张　三　(意会)赵局长,用陈茶漱口啊,调节口腔 pH 值,矫正味觉,漱过口再品茶,更能品出茶的回甘来。

赵局长　好呀,那我试试。

〔赵局长喝了一口陈茶,漱了漱口,王五拿过铁盆,赵局长将漱口水吐在里面。

王　五　(看着漱口水,失望)哎,没有。

赵局长　没有什么?

李　四　没,没有到位,这个茶呀,要多漱几次,功效才能达到,口腔的味觉也才能得到有效的矫正。

〔赵局长又连漱两口,盆里还是没有韭菜。

张　三　　赵局长,我们这为了完全发挥这漱口茶的功效,还发明了漱
　　　　　　口操,能让茶水充分与牙龈接触,您要不要体验体验我们自
　　　　　　己开发的茶文化?

赵局长　　哦? 好呀,这也是一种文化创新,要我看呀,这以后我们挑
　　　　　　拣剩下的茶碎还可以作为赠品放在包装里,包装上就印上
　　　　　　漱口茶,再附上这漱口操的二维码,这产品不就更有特色
　　　　　　了吗?

张　三　　不愧是局长,我咋就没想到呢? 快,李四,给局长示范一下
　　　　　　漱口操,让局长提提意见。

　　　　　　〔李四开始示范动作,赵局长跟练。

李　四　　一口茶水含口中,呀,闭上双唇轻轻摇;左三圈来右三圈呀,
　　　　　　牙缝清洁要周到。鼓起腮帮压又松呀,水流穿梭牙床中;舌
　　　　　　尖轻舔上下颚呀,前后左右都顾到……

　　　　　　〔赵局长伸舌头刮牙床,却突然被水呛到,站起来扭头把茶
　　　　　　吐在盆里,然后坐下不停咳嗽,李四连忙上去拍局长的背。

赵局长　　(咳嗽渐止)哎呀,咳得嗓子疼。

王　五　　(端上沏好的茶)局长,快喝点茶,温度刚好。

　　　　　　〔赵局长边轻声咳嗽边小口喝茶。

赵局长　　这漱口操还有改良空间呀,含着茶水伸舌头可容易呛水呀!

李　四　　赵局长说得是,我回去再好好想想。

张　三　　(摆摆手)行了行了,老李、小王,把我们公司抽检的茶样品
　　　　　　拿过来给局长看。

　　　　　　〔李四、王五端上准备的茶样,放在桌子上。

张　三　　赵局,您看,这是我们今年的头采毛峰,白毫披身,芽尖锋

174

芒,形似雀舌,色如象牙,为了打造县里的助农品牌,我们在质量把控上可是下了大功夫。

赵局长　(又喝了一口手中的茶叶)嗯,不错,回味甘爽,生津润喉,(用手捏了捏样品)干燥度也挺好。

王　五　(定睛一看,面露喜色)哎,冲下去了!

赵局长　什么冲下去了。

王　五　(慌张)没……没什么。

李　四　局长,他是说茶叶冲下去了,我们这毛峰冲泡后雾气凝顶,茶叶竖立,然后徐徐下沉,此时的茶最好喝。

赵局长　(端起杯子,看着杯中的茶叶)哦,还真是!

　　　　〔赵局长表情突然凝重,用嘴巴吹了吹茶叶,仔细往杯子里看。

赵局长　有牙签吗? 给我一根。

　　　　〔王五递上牙签,赵局长用牙签拨了拨杯中的茶叶,挑出一根韭菜来。

赵局长　这是什么,看起来不是茶叶。

张　三　我看看,确实不像,有点像韭菜。

赵局长　茶叶里怎么会有韭菜?

　　　　〔王五看了看盆子,恍然大悟。

王　五　应该是刚才……

　　　　〔张三和李四瞪了王五一眼。王五又打住了。

张　三　李主任,你觉得这茶里的韭菜是怎么回事?

李　四　(支支吾吾)领导你说可能是因为某个人午饭吃了韭菜吗?

张　三　我看不太能。

李　四　(看着茶壶眼睛一亮)王五,是不是你烧水的时候水里面掺

175

进去的?

王　五　不可能,那个热水器上面有滤芯的!

　　　　[张三、李四露出失望神情。

李　四　那可能……可能是农户炒茶的时候不小心混进去的吧?

赵局长　你们工作要细之又细啊!县里对这次的茶叶助农品牌的打造非常重视,这关系到几百家茶农的生计问题,也是我们县里乡村振兴工作非常关键的一环。你们是直接对接农户的,你们要对茶叶的质量负责,像这种茶叶里能掺进去韭菜的情况是绝对不应该出现的!这要是销售出去,砸的可是我们整个县助农品牌的口碑呀!

张　三　赵局长所言极是,所言极是,我们后面一定做好质量监控,认真筛好每一片茶叶。你们俩愣着干吗?还不快给局长换茶水!

　　　　[李四、王五端着茶水来到屋角的茶几旁。

王　五　一定是局长牙上的茶叶被冲到杯子里了!

李　四　应该是这样,刚才局长呛完了水,喝茶还轻轻咳了几下。

王　五　刚才我看了,漱口的盆子里确实没有茶叶!要不要告诉局长真实情况?

李　四　哎,刚才没有提醒,现在挨了批评再这样说,倒像是推卸责任,弄得局长很没面子,而且领导心里也清楚,他暗示不能说,咱们也别吭声。

王　五　可是我刚才看领导好像很生气。

李　四　我好不容易找个理由,你直接说不可能,现在问题到了我们质检环节,你说领导怎么会不生气?

王　五　(无辜)那确实跟烧的水没关系嘛!

李 四 算了算了,快去把茶水换上吧!

[李四王五来到桌前,换上茶水。

赵局长 看样品质量,我觉得还是得对你们的生产线把把关呀。你们的生产流程和规范手册有吗? 拿给我看一下。

[李四手忙脚乱地从柜子里翻出生产流程和规范手册,赵局长认真翻阅,翻到一页带有照片的文字,张三连忙开始介绍。

张 三 局长,您看,为了保证这次助农茶叶品牌的质量,我们刚引进了几台筛茶机,精度比较高,枝头,熟叶的挑拣精度可以达到 98% 以上,可以解决人工拣茶难的问题。

赵局长 (眉头紧皱)98% 还是会出现漏检呀!

[张三继续往后翻,边翻阅边介绍。

张 三 是的,所以这个车间还要人工再检一遍,步骤包括检枝、去梗,再次覆火烘焙等程序,达到将茶叶含水量降低至 5% 以下的目的,最后在真空包装前还会人工筛选茶叶品质、进行分级。

[局长翻看生产照片,眉头紧锁。

赵局长 车间筛选分级的员工名单册有吗? 拿过来一下。

[王五拿来车间工作人员信息名册,局长翻看。

赵局长 咱们车间的筛选工作倒挺严密,我在想今天出现那个问题是不是工人的年纪比较大,视力不好了,筛选时就容易出纰漏? 你看这个曾女士,都已经 55 岁了,我担心眼睛估计不太好了。

张 三 局长所言极是,我们明天就换人,招一些年轻工人上岗。

王 五 我妈没有视力不好! 茶里有韭菜叶跟筛选环节没关系。

李　四	王五,你别乱讲话!
张　三	怎么没关系,那韭菜叶哪来的?
王　五	是、是局长您……
李　四	张三,你再乱讲话,明天你也不要来了!
赵局长	是我什么?
李　四	嗐,其实是……是局长您来之前我用桌子上的勺子翻了翻茶叶,兴许是中午吃韭菜鸡蛋勺子没洗,上面黏的吧……
赵局长	你都不知道勺子洗过了没就用来翻茶叶啦?张三啊,这就是你们公司质监部主任?连主任都对产品这么不注意,你们公司的产品质量还能有保证吗?
张　三	是是是,这个标准规范我一定再好好跟他们强调一下。
赵局长	这不是强调的问题,我们区把助农产品这么重要的品牌交给你们,现在看下来连主任都这样,估计整个生产线都有很多纰漏呀!
张　三	赵局长,这是李主任一时大意,我们生产线还是一直很严格规范的,赵局长多多见谅。
赵局长	要我看呀,你们公司在用人上还是要注意,质检工作怎么能交给这么随便的人呢?
张　三	是是是,质检部这一块我立马进行换人整改,一定严格把关,不会再出现这样的问题了。
王　五	(着急)这事跟李主任更没关系!
赵局长	那你说是怎么回事。
王　五	应该是中午我在办公室吃了韭菜,用牙签剔牙的时候剔飞出去的。
赵局长	(感到恶心,生气)你们还在办公室吃午饭,把牙上的韭菜乱

剔乱甩？小小一个生产线都裙带关系不说,员工自身都没有一点卫生意识,做事情这么随便！这……这质检让人怎能放心！张总,我看你们先别生产了,我要跟区里反馈一下,这助农品牌生产厂商还是换一个吧！

张　三　（着急、生气）赵局长,你别听他们的,他们都在说些胡话啊！我问你们,中午你们哪里吃韭菜了？你们这是要干什么？

赵局长　（转向王五）中午没吃韭菜？那你们刚才说的那些是怎么回事？

王　五　赵局长,李主任一直工作认真负责,刚才他是为了我才撒的谎,把责任揽到他自己身上！所以我就也撒了个谎……

李　四　赵局长、张总,王五父亲最近生病住院,医药费开支很大,入不敷出,一家人生活都不容易。王五的母亲是我介绍来的,她本身就在村里的作坊里做茶叶筛检,这方面工作比较熟练并且负责,视力也没有什么问题。王五一家也是茶农,咱们是助农品牌,助农助农,我觉得王五家才是最需要帮助的农民家庭,看到您要开除王五的母亲,我实在于心不忍呀！

赵局长　那今天的韭菜叶到底是怎么回事？

王　五　（看向张三）张总,再不说厂子都办不下去了,我还是说了吧,其实是赵局长您今天牙上粘的韭菜叶喝茶的时候掉到杯子里的。

赵局长　（转向李四和张三）今天我牙上有韭菜叶？

　　　　〔李四和张三支支吾吾不说话。

赵局长　（笑起来）你们呐,我牙上有韭菜叶你们怎么不早说呢？

李　四　（紧张）您是局长,我们不太好意思提醒您。

赵局长　（拍拍王五和李四的肩膀）我的父母也是农民，我是农民的儿子，和你们有什么不一样，有什么不好意思？质检是为了把品牌打响，让农民过上好日子。你看这办公室，为了检查布置没少花心思吧？你们这一弄，我来检查反而变成我来影响你们工作了。不过今天这韭菜叶也不白折腾一遭，让我了解到王五家的困难情况，区里正好刚刚通过了一批因病返贫家庭扶持项目，到时候我把表格发给你们，你们一起证明一下情况，解决一下王五父亲的医药费问题。

张三李四　太好啦，局长，您可真是帮了大忙了！

王　五　谢谢局长！

赵局长　要是还有什么困难和问题呀，就直接说出来，咱们一起努力把这个助农品牌搞好，让更多农民过上好日子！

李　四　谢谢局长，困难和问题确实有。

局　长　快讲！

李　四　我刚编写的漱口操还得请局长多把把关！

　　　　〔一片笑声中谢幕。

"百·千·万字剧"编剧
工作坊学员作品选
（第9期）

短　剧

吃　药

编剧　蒋　艾

时　间　某日早晨
地　点　张家客厅

人　物
张　三　男,72岁,某厂职工退休在家,妻子亡故
张　楠　女,30岁,张三的养女,近期离职赋闲在家,未婚

[一间狭小的老居民房客厅,家具都是老式简约的,正中间
摆放着一张方桌和两张靠背椅,方桌上摆放着一台收音机,
桌后是通向厨房的门。左侧是入户门,右侧两扇门通向两
间卧室。前厅放一张矮茶几,茶几上堆放了一些报纸和杂
物。茶几旁摆放着一张旧摇椅,椅背上堆放着一些衣服。
[张三正躺在摇椅上跷着二郎腿看报。
[张楠步伐匆匆地提着早餐和菜场买回的菜进门。

张　楠　(高声)爸,吃饭了!

[张三不为所动。

张　楠　(叹口气,语气恭敬的)爸,请您来吃饭。

[张三这才慢悠悠地收起报纸,从摇椅上站起来,踱步向饭
桌。张楠给他拉开椅子,张三坐下。张楠取出买回的早餐,
依次摆在张三面前,一碗菜粥,一个茶叶蛋,一只葱油饼。

张　三　(满意地)嗯。

〔张楠在对桌坐下,拿出自己的玉米,刚准备吃,手机响了。

张　楠　(看来电显示,皱眉,接起)喂?(顿)嗯,行,我明天就还过来。(挂)

张　三　(漫不经心地)在外面欠钱了?

张　楠　没有,上家公司的人让我把电脑还回去。

张　三　(似乎没听她说什么,只拨弄眼前的粥)反正我只有一点,你如果欠了钱是你自己的事,可别来找我帮你还。(顿)再给我煎个蛋来。

张　楠　(似乎早已习惯,淡然地)知道了。(起身向厨房)

〔张三端起盛满稀饭的碗,正准备吃,一霎间想起什么。

张　三　(高声)我今早的降压药吃了吗?

张　楠　(回应声从厨房传出)吃过了。

张　三　哦。(舀起一勺)

〔收音机到点开始自动播放早间新闻,信号不稳,断断续续。

收音机　(沙沙电流声)下面播报一则……昨日,本市发生一起骇人听闻的案件,一位年近八旬的老人在家中突然死亡……据调查……其养子对为谋遗产蓄意偷藏偷换药物的行为供认不讳……目前,案件交由相关部门依法处理中……

〔张三手一顿,手机铃声适时响起,张三关掉收音机,掏出手机接听。

张　三　喂,老刘啊。

画外音　老张啊,你听说了吗?老王,王大发,死了!

张　三　啊?

画外音　你没听新闻哪?被他儿子害死的,现在都已经判了!听说是欠了赌债还不上……要我说啊,他儿子真不是个东西,我们也算是看着他在咱们工人大院里长大的,老王可从来没亏待过他,对他比对亲闺女都好,吃的穿的哪个不是先尽了他,真他妈是条养不熟的白眼狼(突然收口,犹豫的)老张啊,我记得你家也是……

张　三　　(斩钉截铁地)不可能!(心虚地看向厨房,嘴上态度仍硬)我女儿可不是那样的人!

画外音　　那是,那是,小楠打小就是个知冷知热的人……可是话又说回来,老张你也别怪我多嘴,现如今这世上说不准的事儿太多了,你还是得留个心眼,尤其到了咱们这个年纪,七七八八的药一堆,有时候自己都搞不清楚,我可是还想 80 岁的时候咱们老哥俩还能坐一块儿喝酒的!

张　三　　哈哈,就是 80 岁我也能把你喝趴喽!
　　　　　　〔张三笑着再寒暄了一会儿,挂掉电话,收了笑容,僵硬地转头看向厨房,厨房里传来锅铲碰撞和油煎鸡蛋的声音。

张　三　　(犹豫再三,开口)我真的吃过了吗?

张　楠　　(听不清,大声)什么?

张　三　　(大声)药! 我说——今早空腹的降压药我真的吃过了吗?
　　　　　　〔厨房的动静停了,张楠端着煎好的鸡蛋走出,把盘子放在张三面前。

张　楠　　吃过了呀。(看张三的表情,愣了一下,换了个语气又说)我说,您吃过啦!

张　三　　真的?

张　楠　　真的。(坐下,继续拿起那个玉米,自顾自吃起来)
　　　　　　〔张三心不在焉地拿勺子拨弄面前的粥,突然抬头。

张　三　　你欠了多少?

186

张　楠　（一边嚼，含糊不清）什么？

张　三　钱啊！

张　楠　（咽下）我欠什么钱了？（反应过来）哦，你还在说刚才那个
　　　　电话啊？真是喊我还电脑的，入职的时候发了台笔记本，离
　　　　职了要还回去的，我给忘了。

张　三　（放下勺子，语重心长）欠多少你老实告诉爸，都没关系，咱
　　　　们是一家人（顿，犹豫片刻接着说）虽然……虽然你不是我
　　　　亲生的，但我和你妈不也一直没要孩子吗，我们一直把你当
　　　　亲女儿看待——

张　楠　（轻声）是没要还是没要上啊……（打断）行了行了，真没欠
　　　　钱，您安心吃您的吧。
　　　　〔张三提起勺，又放下。

张　三　（小心翼翼）我真吃过降压药了？

张　楠　真吃过了，您一起床我就拿给您吃了（不解）您今天怎么了？

张　三　我怎么老觉着我没吃呢……不行，我还是再吃一粒。
　　　　（起身）

张　楠　（立刻）不行！（拦住张三）这降压药吃一粒管一天的，一天
　　　　吃两粒岂不是要吃出毛病来！

张　三　那我怎么知道我吃过了？

张　楠　（仍耐心解释）是我亲手递给您，亲眼看着您吃掉的！

张　三　（怒，拍案）可我明明记着我没吃过！

张　楠　（也有些气）您今天到底吃什么火药了？一大早上的处处不
　　　　满意！
　　　　〔张三连拍桌面，正欲发火，忽然心脏不适捂住胸口，站立不
　　　　稳，张楠连忙上前扶住。

张　楠　（语气软下来）爸您先喘口气，别急、别急（轻抚后背，扶张三慢慢坐下）吸气——呼气——

　　　　〔张三慢慢缓过来，张楠忙将他的水杯拿来。

张　三　你把药盒拿来给我看一下。

　　　　〔张楠不明所以，但还是起身到茶几上拿来一个分药盒递给张三。

张　三　这是什么？

张　楠　药盒啊。您自己说的，看着一堆药盒子心烦，我就给您按天分餐整理到小药盒里了，每天吃的时候直接拿给您就行，省事方便还不占地方。

　　　　〔张三欲辩无言，只得翻来覆去看着手里的药盒，摇晃发出哗啦啦声响。

张　三　我每天都要吃这么多药？

张　楠　是呀。（看张三脸色不对，补充道）也不全是，有些是钙片啊维生素之类的保健品。

张　三　（打开药盒，拿出一片）这是什么药？

张　楠　降压的。

张　三　降压的你不是说我已经吃过了吗？

张　楠　这是另一种，饭前的您已经吃过了（指药盒其中一格）喏，空腹吃的这格已经空了。

　　　　〔张三狐疑地盯着张楠看了好一会儿，拿起另一个。

张　三　那这个呢？

张　楠　钙片。

张　三　这个呢？

张　楠　（有些犹豫）这个应该是谷维素吧……

188

张　三　（抓住漏洞，反问质疑）应该？

张　楠　有几个小的长得都差不多，您这样拿给我看我哪分得清。不过您放心，我放进去的时候全部都是按餐分好的，您照着吃就行。

张　三　（冷脸）把原盒给我拿来！

张　楠　什么？

张　三　原来的药盒！

张　楠　我给扔了。

张　三　（惊）扔了？！

张　楠　（理所当然的）分完我就给扔了呀，留着那些空纸盒干吗？

张　三　一粒都没剩？

张　楠　当初就是算好了天数买的呀！（以为张三担心的是断药，安慰张三）您别担心，离吃完还很久呢，等快吃完了我肯定会去买来续上。

　　　　〔张三更加坚定了自己的想法，痛苦地抓着头发，张楠站在一旁有些茫然。

张　三　（突然抬头，严肃的）你跟我说实话，今天的药我到底吃没吃？

张　楠　（愣，答）吃了啊。

张　三　都吃了吗？

张　楠　该吃的都吃了。

张　三　还有不该吃的？

张　楠　还有饭后吃的得等您先把饭吃了才能吃呀！

张　三　（忽然软了态度，双手握住张楠的手）女儿，我现在可是你……你现在可是我唯一的亲人了啊！（哽咽，夸张）你妈

189

她走得早,留下我们父女俩相依为命……你放心,有困难你别自己想主意,你跟爸说,爸跟你一起想办法!(煽情的)虽然你不是我亲生的,但只要你安安心心真心实意地服侍好我,等哪一天我死了,我的房子、票子全都是留给你的!

张　楠　(不知所云)爸,突然说这些干吗?什么死不死的,大早上的!您没哪里不舒服吧?

张　三　(捂着心口,别过脸去)我就是,突然想起你死去的妈,想起我俩是如何一把屎一把尿把你拉扯大……现在心口有点儿疼。

张　楠　那您就先别想了!来,爸,咱们先吃饭,这粥都快凉了。

　　　　　[张楠端起碗,勺起粥喂到张三嘴边,张三扭头躲避硬是不吃。

张　楠　爸!再怎么样您也得吃饭啊!

张　三　(疑心扩散)为什么我喝的是粥,你自己吃的是玉米?

张　楠　(有些急了)那不是您自个儿定的规矩吗,您的早餐从来就只喝粥配点心呀。

张　三　那为什么你吃的是玉米?

张　楠　因为我想吃玉米啊!

张　三　那我今天也想吃玉米!

张　楠　那我现在去给您重新买?(起身)

张　三　(厉声)站住!

　　　　　[张楠愣住,看着张三摸索着站起身来,在摇椅上随手抓起一件外套披上,走到门口。

张　三　我自己去买。

张　楠　(略担忧)可是您的身体……

张　三　　（蛮横）我身体好得很！

　　　　　　［张三踉跄着摔门而去，留张楠愣在客厅。

　　　　　　［灯光渐暗，陷入一阵漆黑的沉默。

　　　　　　［嘘嘘索索交头接耳的人声渐起。

画外音　　（甲）喂？老刘啊，你听说了吗，老张昨天早上走在路上突然
　　　　　　一头栽地上，人没了！

画外音　　（乙）啊？太可惜了吧！我记得他才72、73？他是不是有高
　　　　　　血压来着？

画外音　　（甲）嗐！跟那没关系，听说是低血糖导致的心梗！

画外音　　（乙）啊……

短 剧

合 影

编剧 汤雨禾

时　间　下午
地　点　演讲台

人　物
万小青　女,7岁,长期和父亲生活在山上的养鸡场,与人沟通有语言
　　　　障碍
父　亲　男,万小青的父亲,行事谨慎,生活困苦
罗老师　男,声音疗愈课程的老师,只顾自己的利益,无意识中消费他
　　　　人苦难
珂　珂　男,摄影师

　　［罗老师穿着西装领带,发型整洁。摄影师珂珂拿着摄影机
　　对着他录制。

罗老师　电视,汽车,吹风机,手机铃声……请安静下来。你听到了
　　　　什么? 声音。声音无处不在,我们就活在声音中。人们都
　　　　忘了,我们本身也是声音,但这个土地上仍有一些孩子从小
　　　　生活在无声的世界,就像这个孩子一样。
　　　　［罗老师走到舞台左侧,站在小青身边,珂珂的镜头也随之
　　　　跟随。

罗老师　她叫小青,患有先天的听觉障碍,母亲早逝,父亲养鸡为生,
　　　　一家的世界只有小小一个山头,生活困苦,也因此影响了发
　　　　声和表达。但经过我们的声音疗愈课程,她慢慢找回了自

己的声音——(配合手语)你叫什么名字?

小　青　小青。

罗老师　(配合手语)你几岁了?

小　青　7岁。

罗老师　未来,我们将用声音训练课程,帮助更多困难的孩子自信表达,散发光彩!

　　　　〔摄影师示意 OK 的手势。

罗老师　录制效果怎么样?

珂　珂　没问题。

罗老师　好,再给我和小青拍个合照吧,到时候一起放在课程的宣传片里。

小　青　就在这里拍照吗?

罗老师　对,你不用紧张,就像刚才一样,只要不说话就可以。

小　青　我也可以拿一张合照吗?

罗老师　当然。来,看镜头——

　　　　〔父亲上场。一手拿着伞,一手拿着一个透明的塑料袋,里面隐约看到红色的衣服。

父　亲　罗老师!等一等!

罗老师　怎么回事?

父　亲　哎呀,外面下着雨,我来晚了——老师,我是小青的父亲,上午出门太着急了,忘了给小青带衣服,我专门坐大巴送过来。

罗老师　不要紧,视频已经录好了,再拍个照你就可以带小青回去了。

父　亲　好,好,拍照也好。

　　　　〔父亲走到小青面前蹲下,用手掌整理她的头发,用袖子细致擦拭小青的脸,然后擦小青的鞋子。

罗老师　万先生，只是一张简单的合影。

父　亲　哎,哎,马上就好——(小声对小青)你看看你,下雨都把鞋子穿脏了。这个给你。

[父亲把塑料袋放在小青手上,小青正要把衣服拿出来。

父　亲　(退到一边)好了好了,你们拍吧。

罗老师　(拿过小青手里的塑料袋)这个用不着。

[罗老师把塑料袋还给一边的父亲。

父　亲　怎么?

罗老师　只是拍个简单的照片,现在这样就很好。珂珂,就这样拍吧。

[罗老师走到摄影机旁边,摄影师珂珂举起相机。

珂　珂　来,看这边准备,三、二——哎?

[父亲冲到镜头前,拿着塑料袋。

罗老师　哎! 你这是干什么? 挡到镜头了。

父　亲　罗老师,这是小青的衣服。

[老师把衣服掏出来观察,是一件干净崭新的红色针织马甲。他摇了摇头,叠起来放在舞台右侧的桌面。父亲随即就要去拿,被小青拽住了衣角。

父　亲　(蹲下)小青,怎么了?

小　青　(摇头)我不穿了。

父　亲　(手语配合)什么不穿? 这是奶奶织给你的,是你喜欢的红色。

小　青　(小声)老师不喜欢。

父　亲　但你喜欢——

小　青　我听老师的话。

〔罗老师走回镜头前。父亲只好退回一边。

罗老师 （看手表）好了，一会我还要开会，时间紧张，只是一张简单的合影。

〔罗老师调整姿势，把小青的头发拨乱。小青双手揪着自己的衣角。父亲从珂珂背后绕过，到右侧拿过衣服。

珂　珂 （迟疑）就这样拍吗？

罗老师 就这样。

珂　珂 但小青……

罗老师 就是这种效果，你拍就好了。

〔珂珂举起相机。父亲再次冲上来，直接将衣服披在小青的肩膀上。

罗老师 你干什么？我说过了，不需要再加衣服！

父　亲 老师，穿一件喜庆的新衣服，拍出来的合影好看呐。

罗老师 不用了，我不需要一张好看的合影。

父　亲 可小青需要啊——老师，小青这孩子跟着我长大不容易，在山里养鸡，一年也不出山一趟，她是个懂事的孩子，从来不会要什么求什么，只是一件新的衣服——

罗老师 你怎么说不通呢？我说了不需要，用不着！你就当这是一次表演，她只要演成一个可怜的小孩就行了，你干吗这么较真呢？只是一张合影！

〔拉扯中，红色的衣服掉在地上。罗老师将父亲拉到左侧镜头外，把父亲沾了污渍的外套扒下来。

罗老师 你就站在这里不要动，只要一分钟！之后你爱给小青穿什么就穿什么！

〔罗老师将更破旧的父亲的衣服穿在小青身上。

罗老师　好了,快拍!

珂　珂　(举着相机迟疑)这……

罗老师　小青,看着镜头,不要眨眼,你可以吗?

小　青　(带了哭腔)我可以,我都可以……

珂　珂　好吧,准备,三、二、一——

　　　　［闪光灯一闪。

父　亲　她不用演,她本来就已经是一个可怜的小孩……更可怜
　　　　的是我,竟然亲眼看着自己的女儿受这种欺负!

　　　　［父亲冲上去用力推开罗老师,拉走小青,快步走向舞台左
　　　　侧,捡起地上的红色衣服。他脱掉小青身上的自己的旧外
　　　　套,穿上红色的新衣服,拉着小青的手。小青摸着新衣服笑
　　　　起来,父亲拉着她下场。

罗老师　(喃喃)只是拍一张简单的合影,怎么会这么难?

　　　　［珂珂拿着相机走到罗老师面前。

珂　珂　合影,拍好了。

罗老师　(重新振奋)可以,可以! 就是这种效果,要有对比,才有冲
　　　　击,课程才有销量。真是个可怜的孩子!

珂　珂　真是个可怜的孩子……

　　　　［剧终。

短 剧

借 钱

编剧 孙莜佳

时　间　上热搜榜时

地　点　网络虚拟世界中

人　物

张　三　男,45 岁

李　四　男,72 岁

小女孩　8 岁

[黑暗的舞台,只看见大大小小悬挂着的手机、电脑等电子产品的屏幕时不时闪烁着,一行行文字跳跃着。一群戴着面具黑影来来回回地走着。定点光出现穿着美艳的女孩在唱歌,定点光出现农民在种地,黑影们时时转头张望像是在寻找,却不曾停下脚步。突然一群黑影聚拢集中。

[一束定点光亮起,李四手捧腊猪腿。张三直磕头。

张　三　求求你,求求你。(恳求)

李　四　这腊猪腿是不错,又鲜甜,又可口。可是和借钱是两码事啊,你先前借的还没还,再借 10 万? 这未免有点……

张　三　就再借我 10 万吧,我一定会还给你的!

李　四　这不是钱的问题。先起来,起来!

[李四想扶起张三,张三起身,突然拔刀。李四吓得退后。

张　三　给不给,你给不给!?

李　四　你疯啦！有事好好说啊！

张　三　不借，别想出门！（指着观众）谁也不许过来！

　　　　〔两个造型定住。多束光束打向张三、李四。周围黑影围观。

黑影1　李四，72男，年轻时是一名优秀的商人。

黑影2　退休后是慈善家。

黑影3　为村里修路、修桥。

黑影4　还有筹办小学。

黑影5　一看这面相，是一位慈祥的老爷爷啊。

黑影6　早年曾借张三10万，张三借而不还，又借10万。

部分黑影　张三，恩将仇报！贪婪！

李　四　有事好商量啊！别这样，别这样。这是犯法。

　　　　〔部分黑影把张三压制住。

部分黑影　现实版农夫与蛇啊！

部分黑影　把他抓起来，人渣，社会败类！

部分黑影　越是穷，越是贪婪。

李　四　我也是，先几年，不该收了他的腊猪腿就心软。咳，自食恶果啊！

张　三　不是的！（挣脱）我是实在没有办法了（哭泣）

黑影1　张三，45男，失业中。

黑影2　一看这面相，不像好人。

黑影3　离异，无父无母。

黑影4　家中还有一幼女，慢性肾衰。

黑影5　肾衰，早期可采用透析治疗，晚期就只能换肾。

黑影6　还有人比我还惨。

黑影7　突然觉得自己生活挺幸福的……

　　　　　〔部分黑影松手。

张　三　这腊猪腿！是我亲手腌的,祖传手艺。(展示)今天,我是真
　　　　心来探望的。

张　三　他借我钱,我感激他。可借的 10 万,有利息。我靠卖几只
　　　　腊猪腿生活,卖的还是良心价,赚的钱也只能还利息的。眼
　　　　下有了肾源,我女儿等着救命钱啊。时间不多了,等治了
　　　　病,我这条命赔给你!

李　四　我要你的命做什么啊!?

李　四　你有本事,做的腊猪腿真的不错的。可惜了……

黑影1　好可怜!

黑影2　好惨!

黑影3　他只是一个可怜的父亲。

黑影4　情有可原啊!

黑影5　可恶的是他。

黑影6　李四,这是高利贷吗!?

　　　　　〔李四步步退后,害怕。

李　四　啊!? 我? 没有啊!

黑影1　你看,这张照片。李四给张三女儿在病房送钱,那是博眼球,
　　　　可能故意的吧?

李　四　我是好心呀!

黑影2　假慈善的恶人,披着羊皮的狼,虚伪。

黑影3　听说他刚娶的太太张某才 30 出头。

黑影4　天哪,这个老不死的!

集体黑影　哈哈哈哈!

李　四　你们关注这个干什么？

黑影5　他的别墅、资产听说好几千万呢！你们看这是他家里的照片。

黑影6　比我有钱多了啊！

黑影1　那10万都不肯借！

黑影2　赚着黑心钱，一毛不拔。

　　　　[部分黑影转向李四，围着他转。

　　　　[李四掏出合同，推开众黑影。

李　四　我的隐私，你们凭什么干涉！

李　四　我们正常的借款合同，按规定收，白纸黑字。我哪里错了！

李　四　大家都要靠自己本事赚钱才对，我怎么就该送钱给别人，还不用还吗？

李　四　做慈善也不是这么做的啊！

黑影们　说的好像也有道理啊！

张　三　我命不好啊，我要救女儿啊！

黑影们　他也很惨，怎么办？

　　　　[黑影们左右摇摆不定，疑惑不解，不知该攻击谁，帮助谁。

李　四　（看看周围）各位，不是我不愿借钱。而是授人以鱼不如授人以渔啊！

张　三　（捡起刀，跪下）各位好心人，我的女儿等着钱救命。我什么都没有了，只有烂命一条。我的命给你们，我死了以后，我的女儿就拜托你们了。（举刀自杀）

　　　　[所有黑影围过来阻止他，李四也阻止。

李　四　不要啊，你还有希望的啊。各位，他不是会做腊猪腿吗？

黑影1　眼下当务之急还是救人要紧。

黑影 2　　那个什么腊猪腿？别管是什么了，买了再说！

黑影 4　　快，买空他。

黑影们　　大家加油啊！买它！

　　　　　　〔所有屏幕开始闪烁，滑屏。

　　　　　　〔地上的腊猪腿被众人捧着。

李　四　　（看看周围）我这 10 万你拿着，这是给你购买原材料用的。你只要答应我用心做好你的腊猪腿，对得起我，对得起那些好心网友。

张　三　　谢谢你们，我会的。我一定做好，谢谢你们。

　　　　　　〔两人定住。

　　　　　　〔黑影们仿佛在给演员排练一样，一边念旁白，一边让演员们根据自己的想法行动着。

黑影 1　　（把李四推向张三，帮两人摆好勾肩搭背的动作）在网友们共同努力下，李四和众人一起帮张三走出了困境。

黑影 2　　（把腊猪腿交给张三和李四）张三腊猪腿成了网红。

　　　　　　〔黑影们集体把一名小女孩推到了张三身边。张三李四惊讶，尴尬地笑着。

小女孩　　爸爸！

张　三　　不要说话。（小声）

黑影 3　　张三治好了女儿的病，从此以后幸福快乐地生活。

黑影们　　正能量啊！太好了！

黑影们　　哈哈哈哈！

黑影们　　太让人振奋了，励志啊！

　　　　　　〔黑影们边笑边渐渐散去继续张望着，光束慢慢减少。张三和李四脱下主角外套，撕下张三和李四的笑容面具。

李　四　产品需要流量，网络需要故事。

张　三　各取所需而已。

小女孩　姑父，这腊猪腿我可以吃吗？（讨要腊猪腿）

李　四　宝贝啊，这可不能吃啊！

张　三　手不要摸！

　　　　〔张三和李四把腊猪腿扔了，嫌弃地拍拍手。与黑影们一样的装束，消散在来来往往的人群中。

　　　　〔另起定点光。一位母亲抱着昏厥的孩子。

母　亲　谁救救我的孩子，谁来救救我的孩子！

　　　　〔另起定点光，老人倒地呼喊。

小女孩　骗子！

　　　　〔黑影们看了一眼走开了。

　　　　〔网络世界充满着一片哭声，和一片笑声。

短　剧

借　钱

编剧　张熠华

时　间　腊月廿八
地　点　李四家

人　物
李　四　男,55岁,一家小型化工厂老板
张　三　男,38岁,李四的远房亲戚,家里很穷,生活困难
王　五　女,50岁,李四老婆,会计,负责管账

　　［快要过年了,李四家的小洋房外挂起了红灯笼,门口贴着
　　春联:宝地财源逐日增,吉门生意连年好。李四和王五正坐
　　在餐桌前吃午饭。

李　四　(看了一眼餐桌,皱眉)叫你做的大骨头汤怎么没有? 没有
　　　　猪骨头,我吃饭都吃不香。

王　五　吃吃吃,就知道吃,都什么时候了?
　　　　［起身,去厨房端起一锅大骨头汤,放下。

李　四　大过年的,你就不能给点好脸色? 发什么火!

王　五　厂里出了这么大的事儿,你就一点不着急? 要罚很大一笔,
　　　　这万一你被关进去,我们一家老小日子怎么过?

李　四　(抓起汤里的骨头,大口啃起来)急什么? 投诉咱们厂有污
　　　　染的人还少吗? 环保部门就是吓吓人,我已经让镇上的律
　　　　师去问情况了。

王　五　你怎么一点都不着急？国家政策都出来了，这次是来真的！
　　　　你懂吗？

李　四　（皱眉顿了顿，漫不经心地啃骨头上的小碎肉）不行就给钱，
　　　　还真让人坐牢啊！

王　五　（着急）钱钱钱，哪来的钱？工业园区那几家厂子赊账拿货，
　　　　都是咱们先垫钱生产的，就这种单子，你还给人家业务员回
　　　　扣！现在可好，现金全搭进去了，要不是生意好的时候我买
　　　　了几套房，咱家都要揭不开锅了。

李　四　（烦躁，吸了一口骨头里的骨髓）张三不是还欠咱家 10
　　　　万吗？

王　五　（大声）张三？张三家的房顶破了都没钱修，你年年问他要
　　　　钱，要到过吗？我看你是想钱想疯了。

李　四　（不小心把骨头掉在地上，捡起来扔进垃圾桶）他家好像还
　　　　养着几头猪，下午我去叫他赶紧趁过年卖个好价钱。过完
　　　　年，再找业务员催催账吧，你现在急也没用。

张　三　（吃惊）他家里就剩几头猪了，好像听说猪养得也不太好，你
　　　　让他卖了，他家日子怎么过？
　　　　〔两人正说着话，李四的手机响了，律师来电，夫妻俩对看一
　　　　眼，按了免提，接起电话。

律　师　是李四吗？

李　四　是是是，赵律师，上次让您问的政策，打听得怎么样啦？

律　师　情况不太理想，你这个企业污染严重超标，而且开了这么多
　　　　年，问题挺大的，不但要缴罚款，还有可能判刑啊！

李　四　（大惊，声音颤抖）那，那要判几年？

王　五　（惊叫）赵律师，您给想想办法，老李要是坐了牢，我可怎么

过呀!

律　师　判几年还不好说,现在老百姓对环境污染方面意见很大!先不说了,我还有事。

李　四　赵、赵律师……

　　　　[李四颤抖着再次拨打律师的电话,对方已关机。夫妻俩瘫坐在沙发上无精打采。此时,门铃响了。

王　五　(害怕)不会是环保局的上门了吧?

李　四　(强装镇定)别乱说,你先去看看。

　　　　[王五走到门口从猫眼张望,转身走向李四。

王　五　(放松)是张三,还提着腊猪腿肉呢,不会是来还钱的吧?

李　四　你先把桌子收了。

王　五　干啥收桌子呀? 饭还没吃完呢!

李　四　叫你收你就收,哪儿那么多废话? 你去厨房里忙,我来招呼他。

王　五　(愣了一会儿)你咋这么抠呢? 张三也算你远房亲戚,一起吃口饭怎么了?

李　四　(责怪)我这骨头可是从城里买的绿色产品,贵着呢!

　　　　[王五不情不愿地收完桌,李四开门。

李　四　张三,你来了? 怎么不提前说一声?

张　三　(把腊猪腿肉递给李四,不好意思)来给李叔拜个早年,这是我自己家里养的猪给腌的。

李　四　(接过腊猪腿肉,随手放在茶几上)李叔最近摊上点事,你也听说了吧? 你欠我的 10 万块钱是不是该还了?

张　三　叔,我那时候得病,家里想尽办法也凑不上医疗费,要不是您借我 10 万块钱治病,我就只能躺在家里等死了! 我要是有钱,肯定第一个还您啊!

李　四　(不高兴)还不出 10 万,还个四五万也行啊,你不会一点钱都没有吧?

张　三　不瞒您说,家里这些年收成不好,种的庄稼卖不上好价钱。

李　四　你这脑子就是转不过来,我介绍你去镇上饭店帮工,你为什么不去?节假日加班费这几年涨了好几倍,你好好干,早把我的钱还上了。

张　三　(为难)您说的饭店我去过!他们后厨实在太脏了,蟑螂、老鼠爬来爬去,我就不说了,炒菜用的油,还有一堆调料都不知道哪里弄来的,来吃饭的是咱村的乡亲,我干不了这缺德事。

李　四　缺德?油怎么了?调料怎么了?又吃不死人!你这样死脑筋,赚不上钱,大家都喝西北风去。你叔我怎么发家的?都看我开厂风光,我吃的苦谁知道?早先给老板当司机开长途,没日没夜地干,后来又去卖水产,省吃俭用攒到钱才开了这家厂?我挣钱容易吗?

张　三　叔,我也能吃苦,之前承包了村里的鱼塘,也起早贪黑地干哪!

李　四　挣的钱呢?

张　三　不知道怎么回事,都说我卖的鱼有味道,有什么香味,可能是咱们这条河的问题,最近村里人都在议论。

李　四　(紧张)议……议论什么?

张　三　说河对岸几家人都得了什么病的。

李　四　(打断)什么得不得病的!你把家里的猪卖了,先把欠我的钱还上,能还多少还多少吧!

张　三　（为难）叔，我真的想还您钱哪！去年好不容易借钱开了个养猪场，本来想着卖了猪把您的钱还上。可能是今年夏天太热了，我拉着小猪仔出去没卖几头，回来以后这些猪仔就生病了，小猪死完了，大猪也一头接一头倒在地上。现在家里没有钱，还欠着债，也没剩几头猪了。

李　四　（无奈）你……你回去吧，我这儿忙着呢，厂里的事情就够烦的了，你赶紧走。

张　三　叔，其实我这次来是有件重要的事要跟您商量。

李　四　（烦躁）以后再说，现在没空！

张　三　我想来想去，您得再我借 10 万块钱。

李　四　（指着张三）你说什么？再借 10 万？你自己没本事，还想再往我身上刮钱？

张　三　我跟您签协议。

李　四　（怒）我看你是穷疯了！我的厂都要完了，交不上罚款还要坐牢，哪来的钱给你？你走，你现在马上就走。
　　　　〔李四说着，拉起张三往门外推。

张　三　（边走边解释）李叔，您别急啊！您听我说！我今天再借 10 万块钱，算我对厂里的投资，咱们签个协议，我就是您公司的合伙人，跟您一起管理。

李　四　（不听解释，继续推）你懂什么管理？我这厂现在不挣钱，你就别惦记了！

张　三　（着急解释）我上网学了点金融方面的知识，听说只要入了股，就可以当法人。

李　四　（嘲笑）你还想当法人？

张　三　（往后退一步，坚定信心）叔，我知道您一直看不起我这个庄稼人,只会种种地、养养猪,啥本事也没有。您出了这么大的事,我也帮不上什么忙。我当了厂里的法人,国家有啥法律责任追究起来,我去替您坐牢!

[时间仿佛在这一刻静止了,李四的内心波澜起伏,他被张三的这番话深深地惊住。他第一回仔仔细细端详着张三的这张脸,生活的苦难使他过早地衰老,皱纹爬满了他的眼角,在烈日暴晒下的皮肤黝黑苍老,两鬓早已花白,这是张三吗?李四突然好像不认识他了。"咕噜噜",张三的肚子突然叫了几声,他尴尬地揉了揉肚子。

李　四　既然来了,吃顿饭再走吧。

[张三刚要摆手拒绝,被李四拍拍肩膀,示意他留下。李四走进房间跟王五说了几句话,王五慌忙张罗起午饭,一盘盘菜端上来摆好,还把那锅猪骨头汤特地热了热,也端了上来。

李　四　张三,你对李叔的这份情,李叔记下了。但是这个方法行不通的,犯事前谁是法人,谁就得承担法律责任。

张　三　(失望地低下头)哦。

李　四　你要借钱,我等会儿叫你嫂子拿点给你。

张　三　(忙拒绝)不要不要,我借 10 万块就是想入股帮您,我怎么还能要您的钱呢! 那厂里的事情怎么办呀?

李　叔　(苦笑)没事,叔自己会想办法的,你吃饭吧!

张　三　(不好意思)我没帮上啥忙,怎么好吃您的饭呢?

李　四　都是亲戚,吃顿饭怎么了? 来,啃个猪骨头。

张　三　那怎么行? 我吃点菜就饱了。

李　四　叫你吃你就吃,一家人客气什么?

张　三　（想起了什么，走到茶几边，拿起腊猪腿肉）婶，把我的猪腿肉拿去切了，让李叔尝尝。

　　　　［王五热情地接过腊猪腿肉，进厨房忙活了一会儿，切好装盘端出来。

张　三　（高兴）叔，您吃吃，我亲手做的。

　　　　［李四拿起吃了一小口。张三也拿起锅里的一个大骨头，小心翼翼咬了一口。

张　三　李叔，您这猪骨头哪里买的？怎么这么香啊！我好多年都没吃上这么香的猪肉了。

李　四　（嚼了嚼腊猪腿肉，皱了一下眉）这是我从城里买的黑毛猪，这猪吃的都是天然无污染的食料，吃起来当然特别香，你多吃几个吧，我冰箱里还有很多，这顿吃不完，我也不要了。

张　三　这么好的猪肉扔了多可惜啊！我，我能不能带回去给孩子吃，孩子身体一直不太好，瘦得跟麻秆似的。我自己家的猪也费心养了，但总也养不好，这地现在不好了，不知为啥，咱村现在水土不养人啊！哎！

　　　　［李四愣住了，把嘴里的那口猪腿肉吐了出来，仔细一看，瞧着仿佛有些发黑，他抬头望向窗外那片生他养他的土地，怔怔地看着，看着……

　　　　［一个月后，李四卖了几处房产，把罚款交了，还主动把自己的化工厂改成了环保企业。

　　　　［剧终。

短　剧

今晚行动

编剧　王　淼

人　物

小　明　一个小学四年级男生

爸　爸　王刚,小明爸爸

妈　妈　李娟,小明妈妈,平时工作繁忙,很少顾家

　　　　[晚上,小明和爸爸妈妈一起用完生日晚餐,回到家。

小　明　爸爸妈妈,今天开始我就十一岁了,是个大孩子了。今天生
　　　　日晚餐很好吃,谢谢爸爸妈妈! 爸爸妈妈晚安!

爸　爸　晚安!

妈　妈　晚安!

　　　　[见小明回到了房间,爸爸妈妈不约而同来到书房,一个坐
　　　　在沙发上,一个坐在书桌前。

爸　爸　明天早上,我们一起把小明送到学校,然后直接去民政局。

妈　妈　你决定了?

爸　爸　不是早就说好了吗? 陪小明过完生日就去办。

妈　妈　是不是应该和小明说一下,他也是个大孩子了,我觉得他也
　　　　应该知道一下。

爸　爸　不需要!

妈　妈　(生气)你总是这样,什么事情都自己说了算,你认为的就是
　　　　对的? 你提出离婚这件事情就很莫名其妙!

爸　爸　莫名其妙? 哪里莫名其妙? 你心里只有你的工作,你不爱

儿子,不爱这个家,更不要说我了,心不在了,我天天看着也别扭。分了吧!

妈　妈　(叹气)怎么就和你说不通呢! 当初说得好好的,我主外你主内,这些年家里的生活水平你也看到了,我在外打拼,你管好家里,这有什么问题?

爸　爸　当初是这么约定的,目的都是为了这个家。现在,已经变了味儿了。

妈　妈　哪里变了?

爸　爸　哪里都变了。

妈　妈　你把话说说清楚! 我是忙,哪个职场上拼搏的人不忙,你连这点都不能体谅?

爸　爸　忙,我可以理解,之前你也忙,但是再怎么忙你心里是有家的。现在,你还忙,但是心里只剩下你的忙,你的业务,你的升职,家里所有的事情都是小事,或者说家里的事情根本不是事,你早就忘记了我们的初衷是什么。

妈　妈　今天儿子生日,我来了吗?

爸　爸　我谢谢你,你是开完会顺道的,我们都快吃完了才到。

　　　　[小明起来上厕所,正好听到了爸爸妈妈的争吵,他推开了书房的门,愣愣地站在书房门口。

小　明　你们在谈什么?

妈　妈　(惊)你怎么在这里?

爸　爸　没谈什么,赶紧睡觉去。

小　明　你们要离婚,对不对? 我刚才听到你们说了,我听得懂。

妈　妈　也总归要跟你说的,索性现在聊开吧。小明,如果妈妈和爸爸分开了,你打算跟谁?

[小明看了看爸爸,又看了看妈妈。

小　明　我跟妈妈。

爸　爸　(惊讶)什么?你说什么?你跟她?她平时根本不着家,从小到大你吃喝拉撒都是我管的,你现在要跟她过?我不同意,你必须得跟我。

妈　妈　孩子表达得很清楚,你不能干涉。

爸　爸　好,我就问你,为什么?

小　明　我刚才听到了,是你要和妈妈离婚的,是你不要妈妈的,那妈妈多可怜,我要陪着妈妈。

爸　爸　(啼笑皆非)我……

小　明　(紧接着)不过妈妈,如果我跟了你,你能每天下午四点来学校接我吗?

妈　妈　你说几点?

小　明　下午四点。这是我们放学的时间,如果家长晚了,老师就会把晚接走的小朋友集中在一个房间里等,有时候有些小朋友会等到天黑,很可怜的。不过爸爸从来没有晚接过,所以以后你能不能也四点准时来接我。

妈　妈　我……

小　明　还有,每天要在我的本子上签字、每天晚上要打卡老师布置的口头作业,要给我讲睡前故事。我双休日有三个兴趣班,都是要家长陪着上课的,因为回来要帮我复习,尤其是钢琴课,家长也要懂的;还有,学校每月一次的亲子活动日你是一定要去的,之前都是爸爸去,这下同学们可以见到我妈妈了!你知道吗?以前爸爸在亲子日的时候可厉害了,好几次拿了第一呢!还有,我打算参加学校的鼓号队,早上要早到半个小时去训练,还有……

妈　妈　（有点慌乱）等一等,等一等,你这小小的孩子,有这么多
　　　　事情?

[妈妈有些惊讶地看着爸爸,爸爸故意别过头去。

小　明　多吗? 爸爸之前没有觉得多啊。妈妈,我还没有讲完呢!
　　　　我们马上要举行班干部竞选了,上次就是爸爸和我一起准
　　　　备的竞选稿,还拍了视频,这次你得帮我。

[爸爸把小明拉了过去。妈妈若有所思地走到一边。

爸　爸　小明,你听爸爸说,妈妈工作很忙,你这些零零碎碎的事情,
　　　　妈妈顾不过来的。你是不是重新考虑一下你老爸?

小　明　我就是想跟着妈妈。

爸　爸　为什么呀,平时也没见你这么黏着你妈。不行,你跟着妈妈
　　　　我不放心,我没有办法同意。

[小明定定地看着爸爸,随后转身跑出书房。

小　明　爸爸,你等一下。

[书房里剩下夫妻俩,两人沉默良久。

妈　妈　（由衷地）这些年你辛苦了。

爸　爸　习惯了。

妈　妈　只知道带孩子并不容易,没有想到这么繁琐细致。你说得
　　　　对,这些年我确实……

[小明拿着PAD返回书房。

小　明　（坐在爸爸身边）爸爸,我要和妈妈一起生活了,就剩你一个
　　　　人了,这PAD你收好,我把这些年的照片都收在里面了,还
　　　　分了年份,信息课的时候老师教的。你想我们的时候可以
　　　　看看这些照片的。

爸　爸　你……

小　明　（翻动影集）爸爸,这是你带我去打针,我哭得太凶,你说丢
　　　　人,给我拍了这么一张,鼻涕这么长。（边说边划屏幕）这是
　　　　我们在黄山上的合影。你看,我就说这件防风衣好看,当时
　　　　妈妈帮你挑的,她和营业员说要最好的,营业员说有件橘色
　　　　的,不是每个人穿了都是好看的。我记得妈妈说:"我老公
　　　　很帅,什么颜色都 hold 得住。"是吧,妈妈?
　　　　〔小明爸爸抬头看了一眼妈妈。

小　明　还有还有,你看,这是我过生日,妈妈送我一个书包,还送给
　　　　你一套西装。对了,我过生日,为什么要送给你礼物? 这是
　　　　我偷拍的,你们俩等我睡觉了买外卖,吃独食。

爸　爸　（打了小明一记）两个人吃,怎么能叫独食?

小　明　反正我没有吃到。爸爸,这张是我幼儿园的时候,亲子活动
　　　　的时候拍的,爸爸妈妈,你们那时候好年轻啊!
　　　　〔屏幕同时播放照片。

爸　爸　行了,不早了,今天先这样,你去睡觉,明天还要上学的。
　　　　〔妈妈也朝小明点点头,示意他赶紧去休息。书房里又只剩
　　　　下夫妻俩。

爸爸妈妈　（同时）我……

爸　爸　我是想说,这小子应该是故意的。

妈　妈　儿子长大了,真的长大了,我今天看着他,感到很意外。我
　　　　一直说要给他创造好的环境,让他开开心心地成长,可是却
　　　　错过了太多看到他成长的时刻,所以他今天做的决定说的
　　　　话,让我觉得心里那个小娃娃一下子变成了一个小大人了,
　　　　当中隔着好大的飞跃。（垂下头）王刚,对不起。

爸　爸　咳,算了,我,我也是着急了,其实我心里也知道,职场上一旦投入进去了,只能全力以赴,确实很难分心。我心里也挺乱的。我去看看这小子。

〔爸爸走进儿子房间。

〔儿子已经睡下了,床边是他的日记本,本子里夹着一支笔,爸爸打开来,最近一页是今天的日期。

〔屏幕显示日记照片"同桌小任的爸爸妈妈离婚了,我的爸爸妈妈,你们不能离婚啊!"本子上有清晰的水渍。这时妈妈也进来了,爸爸把日记本给了妈妈。

〔妈妈忍不住哭了。爸爸也哭了。

〔剧终。

短　剧

门把手

编剧　黄　灿

时　间　冬天深夜十一点
地　点　李四家中

人　物
李　四　某民营小公司老板,中年男人,四十岁。工作繁忙,性格多
　　　　疑、控制欲强
李　妻　中年女人,家庭主妇,四十岁,身心俱疲,对婚姻怀着最后的
　　　　希望

　　[景——一个冬天,大雨滂沱的深夜十一点,豪宅公寓内一
　　间宽大的深蓝色调的客厅。客厅有相当奢华精致的硬装,
　　铺地和墙饰都是统一的带着花纹的大理石,墙壁上装饰着
　　凹凸不平的马赛克玻璃砖。吊顶的水晶灯具散发着白惨惨
　　的光,空荡荡的客厅给人冷寂之感,没有留存家庭的温馨。
　　屋中央是一张深蓝色的棉麻质地的长沙发,因为常常清洗
　　已经有些泛白褪色。厚重的窗帘挡住了一联排的落地窗,
　　将阳光、暴雨和新鲜的空气一并阻隔在窗外。屋里几盆高
　　大的绿植枯干了叶子,显得十分消瘦。沙发前的茶几上摆
　　放有一罐打开着没有合上盖子的蜂蜜,还有一对水杯和热
　　水壶。舞台左侧伫立着一扇外门,镀金的门把手上一只苍
　　蝇停在上面,吸吮着残存的蜂蜜的气息。
　　[音效声模拟窗外大雨滂沱,冷寂的雨夜。

[光启。一个四十多岁的中年女人坐在沙发上叠着衣服。这是一个被丈夫情感忽视、长久寂寞的女人,这也让她面容多了许多皱纹。在结婚之初,她曾是个可爱的女人,对丈夫怀着热烈的爱意,不吝啬为生活创造浪漫。努力地去爱丈夫。婚姻的头五年里,随着丈夫生意蒸蒸日上,她在丈夫劝说下毅然决然放弃了喜欢的工作,成为一个家庭主妇。但长久的婚姻让她目睹着丈夫的变化,在被无数次敷衍、不耐烦地打发之后,她感到身心俱疲,渐渐放弃了沟通的念想,夫妻二人越来越生分。但作为女人,她总是还抱着最后一分不舍与期待。今天下午与昔日朋友的会面,迟来的祝福开启了尘封多年的美好回忆,也是她与丈夫爱情与婚姻的起点。她想借对昔日的缅怀来拯救这份岌岌可危的情感。

[定点光。一束光打在李四身上,进场到门前。这是一个大约四五十岁的中年男人,穿着得体的西装,经年累月的酒局应酬,让他变得大腹便便,满脸的油光显得虚浮肿胀。他经营的小公司起色不错,不菲的经济收入带给他生活的底气,让他成为男权社会里最忠实的攀登者,追逐着金钱及与之等同的社会地位。繁忙的工作几乎把他压垮,但他觉得自己没有别的选择,从出差一周,到两周,再到出差三个月,疲惫但不会停歇。极度渴求并陶醉于事业成功的心让他忽视了家庭,也忽视了妻子的情感诉求。与此同时,他又是多疑的,金钱权势滋长了男人的控制欲,以他认为对的方式爱着妻子。

李 四 (殷勤讨好)陈总,那个项目还得请您费心啊……(停顿)这不是您一句话的事情吗!(停顿)和您保证,我这里的价钱绝对是最低的!(停顿,在门口踱步)咱们两家公司谈三个月了,陈总您做大事的可不兴中途变卦,好几年的交情了……(停顿)好说,好说,要不这样,您说个数?(停顿)陈总?陈总……妈的!(被挂断手机后深深叹一口气,疲惫地从裤子口袋掏出钥匙正准备开门,看到门把手上有一只苍蝇,李四愣了下,凑近看门把手)这是……苍蝇?

李　妻　(听到李四的声音,停下手上整理的衣服,从沙发旁走到门前,开门)回来啦?(把丈夫迎进门,关门)怎么这次出差这么久?

〔门闭。暴雨音效停。

李　四　(还持续在苍蝇的惊讶中)门把手上有只苍蝇,你在家没注意?如果客户看到,晦气得很,生意肯定黄。

李　妻　一件小事,没必要说得那么严重。

李　四　小事?我在外面赚钱,家里的事能不能别让我操心。什么味道?(像狗一样警惕地在客厅里四周闻着味道,找味道的来源,直到闻到了茶几上的蜂蜜罐)蜂蜜,你买了蜂蜜?

李　妻　朋友送的。

李　四　哪个朋友?

李　妻　以前的朋友,好久没见了。

李　四　你和谁见面了?让你今天这样魂不守舍。

李　妻　(低声)我今天没有出门,谁也没见。

李　四　外面下着大雨,你的裤腿湿着沾着泥土,应该刚回来没多久。

李　妻　(编谎)我下楼在花园浇花,泥土潮湿,大概这个时候湿了裤脚。

李　四　你方才还说没有出门,现在又说下楼浇花,你一定有事瞒
　　　　着我。

李　妻　你想多了,你回来得很晚,该睡了。

李　四　你还没有把事情说清楚。

李　妻　什么事情说清楚?门把手上为什么有一只苍蝇吗?

李　四　你知道,我说的不是这件事。

李　妻　那你说的是什么?一个出差三个月不着家的丈夫怀疑妻子
　　　　有外遇?

李　四　我没有这么说,我是信任你的。

李　妻　听听自己说的话吧,你的信任太过虚伪。

李　四　(冷峻地)我希望你能平静下来,客观地谈论这件事。

李　妻　(苦笑)平静?我们的婚姻里最不缺少的就是平静,毕竟三
　　　　个月也不会见面。

李　四　对不起,这次出差太长时间了,不过你应该体谅我。

李　妻　你放心,我已经习惯了。

　　　　[相对无言。

　　　　[李妻拿起抹布,起身走到舞台左侧开门擦门把手。擦完门
　　　　把手,过了一会儿,回到沙发上。

　　　　[门开。暴雨音效响起。门闭,暴雨音效停。

李　妻　(从热水壶倒水到两个水杯,舀勺蜂蜜在水杯里化开)喝蜂
　　　　蜜水吗?

李　四　能不能告诉我,你见了谁?

李　妻　我今天见了张三。

李　四　看来我想得没错,你还是找他了。

李　妻　(勺子搅动其中一杯)张三,他最近找到我的联系方式,刚好

224

来这里出差。

李　四　这么多年,你都没忘记他吗?

李　妻　我没办法忘记。

李　四　是不能,还是不想?

李　妻　(勺子搅动另一杯)是不能,也不该。他让我想起我们最初陪伴着度过的生活。

李　四　(站起背过身冷静了一会儿,回头看着妻子说)你们什么时候开始联系的?(伸手)给我你的手机。

李　妻　(把蜂蜜水递给丈夫)这两天才联系的。

李　四　(接过水杯)他过得怎么样?(喝水,装作不在意)

李　妻　当年他家搬迁,去更远的北方讨生活,二三年间联系断了,这一晃二十多年过去了,我们都已经四十来岁了,时间过得真快啊!

李　四　他在做什么?

李　妻　他是养蜂人,到现在还是孤身一人,这么多年该有多寂寞啊!

李　四　(把水杯放在茶几上)果然落魄,一事无成的人哪有能力成家。

李　妻　(情绪很高涨)记得咱们在乡里一起上学的日子多美好啊!要是现在也和从前一样就好了!春天油菜花田边牧牛,夏天在小河里抓鱼、钓龙虾,冬天在潮湿的雨夜,对,就是今天这样的天气里,我们三个人就窝在奶奶家的灶头边烧饭边烤火,还要赶走苍蝇,那些苍蝇可讨厌了,尽盯着甜食转悠。(又舀了一勺蜂蜜,在水杯里化开,喝水)张三说他现在就是那盘甜食,满手都是蜂蜜,不光招蜜蜂,还招苍蝇!太好笑

225

了！（大笑）

李　四　　（思忖着）苍蝇？（想明白了）门把手上沾着蜂蜜，吸引了苍蝇。你不光见他，还把他带到家里！

李　妻　　这也是我家，有什么问题吗？

李　四　　（闻着空气中的蜂蜜味，情绪越来越焦灼）一个丈夫询问妻子为什么趁着自己出差带着初恋情人回家。这并不过分。

李　妻　　你在怀疑什么？你对我充满了不信任。

李　四　　我只在怀疑一个丈夫该怀疑的事情，（厉声）你的手机放在哪里？

　　　　　〔李妻站起身。

李　妻　　（故意回避）不管怎么说，你出差回家很累了，我也很累。我们该睡了。（起身要走）

李　四　　（起身）你等等，你们还谈了什么？（嫉妒的口吻）你们一向很聊得来。

李　妻　　（含着笑容追忆往事）是的，我们今天也聊了诗歌，聊到海子。都是我们三人美好的回忆，不该忘记。可惜一切都过去了，我们都老了，你出去谈生意有了啤酒肚，他头发全白了，我脸上长出了皱纹。

李　四　　过去了？不，没有过去。（恶狠狠）他就像一只苍蝇，萦绕在我们生活里这么多年。你一定后悔当初选择了我，而不是他。

李　妻　　（疑惑）你为什么会这么想？

李　四　　不过我现在过得比他好多了，有金钱有地位，这也证明你当初的选择没有错！

李　妻　　不，我现在后悔了，这些年你无时无刻不忙着工作，我们越走越远了。

李　四　　(走近妻子)亲爱的,你要知道一个中年男人在外打拼是多么不容易。女人靠嫁人能享福一辈子,男人就得做太多的脏活、累活,我在外面出差三个月,天天谈生意酒场三巡,吐得昏天黑地,打电话也要低头哈腰,我为的是什么? 为的就是让你过上好日子! 可你说后悔了,我难道不可悲吗?

李　妻　　我不需要一个出差三个月都不回家的丈夫,每夜每夜都自己一个人孤零零守着空荡荡的房子,难怪这家里连绿植都透不过气。

李　四　　因为你见到了他,所以你才这样说。我以为十几年的付出能让你改变。让你更喜欢我,而不是他。

李　妻　　我们两人之间的事,从来和他没有关系。

李　四　　没关系? 你们在三个月里见了多少回? 他陪了你几个晚上? 你把他带到家里哪里? 是这里的沙发,还是房间里的床铺?

李　妻　　(愤怒)你想得太龌龊了,无论对我们三人中的谁,都是一种侮辱。我们只是刚好今天见了一面,如果你不信,可以看我们的聊天记录。(把手机扔进丈夫怀里)

李　四　　(看聊天记录)你应该早点和我好好说的。

李　妻　　从你进家门到现在,我一直迫切想和你好好说。

李　四　　如果你不瞒着我,我也不会想这么多。

李　妻　　(悲愤)只有我放弃隐私权,才能获得信任。这样的婚姻太可悲。

　　　　　[李妻走到门前,打开门。暴雨音效响起。

李　妻　　今天下午我收到张三对我们迟到的祝福,他祝我得偿所愿。

227

李　四　（震惊地走近）什么？得偿所愿？

李　妻　（流泪）我太傻了，我本想用我们最初认识的美好回忆挽救这段婚姻，没想到是你自卑心中藏着的最深的刺。

李　四　笑话！（眼神躲闪）我有什么可自卑的？

李　妻　（带着泪痕面对丈夫）我为什么拉住孤零零的你，每每找着你三人一起去春天的油菜花田、夏天的池塘，在冬天的雨夜里窝在一起烤火取暖？我偷偷瞥着你，谎称张三是我的男朋友，借着诗歌向你表白，为的就是藏住胆怯的情感。

李　四　（震惊）我以为……当初要不是他跑了，你根本不会答应我的求婚。所以你一直爱的是我？

李　妻　没有一个女人，会为了不爱的人长久地委身。

李　四　亲爱的，现在一切都说通了，（激动）我爱你，你也爱我，往后我一定会加倍对你好。

李　妻　不，我打算离开。

李　四　为什么？现在我们之间所有的矛盾都化解了。

李　妻　这十几年的婚姻已经伤透了我的心。

李　四　走出这扇门，你能去哪里？你已经十几年没有工作了，根本无法在社会上生存。

李　妻　（失神）我曾经工作得很好，是你让我辞职待在家里。

李　四　（义正词严）那是因为我爱你。

李　妻　（难过）很多工作认识的朋友不联系，渐渐走散了。

李　四　（走近）社会太复杂，不适合你这样单纯的人，我只是怕你受到伤害。

李　妻　这就是你对我的"好"？像保姆一样按你的吩咐从里到外打扫家里、擦干净门把手吗？

李　四　我以为这样你会轻松些,刚结婚那会儿你总爱打扫家里。

李　妻　因为我曾爱你,爱我们俩的家。这么多年,再热烈的情感也磨灭了。我想最后看一眼这个家,冰冷的,不再有鲜花、绿植,沙发布没有肥皂气味的"家"。

李　四　(拉着妻子的手,盯着她的眼睛)亲爱的,对不起,都是我的错,再给我一次机会,你让我做什么都可以。

李　妻　你什么都不用做。(摩挲着门内的门把手)苍蝇一直出现在我们的婚姻里,只是你从不注意,现在一切该结束了。(甩掉丈夫的手)

　　　　〔剧终。

短 剧

喷 嚏

编剧 赵 琼

时　间　闷热的梅雨天午后

地　点　小猫咪家

人　物

小猫咪　男,6 岁,幼儿园大班

老　师　女,24 岁,幼儿园老师

妈　妈　女,32 岁,小猫咪的妈妈

〔幕启。

〔舞台的设计是小猫咪家客厅,中间放了一张灰色茶几,茶几后面是一张皮质沙发。小猫咪一个人在茶几前面的地毯上玩着玩具,他的妈妈在后面打扫着卫生,气氛平和。

妈　妈　喂,姐妹,怎么了,啊? 老公背着你抽烟啊,哎哟,我有办法治他。我跟你说,我老公背着我抽烟被我逮到,我就整盒都给他烧掉,反复了这么几次后他就真不抽了,哈哈。是的呐。逛街啊? 没时间呢,在家带孩子呢,小猫咪他们学校的厨房失火了,学校管不了午饭,今天下午也不能再往幼儿园送了。所以这不调休回来带孩子,嗯呢,下周约。

〔小猫咪拿起水杯喝水,突然不小心把水杯打翻了。妈妈见状冲了过来,一把将小猫咪拽到了一边,看也不看小猫咪一眼,连忙跪下用抹布擦地。

231

妈　妈　干什么你！喝个水都不会,能有什么用?我就是来伺候你们家一家老小的,天天干不完的活,累死了,烦死了,还得把地再给擦一遍,这黏糊糊的梅雨天,还不知道什么时候能干。(抬眼看小猫咪,戳了一下他的脑门)都怪你这个没用的东西!

小猫咪　对不起,妈妈,我不是故意的,下次、下次再也不敢了!

　　　　[小猫咪惊恐地站在一旁,用手抠着自己的裤脚,一脸害怕的样子。突然门铃响了。

妈　妈　谁呀?

　　　　[妈妈不耐烦地扔下抹布,起身打开门。小猫咪的老师身着一袭长裙,背着帆布包站在门口。

老　师　(温和地)小猫咪妈妈您好,我是小猫咪的班主任。

妈　妈　哦!知道、知道,微信群里早见过,快请进。

老　师　谢谢。

　　　　[老师随着妈妈走进屋内,妈妈招呼老师坐下,小猫咪看到老师后愈发惊慌失措。

妈　妈　老师,您先坐,我先去给您切点水果。

老　师　不麻烦了,我说几句话就走了。

妈　妈　不麻烦,不麻烦,您先坐着,我这就去厨房。小猫咪你陪老师聊聊天,替妈妈照顾一下老师。

小猫咪　知、知道,妈妈。

　　　　[妈妈下,场上只有小猫咪和老师两人。老师若有所思地看着小猫咪。小猫咪和老师对视了一小会儿,鼓起勇气先开了口。

小猫咪　老师,您来不就是希望我以后在幼儿园听话嘛,对吧?

老　师　是的,老师当然希望你在幼儿园乖乖的啦。

小猫咪　这样吧,老师,我们俩做个谈判,怎么样?

老　师　什么谈判?

小猫咪　如果你这次不跟我妈妈告状的话,我以后在幼儿园就不把李子涵推倒,也不抓王晓燕的小辫了,我也不再抢张壮壮的图画书了,可以吗?

老　师　嗯……如果你能做得到的话……

小猫咪　(抢白)我保证,老师,拉钩上吊,一百年不许变。

老　师　好,拉钩上吊,一百年不许变,盖章。

小猫咪　我说话算话,老师你也得说话算话,不告诉我妈妈!

妈　妈　(妈妈端着果盘上,厉声说)不告诉我什么?

　　　　〔小猫咪可怜兮兮地看着老师,恳切的眼神中充满了惊恐。

老　师　(解围地)哈哈哈,小猫咪不想让我告诉你……他午饭总不吃胡萝卜。

妈　妈　挑食!(白了儿子一眼)也不知道谁惯你的臭毛病! 不好意思啊,老师,你这突然来家访我也没有准备,家里就这些水果了,招待不周,您见谅。

老　师　客气了,小猫咪妈妈。

妈　妈　老师,你上家里来是有什么事儿么?

老　师　呃——事情是……

小猫咪　(递给老师一个香蕉)老师。

妈　妈　老师,边吃边说。

老　师　事情嘛也没什么。

妈　妈　老师,你有话直说。(突然想到)是不是小猫咪在幼儿园闯祸了?(有些生气的)这孩子打小就讨人厌得很,他要是犯

233

错老师不好打啊骂的,您跟我说,我来治他。

[突然"啪"的一声,小猫咪不小心把火龙果盘子里的叉子掉在了地板砖上,清脆的声音很刺耳,打断了两人的交流,火龙果弄到了小猫咪白色的衣服上和茶几前浅色的地毯上。妈妈见状"腾"地站起来,粗鲁地拉开小猫咪。

妈　妈　哎呀!你这孩子要有多不省心就有多不省心啊!我养你有什么用!这么厚的地毯,多难洗啊,啊?你是诚心想累死我啊,你怎么这么烦人呢!(打小猫咪屁股)

老　师　那个,小猫咪妈妈,孩子也只是不小心,孩子要教育,不能这么对孩子啊!

妈　妈　老师你还没孩子吧?

老　师　还没有,但是我的工作整天和孩子在一起。

妈　妈　别人的孩子和自己的孩子怎么能一样?等你当妈你就知道了,小孩子就是不能太惯着,该打就打,该骂就骂,不然以后大了更不好管教了。(边说边去脱小猫咪的毛衣)我怎么能生出你这么蠢的儿子。(不耐烦地直拍小猫咪无处安放的小手)伸手啊!你看看胸口这一大块印子怎么洗!

[妈妈伸手就打,小猫咪被打得嗷嗷叫,吓得钻进沙发底下。

妈　妈　(蹲下来拽小猫咪)哭什么哭,你还有脸哭!

老　师　那个,小猫咪妈妈,别硬拽他啊,小心给孩子拽伤了!小猫咪听话,出来好不好?

妈　妈　你快点出来!不然晚上就别吃饭了。

[妈妈又要去拽,被老师阻止,老师温柔地伸手去拉小猫咪。小猫咪出来时,闭着眼睛往老师脸上打了个喷嚏,喷了老师一脸口水。老师愕然,小猫咪一脸歉疚。妈妈扬手又要打

孩子,老师一把将小猫咪拉到身后。

妈　妈　对不起老师,对不起。怪这孩子没长眼。

老　师　没事,没事,你别骂孩子了。

妈　妈　小猫咪,还不赶紧给老师道歉。

小猫咪　老师,对不起。

妈　妈　(望着小猫咪)别哭了,听见没有! 不许哭!

　　　　〔小猫咪屏住哭声,无声地啜泣着。

妈　妈　(想起)老师,您接着说。

老　师　说,说什么?

妈　妈　是不是我儿子在幼儿园闯祸了?

老　师　呃,没,没闯祸。就是正常走访,了解一下孩子在家的情况。
　　　　家访任务也完成了,那我就先走了。

妈　妈　这样啊,那我也就不留了。老师,您慢走。

　　　　〔老师起身欲走,妈妈将老师往外送,突然老师手机响了。

老　师　我先接个电话。喂! 园长,对,我还在走访小猫咪家长。什
　　　　么?(看了小猫咪一眼,走到一旁)怎么会出这样的事? 园
　　　　长,这千真万确吗? 啊,要家长承担我们园的损失,沟通的
　　　　任务也交给我,哦,好,好,我知道了。

　　　　〔老师挂断了电话,踱步了两下,调整了一下情绪,走向
　　　　妈妈。

老　师　小猫咪妈妈,那我接着刚才的话说。

妈　妈　您不是说没事了?

老　师　(指着手机)这不是才来的事儿吗? 园长给我打电话了,说
　　　　我们学校厨房失火,是小猫咪干的。

妈　妈　他一个孩子怎么会?

［妈妈看向小猫咪，小猫咪欲再钻沙发，老师连忙拦住。

老　师　（温柔地）小猫咪小朋友，你不要害怕，你告诉老师，你哪来
　　　　的打火机啊？

小猫咪　从妈妈的抽屉里拿的。

老　师　那你为什么要点了打饭阿姨的围裙啊？不喜欢阿姨吗？

小猫咪　因为她打饭的时候把我爱吃的肉圆子给弄桌子上了，我还
　　　　想再要一个肉圆，她不给我，说一人就两个，可是我的那个
　　　　掉了，我就一个了，我不喜欢她，明明是她的错。

老　师　那你可以跟老师说啊，为什么要用打火机点着了阿姨的围
　　　　裙呢？

小猫咪　因为在家的时候，爸爸惹妈妈生气了，妈妈就会用打火机点
　　　　了爸爸的东西啊，然后爸爸就会不开心，我也想让阿姨不
　　　　开心。

　　　　［妈妈站在一旁，脸涨得通红。

老　师　阿姨弄掉你的肉圆是阿姨不对，但是你用打火机烧了阿姨
　　　　的围裙，引起厨房失火，这是非常危险的，还好厨房没有人，
　　　　要是有人后果不堪设想。（看向妈妈）虽然没有造成人员伤
　　　　害，但是厨房的损失不小，家长是要承担这个维修费用的，
　　　　而且可能费用不低。

妈　妈　什么，承担费用啊，那得要多少钱啊，心疼死我了，你这小兔
　　　　崽子，你气死我了。你怎么好的不学坏的学！

　　　　［妈妈扬手就要拍小猫咪的脑袋。

老　师　（抓住妈妈的手）够了！那是因为你给孩子做了一个坏的榜
　　　　样啊！

妈　妈　（愕然）我！

老　师　我真纳闷,他为什么要推同学、拽同学、抢同学,难道这些恶习是天生的吗？当我走进这个家门开始,我就明白了。他只是个 6 岁的孩子,这个年龄的孩子最擅长的就是模仿。父母本来就是孩子的启蒙老师,你成了他的镜子,潜移默化地让他学会了不好的东西。

妈　妈　潜移默化？

老　师　亡羊补牢,现在还不晚。

妈　妈　还不晚？

老　师　对,不晚！小猫咪才只有 6 岁,只要我们共同努力,以言传身教潜移默化地浸润他,就会让他走上正确的轨道。

妈　妈　(走向小猫咪)小猫咪,妈妈打你骂你是妈妈不对,爸爸抽烟不好,但是妈妈烧爸爸的东西更不对。妈妈向你承认错误好吗？

小猫咪　妈妈,我欺负同学不对,我烧了阿姨的围裙也不对,我错了。

妈　妈　乖儿子。

小猫咪　妈妈,我也要向你承认错误。

妈　妈　(诧异)不是已经承认了吗？

小猫咪　刚才我躲在沙发底下以为妈妈拉我出来,我才故意打了个喷嚏。

妈　妈　本来想给妈妈点颜色看看,结果却让无辜的老师倒了霉。

老　师　呵呵,我没关系。但是小猫咪,不管怎么样,故意捉弄妈妈不对哦。

小猫咪　所以我要向妈妈说对不起。

妈　妈　(抱住小猫咪)知错能改,真是妈妈的乖儿子。

老　师　(向小猫咪竖起大拇指)好孩子！

妈　妈　（向老师）谢谢老师！虽说要赔偿幼儿园损失，我这也算因
　　　　　祸得福。

老　师　没错，孩子的未来是最大的财富。

　　　　〔妈妈和老师相视而笑，老师轻轻抚摸小猫咪的头。

　　　　〔光下，三人笑容满面。

　　　　〔剧终。

短　剧

三刀判猪腿

编剧　于　莹

时　间　腊月二十八夜

地　点　李四家,即张三父母留下的老宅

人　物

李　四　要债者,被张三父母收养

张　三　借钱者

[李四家,老宅,门上挂两盏红灯,透露出些许过年的喜庆意
思。一桌二椅,李四坐于主位,近李四手处放一柄割肉刀。
墙上供奉一对死去老人的遗像。

[李四独坐家中等候。

[张三提一腊猪腿上。张三确认家门,停步,行至家门口,
犹豫。

[张三扬手欲敲门。

李　四　门没锁——进来。

[张三进门,二人对视一眼。

张　三　我又赌输了——我打赌你不在。

李　四　爸妈都走了,今年过年就我们兄弟两个人。

张　三　我听说了,我才赶回来。

李　四　他们死后两个月你才赶回来。我坐在这里两年了,等着你
　　　　还我钱——不多不少 10 万块。(看着张三的手里)

张 三 （把腊猪腿提起来）瞧瞧，我要还你什么？一条腊猪腿，（大笑）你最爱的，祖传的秘制腊猪腿，无价。（切一刀）

李 四 （冷冷地）看来你今年又不打算还钱。

张 三 何止，我还想再借呢。（坐下）

李 四 我说了，你再赌就打断你的腿。

张 三 可我已经赌了，就像你的腿，已经断了。

　　［静场。

　　［李四沉默地看着自己的腿。

张 三 人生很多事没得回头的。

　　［张三看着李四，看看墙上的父母遗像，定定地看回桌上。

　　［张三吃一口猪腿肉。

李 四 你不要以为我不是你的亲大哥就管不了你。

张 三 （笑）我知道，你每年此时都在这里等我，等我回家吃团圆饭，像小时候一样。这里，我都怕了，它就像个老旧的牢笼，要困住我的一生。可从你来这个家的第一天，我就真的拿你当我的亲大哥来看待。爸妈把东西都留给你了——可我今天不是来说钱的。来，尝尝——

　　［张三拿着腊猪腿准备处理，被李四拦住。

李 四 好，那我们今天不谈钱，就谈这条腊猪腿，是谁的。（拿过腊猪腿，插上刀）

　　［静场。

张 三 你这是什么意思？

李 四 ——这是你准备还我的。

张 三 这是我的腊猪腿——多可笑。

李 四 他果然把张家的秘方传给了你。

241

张　三　他是我的父亲。

李　四　也是我的师傅。（切一刀，放到自己面前）

　　　　〔静场。

李　四　我谢谢你们收留我，也明白我迟早要走。

张　三　原来你耿耿于怀的是这个。你要带走秘方？

李　四　不是带走，是留下。我听说你要把它卖了。我什么都不要，但传承腊猪腿的人一定得是我。

张　三　你为此废了一条腿。

李　四　我愿意一辈子当牛作马报这个恩。我愿意这辈子扎根此处。所以，把腊猪腿还给我。

张　三　如果我不呢？（把猪腿放回自己面前）

　　　　〔静场。

张　三　你已经有房子了。人不能要得太多。

李　四　我没打算要。

张　三　可父亲给你了。我就是怨他们，我气不过！父亲是我的父亲，东西凭什么不留给我？

李　四　是你自己要走的。父亲说让你留下继承家业，你不；留下发扬腊猪腿，你不；让你守孝，你不；就因为你的任性，谁都找不到你，你欠了什么钱，他们都追到家里讨——

张　三　因为我不成气候！因为我没你那么窝囊——父母说什么你都听，摔下山坡满手血你也肯做！所以他们说你是乖儿子你也信了！这里的人已经不爱吃腊猪腿了，外面才是我们的天地，可我做什么生意都失败，最后还是只能靠卖张家的秘方维生——你知道我为什么欠钱吗？你真以为我滥赌吗？我就是为了离开这个家！就算是赌徒，我也是赌上张

242

家未来的那一个!

李　四　你不配这么说父母。

张　三　你不配说我!我才是张家唯一的儿子!

　　　　〔李四把刀拍在桌子上。

张　三　你凭什么喊我的父母做父母?凭什么他们偏心你比我多?

李　四　因为他们爱我,教育我,把房子留给我。他们认我都不愿意
　　　　认你——你自己想想是为什么。

张　三　(拔刀)是你抢了我的——我不要,可也不是你抢的理由!
　　　　不要以为你可以取代我的身份,过上我的人生。你永远只
　　　　是个小偷、小丑!

李　四　好,那这是我家了,你想坐在这里,把你的猪腿拿来下酒。

张　三　一口3 000块!(剁猪腿肉)就是用那10万块,我在外面比
　　　　家里好!告诉你,我有钱了,就是要气你,你守着这里吧,腐
　　　　烂吧,我要谢谢你,给我崭新的人生,你就吃着断头饭抱着
　　　　这座活死人的坟墓吧!你做张家活活死死的乖儿子吧,还
　　　　应该再给我10万块,买你做我的资格!

　　　　〔静场。

李　四　(哀怨地望着墙上的照片)你就这么伤妈妈的心吗?

张　三　(阴阳怪气地)她更喜欢你。

李　四　可爸爸更喜欢你。小时候你总嚷着妈妈唱歌给你听,你一
　　　　点都不想她吗……

张　三　何必呢?活的时候都不肯爱,何况人已经死了。

李　四　你还活着。我还活着。古老的秘方不过是一张纸,你真的
　　　　要在父母面前和我撕破脸吗?(顿,看张三若有所思)你从
　　　　来不懂腊猪腿,张三,父亲一定没有告诉你,它真正的秘方

就是家,就是爱,秘方从来都是大家在一起。我还在家里呢,弟弟,对这里的厌恶足够让你不回家吗? 不见我吗?

张　三　你? (顿)我发誓不赌了,我发誓给父母守孝,我发誓还你钱。你能让一切重来吗? 能让猪复活吗? 这条断腿,你能重新再站起来,走到外面,走向我吗?

李　四　我能。(站起来,张三目瞪口呆地看着)这条腿,我日复一日地锻炼,谁都不知道,我已经能站起来了。你回来了,我等到你了,我答应父母的事情做到了。你有钱,我有技术,等咱们把房子卖了,一起忘掉过去的老日子,就用着双腿往前走,腊猪腿也要有新的明天,不能老旧地腐朽,否则就烂了。

张　三　哥——你——你愿意往外走?

李　四　我一直都没了解过你的生活,出去看看吧,腊猪腿也该给更多人尝尝。今天是腊月二十八,过年了……(二人拥抱)

〔剧终。

校园即景剧

论坛剧

洋　流

编剧　何雨婷　董鑫悦　朱妍蓉

人　物

吴子涵　高二学生

妈　　妈　吴子涵的妈妈

丁萌冉　吴子涵的同学,好友

佟　　乐　吴子涵从小一起长大的发小,少年宫同学,在别的学校上学

班主任　吴子涵的班主任

佟乐妈　佟乐的妈妈,和吴子涵妈妈也认识

同学们　不需要出场,微信语音代替即可

场　景

舞台用地胶和电工胶贴出如《狗镇》布景一般的 4 个演区,分别为吴子涵家、丁萌冉家、班主任家、公共空间。每个空间里的人都可以在复习、做题、睡觉、接电话、哄孩子睡觉等,做自己的事情。

［主持人 Jocker 上台。

Jocker　大家好！很高兴在这里见到你们，与大家一起分享这出论坛剧！

论坛剧是一项由来自巴西的奥古斯托·波尔首创的技术。通常是一出戏剧或是一个场景，通常指示着某种压迫或是苦恼，会被演出两遍。在第二次重复演出的过程中，任何观众（观演者）可以大喊"停！"，走上前，然后替代被压迫的角色，展现他们可以如何改变局势，使得有一个不同的结局。不同的观众（观演者）可以（对同一场景）探索几种替代方案。其他演员则继续扮演角色，即兴发挥自己的反应。一个主持人是必要的，以使演员和观众之间能够沟通。

这种策略打破了表演者和观众之间的隔阂，使他们处于平等的地位。它使参与者能够尝试适用于他们日常生活的行动方案。

在演出后，我会问大家三个问题：

1. 剧中的问题有没有发生在你身边，或是在你身上有没有产生过类似的情感、你有没有面对过类似的困境？

2. 你们觉得情况只能这样吗？

3. 如果你可以替代剧中的一个人物，包括主角，你会替代谁，做些什么，来帮助我们的女主角：吴子涵？

我说得够多了,还是让大家先看戏吧!

你们看,吴子涵来了……

第一场·公共空间

[妈妈和吴子涵上场,在舞台前区的公共演出空间。

妈　妈　这里环境确实不错。这个建筑的设计师是谁?

吴子涵　邬达克。

妈　妈　全名?

吴子涵　拉斯……嗝,邬达克。

妈　妈　再说一遍。

吴子涵　拉斯洛·邬达克。

妈　妈　哪里人?

吴子涵　匈牙利籍斯洛伐克人,国际著名建筑设计师。

妈　妈　像这种知识,你每次看到了,都要花些心思去记住它,通过
　　　　碎片化时间就能变成一个有底蕴的人。来,你在这里拍个
　　　　照吧。

吴子涵　妈妈,我不喜欢拍照。

妈　妈　子涵,拍照不是一件很难的事情吧?(直接拿镜头对准吴子
　　　　涵)一……

[吴子涵躲了躲,看了眼妈妈又不敢走开。

妈　妈　二……三。好了,来,过来这边再拍一张,对,往中间一点,
　　　　站在正中间。笑一个……不要板着个脸。

〔吴子涵尴尬地笑。

妈　妈　好,可以了。

〔二人往前走,妈妈低头翻手机处理工作。

吴子涵　妈妈,拍照为什么一定要笑呢?

妈　妈　(对手机)给我定最早的航班。(微信语音发送)(回头看吴子涵)你说什么?

吴子涵　啊,没什么。

〔妈妈这时候看到了 IACE 女孩挂在墙上的照片。

妈　妈　这些小姑娘气质都挺好的。IACE 女孩? 这是什么?

吴子涵　I 是 Independence, A 是 Ability, C 是 Care, E 是 Elegance,能评上 IACE 女孩的都是学校里最优秀的。

妈　妈　原来这样。我想在这些特质当中,独立应该是最重要的。子涵,你也要争取做个 IACE 女孩挂在这面墙上,你是我的女儿,必须是最优秀的。

吴子涵　我会努力的。

〔光收。

第二场·吴子涵家

〔光启。期中考试的前一天晚上,墙上的时间显示是 9:30 时。吴子涵按下保存键,拔出 U 盘。

吴子涵　妈妈,能不能帮我打印个东西!

妈　妈　等一下……

［妈妈从自己的苹果电脑面前离开走过来。

妈　妈　这种事情应该是你自己完成的,不过你明天要考试,这次我帮你打印一下吧。

吴子涵　谢谢妈妈,在U盘第五个文件夹里面,名字是2019高二长图志愿者名单。

妈　妈　好的。我打完放在客厅桌上,明天早上你记得带走。我明天早上有会要开,你自己路上买吃的吧,就买出门左拐第三个点心店的包子,菜包肉包各一个,再加一杯豆浆。

吴子涵　好。

妈　妈　重复一遍,买什么?

吴子涵　门左拐第三个点心店的包子,菜包肉包各一个。

妈　妈　还有一杯豆浆! 营养要均衡,知道吗? 还有,今天早点儿睡觉,睡眠不足影响考试状态。

吴子涵　好的。妈妈你也早点睡嘛。

　　　　［吴子涵点点头。妈妈拿着U盘离开。吴子涵拿出一张世界洋流分布图。

吴子涵　欸,洋流,是指海水沿着一定方向有规律的具有相对稳定速度的水平流动……

　　　　［开始看起来。另一边,班主任正在哄孩子睡觉。吴子涵看了一会儿。

吴子涵　秘鲁寒流、北大西洋暖流、西风漂流……南顺北逆……秘鲁寒流(停顿)啊对了,还得问一下丁萌冉……

　　　　［吴子涵打电话给丁萌冉。丁萌冉接起电话。

吴子涵　萌冉啊,读书网的注册弄好了吗?

丁萌冉　啊,子涵,对不起,对不起……

吴子涵　怎么了？

丁萌冉　对不起，我忘了通知大家了……这两天考试，作业又多，昨天我外公外婆还吵架，我们全家去劝架……（趁着吴子涵还来不及说话）但是这些都是借口，我就是脑子不好！对不起……

吴子涵　你，你，欸。（声音小）萌冉，那现在我们……

丁萌冉　（打断）对不起、对不起，我真的错了……

吴子涵　别急，没关系，我没有怪你。

丁萌冉　你不怪我就好！嘿嘿，我就知道子涵最善良了。

吴子涵　可是老师既然让我们两个负责这件事，我们总得完成吧。

丁萌冉　啊，今晚就截止了，可能来不及了，我太难了……

吴子涵　没关系，我和你一起。你检查一半，我检查一半，啊，算了，我动作挺快的，这样吧，我检查1到20号，剩下十几个你盯一下就好了。

丁萌冉　谢谢子涵，我错了我错了……我复习完马上就弄！

吴子涵　萌冉啊，这个事情，欸是这样的，就是你也知道今天要截止了，你看我们是不是先把这个解决掉再复习？

丁萌冉　要是成绩和你一样好，我也就不用复习了……可是，你知道的呀，我再考不好，我妈真要搞我了。

吴子涵　可是……那我来弄吧。

丁萌冉　那我多不好意思……（迅速）子涵你没问题吧？

吴子涵　没问题。你好好复习，洋流图挺难背的，你认真背吧。

丁萌冉　子涵最好了！那……能不能再拜托你一件事啊……

吴子涵　怎么了？

丁萌冉　如果老师问起来，别告诉她我忘记了好吗？（停顿）我怕她觉得我不好……你一定要答应我啊……

吴子涵　啊……欸,你放心我知道的,那我先去弄了,你复习吧。

丁萌冉　谢谢你! 要是没有你可怎么办啊……你可千万别和老师说我那部分是你帮我弄的哦! 总之谢谢你了,我去复习啦,拜拜!

〔吴子涵挂上电话,叹了一口气。她在微信上打字(教大家注册读书网)。有同学发来语音私信,吴子涵逐一点开。从同学 D 开始,同学们的声音交叠在一起,压抑、包裹着吴子涵。

同学 A　子涵,子涵,我现在登录进去了,然后点哪个啊?

同学 B　子涵,这个附件怎么上传不了啊?

同学 C　子涵,初始密码是多少来着?

同学 D　过了十二点就不能进系统了吗? 明天考完试再弄不行吗……

同学 E　怎么现在才通知,这么突然?

同学 F　子涵,注册完了需要上传什么啊?

同学 E　子涵,这个介绍怎么写啊?

同学 G　子涵,子涵,地理练习册第 8 页最后一道题怎么做啊!

同学 H　子涵,亚热带季风气候和温带海洋性气候最大的区别是什么啊?

同学们　子涵,子涵,子涵,子涵(此起彼伏)……

〔同学们的七嘴八舌被手机铃声打断。是班主任刚把孩子哄睡着,打电话给吴子涵。

班主任　(特别小声)子涵啊,读书网的注册今天最后一天了,你和丁萌冉都做好了吧,没什么问题吧?

吴子涵　基本没什么问题的,就还有几个,我去催一下就好了。

班主任　你去复习吧,把名单给我,我去帮你催,明天考试了,你该看的再看看,不过我知道的,你肯定没问题的,老师相信你的能力。

吴子涵　谢谢老师,我马上把还没有注册的同学名单发给你。

　　　　〔婴儿哭声。刚被哄睡着的孩子又醒了。

班主任　(放下手机去抱婴儿)小祖宗,你怎么又醒了,求求你快睡吧,我明天早上第一节就要监考啊……

吴子涵　老师怎么了吗?

班主任　(一手抱着孩子,一手拿过手机)哦,没事没事,就是家里宝宝又醒了。

吴子涵　那老师你还是先去忙吧,剩下的事就交给我好了,很快的,就几个了。

班主任　子涵啊,老师相信你的,交给你我也放心。那你记得检查完就早点休息啊!明天还要考试呢。

　　　　〔佟乐上,背着书包,穿着和吴子涵不同学校的校服,在公共演区走。

　　　　〔班主任挂上电话。吴子涵拿起那张数学卷子看了一眼,还是先拿起手机,打字,教同学们注册。时间流转的音效＋墙上的时钟快速转动,11:45pm。

　　　　〔吴子涵长叹一口气,拿起洋流图,手机又一次响起,吴子涵接起,是从小一起长大的发小佟乐打来的视频。佟乐坐在公共演区的地上。

佟　乐　子涵,你睡了吗?

吴子涵　还没有,(瞟了一眼世界洋流分布图)怎么了?

〔佟乐哭。

佟　乐　子涵,你说人生是永远艰难,还是只是少年的时候如此
　　　　啊……(模仿《这个杀手不太冷》的语调)

吴子涵　你怎么了?啊?

佟　乐　没事。

吴子涵　又和你妈吵架了?(停顿)你现在这是在哪儿啊?

佟　乐　街上。

吴子涵　你之前只是躲到便利店里,这次怎么去街上了?

佟　乐　因为她这次太过分了!

　　　　〔吴子涵还在偷偷看洋流图。

吴子涵　她怎么了?

佟　乐　(委屈)就是我妈嘛。

吴子涵　嗯,你妈怎么啦?

佟　乐　我都高中了,她还把我当小孩子看!我跟她说,这是侵犯了
　　　　我的隐私,她还极其不屑地和我说小屁孩还有什么隐私!
　　　　我真的,想起那个语气我就难受……

吴子涵　(没忍住,快速地瞥了一眼世界洋流分布图)嗯,是有点
　　　　不对。

佟　乐　我也不是闲着没事干就要和她吵架,但是她也太过分了吧!
　　　　难道就不应该尊重我吗?

吴子涵　她做什么了?

佟　乐　她翻我手机!

吴子涵　我妈也翻。你妈妈也是关心你嘛,你知道的,也许方法不太
　　　　对,但是心是好的呀。

佟　乐　什么好心不好心,关心我就能乱翻我手机吗?她光翻手机

就算了！她还假扮我和我朋友聊天！用各种方式打探我在学校里的情况。我真的很怀疑她到底是我妈还是间谍？哪有这样的妈呀？吴子涵你好好听我讲嘛！

〔吴子涵认命一般地把洋流图往旁边推了推。

佟　乐　我妈趁我不在就翻我手机，还把我手机偷偷带到厕所里去翻！一开始她还不承认！我真的不知道她是怎么知道我手机密码的！

吴子涵　（叹了一口气，打断）这样，乐乐，你冷静一下下。这么晚了，有什么事情明天再解决好吗，说不准睡一觉就好了，你想之前你不及格和你妈吵架那次，我们聊了聊睡了一觉不也就好了吗？你这么跑出来也不是办法，你赶快回家吧，你妈妈肯定会着急的！

佟　乐　我就要让她着急！她要翻我手机，难道我不能让她急吗？

吴子涵　乐乐，你听我说，我们不是小孩子了，不能这么任性……

〔子涵妈这时在门外偷听。

佟　乐　你到底是哪边的人啊？你可是我从小一起长大的好朋友，要是连你也不能理解我……那我可怎么办啊？

吴子涵　欸……你穿这么少冷不冷啊？

佟　乐　有点冷……

吴子涵　（看了一眼时钟）你要不来我家吧？

佟　乐　好……（想了想）不好！我妈肯定会来你家找我！

吴子涵　那怎么办啊？

佟　乐　我不知道。

吴子涵　那这样，你在哪里？我来找你吧，总归有办法的，我来解决。

佟　乐　我在……我不告诉你，你一定会告诉我妈妈的！

［这时门外传来急促的敲门声，和佟乐妈妈的叫喊。

佟乐妈　（气喘吁吁）佟乐你给我出来！

佟　乐　糟了，我妈来了！我挂了啊！

　　　　　［佟乐挂断电话，佟乐妈妈继续敲门。

佟乐妈　佟乐！佟乐！

　　　　　［吴子涵妈妈开门。一开门，还穿着睡衣的佟乐妈就冲了
　　　　　进来。

佟乐妈　（沪语）小赤佬，你给我死出来！

妈　妈　佟乐妈妈？出什么事儿了？

佟乐妈　（大喘气）佟乐在你们这儿吗？

妈　妈　出什么事了？

佟乐妈　这个小赤佬，急死我了！现在脾气大了，两句话没说完，门
　　　　　一摔就走了，我真的……追都追不上……你们家子涵就肯
　　　　　定不是这样的。

妈　妈　你别急，我问问孩子，你先喝口水吧。

　　　　　［吴子涵走到客厅。

吴子涵　佟乐妈妈好！

佟乐妈　佟乐在你这吗？

吴子涵　不在。

佟乐妈　这怎么可能啊！从小到大她一有事就往你们家跑，这次肯
　　　　　定也会来联系你们的。（往吴子涵的房间冲，喊）佟乐！
　　　　　佟乐！

妈　妈　欸，佟乐妈妈。

　　　　　［吴子涵和子涵妈不得不跟上佟乐妈。佟乐妈转一圈没找到。

佟乐妈　难道佟乐真没来这？（开始着急）啊哟喂，这个小赤佬要急

死我啊！这么晚了能去哪里啊。子涵，你是她最好的朋友，你一定知道她会去哪儿对不对？

吴子涵　我……

　　〔话还没说完，又一条读书网的信息发来，结果佟乐妈以为是佟乐，赶紧拿起放在桌上的手机，虽然发现不是，但却发现了刚刚佟乐的通话记录。

佟乐妈　她这不是刚刚和你通过话吗！快告诉阿姨佟乐去哪里了。你说一个小女孩，一个人在外面多危险啊，万一出了什么事情可怎么办啊！

吴子涵　她好像在少年宫附近，我去找她，把她给您带回来行不行？

妈　妈　吴子涵，这怎么行，你还要……

佟乐妈　(打断)就是啊，这哪里行的啦，你也就十几岁一个小姑娘家的，大半夜出去不安全的呀……

　　〔吴子涵妈妈点点头。

佟乐妈　我和你一起去！

　　〔佟乐妈妈拉着吴子涵欲走。

吴子涵　等一下……

　　〔吴子涵跑回房间，拿了一条围巾。

吴子涵　佟乐穿得挺少的，我给她带个围巾。我们走吧。

第三场·吴子涵家

　　〔光启。时钟指向凌晨 1:30am。吴子涵疲惫地打开门进屋。

妈　妈　回来了?

吴子涵　嗯,还好没出什么事。

妈　妈　子涵,你今天和佟乐妈妈一起出去这件事,妈妈不是很
　　　　认可。

吴子涵　佟乐一个人在外面我也担心嘛,我们是最好的朋友。

妈　妈　刚刚佟乐妈妈在场,我不好说这些话。但是,从小到大,这
　　　　个佟乐一有事就找你。她成绩不好,又不听话,妈妈希望你
　　　　慎重交友。

吴子涵　妈妈,我们从小一起长大的!

妈　妈　不是一起长大就可以称之为朋友的。好了,今天我不想浪
　　　　费你的时间,我明天也还有会要开,你早点睡觉吧,这件事
　　　　情我们找时间再好好谈。

吴子涵　我不是……

妈　妈　(打断)现在你已经只剩四个小时二十分钟可以睡觉了。

　　　　[妈妈退场,关上门。音效起。

吴子涵　(拿起世界洋流分布图)洋流,是指海水沿着一定方向有规
　　　　律的具有相对稳定速度的水平流动,是从一个海区水平或
　　　　垂直地向另一个海区大规模的非周期性的运动,是海水的
　　　　主要运动形式……

同学∞　子涵! 我读书网注册还没做好,但是日期已经截止了。怎
　　　　么办啊!

　　　　[吴子涵似乎下定了决心,拿起世界洋流分布图,将它对折,
　　　　再对折,又对折一次,放到了口袋里。

　　　　[光收。

第四场·考试现场

[光启。

[考试开始,吴子涵缓缓地将手伸到口袋里,摸出了那张世界洋流分布图。可是吴子涵犹豫了,她把洋流分布图攥在手里,想要打开,却又没有,把它又缓缓地塞回了口袋里。班主任走了过来。

班主任　你往口袋里塞的什么?

[停顿。

班主任　是什么东西,没关系你说,你告诉老师。

[沉默。

班主任　(伸手)子涵,我知道你是一个诚实的孩子,你告诉老师,你在做什么。

[吴子涵把地图极不情愿地递到老师手里。老师展开,眉头紧蹙。

班主任　(心累,深吸一口气)子涵,你能告诉老师,你为什么拿着图例吗?

吴子涵　我……

班主任　子涵,你是我最看重的学生,我不觉得你会做这样的事情,你告诉我为什么。

吴子涵　老师我不是故意的。昨天……我没有抄。

班主任　可是我看到的是你口袋里有不该出现的东西,你告诉我,到底怎么了?

[沉默。

班主任 (摇头)我觉得你不该这样的。

[班主任下。音效起。

吴子涵 我不想这样的。

我不想这样的!

我不想这样的!!

[光骤收。剧终。

[光启,Jocker上。演员站成一排。

Jocker 观众朋友们,剧中的问题有没有发生在你身边,甚至你自己,有没有面对过类似的困境,产生过类似的情感?(不一定是学生,也可能已参加工作)

[与观众互动讨论。

你们觉得情况只能这样吗?

[与观众互动讨论。

如果你可以替代剧中的一个人物,包括主角和其他任何角色,你会替代谁,做些什么,来帮助吴子涵?

接下来,我们的故事会再次在您眼前呈现。您可以在任何时候叫暂停,然后替代剧中的任何一个角色,在现有的情境和情节中,作出反应,来帮助我们的主人公走向不一样的方向……

[第二轮演剧开始,观众可以随时打断、替代角色、改变结局,高参与度的戏剧,全长在 1 小时至 1.5 小时左右。

(本剧由市三女中教师何雨婷,学生董鑫悦、朱妍蓉创作)

话 剧

不一样的劳动

编剧 张熠华

时　间　中午
地　点　向阳家

人　物

向阳爸　男,38岁,部门负责人,有责任心,性子急
向阳妈　女,35岁,小职员,温婉可人,慢条斯理
向　阳　男,9岁,可爱憨厚,反应慢半拍
步——　女,9岁,好胜心强,非常上进,脾气有点急
白小勺　男,9岁,脑子很活,有些懒散

第一幕

[幕启。

[向阳的家位于市郊一栋小高层三居室。舞台中间是一张大沙发,右侧摆放着一张大桌子和几把椅子,桌上有一盒生日蛋糕和几样小菜,这是他家的客厅。家里布置得很温馨,沙发上有一些手工编织的小摆件,桌子上有养护的小绿植,都是小小的,十分可爱的样子。

向阳爸 今天是我儿子向阳的生日,一大清早啊,我就开始忙活起来了,不到一小时,就做好了八菜一汤。我昨天对比分析了15家店铺35款蛋糕的品质和价格,精心计算了优惠券的最佳使用比例,最终拿下了这款全网性价比最高的巧克力慕斯,仅仅花费了10分钟!是不是想知道我怎么做到这么快的?记住一句话:让"快"成为一种习惯。

[向阳爸走到餐桌边摆桌,向阳妈推着向阳从房间里走出来,向阳看上去还迷迷糊糊的。

向阳妈 宝贝啊,今天你是小寿星,怎么起床还这么慢呢?

向阳爸 (严厉)20分钟前我已经让你们出来了,你们在干吗?

向阳妈 没干吗!没干吗!

向阳爸 什么没干吗?你们应该已经洗好两串葡萄,切好一盘水果拼盘,整理好厨房里那些我用过的锅碗瓢盆了。向阳,你怎么还一副没睡醒的样子?

［向阳妈用胳膊肘顶了顶向阳，向阳一下子清醒过来。

向　阳　　（清醒）爸爸，怎么了？

向阳爸　　都做好了吗？

向　阳　　（疑惑）做？

向阳妈　　（紧张）做好了！做好了！

向阳爸　　（怀疑）真的吗？

向阳妈　　真……是一个值得庆祝的日子啊！让我和孩子跳一支舞来
　　　　　庆祝一下吧！音乐起！

　　　　　［在欢快的音乐中，向阳妈拉着向阳跳起来舞蹈，他们的快
　　　　　乐传递给了爸爸，爸爸也不自觉地加入舞蹈，在音乐停下的
　　　　　那一刻，只有爸爸跟上了节奏，向阳妈和向阳都不约而同慢
　　　　　了一拍。

向阳爸　　（生气）你看看你，跳舞都慢一拍，孩子就是随的你，做事慢
　　　　　吞吞，这样下去怎么办？

向阳妈　　孩子生日，你老说我们干什么呀？

向阳爸　　我愿意说你们吗？我是替你们着急。别浪费时间了，一会
　　　　　儿他同学就到了，我们赶紧把客厅再收拾收拾。

　　　　　［此时，向阳家门外来了两个孩子，一前一后走着，前面的女
　　　　　生捧着一束鲜花走得很急，很快走到向阳家门口，后面的男
　　　　　生手里拎着一个装着礼品的袋子，一副很悠闲的样子。

步一一　　（回头）白小勺，你能不能走快点？

白小勺　　不能。

步一一　　你这样慢吞吞的，真让人着急。

白小勺　　我不是慢，向阳那才是真的慢，我这叫"刚刚好"。

步一一　　什么叫"刚刚好"？

〔白小勺抬起左手手腕的表看了一眼，不急不慢地走到向阳家门口。

白小勺 （按门铃）"刚刚好"就是我在约定的11点钟正好到达，一秒不多，一秒不少。

步一一 真有你的，希望你一直都能这么刚刚好。

〔向阳家的门铃响起，爸爸正想去开门，可是手头有活，等了一会儿，发现没人动。

向阳爸 门铃声听见没？我在忙呢，快去开门！

向阳妈 哦，对，向阳，开门！

向　阳 哦，开门。

〔向阳蹦蹦跳跳地走向门口。

向阳妈 你不是老说他慢吗？你看他跑得挺快的。

〔向阳快走了几步，又慢悠悠地走了起来，打开猫眼踮脚望了望，再小心转动把手开门。

向阳爸 （在一边替他着急）快吗？

向阳妈 （尴尬）他刚刚跑挺快的。

〔向阳打开门。

向　阳 （激动）步一一！白小勺！

步一一 （送出鲜花）向阳，生日快乐！

向　阳 谢谢，可惜我家没花瓶，等会儿我去超市买一个插上。

白小勺 （递上礼物）好兄弟，生日快乐，咱俩这感情，收下我这份大礼。

向　阳 （接住礼物）有点重啊！谢谢，请进。

〔三人有说有笑地走进屋子，向爸向妈也走过来欢迎他们。

向阳爸 （微笑）欢迎两位小朋友！

向阳妈　欢迎欢迎！人来就行了,还带什么礼物呀?

白小勺　我跟向阳是从小玩到大的铁哥们,又在一个班,这是应该的。

步一一　叔叔阿姨好,我们是一个学习小组的,以后还要经常一起活动,应该的。

向阳爸　向阳昨天还跟我夸你们呢,他呀动作慢,就怕拖了你们的后腿。

步一一　一开始,我也不习惯,后来催着催着,也就习惯了。

向阳爸　(担忧)那他这样能跟得上吗? 我才回来,还没顾得上跟老师沟通他的情况。

向　阳　(紧张)沟通?

向阳妈　(扶额)情况?

白小勺　(使眼色)向……向阳现在挺好的。

步一一　其实吧,也还行。

向阳爸　哦,那就好,我就怕他跟不上。

　　　　〔大家都放松下来。

步一一　就说路队吧,原来他经常走着走着找不到队伍,现在他能时不时在队伍里出现了。

向阳爸　什么?

白小勺　呃……是在队伍里时隐时现,没对齐。

步一一　对对对,是没对齐!

向阳妈　其……其实,我们可以坐下来边吃边聊。

　　　　〔几个人入座。

白小勺　(期待)向阳,今天有什么好吃的?

向　阳　好吃的那可多了……

步一一　(为难)叔叔阿姨,我爸今天起晚了,我刚吃完早饭没多久。

向阳妈　你爸爸不容易,一个人既要工作还要照顾你,挺辛苦的,那我们晚点吃。

白小勺　步一一! 你为什么总是跟我们不一样?!

步一一　好像你跟大家一样似的,你天天自顾自的,很合群吗?

向　阳　小勺在关键时刻还是挺有用的。

步一一　向阳,为了让你跟大家一样,我……

向阳妈　(着急)我看,我们先吃甜点吧!

　　　　[向阳妈用胳膊肘顶了顶向阳爸,向阳爸赶紧站起来跑向厨房。

向阳爸　哦,我做了红薯方糕,特别好吃,我去给你们拿。

白小勺　太好啦! 有好吃的啦!

　　　　[向阳爸拿了一盒刚冻好的红薯方糕摆在桌上。

白小勺　(惊叹)哇! 我最爱吃红薯啦,真想马上吃一口。

向阳妈　宝贝,今天你是小主人,给大家服务一下。

白小勺　(迫不及待)向阳,快切。

向阳爸　(快速指导)我们一共 5 个人,每人可以吃两块,你切 10 块差不多,具体切几刀,你自己看着办。

向　阳　啊?

步一一　这道题的意思是,让你把这块方糕均匀切成 10 小块,不限刀数。

向阳爸　读题正确!

向　阳　哦!

　　　　[在向阳爸审视的目光中,向阳拿起了刀,尝试找不同的角度。

269

向阳妈　宝贝,别紧张,随便切几下就行了。

白小勺　对啊,大小没关系,我们赶紧吃吧!

向阳爸　怎么能随便呢? 要平均分配,算算清楚,有些习惯从小就要养成的。

步一一　(提示)我认为从腰线对开,使它成为两个长方形,然后横着等比例切 4 刀,就能得到 10 块差不多大小的方糕了。

向阳爸　这个办法不错,向阳,你看人家想得多快!

向　阳　呃……怎么切?

向阳爸　(着急)小步已经讲得这么清楚了,你怎么就听不懂呢?

向阳妈　你别着急,孩子一下子没反应过来很正常,耐心一点。

白小勺　(比画)我来解释一下,就是这样,这样,这样,这样,这样。

向　阳　(恍然大悟)哦!

向阳妈　看到了没有,多讲几遍,他就懂了。

　　　　〔向阳充满信心地切了下去,第一刀切成了一大一小两个长方形,然后四刀,前两刀切得多,后两刀越切越小,他胆怯地看了眼爸爸,其他几个人都替他捏一把汗。

向阳爸　(深吸一口气)向! 阳! 你没等分!

向阳妈　你喊什么喊? 别吓着孩子!

向阳爸　孩子都已经这样了,你还护着?!

向阳妈　自己的孩子不护着,谁护着?!

向阳爸　就是因为你对他没有要求,他成长速度才这么慢!

向阳妈　你有要求,你管吗? 你一出去就是两年,我一个人把孩子拉扯大,我容易吗?

向阳爸　我不跟你吵了,每次一吵架,你就说这个。

向阳妈　我还懒得跟你吵呢! 哼! 我去收拾行李箱! 这日子不过

也罢!

〔向阳妈气呼呼地走去房间。

向阳爸　(尴尬)你……你们先吃会儿菜,叔叔去厨房拿水果给你
　　　　们吃。

〔向阳爸无奈地走去厨房,三个孩子留在原地互相看来
看去。

白小勺　情况好像有点糟糕。

向　阳　(扶额)还有更糟糕的情况,我没切水果,也没洗碗洗锅。

〔厨房里传来向阳爸的一声尖叫,三个孩子抖了抖。

第二幕

白小勺　你的爸妈好像生气了。

向　阳　我们该怎么办?

白小勺　你该怎么办?

向　阳　我不知道啊!

白小勺　你不知道,我怎么会知道?

步一一　白小勺,你不急着吃方糕,向阳就不用切方糕,他爸妈就不
　　　　会生气。

白小勺　话不能这么说呀,你刚才样样都快,向阳跟你一比,样样都
　　　　慢,他爸妈才吵架的。

步一一　怎么还怪到我头上了? 你就想着你自己,眼里只有红薯
　　　　方糕。

白小勺　你处处表现自己，刚才都是我在替向阳说话，挽回局面。

步一一　我是实事求是，而且平时都是我在帮助向阳。你呢？我们
　　　　小组活动，你哪次不是说得多干得少，关键时刻往外跑。

向　阳　你们别吵了，都是我不好，行了吧?!

步一一　不关你的事，我早就想说他了。

白小勺　那行啊，我们散了吧，各回各家！

　　　　〔白小勺准备收拾东西回家。

向　阳　不行！

白小勺　为什么不行？

向　阳　这种时候，你怎么能撇下我一个人，还是不是好兄弟？

白小勺　爸妈吵架这种事很平常的，过一会儿他们就和好了，没
　　　　事的。

步一一　不行！

白小勺　跟你有什么关系？

　　　　〔步一一从挎包里掏出一个锦囊。

步一一　我是带着任务来的，事儿还没办呢！

白小勺　这是什么？

步一一　老师布置的小组活动任务啊！让我们周末完成的。

向　阳　好像是有这么回事！

步一一　既然大家都在，我现在可以打开了，一起想办法完成。

白小勺　你觉得现在做合适吗？

步一一　那什么时候做合适呢？

向　阳　做吧做吧，干点什么吧！我一个人只会更难受！

步一一　二比一，我们赢了！

　　　　〔白小勺无可奈何，步一一打开锦囊，让他抽取里面的任

务卡。

白小勺　（大声朗读）请小组每位成员用自己的创意和行动为家庭作贡献。

步一一　创意和行动……

向　阳　什么意思？

白小勺　比如：空罐子用来种花，家里的阳台变得生机勃勃。

步一一　哦，"变废为宝"之类的，要有创意的劳动。

向　阳　（得意）原来如此，我每年科技节都做，老师还夸我动手能力强呢！

白小勺　好，我们各自回家去做吧！

步一一　不行！

白小勺　怎么又不行了？

步一一　还有一张拓展任务卡在里面。

白小勺　（吃惊）就我们这个情况，你还申请拓展任务，你也太想进步了吧？

步一一　班里那么多小组都拿到过奖状，我作为小组长，想带领学习小组争得荣誉有错吗？我难道不比其他小组长努力吗？每次我都得以最快的速度完成，然后带着你们往前赶。我为什么这么快？不都是因为你们一个两个……

向　阳　要不，看看？

　　　　〔白小勺无可奈何，步一一打开锦囊，他再一次抽取里面的任务卡。

白小勺　本卡为拓展任务卡，请完成一个家庭任务：父母因为家务事生气了，如何让父母和好呢？这任务怎么做？我爸妈很少吵架，你呢？

步一一 我妈就周末回来,没时间吵。

向　阳 这不正好有一对吵架了吗? 我觉得我们可以试一试。

白小勺 原来你的反应也可以这么快呀!

步一一 两个任务一起完成的话,我们就能拿到奖状了!

白小勺 这难度太大了,我可没答应啊!

向　阳 还是不是好兄弟了? 从小到大,我……

白小勺 别说了,行行行!

步一一 怎么才能让你爸妈和好呢?

白小勺 什么都不懂,还非要上难度。父母吵架,首先要把妈妈哄好,我想出一个好办法,既能完成活动任务,又能完成拓展任务,一举两得。

向　阳 什么办法,你说?

白小勺 看我的!

　　　　[白小勺从沙发上的工具篮里拿出了剪刀和双面胶,走到桌边,把桌上两个纸杯的杯底对齐,在中间各开了一个圆形的孔。他又剪了一圈硬纸条,把它用双面胶固定在倒扣的杯底内侧,然后将另一个纸杯正着插上。

白小勺 瞧,这是我的创意劳动——自制花瓶。

　　　　[白小勺把桌上的花插进自制花瓶,小心地放在桌上立住。

向　阳 (竖起大拇指)太优秀了!

白小勺 向阳,快给我拍照,交作业了。

　　　　[步一一不情不愿地从包里拿出手机,递给向阳,向阳找了个好的拍摄角度,白小勺竖起大拇指和花瓶合影。

向　阳 可是,怎么用花瓶让爸妈和好呢?

白小勺 这简单,你要这么跟阿姨说。

[步——想凑过来一起听,白小勺为了防止步——偷听,在
　向阳耳边悄悄说。

步——　干吗这么神神秘秘的?

白小勺　你不懂,你就会蛮干,有时候话说对了,就成功了一大半。

　　　　[白小勺继续在向阳耳边嘀咕,步——想凑过去听,又不好
　　　　意思。

步——　好像你很懂似的,光嘴上说,我看也未必有效果。

　　　　[此时,向阳妈妈大步走到沙发上,还是气呼呼的样子,她侧
　　　　着身子一把抓起编织了一半的小物件编了起来。

白小勺　有没有效果,一试便知。向阳,按照我刚才说的,有什么不
　　　　会的看我手势,去吧!

　　　　[向阳鼓起勇气走向妈妈,他一步一回头看向白小勺,白小
　　　　勺和步——在一边给他打气。

向　阳　妈妈……

向阳妈　(低头)什么事?

向　阳　(递上花瓶)妈妈,送你一个花瓶,你就别生爸爸的气了!

向阳妈　(捧着花瓶)他找你来讲和的?

　　　　[向阳疑惑地看着白小勺,白小勺连忙朝他点头。

向　阳　(轻声)嗯。

向阳妈　(摆弄花瓶)道歉也没什么诚意啊,花瓶看上去很普通嘛!

向　阳　普通?

向阳妈　没有装饰,感觉不用心,我看啊,他的心思都用在数字上了。

　　　　[向阳再次疑惑地看着白小勺,白小勺想了一下,指指沙发
　　　　上工具篮里的丝带,又做了一个系蝴蝶结的动作。向阳不
　　　　是很理解,步——指了指自己头上的蝴蝶结。向阳看看工

275

具篮,再看看他俩的动作,点点头。

向　阳　(连忙)爸爸很用心的,他特地叫我装饰得漂亮点,等我一下。

　　　　〔向阳赶忙拿起工具篮里的丝带,系上一个蝴蝶结。他举起
　　　　花瓶给他们看,白小勺又做了一个画画的动作,步——指着
　　　　身上的图案解释,向阳又点点头。又用彩笔画上了一些图
　　　　案,花瓶看上去生动起来。

向　阳　装饰好了,你看。

向阳妈　没想到他还挺有心!

向　阳　那你原谅爸爸了?

　　　　〔向阳妈没有接话,转动了身体面向观众,表情看上去缓和
　　　　了不少。

向阳妈　把花瓶放下吧!

　　　　〔向阳蹲下身子小心翼翼地放花瓶,开心地正准备离开,动
　　　　作幅度一大,花瓶和花就一起倒向一边。

向阳妈　(生气)做这种一碰就倒的东西糊弄我呀?

向　阳　(连连摆手)不是的,我刚才没摆好。

　　　　〔向阳又看向白小勺,白小勺双手拍了一下大腿两侧,翻开
　　　　双手,表示不知道。步——摊开双手又把双手翻下去,表示
　　　　解决不了。向阳看不懂,又很着急,他只能模仿白小勺双手
　　　　拍一下大腿两侧的动作,他拍到了裤兜里的硬币,掏硬币抓
　　　　在两只手上,然后学着步——的动作,正好把这些硬币倒进
　　　　了重新立起来的花瓶里,这回花瓶稳稳地立住了,推一推都
　　　　不倒。白小勺和步——看见了,都给他竖大拇指。

向　阳　妈妈,你看,花瓶摆稳了!

向阳妈　(惊喜)向阳,把硬币放在花瓶里让它稳固,是你自己想出来

的吗？

向　　阳　　（轻声）嗯?!

向阳妈　　（欣慰）妈妈就知道你会慢慢开窍的！你这不是自己开动脑
　　　　　筋解决问题了吗？妈妈真是太高兴了！

向　　阳　　那你原谅爸爸了？

向阳妈　　都是一家人，有什么原不原谅的。对了，这个硬币要铺开，
　　　　　让它均匀受力，知道吗？

向　　阳　　（认真）嗯，妈妈，虽然我学得慢，但是我会努力记住的。

向阳妈　　来，我们一起把花瓶做得更好。

　　　　　［向阳妈和向阳一起摆硬币，整理花瓶，白小勺和步一一开
　　　　　心地看向对方，随即又各自转向一边。向阳爸气冲冲地拿
　　　　　着一个玻璃杯走过来，看到白小勺和步一一先亲切打招呼，
　　　　　让他们继续吃菜。向阳爸皱着眉头看向阳，示意他起身，向
　　　　　阳很疑惑。向阳妈看到向阳爸又要训向阳，也皱起眉头，把
　　　　　手里的花瓶放在一边。

向阳爸　　向阳，你过来！

向阳妈　　让孩子过去干吗？

向阳爸　　我跟他说几句话。

　　　　　［向阳开心地拿起花瓶，起身准备向爸爸展示。

向　　阳　　爸爸，你看……

向阳妈　　站住！

　　　　　［向阳停下脚步，正好在爸妈中间的位置。

向阳妈　　有什么话就在这儿说。

向阳爸　　我一说，你又要不开心了。

向　　阳　　那就别说了，好不容易才把妈妈哄好。

向阳妈　你让他说,我有什么可不开心的。

向阳爸　你看看他昨天洗的杯子!里面还有残渣,杯身底部都没洗
　　　　干净!

向阳妈　一个杯子没洗干净,你至于这么生气吗?

向阳爸　他在厨房整整 20 分钟!

向阳妈　20 分钟怎么了?

向阳爸　20 分钟就洗了一个杯子!还有 10 个藏回柜子里去了!

　　　　〔向阳听着爸妈的对话,越来越紧张,不停地向白小勺和步
　　　　一一求救。

向　阳　(小声说)快帮帮我,给我点提示。

　　　　〔两个孩子不约而同低头扶额。

向阳妈　也许是杯子……

向阳爸　都什么时候了?你还在帮他解释,他不会劳动,做事拖沓,
　　　　这样下去可怎么办?

向阳妈　每个孩子都有自己的特点啊,他慢一点,开窍晚一点,我们
　　　　要静待花开。

　　　　〔向阳捧着花瓶沮丧地低下了头,向阳爸一把拿起花瓶。

向阳爸　现在是别人已经开花了,他连花骨朵都没长出来!

　　　　〔向阳妈走过去从向阳爸手里抢回花瓶,站在另一侧。

向阳妈　别人是开在花瓶里的花,他也许在地里蓄势待发!

向阳爸　既然你这么笃定,这么有把握,为什么不把"也许"这个词语
　　　　去掉呢?

向阳妈　(生气)你!

向　阳　(无可奈何)吵得更凶了!

第三幕

第一场

　[此时,舞台中间偏左的位置摆着一张床,旁边有一个屏风,这是向阳的卧室。舞台最右侧是个洗手台,台面上摆着一堆要洗的杯子,这是向阳家厨房的一小部分。

　[向阳无精打采坐在床头,白小勺和步一一站在一边讨论。

步一一　我们这么躲在房间里也不是个事儿,一起冲出去解决问题。

白小勺　现在没有更好的办法,贸然出去,万一……

步一一　可再这么拖下去,我们始终完不成任务,那要到什么时候才能回家?

白小勺　有必要这么着急吗? 晚点回家又怎么样?

步一一　晚点回家,我和妈妈相处的时间就更少啦! 她只有周末才能回来,你天天都能见到妈妈,没办法理解我的心情。

白小勺　差这点时间吗?

步一一　你说呢?

白小勺　要我说呀,就放弃吧,一时半会也解决不了。

步一一　你怎么能这么说?!

向　　阳　(站起来)你们都回去吧! 我自己解决!

白小勺　(过去安慰)向阳,我不是这个意思。

步一一　白小勺,我们是一个团体,你平时不出力就算了,关键时刻还老想着放弃!

白小勺　我的意思是,两个任务同时完成难度太大,我们应该量力而行,把能做的事情先做好。

步一一　谁说难了? 是你一开始努力错了方向! 向阳爸妈吵架,应该先去安抚他爸爸,只有他爸爸不着急了,问题才能解决。

白小勺　我觉得我们还是先把创意劳动的事做好,他爸妈的矛盾可以慢慢化解。

步一一　向阳,你跟谁走?

〔向阳两边看看,不由自主地向步一一靠近了两步。

白小勺　(无可奈何)既然大家意见不统一,那就兵分两路,我去客厅找点手工材料,干"变废为宝"的活!

〔白小勺摇摇头,独自走出房间。

步一一　向阳,我们一起想想,怎么才能让你爸爸高兴?

〔向阳爸走进厨房,在洗手台那里洗杯子。步一一和向阳想了一会儿,异口同声说"洗杯子",两人也一起走进厨房。

步一一　叔叔,我们一起帮您洗杯子吧!

向阳爸　嗯,真懂事! 向阳,你看小步做事又快又好,你要向她学习!

向　阳　好的,爸爸!

步一一　(若有所思)叔叔,其实快也不一定就好,有时候慢反而更好。

向阳爸　现在是快节奏的社会,慢一点都不行,向阳这个速度完全跟不上。

向　阳　(委屈)我也没有那么慢。

向阳爸　你还不慢? 这样,你们俩比赛洗杯子,我来计时! 我们用数字来判断到底是快还是慢!

向　阳　如果我赢了,你能跟妈妈和好吗?

向阳爸 我也不想跟她吵啊！我是替你着急,你们没有意识到问题的严重性。

向　阳 好,我跟小步比。

步一一 (悄悄)等会儿我洗慢点,让你赢!

　　　　〔向阳爸在两人面前各端了两盆水,一盆有泡沫,一盆是清水,又取来了几个海绵球。向阳妈推着一个行李箱进来。

向阳妈 哟,这还比上了?

向阳爸 不比,你都不知道孩子动作有多慢。

向阳妈 我们俩一起长大的,据我所知,你小时候动作也没快到哪儿去!这分明就是强人所难!

向阳爸 你!

　　　　〔向阳妈推着行李箱走出了厨房,径直走到了向阳房间。

向阳爸 向阳,你只要跟小步速度差不多,就算你赢!

向　阳 (有信心)嗯!

向阳爸 下面我来规范一下擦杯子的步骤,先擦内侧,再擦外侧,最后擦杯底。听明白了吗?

步一一 (快速)明白了。

向　阳 (默念)内侧、外侧、杯底,明白了。

向阳爸 为了公平起见,请你们两个背对背。

向　阳 (悄悄)我看不见你的动作,怎么跟上你呀?

步一一 (悄悄)你等会儿听我洗杯子时哼的节奏,判断我的速度。

向　阳 (竖起拇指)主意妙极了!

　　　　〔两个孩子各自转身,做好洗杯子的准备。

向阳爸 (掏出计时器)作为一个优秀的时间管理者,我用随身携带的计时器给你们计时,准备,开始!

［向阳妈在房间里听到"开始"，她很好奇，又走到厨房门口
看两个孩子的表现。

步一一　蹦恰恰—蹦恰恰—蹦恰恰

　　　　［步一一念一次手部转了三圈，念完一遍，已经洗好了一个
杯子，放进清水里浸泡。向阳听见了，一副心领神会的
样子。

向　阳　蹦恰恰—蹦恰恰—蹦恰恰

　　　　［向阳手部转得慢很多，念完一遍，只擦了杯子的里侧。此
时步一一听见了，以为向阳已经擦好了一个杯子了。她又
拿起第二个，他们同时又擦了起来，当步一一擦完第二个杯
子的时候，向阳只擦了第一个杯子的外侧。向阳爸看到这
一幕，咳嗽提示向阳快一点，向阳没理解意思，以为自己没
擦干净，又把外圈多擦了一遍。他们又继续擦，当步一一擦
完第三个杯子的时候，向阳终于擦完了第一个杯子。向阳
爸急得都想自己动手洗了，他不小心看到向阳妈正气鼓鼓
地站在他旁边看着他，于是忍不住打断他们。

向阳爸　你们停一下，我再加一条，如果在比赛过程中，你们能想出
好点子，加快速度的同时又擦得干净，也算赢，我还会颁发
奖状。

步一一　（激动）奖状?!

　　　　［步一一思考了一会儿，突然有了主意，她把台面上的两个
海绵球拿起来。

步一一　（轻声提示）向阳，拿两个海绵球擦。

　　　　［向阳爸假装没听见，向阳妈眼光别处。向阳也拿起了两个
海绵球。步一一一手扣着一个海绵球在里侧擦，一手抓另

282

一个在外侧同时擦。

步——　(小声)两个海绵球,一个洗外侧,一个洗里侧,蹦恰恰——

　　　　[擦完一圈,步——又用外侧的海绵球擦底部。

步——　再用其中一个洗底部,蹦恰恰——

　　　　[向阳爸朝步——赞许地点点头,向阳没听见步——的话,看着手里的海绵球想了想,把两个海绵球全都塞进了杯子里,然后用力地擦了起来,他发现自己用两个海绵球只要擦一遍里侧就可以了,向阳妈偷偷给向阳鼓劲,他想出了一个自己的节奏。

向　阳　(小声)同时用两个海绵球洗,不用转三圈,转一圈就够了。蹦—恰—蹦—恰—蹦—恰——

　　　　[向阳也减少了擦杯子的时间,他很得意。

向　阳　这样洗快了很多,我找到节奏了。

　　　　[这时,步——感觉手握两个海绵球不方便,她发现台面上还有一个食物夹,为了更方便操作,她把两个海绵球插进了食物夹里,自制了一个连体夹。

步——　哈哈哈,我自制了连体刷! 又能加快速度了! 蹦恰恰—蹦恰恰—蹦恰恰—蹦恰恰—蹦恰恰—蹦恰恰

　　　　[向阳没有再听步——的节奏,按照自己的方式在洗,而步——因为找了新的更高效的节奏,越洗越快,很快她就把剩下的杯子全洗完了。向阳爸妈看了都倒吸一口凉气。

步——　(高兴)洗完了,这工具太顺手了,洗得停不下来。

　　　　[向阳爸无奈地停下计时器。

向阳爸　时间到! 全部的杯子已洗完。

　　　　[两个孩子互相看了对方洗的杯子,都十分吃惊。

步一一　我俩是一个节奏吗？你只洗了3个?!

向　阳　感觉节奏差不多呀！你竟然洗了7个?!

向阳爸　（长长叹了一口气）向阳，现在你知道差距有多大了吧?!

向阳妈　小步是很不错，洗得很多，但你也要看到向阳的进步啊！

向阳爸　一共就洗了3个，他有多大的进步？

　　　　［向阳难过地低下了头，步一一拍拍他肩膀安慰。

向阳妈　比赛一开始，向阳洗一个杯子都很慢，后来他也改进了方法，尝试用两个海绵球洗，也加快了速度，虽然比不上小步，但你不能否认他的努力！

向阳爸　大家都很努力，可是向阳落后实在太多了，他慢而不自知。你不能再惯着他了，让他一直活在自己的世界里。

向阳妈　他落后的标准是什么？你动不动就是数字、时间，老是拿一个很高的标准去衡量他，否定他的努力。

向阳爸　总要有一个标准吧！难道糊里糊涂过一天算一天吗？

向阳妈　标准重要还是孩子重要？你眼里只有标准，就没有我们娘俩！向阳，你回房间收拾行李箱，动作快一点！

　　　　［向阳妈说着转身就走出了厨房。

向阳爸　说着说着怎么又生气了！我今天一定要把这个道理跟你讲清楚！

　　　　［向阳爸转身追了出去。

向　阳　你不是说洗慢一点的吗？

步一一　怎么还怪起我来了？是你自己没跟上节奏啊！

　　　　［向阳不说话，快步走回房间，开始收拾行李箱。步一一看着手里的"连体刷"很无奈，也跟着进房间，把刷子放身边，帮他一起收拾。向阳此时动作显得很麻利，但还有点笨拙，

步——理东西不是很积极的样子,向阳注意到了。

向　阳　你不是一向干活很积极的吗? 现在怎么丢了魂似的。

步——　你理慢一点儿。

向　阳　我妈都这么生气了,我再不学着快点,能行吗?

步——　我叫你慢点儿,你就慢点儿。

向　阳　你以前让我快,现在又让我慢,怎么回事啊?

步——　我怕你理太快,你们真的分开了。

向　阳　我要是不快点理,我妈才会走呢!

步——　你懂什么? 这种时候,理箱子的速度要越慢越好。

向　阳　我听不懂你在说什么?

步——　(深吸一口气)我妈妈被公司裁员后,找的新工作要离开家,
　　　　乘飞机去很远的地方。那天我很快帮她理好了箱子,早早
　　　　就送她去了机场。后来才知道妈妈因此错过了一个本地公
　　　　司面试的机会,我们现在就只能周末见面了。

向　阳　啊? 那你可能确实太快了! 但是我也不能再慢了! 这可怎
　　　　么办呀?

第二场

〔白小勺拿着几根塑料绳子走向阳房间。

白小勺　(边走边说)原来你们在这里呀! 我找了半天材料,就找到
　　　　几根塑料绳,也没想到什么"变废为宝"的点子。
　　　　〔他看见了步——身边的连体刷。

白小勺　（激动）步——,你行啊！这是你的创意劳动作业吧？"连体刷"！我来给你拍一张。

　　　　　〔白小勺见步——不动,又上前给她摆好姿势,拿出她的手机拍了一张照片,步——勉强笑了一下,向阳苦着一张脸。

白小勺　我是不是错过了些什么？你爸妈又吵起来了！

向　阳　怪她太快。

步一一　是他太慢。

白小勺　所以说,你们离开我是不行的。

步一一　你是谁啊？

白小勺　这么快就忘记了？我叫"刚刚好"。

步一一　久仰大名！你能让我慢下来吗？

向　阳　你能让我快起来吗？

白小勺　向阳想快起来,我能理解,步组长为什么想慢呢？

步一一　我快得停不下来了,想体会一下慢的感觉可以吗？你帮不帮吧？

白小勺　别急！让我想想办法。

　　　　　〔白小勺先手指向阳,又指步——,又指自己,突然想出了办法。

白小勺　办法有了！

　　　　　〔白小勺去拆放在床边的礼物。

步一一　这是给向阳的礼物,你拆它干吗？

白小勺　还记得学校春季趣味运动会吗？平衡感最好的我参加的比赛项目是什么？

　　　　　〔白小勺从盒子里拿出了一套运动器材。

白小勺　就是"合力建塔"！

步一一　我好像有点印象了。

向　阳　我记得那次我们班赢了。

白小勺　那当然,因为有我!我觉得好玩,所以买给向阳当生日礼物了。

步一一　你想用这个训练我们?

白小勺　没错,现在我们要合力把中间的挂钩套进积木里,把积木一个个叠起来,我们分开站好。

　　　　[三个孩子各站一角,每个人都拿起两根绳子。

白小勺　听我指挥,拉绳!

　　　　[步一一率先发力,中间的钩子很快偏向了她。

白小勺　步一一,你太快了,钩子都偏到哪儿去了?

步一一　(道歉)不好意思,习惯了。

白小勺　重新开始

　　　　[步一一和白小勺发力,向阳这边没有用力。

白小勺　向阳,你又没跟上,我们已经开始了。

向　阳　(道歉)不好意思,没注意。

白小勺　听我说,我们的注意力全部要放在控制力量上,目标明确,全力以赴!

步一一　好!

向　阳　好!

白小勺　最后一次,准备,开始!

　　　　[三个人聚精会神,好像化成了手中的绳子,三股力量交织在一起用钩子成功钩住积木,又慢慢举起积木,把它叠在另一块积木上面。

步一一　我们成功啦!

向　　阳　　太好了!

白小勺　　现在你们俩懂了吧?

步一一　　懂什么?

白小勺　　知道怎么保持平衡了吗?

向　　阳　　刚才不是在拉绳子吗? 我又错过了什么?

步一一　　别卖关子了,赶紧说知识点吧。

白小勺　　让自己专注在一个点上,达到忘我的状态,不快不慢,方得
　　　　　　圆满。

向　　阳　　白小勺,你什么时候这么高深莫测了?

白小勺　　我本来就很厉害啊!

步一一　　你去比赛的时候,体育马老师教的口诀吧?

白小勺　　(害羞)我自己就想不出来啊? 干吗拆穿我!

　　　　　　[这时候,向阳妈抱着一个纸盒箱走进房间,向阳爸跟在后
　　　　　　面,他们边走边说。

向阳妈　　既然你能让他们比赛,我为什么不行?

向阳爸　　我是为了让向阳知道自己真实的速度。

向阳妈　　你设计的比赛有问题,按照我设计的,再比一场。

向阳爸　　再比也是这个结果。

向阳妈　　孩子们过来一下。

　　　　　　[向阳妈把手里的箱子放在向阳和步一一中间的地上,偷偷
　　　　　　甩了甩手臂。紧接着,她一把拿走了向阳爸手里的计时器。

向阳妈　　这次我们比搬箱子,请参赛选手从门口搬运箱子到床的外
　　　　　　沿,过程中也可以使用工具,看谁搬得又快又好!

向阳爸　　这个比赛有什么意义?

向阳妈　　不用你管,谁先来?

步一一　阿姨,我先来!

向阳妈　你要使用什么工具吗?

步一一　不用了吧? 就这么点距离,我抱过去就行!

向阳妈　欣赏你的自信,请吧!

　　　　〔向阳妈按下计时器,步一一刚抬起箱子,面部表现出很吃
　　　　力的表情,没走几步发现箱子底部不太牢固,于是她一步一
　　　　停,小心翼翼,非常缓慢地到达了终点,等她走回来的时候,
　　　　大家都感觉很疑惑。

白小勺　(悄悄)小步,你是不是故意让向阳的?

步一一　一开始是的,后来不是。

向阳妈　向阳爸,你去把箱子搬回来。

　　　　〔向阳爸过去抬箱子,露出了一个难以置信的表情。

向阳爸　你在箱子里放了什么? 怎么这么重!

向阳妈　重就对了,重才能体现出我方的优势。

向阳爸　为了让孩子赢,你可真是费尽心机啊!

步一一　向阳,箱子不仅重,而且底部很松,东西容易掉出来,你要
　　　　小心。

向　阳　谢谢提醒!

向阳妈　向阳,轮到你了! 让你爸爸看看你的实力,别让妈妈失望!

步一一　加油!

白小勺　用力气,你肯定行!

向　阳　(想了一会儿)刚才说可以使用工具对吗?

向阳妈　(愣了一下)是的。

向　阳　白小勺,你把兜里的塑料绳借我一下。

白小勺　啊?

[白小勺从兜里掏出了几根塑料绳递给了向阳。向阳用绳子先比了一下箱子,发现绳子够长,接着把三股塑料绳的两头都系上扣,又从口袋里掏出了两个软笔套穿在中间。他把做好的简易提手放在箱子上,一头的三股绳子先分开,边上的两股套在箱子角上,还有一股卡在中间,另一头也这么操作。

白小勺　向阳,这主意简直太棒了!

向　阳　可以开始了!

[向阳妈欣慰地看着向阳,又得意地瞥了一眼向阳爸,向阳爸露出了欣赏的表情。

向阳妈　计时开始!

[只见向阳一手拎起箱子,一手托底,稳稳当当,他大步向前,脸上充满了自信。步一一拿出手机,把他拎箱子的样子拍了下来。向阳很快到达终点,大家集体为他鼓掌!

步一一　我宣布:向阳的创意劳动作业完成,可以叫它——"简易提手"。

白小勺　我们小组的劳动任务全部完成! 这次是向阳自己独立完成的! 兄弟好样的!

[大家高兴地围在向阳身边,向阳爸和向阳妈一起搂着向阳。

向　阳　小勺,你说过,要让自己专注在一个点上;妈妈,你说过,要铺开才能均匀受力。我想得慢、做得慢,可你们的话我都记在心里面了!

向阳妈　(欣慰)孩子,妈妈明白,妈妈知道你一直在努力!

向　阳　爸爸,虽然我不能马上快起来,但是我能让自己勤快起来,以后我一定多做家务。

向阳爸　（内疚）是爸爸态度不好,爸爸太着急了,你是个好孩子。

向　阳　爸爸妈妈,那你们能原谅对方了吗?

向阳爸　都是一家人,有什么原谅不原谅。

向阳妈　（逗趣）我可没说原谅他。

〔这时,白小勺的肚子咕咕叫,他揉了揉肚子。

白小勺　（尴尬）我饿了。

向阳妈　啊呀,孩子们还没吃饭呢! 你赶紧把菜端出来。

向阳爸　耽误这么久,菜都凉了!

步一一　要不我们先吃蛋糕吧?

向阳妈　我看行!

白小勺　太棒啦! 可以吃蛋糕啦!

〔向阳爸打开蛋糕盒插上蜡烛,大家唱起了生日快乐歌。

向阳爸　向阳,你许个生日愿望。

向　阳　（认真）我希望爸爸妈妈再也不会因为我而吵架,我知道我动作慢,经常惹你们生气……

步一一　（阻止）向阳,许愿要在心里……

〔向阳停下,看向自己的爸爸妈妈。

向阳妈　孩子,说吧,我想听!

向阳爸　说吧! 爸爸也想听听你的心里话。

〔在爸爸妈妈的鼓励下,向阳继续许愿。

向　阳　我没有小步反应快,也没有小勺那么机灵,可是我相信有一天我也会开花的,开出很美很美的花,就像今天一样,我也会用自己不一样的劳动成为爸爸妈妈的骄傲!

〔步一一和白小勺拼命给向阳点赞,向阳爸妈欣慰地看着向阳。向阳走到爸爸妈妈中间。

向　阳　我希望爸爸以后能宽容些，多哄哄妈妈。在你出差的时候，妈妈一个人照顾我，还要工作，经常一回家就累倒在沙发上。她每天最早起来，最晚睡觉，现在都有白头发了，她是最好最好的妈妈。

〔向阳妈妈眼睛湿润，摸摸向阳的头。

向　阳　我希望妈妈也别责怪爸爸，生他的气。爸爸虽然在外工作，但是一直很关心我们。他一直努力做我的榜样，教育我，希望我变得跟他一样优秀，他是最了不起的爸爸。

〔向阳爸爸抹了一下眼泪，搂住了向阳。

向　阳　我希望和爸爸妈妈一起切生日蛋糕，可以吗？

向阳妈　当然可以！

向阳爸　乐意效劳！

〔一家人的手都握住切刀。白小勺拿出手机把这温馨的画面拍了下来。

步一一　我宣布：我们小组"让父母和解"的拓展任务也顺利完成！

向阳妈　向阳，这次咱们一定要把生日蛋糕切得均匀一点。

向阳爸　我倒不这么认为，孩子都是不一样的，我们要根据他们的特点切，要切一块大一点的给白小勺吃，对吗？

〔大家不约而同笑了起来，在欢乐的氛围中吃起了蛋糕。

〔剧终。

儿童剧

园游会

编剧　赖星宇

时　间　夏至傍晚
地　点　七喜乐园

人　物

乐多多　七岁,迷迷糊糊的小男孩,因为化疗掉光了头发,总爱戴着一
　　　　顶蓝色的帽子

鬃毛鼠　一只留着卷卷胡须的老鼠,喜欢吃奶酪,头被打伤了,要养活七
　　　　只小老鼠,故偷走多多怀表,误打误撞中带他走入七喜乐园

红发兔　七喜乐园中一只爱美的兔子,总是因为头发不够漂亮而烦
　　　　恼。它喜欢一切和美相关的事物,特别喜欢多多的帽子

蓝眼睛的猫　七喜乐园中被高价聘请来的招财神器,有着蓝色的眼
　　　　　睛,傲慢冷漠、外冷内热,喜欢追白蝴蝶,痴情高贵

饕　餮　有着大鼻子的神兽,特别贪吃,一天能够吃下一片森林,他控
　　　　制不了自己的嘴巴,无时无刻不想吃东西

白眼睛小生　一位郁郁不得志的才子,以唱戏为生。因为常年的失
　　　　　眠,长出了一双白色的眼睛

荷花皇后　有着两副面容的荷花皇后,白天的荷花皇后穿着白色的裙
　　　　　子,面容姣好。到了夜晚便变成了穿着黑色长袍的老妪。她
　　　　　十分害怕衰老,随身携带着圣水喷雾

指引小丑　指引多多进入七喜乐园的小丑,在园中一直充当向导。外
　　　　　表丑陋内心善良,虽然常常受到欺负,但依旧助人为乐。喜
　　　　　欢大笑,有时候显得有点傻里傻气,但在关键时刻,他的话语
　　　　　总是能带领大家走出迷境

巨人小丸子　拥有着巨大身体和小孩心智的男孩,喜欢穿着五颜六色
　　　　　的衣服,弥补他内心的空缺和不甘

饕餮妈妈　七喜乐园的厨娘,和饕餮走丢,后在多多的帮助下,母子团圆

第一场 大胆闯入

[开场前,七喜乐园的八盏灯明晃晃地在亮着,指引小丑拿

着魔法棒上。

指引小丑 七喜乐园好美丽,这里有不被人知的乐趣;

七喜乐园好安静,这里有五湖四海的奥秘;

七喜乐园好神秘,这里有闻所未闻的传奇。

谁说世间没有伊甸园,人间没有乌托邦,

来来来——七喜乐园让你快乐无比,充满欢喜。

谁能集齐奖章,

谁就能拿到他丢失难寻的物品,

谁就能赢得他初恋送给他的信,

谁就能尝到已故祖母的手艺,

谁就能赢回失去的青春,

谁就能拥有狂吃不胖的本领——

[小丑还想继续唱的时候,被一阵追逐的声音打断。

乐多多 鬈毛老鼠慢点跑,小心摔着我祖母的怀表。

鬈毛鼠 再不快点跑,就被你抓到了。我说乐夕夕你至于吗?为了

一块表,追了我一天了。你看,马上就要日落了。

乐多多 我叫乐多多,不是乐夕夕。

鬈毛鼠 啊?我看你的书包上写的就是乐夕夕啊。

乐多多 我叫乐多多,七岁小顽童。

奶奶希望我快乐多又多，

也希望我给别人带来快乐多又多，

所以取名乐多多。

才上幼儿园，识字不算多，名字拆开看就是

乐夕夕夕夕。

指引小丑　哎哟，这真是个糊涂虫。

乐多多　你要怎样才肯还给我？

这是最爱的奶奶送我的礼物，

时针秒针嘀嘀嗒，

是奶奶的心跳；

怀表外面粗糙糙，

是奶奶的手纹。

秋去冬来都带着，就像奶奶还在侧。

白天晚上有它陪，就像奶奶跟着我。

鬈毛鼠　我也没办法，小小家里孩子多。

顾得老大顾不得老二，

张张嘴巴等吃饭，

一声声爸爸叫我愁。

鼠妈抛下我，我伤又缠头，

万念俱灰中，捡得金怀表。

嘿嘿！拿了金怀表，送去金当铺，

安心家养病，照顾小朋友。

老天的恩赐，命运的馈赠。

我不给，我捡到就是我的！

［乐多多不禁悲从中来，放声大哭起来。鬈毛鼠见势不妙，

想要溜之大吉。指引小丑抓住鬈毛鼠的胡须上。

指引小丑　这位乐多多一片孝心令人怜，

那只鬈毛鼠虽不肯归还，也情有可原。

我有好办法，大家都欢喜。

你们一起进入七喜乐园，赢得七个勋章，获得最终大奖。

我做见证人，多多赢得胜利，换取丰厚奶酪。

鬈毛老鼠你必须把金怀表还给多多。

不然，你七喜乐园的工作也别做了。

我会如实地告诉七喜大王，你偷别人的东西。

鬈毛鼠　我同意！可我的头受伤了，我不能和乐夕夕，呸！乐多多一起游园了。

乐多多　七喜乐园？怎么我从来没有听说过。

鬈毛鼠　我们七喜乐园是最好玩最有趣的乐园，也是闯关难度最大的乐园。

乐多多　为什么？

鬈毛鼠　(神气十足地)七喜乐园有八盏灯，随着游园的时间渐渐熄灭。游园的人必须在灯光熄灭前，集齐奖章换取奖品。里面你会遇到七个完全不同的关卡，也会碰到七个奇奇怪怪的问题，你必须用自己的聪明智慧、勇气执着去赢取最后的胜利。一旦踏上行程，将不可回头，但是！

乐多多　但是什么？

鬈毛鼠　但是如果没有集齐奖章，也不会受到惩罚。因为本来行旅追求的就是过程的快乐。有一说一，七喜乐园很好玩、很快乐。

指引小丑　乐多多小朋友，你准备好了吗？

鬈毛鼠　乐多多小朋友,你准备好了吗?

乐多多　要想拿到金怀表,必须去闯关吗?

鬈毛鼠　(靠近乐多多)按理来说是的,乐夕夕。你别说,我还挺喜欢你这个小朋友的。现在像你这么有孝心的孩子可真不多了。

乐多多　(弹跳开)不许叫我乐夕夕,我叫乐多多。真讨厌! 鬈毛鼠你喝酒了!真难闻。我最讨厌老喝酒的爸爸了。

鬈毛鼠　我才没有喝酒呢。我是无意中碰到几个老朋友,不小心掉进了酒坛子嘛!怎么算喝酒呢?

乐多多　(走向小丑)你无赖极了,我不和你玩。我确定好了,我要进去。那么是在你这里买票吗?

指引小丑　七喜乐园没有门票,只为善良和纯洁的小朋友开放。很显然,多多你符合条件。

乐多多　那么,我现在可以进去了吗?

指引小丑　你等一等,我给你的手上盖一个印章,说明你是符合条件进入的。

乐多多　我可以选择盖在我的帽子上吗?

鬈毛鼠　我说乐夕夕,不——乐多多。天这么热,你们还戴着帽子啊。也不怕热出痱子。

乐多多　我——我必须戴着我的帽子,如果帽子掉了,上面有印章,我也能把它找回来。

指引小丑　好的。你把你的帽子摘下来,我帮你盖。

乐多多　(为难地)不行,我的帽子一刻也不能摘下来。小丑叔叔,你就在我戴着的帽子上盖吧。

指引小丑　(无可奈何地)来!我给你盖上去。

鬈毛鼠　真是个奇奇怪怪的乐多多。不过也符合我们七喜乐园的
　　　　风格。

　　　　不奇不怪,不可不爱。

　　　　世界上的庸人何其多,偏偏都爱装不同。

　　　　扭扭捏捏讨人厌,虚虚实实猜不透。

　　　　自作聪明当傻瓜,自以为是成笑话。

　　　　而奇奇怪怪里才透出真真心心,

　　　　才有这可可爱爱。

指引小丑　你别在这儿说风凉话了,把你的第一枚勋章交出来吧。

鬈毛鼠　(狠狠地瞪了小丑一眼)这样显得我第一枚勋章好廉价啊。

　　　　我这枚勋章明明是很不好拿的,好吗?

乐多多　第一枚勋章是在你这里吗? 鬈毛鼠——鬈毛叔叔!

鬈毛鼠　我这里有着第一枚勋章。但是——

乐多多　那你给我嘛!

鬈毛鼠　按规定你必须回答我三个问题,回答对了才能拿到勋章。

乐多多　你说! (转念一想)万一你骗我,故意说我答错了,怎么办?

鬈毛鼠　你还挺机灵。那我把答案写在我的手上。这样就改不
　　　　了了。

乐多多　(坚决地)这样不行! 你把答案写在小丑叔叔的手上。小丑
　　　　叔叔,你愿意吗?

指引小丑　我愿意帮你这个忙。

乐多多　(转过头去)你写吧。我不看你。

　　　　[鬈毛鼠在小丑的手上写字,此时可用背景板显示答案。而
　　　　多多背对着答案。

鬈毛鼠　我问你,第一个问题:世界上最长又最短的东西是什么?

乐多多　我知道是——时间。奶奶送给我怀表的时候，就和我说了。

鬈毛鼠　这个问题太简单。大家都知道。你别得意哦。下一个问题：什么东西又冷又热，又红又黑，又粗又细，又坚强又脆弱，高兴时人人都有，误解时人人又都无。

乐多多　我想想。人人都有？人人又都无？我来想想。

鬈毛鼠　(按着秒钟)让你想的时间不多咯。快转动你的脑筋。

指引小丑　想一想。就在我们的身上。

乐多多　我们身上？我知道了！是心。有冷心和热心，有红心和黑心，有粗心和细心，有坚强的心和脆弱的心，有心和无心。是心！

鬈毛鼠　(假装失落地)好吧！现在就剩下一个问题了。如果你只可以选择从世界上带走一件物品，你会选择什么？

乐多多　这个问题似乎没有标准答案。

鬈毛鼠　嗯，从某种程度上可以看出你的内心深处的真实需求。或者说是你内心真实的渴望。

乐多多　应该是帽子。

鬈毛鼠　好的。你记得你的答案。这个答案，将会是你拿到最后一枚勋章的线索。

乐多多　那是不是我可以得到第一枚勋章了？

鬈毛鼠　好吧。你过来。我给你盖上第一个勋章，乐多多同学。

　　　　〔乐多多为鬈毛鼠盖上第一个勋章。

乐多多　谢谢你！

指引小丑　(挥舞魔法棒)来吧——跟我走进我们的七喜乐园。

第二场　长发之谜

红发兔　(焦急地四处张望)哎呀,我的头发又不见了!这已经是这个月第三次了,到底是谁在捉弄我?

[红发兔四处寻找,但一无所获。

乐多多　(走进七喜乐园中的森林,看到焦急的红发兔)嘿,小红兔,看起来你遇到了麻烦。需要帮忙吗?

红发兔　(惊喜)你是谁?别叫我小红兔,我叫米图。你愿意帮我吗?我的头发总是神秘地消失,没有它们,我就不能参加森林的舞会了!

乐多多　(点头)我叫乐多多,你可以叫我多多。当然可以啦,让我们开始寻找吧。首先,你能告诉我最后一次看到头发是在哪里吗?

红发兔　(指向一片草地)就在那边的草地上,我每天都会在那里梳理我的头发。

乐多多　(仔细观察)这里有一些奇怪的脚印,看起来不像是森林里常见的动物。我们跟着这些脚印,可能会找到一些线索。

[他们跟着脚印,来到了一个隐蔽的洞穴。

乐多多　(小心翼翼地进入洞穴)这里很暗,但似乎有些东西在闪光。

红发兔　(好奇地凑近)那是……我的头发!它们怎么会在这里?

[洞穴里,红发兔的头发被一些发光的水晶缠绕着,看起来像是被某种魔法吸引。

乐多多　（仔细观察水晶）这些水晶可能是吸引你头发的原因。它们散发出一种特殊的能量，可能与你的头发颜色有关。

红发兔　（恍然大悟）原来是这样！我的头发总是被这些水晶吸引过来。

乐多多　（拿出工具，小心翼翼地解开水晶）让我们把你的头发解救出来。

　　　　〔多多成功地将红发兔的头发从水晶中解救出来，并帮助她梳理整齐。

红发兔　（高兴地跳起来）太感谢你了，多多！没有你，我可能永远也找不到我的头发。

乐多多　（微笑）不用谢，帮助别人是我的乐趣。现在，你可以给我盖章了吗？

红发兔　（拿出一个特殊的印章）当然可以，这是森林里最特别的盖章，只有真正的朋友才能得到。

　　　　〔红发兔在多多的帽子上盖下了印章，两人成了好朋友。

红发兔　多多，我们是好朋友对不对？

乐多多　是的，米图！

红发兔　（盯着多多的蓝帽子）多多，我很喜欢你的蓝帽子。我可以用我的长发和你换吗？

乐多多　（犹豫地）我什么都可以送给你，但是这个帽子不行！

红发兔　我用宝石跟你换可不可以？

乐多多　米图，这顶帽子对我很重要。我不能随意脱下。请你原谅我！

红发兔　多多，妈妈和我说，好朋友应该相互理解。看来这顶帽子对你有很特别的意义，我不能强人所难。不要说抱歉，我们还是好朋友！

乐多多　当然！我们会一直是！

红发兔　（指向地图）我来为你指引下一个印章的道路。下面你会碰
　　　　到一只脾气古怪的蓝猫！一定多加小心。

第三场　孤独的蓝猫

蓝眼睛的猫　（自言自语，带着一丝幽默）这个世界如此美丽，但我却
　　　　总是独自一人。我渴望有人能与我分享这一切，或者至少，
　　　　有人能帮我数数今天有多少蝴蝶飞过我的鼻子。

乐多多　（友好地，带着一丝滑稽）嗨，小猫，你在这里观察什么呢？
　　　　是不是在练习"猫式冥想"？我可以加入你，不过我可能会
　　　　不小心打扰到你的宁静。

　　　　［多多拿出一个蝴蝶网，开始在花园里追逐蝴蝶，不小心摔
　　　　倒，蝴蝶网罩住了自己。

乐多多　（尴尬地笑着）看来我需要一些练习，或者至少，需要一个不
　　　　会让我自己陷入困境的蝴蝶网。

　　　　［蓝眼睛的猫加入游戏，但每次跳跃都优雅地落在了蝴蝶的
　　　　旁边，而不是上面。

蓝眼睛的猫　（自嘲地）我可能不是抓蝴蝶的高手，但我绝对是优雅
　　　　落地的冠军。

　　　　［蓝眼睛的猫和多多坐在草地上，喘着气，看着彼此。

蓝眼睛的猫　（感慨地，带着一丝幽默）我以前总是独自一人，但现在
　　　　我有了你这个朋友。至少现在我可以确定，我不是花园里

唯一的"猫科动物"会出丑了。

乐多多　　有我和你一起！和我说说你的故事吧。我先来,我叫乐多多。我是为了赢回奶奶的金怀表来到了七喜乐园。你呢?你怎么在这里?

蓝眼睛的猫　我叫蓝珠,因为我有一双宝山蓝的眼睛。我听说,白蝴蝶住在七喜乐园里,我就来了。

乐多多　　白蝴蝶?

蓝眼睛的猫　(羞涩地)我很喜欢白蝴蝶。我只想陪着她。可是,我似乎永远也找不到她。

乐多多　　所以,你就一直在这里捕捉新的蝴蝶,对不对?

蓝眼睛的猫　瞎说!我只是想确认,她们是不是我的白蝴蝶。一旦我发现她们不是,就会把她们放走。

乐多多　　那你为什么要在这里等待呢?

蓝眼睛的猫　我欠白蝴蝶一双眼睛。

乐多多　　眼睛?

蓝眼睛的猫　(把自己蓝色的眼睛拆解下来)你看!这双蓝色的眼睛,是我认识白蝴蝶后才长出来的。我希望,有一天还给她。

乐多多　　你好痴情啊。她知道吗?你就这样捕捉下去?也不去找别的朋友。

蓝眼睛的猫　我只是一个不想欠别人人情的猫。我的高贵是因为我本身。而不是,我拥有了这双蓝色眼睛。

乐多多　　(帮助蓝猫把眼睛装上去)猫猫,如果白蝴蝶知道,她也爱你。那么,她会希望你珍惜你的眼睛。然后,拥有更多的朋友。不要这么孤孤单单的。

蓝眼睛的猫　(很感动地,但强忍着)我可是很霸道的。我对自己的朋友必须做标记。哪个朋友会愿意呢?

乐多多　我愿意!

〔蓝眼睛的猫拿出一个特殊的印章,但印章上的墨水太多,
一盖下去,多多的整条手臂都变成了蓝色。

乐多多　(惊讶地看着自己的手臂)哇,这就是传说中的"蓝朋友"印
章吗? 我现在是真正的"蓝血贵族"了!

蓝眼睛的猫　(笑着)看来我不仅找到了一个朋友,还无意中给你换
了个新肤色。

乐多多　(小心地)那么现在我是你的蓝朋友了吧?

蓝眼睛的猫　或许是吧。但谁也别想代替白蝴蝶在我心里的地位。

乐多多　你放心。她在你的心里,谁也夺不走。我希望每天都有蓝
朋友陪你聊聊天。

蓝眼睛的猫　好了,别以为这样我就会随便感动。快去下一站吧。
晚了七喜乐园的灯可就灭了。

乐多多　(偷偷地亲了蓝猫一下)蓝朋友,再见!

第四场　不能再吃

〔大鼻子饕餮坐在一座由各种蛋糕堆成的小山前,正狼吞
虎咽地吃着,他的前面挂着一个大大的牌子,上面写着
"饕餮"。

饕　餮　(边吃边自言自语)嗯,这个巧克力蛋糕真好吃,还有草莓味
的、香草味的……妈妈说过,吃完这些,她就会回来。

［多多走进房间,看到大鼻子饕餮正忙着吃蛋糕,感到非常惊讶。

乐多多　(好奇地)哇,你好！你是怎么做到吃这么多蛋糕的?

饕　餮　(停下手中的动作,有些忧伤)你好啊！我叫饕餮。妈妈说,只要我吃完这些,她就会回来带我去七喜乐园。

［多多决定加入大鼻子饕餮,一起吃蛋糕。

乐多多　(兴奋地)好吧,那我们就一起把这座蛋糕山吃完,看看你妈妈会不会回来！

［他们开始比赛吃蛋糕,多多不小心吃了太多,打了个响亮的嗝。吃完蛋糕后,多多注意到大鼻子饕餮的难过。

乐多多　(关心地)饕餮,你妈妈还没回来吗?别担心,我们一起去找她。

饕　餮　(泪水在眼眶里打转)我一直在吃,但她从来没有回来。我好难过,我以为只要我不停地吃,她就会出现。

［多多安慰大鼻子饕餮,并想出了一个计划。

乐多多　(认真地)饕餮,我们不需要再吃更多蛋糕了。让我们一起去找你妈妈,也许她正在某个地方等我们。

［多多和大鼻子饕餮开始了寻找之旅,他们询问七喜乐园居民,但没有得到有用的信息。

七喜乐园居民　(摇头)我们很久没有看到饕餮的妈妈了,但她一定是个很好的母亲。

［在七喜图书馆,多多发现了一本关于七喜乐园的书,里面有一张饕餮妈妈的画像。

乐多多　(兴奋地)大鼻子饕餮,快看！这是你妈妈吗?她在七喜厨房！

[他们来到了七喜厨房,发现饕餮妈妈其实是一位乐园的厨师,她因为工作忙碌而无法回家。

饕餮妈妈 (惊喜地)大鼻子饕餮! 你怎么来了? 我一直在工作,希望给你更好的生活。

[大鼻子饕餮和妈妈团聚,多多在一旁微笑着。

饕 餮 (含泪笑着)妈妈,我好想你。我不再需要吃蛋糕山,只要你在我身边。

饕餮妈妈 (温柔地)对不起,我的孩子。以后我会尽量多陪你,我们可以一起去七喜乐园。

饕 餮 妈妈! 我们本来就在七喜乐园了。

乐多多 (开心地)看,大鼻子饕餮,现在我们真的可以在七喜乐园吃蛋糕了,而且是和你的妈妈!

饕 餮 (幸福地)是的,这是我吃过的最甜的蛋糕,因为有妈妈的爱在里面。

乐多多 真为你高兴! 我想到,我奶奶小时候也常常给多多做蛋糕。她对多多说,不管多多什么时候都是她的小多多。

饕 餮 后来呢?

乐多多 后来,她变成了天使到天国去了。她留下了她的金怀表给我,她说我戴着她的怀表,有一天会和她再见面的。可我把她的怀表弄丢了,必须集齐七个印章,才能换回。

饕 餮 可怜的多多! 我给你,我的印章! 谢谢你,为我找回了妈妈!

乐多多 应该是我谢谢你。

[饕餮为多多盖上了自己的印章。

饕 餮 多多,还有四盏灯亮着。你快快跑! 很少人能闯过我这一关,大部分人都陪我一起吃蛋糕,根本就很难到达第五关。你很棒!加油!一定会拿到奶奶的怀表的!

第五场　白眼睛小生和荷花皇后

〔七喜乐园的后花园,分为两扇门。一扇门里白眼睛小生独自坐在荷花池边,眼神中透露出忧虑。

白眼睛小生　(自言自语)每个夜晚,我都在唱戏,但我的心却越来越沉重。

〔另一扇门里,荷花皇后在月光下变换形态,从白天的姣好面容变成了夜晚的老妪。她拿出圣水喷雾,轻轻喷在脸上。

荷花皇后　(忧虑地)这喷雾只能掩盖我的衰老,但我的心却无法平静。

〔多多在中间的后花园中漫步,发现了白眼睛小生和荷花皇后的秘密。

乐多多　(好奇地)你们似乎都有心事,我叫乐多多,是来参加游园的。你可以和我分享吗?

〔多多耐心地听小生和皇后讲述他们的故事和困扰。

白眼睛小生　(感慨地)我怀才不遇,我无时无刻不在期待金榜题名。可我又害怕失去唱戏的机会,这是我唯一的热爱。我昼夜难眠,直到我的眼睛变成了白色,再不能唱戏。

荷花皇后　(叹息)我害怕失去美丽,这是我唯一的自信。只有美丽,能让君王恩宠不息,让爱情得以延续,让我的后花园歌舞不

308

停,让我感觉到自己是舞台的中心。

乐多多　（温柔地)把你们的感受说出来,这样我们才能找到解决的
　　　　办法。

　　　　　〔多多向小生和皇后展示了不同的视角,帮助他们看到自己
　　　　　的价值。

乐多多　（鼓励地)小生,你的才华不在于你的眼睛,而在于你的声音
　　　　和情感。荷花皇后,美丽不仅仅是外表,更是你内心的善良
　　　　和智慧。

白眼睛小生　（坚定地)我要继续唱戏,不管我的眼睛是什么颜色。

荷花皇后　（释然地)我要接受自己的年龄,展现我真正的美。

白眼睛小生　（自豪地)我知道了,我们可以为荷花皇后制作失传已
　　　　久的荷花面具。只是我需要一个帮手。

乐多多　我乐意帮忙!

　　　　　〔白眼睛小生和多多一起制作荷花面具。

白眼睛小生　哎呀,真奇怪。这面具总是做不好,它都黏在一起。时
　　　　间一分一秒在过去。

乐多多　（着急地哭了起来)怎么办? 时间快要结束。

白眼睛小生　不要着急多多。我们一起动脑筋。

　　　　　〔多多的眼泪掉进去,面具不黏了。

白眼睛小生　多多的眼泪成了关键道具,面具完成了。这是我制作
　　　　的荷花面具,它代表了我的决心和勇气。

荷花皇后　（戴上面具)这面具让我感到了小生的情感,他的勇气和
　　　　才华。

白眼睛小生　（兴奋地)看,皇后,面具让你看起来更有魅力了。改变
　　　　并不可怕,它是新开始的象征。你的智慧和善良比任何外表

都要美丽。荷花的面具里有荷花出淤泥不染的美丽和超脱
一切的决心。你戴上它，不再害怕任何衰老。

乐多多　（鼓励地）无论你们遇到什么困难，我都会支持你们。

〔皇后戴上荷花面具后，感到豁然开朗，她开始接受自己的
真实面貌。

荷花皇后　（微笑）戴上这面具，我感到了前所未有的自由。我不再
害怕衰老，因为我知道我拥有的远不止外表。这荷花面具
让我与自然融为一体，我感到了青春的活力。小生，你可以
金榜题名了，因为你的面具很合我的心意。

白眼睛小生　谢谢你，善良的荷花皇后。我还是决定去唱戏。虽然我
也很想金榜题名，但是通过多多的鼓励，我知道了，最为珍贵
的品质是做自己热爱的事情。我不能再犹豫。

乐多多　对！我很想听你唱戏。唱什么都行。

白眼睛小生　在唱戏之前，先把章给你盖了。

荷花皇后　还有我的！

〔多多一一接过。

白眼睛小生　（戏腔调）说七喜乐园来了个小男孩，名叫乐多多。

他聪明伶俐，善解人意，时常为人操操心。

他也会哭鼻子，是个小淘气，却一次次战胜困难，

缔造奇迹。

多多在哪里，哪里快乐多多。

多多在哪里，都答疑解惑。

我们的多多，快乐的多多。

多多，快往前走哇——

前方大道宽又阔！

第六场　做个小孩

〔多多站在指引小丑面前,小丑戴着五彩斑斓的帽子,手里拿着一张藏宝图。

指引小丑 　(神秘地)多多,你已经通过了所有关卡,但最后一关等待着你的是巨人小丸子。祝你好运!

〔多多来到一个开阔的场地,看到了高耸入云的巨人小丸子,他手里拿着一枚闪闪发光的印章。

巨人小丸子 　(声音如雷)想要我的印章? 那就来试试吧!

〔多多的朋友们围了上来,七嘴八舌地出主意。

鬃毛鼠 　(狡黠地)多多,你可以用一个巧妙的计谋把印章骗过来。

红发兔子 　(兴奋地)对啊,我们可以装扮成巨人喜欢的东西,诱惑他!

乐多多 　(坚定地)不,我要用最真诚的方式。我要搭建一座楼梯,直接走到他面前。

〔多多开始搭建楼梯,一块块木板堆砌起来,他汗流浃背但坚持不懈。

多多的朋友们 　(起初疑惑)多多,这样搭楼梯太慢了,我们可能永远也搭不完。

〔朋友们看到多多的坚持后——

朋友们齐声 　好吧,我们来帮你!

〔大家开始帮忙搭建楼梯,木板、石块、绳索,每个人都尽自己的一份力。

饕　餮　(鼓励地)看,我们这么多人一起努力,没有什么是做不
　　　　到的!

　　　　[经过一番努力,楼梯终于建成,直通巨人小丸子的高度。

乐多多　(喘着气,但满脸坚定):我准备好了,巨人小丸子,我来了!

　　　　[多多爬上楼梯,站在巨人小丸子面前,他的眼神充满了
　　　　真诚。

乐多多　(诚恳地)你这么高,一定很孤独吧? 我叫乐多多,我能做你
　　　　的好朋友吗?

巨人小丸子　(被感动,声音柔和)从来没有一个人像你一样,他们只
　　　　想用各种方式骗我。

　　　　[巨人小丸子被多多的真诚所打动,他决定将印章赠予
　　　　多多。

巨人小丸子　(慷慨地)我愿意把我最最珍贵的勋章送给我的好
　　　　朋友。

　　　　[当巨人把勋章送给多多时,他突然缩小,变成了正常的小
　　　　丸子。

小丸子　(高兴地)哇,我变回来了! 谢谢你,多多!

　　　　[多多和小丸子高兴地拍手庆祝,周围的朋友们也为他们
　　　　欢呼。

乐多多　(开心地)我不仅仅是为了印章,我更想要的是一个好朋友!

小丸子　(感激地)我也是,多多! 我们一起的冒险,将是我们最宝贵
　　　　的回忆!

指引小丑　(出现,鼓掌)多多,你用你的心和勇气赢得了最后一关,
　　　　也赢得了一个真正的朋友。这是最宝贵的胜利!

第七场　告别七喜

[园游会即将结束,灯光开始忽明忽暗,游客们渐渐散去,多多和他的朋友们焦急地聚集在一起。

多多的朋友们　(焦急地)多多,时间不多了,你还有一枚勋章没有拿到!

乐多多　(镇定地)别担心,我们一定能找到最后一枚勋章。

[多多注意到红发兔子总是羡慕地看着他的帽子,一个想法在他脑海中闪过。

乐多多　(温柔地)红发兔子,你喜欢我的帽子吗? 如果你愿意,我可以把它送给你。

红发兔子　(惊讶)真的吗? 但我没有什么可以回报你的。

[多多取下自己的帽子,露出因化疗掉光头发的头,这一幕让所有人静默。

乐多多　(勇敢地)我的生命马上就要到尽头了,我不怕别人看到我的样子,我只希望我的帽子能给你带来快乐。

[红发兔子感动地接过帽子,却发现帽子里藏着红发兔子之前不慎掉落的假发,假发里藏着最后一枚勋章。

红发兔子　(激动地)多多,你的帽子里……这是最后一枚勋章!

[随着最后一盏灯即将熄灭,多多把赢取的奶酪交给鬈毛老鼠,换取了奶奶的金怀表。

鬈毛鼠　(感激地)多多,你真是一个了不起的朋友,这是你应得的。

〔金怀表里显示离第二天只有十秒钟，多多紧握怀表，心中充满了感慨。

乐多多　(感慨地)时间过得真快，但我很感激能和你们一起度过这段时光。

这十秒钟中，是永恒的十秒钟。

一秒钟给鬈毛鼠，父爱深深人难忘；

两秒钟给长发兔，爱美情深应长久；

三秒钟给蓝眼猫，爱友深情总动容；

四秒钟给大饕餮，母子深情欢颜笑；

五秒钟给大才子，爱戏情深别犹豫；

六秒钟给美皇后，青春情长花开早；

七秒钟给小丸子，真诚是唯一法宝；

八秒钟给苦小丑，默默无私心间记；

九秒钟给多奶奶，亲情滴滴伴身边；

十秒钟给乐多多，关关高兴多多乐。

生命就像园游会，关关难过关关过！

〔多多与朋友们一一告别，每个人的眼中都含着泪光，但脸上带着微笑。

乐多多　(温暖地)我会记住这里的每一个人，每一份快乐。

朋友们　(感动地)多多，你是我们的英雄，我们会永远记住你。

乐多多　(乐观地)我很高兴能来到这里，遇见你们，这是我生命中最美好的时光。

小丸子　多多你无论在哪里，都会给别人带来幸福。而你也永远会得到幸福！

〔随着最后一盏灯熄灭，乐园沉浸在一片星光之中，多多的身影渐渐远去,但他的笑容和精神永远留在了每个人的心中。

指引小丑　(唱结束语)七喜乐园好美丽,这里有不被人知的乐趣;

七喜乐园好安静,这里有五湖四海的奥秘;

七喜乐园好神秘,这里有闻所未闻的传奇。

谁说世间没有伊甸园,人间没有乌托邦,

来来来——七喜乐园让你快乐无比,充满欢喜。

(本剧获 2024 年"金画眉"儿童戏剧优秀剧本奖)

劳模与工匠系列

舞台剧

用生命歌唱

编剧 顾飞

分场说明

第一场

时　间　20 世纪 70 年代末

地　点　杨浦中学,教室

人　物　于　漪　杨浦中学老师,40 多岁

　　　　武强、秦阳、李响、余小莉、小佟、小姜等　于漪的学生,年龄
　　　　　　　　　　　　　　　　　　　　　都在 20 岁左右

　　　　陈　晖　(未出场,画外音)十几岁的高中生,于漪的"编外
　　　　　　　学生"

第二场

时　间　20 世纪 80 年代初

地　点　上海第二师范学校,食堂

人　物　于　漪　时任校长,50 多岁

　　　　李老师、张老师、赵老师　学校老师

　　　　两三个学生

　　　　陈　晖　(未出场,画外音)20 多岁,刚毕业当老师

第三场

时　间　20 世纪末

地　点　杨浦中学,于漪的办公室

人　物　于　漪　时任校长,60 多岁

　　　　一名中学生

　　　　陈　晖　(未出场,画外音)40 来岁,时任校长

第四场

时　间　21 世纪初

地　点　于漪家

人　物　于　漪　70 多岁

320

武强、秦阳、李响、余小莉等　当年的学生,此时都是 50 来岁,以及几个年轻一些的学生

陈　晖　50 多岁,时任校长

第一场

[20 世纪 70 年代末,"文革"后首次高考结束后,杨浦中学的一间教室,毕业的学生们在教室里等于漪。于漪手捧一封信,边读边上场,脸上露出欣喜的微笑。她把信折好放进口袋,走进教室,同学们一阵欢呼,她的笑容更加灿烂。

同学们 于老师。

于　漪 同学们好!

同学们 (全部起立)老师好!

于　漪 今天不是上课,大家不必这么守规矩,快坐下吧!

[大家坐下。

秦　阳 我们在于老师的课堂上本来就不用很守规矩的,想到什么,立刻就可以发言,很多外校来听课的老师都觉得很奇怪呢。

武　强 还说呢,起初也不知道是谁,老师点到名字都不敢站起来,站起来也说不出半句话,声音比蚊子还轻!

秦　阳 你不是也一样?那个时候,大家都一样。你还不如我呢。那年,杨老师的鼻子是谁打骨折的?啧啧啧,能把体育老师的鼻子打骨折,你厉害的!怪不得这回考进了机械技术专科学校,大力士这回可有用武之地了!

[大家发出一阵阵笑声,于漪也笑盈盈地看着他们。

武　强 这你就不懂了,机械技术是学习怎么发明机器、使用机器的,那是研究怎么省力的,又不是我自己当机器,力气大没用的。再说,当年我也不是成心的,是杨老师怕伤到我,没用力阻挡,才受伤的。于老师,我拿到录取通知书,除了您,第一个就向杨老师汇报了。

于　漪　好孩子!同学们,今天不上课,主要要祝贺大家在这次高考中取得非常好的成绩,咱们两个班的录取率是百分之百!

[大家欢呼鼓掌。

于　漪　今天可能是你们最后一次坐在这个教室,今天过后,你们会走出中学校园,走进大学校门,你们将开始人生一段新的旅程,我由衷地为你们高兴。想想我刚刚带你们这一届的时候,有多少个全校闻名的"混世魔王",还记得都是谁吗?

[学生们互相指点着。

秦　阳　你!你!还有你!你们几个打架,把刀都带到学校来了。

小　佟　没有我,(指向一个同学)是他!他把万金油盒子吞下肚子,威胁老师和他爸妈。哎,万金油味道好哦?(大家笑)

小　姜　有我!我承认,我算一个,我拔过老师自行车的气门芯。

李　响　那个时候,于老师的办公室号称"半个派出所",经常有警察来办公!

武　强　于老师还总是备着葡萄糖,随时抢救被我们气晕的女老师!

于　漪　好在我们这些老师们把你们一个个都拉回来了。在过去的这段时间里,你们没有辜负光阴,没有辜负自己,从一个个混乱、迷失的孩子成了有理想有追求有活力的青年。我们有9位同学考入了复旦大学,那是我的母校,是一所有着光荣历史的优秀大学,那我们以后就是校友了!希望你们在复旦努力学习,就像我常说的"跑步前进",把耽误的时间和青春找回来!

同学们　　是,于老师!

于　漪　　还有几位同学被师范学院录取,秦阳(秦阳举手喊"到"),李
　　　　　响(李响喊"到"),余小莉(余小莉喊"到"),那我们以后就是
　　　　　同行了! 以后再见面,我要喊你们小秦老师、小李老师、小
　　　　　余老师喽(大家笑),光是想想那个画面我都要开心地笑出
　　　　　声来。

秦阳等　　于老师,就算我们以后当了老师,我们也永远是您的学生!

于　漪　　刚才我收到一封信,现在我决定跟大家来分享这封信。给
　　　　　我写信的是一个高中生,一个刚刚进入高一的小同学,信
　　　　　中,他这样说……

　　　　　[陈晖画外音:尊敬的于老师,您好! 我叫陈晖,是一名高一
　　　　　学生。今年10月,看了您的电视直播公开课《海燕》,我的
　　　　　内心激动极了,"乌云遮不住太阳",我们的春天就要来了。
　　　　　虽然我才刚刚读高一,但是已经迫不及待地期待走进高考
　　　　　考场的那一刻,我要努力考上大学,我想成为像您一样的老
　　　　　师,在讲台上用生命歌唱……

于　漪　　这位小陈同学是你们的学弟,三年后,他就是现在的你们,
　　　　　再过几个三年,他就是现在的我。我的语文课能够给学生
　　　　　带来这样的思想触动,是我的最高愿望。进入大学,你们不
　　　　　光要学习知识,要时刻记得,你们以后是要教书育人的,还
　　　　　记得我跟你们讲过的我的中学母校镇江中学的校训吗?

同学们　　"一切为民族"。

于　漪　　对,"一切为民族"。每一位中国人都应该有这样的认识和
　　　　　信仰,中华文明才能延续,教师的使命就是让每个学生都明
　　　　　白这个道理,都树立这个信念。当老师,不光教知识,更要

教思想,唤醒人的灵魂。

同学们　我们记住了。

秦　阳　于老师,我想模仿您的样子上一课,请您指导,行吗?

于　漪　当然可以! 我的课堂,支持学生一切合理的想法。小秦老
师,请上讲台! 同学们欢迎!

　　　　〔大家热烈鼓掌,于漪让出讲台,站在一侧。秦阳走上讲台,
向大家鞠了一躬,掌声平息。

秦　阳　同学们,今天我们要学习一个成语——茕茕孑立,这个词用
来形容一个人孤苦伶仃、无依无靠的样子。(转身在黑板上
写下这个成语)大家看这个词,我们要特别注意"茕"这个字
的写法,(转身写下一个单独的更大的"茕"字,边写边说)一
个草字头,一个秃宝盖,(留下最后一笔,转过身)同学们注
意这最后一笔的准确写法,我想用我的老师教我的方法教
你们,这是她的老师在战火纷飞的年代教会她的,请大家记
住,这一笔是一竖,笔直的一竖,不能弯! 它意味着一个人
不论面临什么样的困境,骨头都要硬,脊梁不能弯! 我的老
师这样教我,现在我这样教你们,希望你们记住这个字,更
记住这个道理,做人,在任何时候,骨头都要硬,脊梁都要
直,这是我们中华民族几千年屹立不倒的根脉!

　　　　〔同学们被感动被震动,一个同学朗诵起一首诗,其他同学
纷纷加入朗诵。

同学们　你埋下了一坛老酒

　　　　酒坛上的红纸

　　　　沉沉地写着黑字——魂

　　　　每当到了汨罗江悲凄的那一天

那酒坛里就溢出芦叶的清香

回荡起亘古不变的激昂

路漫漫其修远兮

吾将上下而求索……

（齐声）几千年了

喝过这坛酒的人

都醉成了龙的脊梁

[于漪感动地鼓掌，同学们一起鼓掌。

于　漪　（动容地）谢谢同学们，谢谢你们记住了我上的课，还愿意把它教给更多的人，谢谢你们！你们能够带着这样的想法走出校门，我想我应该完成了我作为老师的职责，放心了！欢迎你们常回学校看看。

武　强　于老师，我们不光要回学校看看，我们几个被您捡回家、在您家吃过住过的同学商量好了，以后每到大年初二都要到您家集合，给您拜年。

小　姜　是的是的。

秦　阳　怎么，你们在于老师家还没住过瘾，毕了业还不放过于老师，还要吃于老师家的饭！于老师都被你们吃穷了！（大家笑）

武　强　不不不，我们给于老师拜年，我们请于老师吃饭！

于　漪　（笑着摆手）拜年欢迎，吃饭嘛，还是我请你们吃。

余小莉　不行，你们已经享受过特殊待遇了，不能再搞特殊了，过年我们都要去于老师家给老师拜年。

武　强　那我们就这样约定好了，以后每年大年初二，我们都去于老师家集合，给于老师拜年！

同学们　好!

于　漪　好! 老师等着你们!

　　　　［灯光暗。

　　　　位于舞台一角书桌上的台灯亮起,书桌前出现于漪伏案写信的身影,于漪的画外音响起:"小陈同学:你好! 来信收到。感谢你的信任,跟我分享你内心的想法。你能这样好学,并拥有远大的理想,作为一名老师,我非常高兴。'乌云遮不住太阳',我也喜欢这句话,它是现在我们所有人的心声。教育的春天来了,孩子们的春天就来了,祖国的春天也到来了。祝愿你的理想早日实现,让我们的教师队伍再增加一个生力军!"定点光暗。

第二场

　　　　［灯光亮。20世纪80年代初,上海第二师范学校,食堂。已经过了用餐时间,只有张老师在吃饭,她的头发上粘着一片树叶,很显眼,但是自己并不知道。另有一位老师带着几位学生在收拾餐桌,打扫卫生。李老师端着一份午餐上场,坐到正在就餐的张老师旁边。

张老师　李老师,您这么晚来吃饭。

李老师　是啊,您也晚了嘛。

张老师　一样一样,您这周轮到哪个地方啦?

　　　　［李老师看到张老师头发上粘着一片树叶,伸手过去正要帮她摘掉,张老师像是突然闻到了什么味道,用力四处闻了闻,李老师的手停在半空中。

张老师　咦！什么味道啊？

李老师　(窘迫地)应该是我，不好意思，我离你远一点。(说着，端起午餐挪到旁边一个座位)

张老师　你这到底是去打扫哪里啦？

李老师　吃饭呢，还是不要讲了。

张老师　(好奇心顿起)哦！哪个地方？讲呀，没关系的。

李老师　(顿一顿)厕所……

张老师　(顿时整张脸都皱了起来)哦哟！那你洗手了没？

李老师　洗了洗了，(举起手给张老师看)喏，洗了好几遍，皮都洗皱起来了，才敢来吃饭。

张老师　(手里拿着个包子正要吃，犹豫了一下，有点儿抱怨地放回碗里)算了，不吃了。

李老师　哎呀，张老师，实在抱歉，害得你饭也吃不下，要么我再离你远一点好了。

　　　　[说着要站起来，被张老师拦住了。

张老师　不用了不用了，您快坐下来吃吧，我就当减肥了。

李老师　那么我吃了，讲老实话，实在太饿了，不然我也吃不下的。

张老师　作孽哦，于校长定的这个规矩老结棍，整个学校，一个校工也不请，所有的清洁卫生工作都是老师和学生一起做，实在是吃不消。平常的业务学习已经抓得够紧了，教研会、集体备课、公开课、听课、评课，以前哪有这么多事情！现在还要做清洁工！而且，(压低了声音)这些学生又不是很听话的喽，叫他们学习都不大肯的，还要叫他们搞卫生，难啊！

李老师　于校长说了，正是因为学生不大听话，老师才要带头做，让学生们看到老师怎么做，时间长了，他们就会跟着做的。

[于漪上场,边走边看陈晖的来信。陈晖画外音:"于老师,我真的当上了老师,您不知道我有多高兴! 可是,面对学生,我总是感到特别紧张,我能当好老师吗? 我能教好学生吗……"于漪发现已经走进了食堂,就把信放进口袋,边跟众人打着招呼,边走到倒剩菜剩饭的回收桶边看了看,微微皱眉,摇头轻叹。于漪走到张、李两位老师中间坐下。

张、李　于校长!

于　漪　张老师,李老师,刚吃饭啊。

张老师　我吃完了,李老师刚刚吃。于校长吃过了吗?

于　漪　我过一会儿吃。你们是负责带队打扫卫生责任区了吧,辛苦了啊!

李老师　不辛苦不辛苦,就是味道有点大。

于　漪　什么味道?

李老师　不说了不说了,吃饭!

于　漪　(了然地)打扫厕所最辛苦了,让大家有干净的厕所用,李老师辛苦啦,谢谢你!

李老师　(不好意思地)于校长闻出来了。

张老师　于校长,那么你猜猜我今天打扫了什么地方?

于　漪　张老师负责的是绿化责任区吧!

张老师　哟! 您怎么知道的?

于　漪　(笑着从张老师头上拿下那片树叶)是它告诉我的!

张老师　哎呀!

[大家都被逗笑了。

于　漪　我做校长,规定不请校工,让老师和学生一起亲自打扫整个校园的卫生,还规定老师必须坐班,在学生有需要的时候能够随时出现在学生身边,我知道大家都非常辛苦。但是经过这段时间的努力,你们有没有感到我们的学校已经有了很多变化?

李老师　那是当然,这些学生以前在课堂上提问都不带睬我的,今天抢着帮我洗……呃,不说了不说了,吃饭!

张老师　是的,学生们现在跟老师很亲近的,可以感觉得出来是那种发自内心的亲近。你们不知道,刚才他们帮我从头上拿掉好几片树叶了,贴心得不得了,谁知道还故意留了一片,这帮小家伙!

〔大家无奈又开心地笑了。

于　漪　这就是以身示范的力量。我们学校基础不好,有它历史的原因,但是现在国家已经走上正常发展的轨道,学校就要肩负起她的历史使命。以前我做老师,只管教好学生,现在做校长,就要带好教师队伍,我也在不断地学习摸索。但是有一点我是非常明确的,做老师,教学能力当然重要,自身德行更加重要。想让学生做到什么样,老师首先要做,学高为师,身正为范,我们师范学校教出来的学生以后是要当老师的,咱们责任重大啊!

李老师　于校长您放心,虽然现在做的事情比以前多了,确实也比以前累了,但是我觉得老师们的心情都好了,积极性很高,心里有了目标,就不觉得累了。

于　漪　(欣慰地点头)嗯!现在还有一件事情。最近几天我发现食堂浪费粮食的情况有点严重,看看那只回收桶,每天都有很多剩菜剩饭。虽然现在的生活条件是比以前好了很多,但是任何时候、任何人都不应该浪费粮食,现在我要带着这些剩饭剩菜到各个班级去,给孩子们提个醒!

　　　［于漪说着站起身走向回收桶,叫住旁边正在打扫的赵
　　老师。

于　漪　赵老师,麻烦你帮我拿个盆来。

赵老师　好嘞。

　　　［于漪挽起袖子,接过盆,伸手到回收桶捞起整个的、半个
　　的、大半个的馒头包子放到盆里,众人看着,纷纷发出"嘿"
　　"哟"的声音。

于　漪　(捞完,抬头看向张和李)李老师,你有剩饭吗?

李老师　(紧张地把最后一口饭扒到嘴里,然后举起空碗)没有,吃
　　光啦!

于　漪　张老师,你刚刚说已经吃完了,那么碗里那个包子要不要放
　　到这个盆里?

张老师　啊? 不不不,(掏出手帕,把包子包起来)这个我要留着下午
　　吃的,绝不浪费!

于　漪　(笑着)那么两位老师跟我一起去吧!

张、李　好的,(起身)走!

　　　［众人下场,灯暗。

　　　书桌定点光亮起,于漪伏案写信,于漪的画外音响起:"小陈
　　同学,哦不,现在要叫你小陈老师了! 祝贺你如愿成为一名
　　光荣的人民教师,为你感到高兴。你做了老师,我做了校
　　长,我们都走上了新的工作岗位,你说感到有些紧张担忧,
　　我也正在学习摸索怎样建设教师队伍。我告诉你我的经
　　验:我们做老师的,一个肩膀挑着学生的现在,一个肩膀挑
　　着祖国的未来,要带着这个认识,保持永不停歇的学习。特

别是我们做语文老师的,语文教育就是教文育人,教学生获
得知识的智性,更要教他们做人的德性,德智兼备,才能真
正点亮学生生命的灯火。能做到这一点,你就一定能成为
一名合格的老师……"

〔定点光暗。

第三场

〔灯光亮起。20世纪末,于漪的办公室,于漪和一名中学生
一起,正饶有兴致地盯着一个小鱼缸。

学　生　打起来了! 打起来了! 于老师,您看,打起来了!

于　漪　哈哈,你养了好几天的虾兵蟹将终于打起来了,功夫没白
费! 可要观察仔细了。

学　生　放心,您让我养它们,我要给您交一篇作文,说好了的,我绝
不赖账。

〔电话铃声响起,于漪接电话。

于　漪　喂!

陈　晖　于老师,您好! 我是陈晖。

于　漪　哦,小陈老师,你好啊! 哦对了,现在要叫你小陈校长了,我
总是改不过来!

陈　晖　于老师,您就叫我小陈老师吧,比起校长,我还是更愿意当
老师。不过这次,我倒是可以骄傲地向您汇报一下工作,我
们学校这次的摸底考试,成绩不错,平均分提高了好几
分呢!

于　漪　哦! 祝贺你啊! 怎么做到的? 让我取取经。

陈　晖　于老师您说笑了。我们增加了数理化和英语的课时量,效果确实比较明显。

于　漪　哦?(脸上的笑容逐渐消失)那么,语文课时量是多少呢?

陈　晖　是的,语文课相对压缩了一些,但是于老师,该教的知识一点没少,这一点我绝对可以保证。(见于漪没说话,小陈等了一下)于老师?

于　漪　我了解这不是个别现象,可是你也这样确实有些出乎我的意料。小陈老师,我理解你作为校长有升学率的压力,但学校不只要教学和升学,更重要的是育人,语文课堂是最重要的阵地。我始终认为,学好语文,才能学会怎么做一个中国人。我做语文老师的时候是这样认为的,现在做校长更是这样认为。眼里只有分数没有人,是对学生不负责任,对国家的未来不负责任。

陈　晖　于老师,道理我明白,我也是教语文的,您一直主张的语文教育要工具性和人文性并重,我也非常认同。但是现在我不得不想方设法提高成绩,竞争越来越激烈,让学生在竞争中尽量提高分数,也是对学生负责啊……

于　漪　重视语文并不会影响分数,为了短期内提高分数而忽视语文,恰恰会埋下长期的隐患。每个科目都一样重要,而比起其他科目,语文教育更直接指向人的心灵,是要浇灌和滋养学生的灵魂的。想想你还是学生的时候给我写的第一封信,你说看了我的公开课《海燕》,让你燃起了努力学习的信念。这种内发的动力是多么宝贵。你要在所有的学生心中激发出同样的动力,才能在他们之后的整个人生当中发挥持续不断的作用。眼光要长远,不能只看眼前。

陈　晖　于老师,我再想想……

　　　　〔于漪放下电话,发现原本在写作文的学生停下了笔在注视
　　　　着她。

学　生　于老师,谁惹你生气了?

于　漪　(安慰地)老师没生气,只是有些担忧。

学　生　(同样想安慰于漪)于老师,我觉得我现在有点儿喜欢语
　　　　文了。

于　漪　我也发现了。

学　生　您是怎么发现的? 我的作文确实得分是比以前高了,但是
　　　　语文成绩还没及格呢。

于　漪　因为我越来越多地从你的眼睛里看到了思考的光!

　　　　〔灯暗。

第四场

　　　　〔灯光亮起。刚刚进入新世纪,大年初二,于漪家,学生们来
　　　　给于漪拜年,大家围坐在一起,谈笑风生。

李　响　武大工程师,你设计的那个什么机械臂,号称大力士,得了
　　　　发明奖,怎么,(边说边拉起武强的手臂)嫌自己这个当年打
　　　　断过体育老师鼻梁骨的手臂力气还不够大,再发明个机械
　　　　手臂,这回要揍谁啊? (大家哄笑)

武　强　多少年前的事了,就你年年提。你说你儿子是个淘气包,这
　　　　样吧,我做个机械手送给你,专门帮你打他屁股,怎么样?

李　响　那你多做几个吧,我怕一个不够用。

　　　　　［大家哄堂大笑。

某学生　于老师,向您汇报,也向大家汇报,我评上特级教师了!

于　漪　(赞许地)知道知道,我第一时间就知道了!

武　强　哎呀! 这是于老师门下第三代特级教师了吧,祝贺你呀!
　　　　(大家同声祝贺)也祝贺于老师!

　　　　　［于漪欣慰地点头,笑而不语。敲门声响起,陈晖上场,大家
　　　　　不认识他,觉得陌生。

陈　晖　于老师,过年好! 我来给您拜年!

于　漪　你是?

陈　晖　我是陈晖啊!

于　漪　啊! 小陈老师!

陈　晖　是我,不过于老师,现在大家已经叫我老陈了,哈哈!

于　漪　你们几个,还记得你们毕业时的最后一堂课上,我给你们念
　　　　了一位高中生写给我的信,这位就是当年写信的小陈同学。

武　强　哦,小陈学弟,我记得当年你在信上说想考师范学院,以后
　　　　当一名老师,看来,理想实现了嘛!

于　漪　嗯,不但当了老师,现在已经是校长了! 我叫他陈校长,他
　　　　不乐意,说还是喜欢大家叫他陈老师!

众　人　厉害厉害! 祝贺你啊!

陈　晖　于老师,这些都是您的学生,今天来给您拜年的吧?

于　漪　是的。

李　响　这是我们的老传统,从我们中学毕业开始,每年的大年初
　　　　二,我们都来给于老师拜年。今天你来得可巧了!

陈　晖　不是巧了,我知道你们的这个传统,所以特意今天来的。于

老师,我早就把自己当成您的学生。

武　强　（打趣道）咦！这话不太可信,既然早就把自己当成于老师的学生,怎么今天才来啊?

陈　晖　从我给于老师写第一封信开始,每一封信于老师都会给我回信,后来不写信了,开始打电话,到今天有二十多年了。于老师教我做学生,指导我学习,教我做老师,指导我教学,教我做校长,指导我带教师队伍。可以说,我是一步步踩着于老师的脚印走到今天。可是,我这脚印啊,当中有一段踩偏了。于老师,那次电话之后我思考了很久,我知道您的话是对的,但是在实际工作中实在很难取舍。那之后不久,您的主张写进了教育部《义务教育语文课程标准》:"工具性与人文性相统一,是语文课程的基本特点。"我赶快从弯路绕回到正道,直到今天,我才敢说,我应该可以成为您的一名合格的学生了!

于　漪　你是非常优秀的学生,你们都是优秀的孩子。

陈　晖　做校长不容易啊,怎么样正确地看待分数和升学率,怎么样平衡升学与育人,不但要有认识,更要有魄力,有胆量。于老师,现在我在学校开设了一个第二课堂,自己上课,做回老本行,专门讲经典名篇赏析。我学您的样子,开放课堂,每一堂都是公开课,学生老师都可以来听来评,反响还不错,听课的人越来越多。您不是上了2 000多堂公开课吗,我的目标就是向您看齐!

同　学　厉害！于老师当老师的时候,你当学生;于老师当校长的时候,你当老师,现在,你当了校长,于老师已经是公认的教育家了。看来,下一步,我们要管陈校长叫陈教育家了!

陈　晖　不敢不敢,这一步是追不上了!

于　漪　教育家不敢当! 我做了一辈子老师,一辈子都在学做老师,
　　　　其实我也是学生!

众　人　于老师永远年轻!

　　　　[背景播放于漪主要事迹——

　　　　于漪　1929 年出生,毕业于复旦大学教育系;

　　　　　　　全国首批特级教师;

　　　　　　　从教 70 年,主讲近 2 000 节省市级以上探索性、示范
　　　　性公开课,其中 50 多节被公认为语文教改标志性课例;

　　　　　　　撰写数百万字教育著述,推进"人文性"写进教育部
　　　　《义务教育语文课程标准》;

　　　　　　　获评"全国先进工作者""全国三八红旗手""全国教
　　　　书育人楷模";

　　　　　　　2019 年,获得"人民教育家"国家荣誉称号。

　　　　[剧终。

舞台剧

一生芳华

编剧 顾飞

场面及人物

讲述者　黄宝妹　92岁

场面一　20世纪50年代初,黄宝妹获得全国劳模之前,纺纱车间里的
　　　　一次劳动技能测试

　　　　青年黄宝妹　20岁出头

　　　　小　姜　青年黄宝妹的徒弟

　　　　小　薛　青年黄宝妹同事

　　　　主　任　黄宝妹车间主任

场面二　1959年,电影《黄宝妹》参加国庆10周年献礼展映后的小
　　　　插曲

　　　　黄宝妹　28岁左右

　　　　茅　盾　大约60多岁

　　　　观礼人员甲

　　　　观礼人员乙

场面三　1962、1963年左右,黄宝妹上大学期间,市委书记"批评"劳
　　　　动模范

　　　　黄宝妹　30岁出头

　　　　市委书记　大约四十出头

场面四　1990年左右,劳模之家越剧排练

　　　　退休后的黄宝妹　60岁左右(1990年代)

　　　　退休劳模(三四个人,越剧演出队成员)

　　　　老主任　即场面一中的车间主任

场面五　2021年,老朋友同领"七一勋章"

　　　　黄宝妹　90岁(讲述者)

　　　　吕其明　92岁

　　　　蓝天野　94岁

[黑暗的舞台，一束追光亮起，老年黄宝妹在追光中走到台前。

黄宝妹　朋友们，大家好！我是黄宝妹，今年 92 岁了。我是一名纺织女工，年纪大一点的朋友可能知道我。年轻的孩子们对这个职业可能感到陌生。现在，技术发展了，机器更新换代了，纺织行业不再需要那么多工人了，我们身边的纺织工人变少了。可是在四五十年前，上海有几十万跟我一样的纺织工人，我们从事的纺织行业被称为上海的"母亲工业""支柱产业"。我喜欢做一名纺织女工，我喜欢每天跟机器和纱线打交道，用最快的速度接线头，消灭皮辊花。我可以骄傲地说，我这一辈子只做了一件事，那就是认认真真做好了纺织工人这份工作。

[追光暗。

[黑暗中，纺织机轰鸣声渐起，一个人声响起："预备，开始！"表演区灯光逐渐亮起，纺织车间的织机旁，大家正在进行一次测试。几名工人聚在一起，一个工人手里拿着一块手表，大家紧张地盯着手表上的时间。青年黄宝妹一边照顾织机，一边走来，走到尽头，亮相。

黄宝妹　好了！

众　人　快说,现在是几点几分?

黄宝妹　(略一想)4点38分!

众　人　对!太神了!宝妹,说你"肚皮里有个钟",果然名不虚传! 一个巡回跑下来,说是几分钟就是几分钟,分毫不差!

小　姜　师傅,你掂掂你这一班下来,出的皮辊花有多重?(说着,拿 出一杆秤)

众　人　哟!小姜,你当你师傅的绝活是吹牛皮吗,还要称一称!

小　姜　师傅,快说!

黄宝妹　(从口袋里掏出一团皮辊花掂了掂)大概12两!

众　人　快称称看!

〔小姜称皮辊花。

小　姜　(惊喜地)11两6钱!

众　人　厉害!怎么样,小姜,这回相信了吧!你师傅不但"肚皮里 有个钟","手上还有杆秤"!

小　姜　我的师傅,我当然相信!而且,很快我就要跟我师傅一样厉 害了!

众　人　小家伙吹牛皮!宝妹这手绝活苦练了多长时间,你才来了 多久?

小　姜　我师傅教得好!"单线巡回,双面照顾",现在我一趟弄堂走 下来,时间比我师傅就差那么一点儿。(边说,边两手比画 一个很近的距离)

小　薛　(走近小姜身边,拉着小姜的一只手,与另一只手拉开距离) 就差那么"一点儿"吧!

〔众人笑。

黄宝妹　(爱惜地)小姜脑子活络,肯吃苦,以后一定比我强!

[主任上场。

主　任　宝妹,同志们,大家聚一下,我要公布一个天大的好消息!

众　人　主任!什么好消息?

主　任　同志们,黄宝妹发明的"单线巡回,双面照顾,不走回头路"
的工作方法,经过我们的多次演练,已经非常成熟了。厂领
导决定,在全厂正式推行!

众　人　嘻!这个我们已经知道了。

主　任　你只知其一,不知其二。因为这个工作方法的科学性,大大
提高了劳动效率,经过推算,我们厂现有的劳动力,原来只
能翻两班,现在可以翻三班了!

小　姜　翻三班,什么意思?

主　任　意思就是,以后,我们纺织工人每天上班只要 8 小时!

黄宝妹　8 小时工作制!

主　任　对,8 小时工作制! 黄宝妹发明的工作法,功不可没!

[众人欢呼,七嘴八舌。

众　人　下班回家,我可以给孩子做晚饭了!

　　　　我有时间跟对象去荡马路了!

　　　　哈哈哈……

[表演区灯光渐暗。

[追光起,老年黄宝妹开始讲述。

黄宝妹　我热爱我的工作。要知道,当我刚进纺织厂当工人的时候,
是在新中国成立之前,工厂是日本人开的,而我只是一个只
有 13 岁、目不识丁的孩子,每天要工作 12 个小时,上班被
工头打,下班被"拿摩温"搜身,织出的布却穿不到我们身

342

上。新中国成立,我们成了工厂的主人、国家的主人,为人民劳动,成了我心中最幸福的事。1956年,我被评为全国劳动模范。这一年,我在上海见到了毛主席。毛主席对我们说——纺织工人责任重大,要让全国人民穿好衣。这句话深深地记在了我心里。从那时起,我这一辈子就认准了这件事,认认真真地为人民纺纱织布,做一名好工人、好党员。这个时候,一件意想不到的事落在我头上,我居然拍了一部电影,这部电影讲的是纺织女工的故事,主人公就是我,电影的名字就叫《黄宝妹》,在里面我自己演自己。更想不到的是电影导演居然是大名鼎鼎的谢晋! 这部电影成为国庆10周年献礼片,在北京上映,很多人看了之后都说:"黄宝妹,你好去当电影演员了!"

〔追光暗。

〔背景屏幕播放电影《黄宝妹》片段,或相关剧照。

〔表演区灯光亮起。北京饭店的餐厅。参加国庆10周年观礼的相关人员在餐厅用餐,青年黄宝妹坐在其中。

茅　盾　小同志,你是黄宝妹吧?

黄宝妹　(礼貌地站起)我是黄宝妹,您好! 您是……

人员甲　这位是大作家茅盾先生。

〔黄宝妹起身向茅盾行礼。

黄宝妹　哎呀,先生您好! 您怎么认识我呀?

茅　盾　你现在是电影明星啊,走到街上,怕是人人都认识你啦!

黄宝妹　先生,您不要取笑我了。我们这部电影,导演鼎鼎有名,是谢晋,《女篮五号》,全国人民都爱看;作曲鼎鼎有名,是吕其明,您知道他吗?《铁道游击队》电影中《弹起我心爱的土琵琶》就是他写的。唉!就是我这个演员是业余的,真是难为情啊!

茅　盾　小黄啊,我看你演得蛮好的,如果你转行做专业演员,我们都会支持你的!

黄宝妹　(向茅盾连连摆手)您过奖了,茅盾先生,我知道大家都是鼓励我,可是演员我实在是做不来。您不知道,拍电影的时候,就是简单地走几步路,我就拍了8遍,平常最拿手的接线头也接不上了,窗户也不会擦了,台词也记不住,丢人丢到太平洋去了。

人员乙　我刚刚听到部长在跟周总理说,上海的电影《黄宝妹》非常成功,主人公自己亲自上阵表演,非常有艺术感染力,建议让黄宝妹成为专业演员。

人员甲　而且,你长得漂亮,看上去就像个电影明星,不做演员可惜了! 比起当纺织工人在车间里吃灰,当演员可是光鲜得很啊!

黄宝妹　(连忙摆手)不行不行,我知道,谢晋导演让我演《黄宝妹》,是因为我本身就是纺织工人,自己演自己,本色出演,不需要很高的要求。要是真的做演员,我连跑龙套都不够格。我只适合做纺织工人,而且还没有做到最好,还要继续学习呢。

茅　盾　(赞许地)嗯,依我看,你做纺织工人能做成全国劳动模范,如果做演员,肯定也差不了。不过,你能这么想,很好!

人员乙　(逗趣道)可是,我看周总理也很赞同呢!

黄宝妹　不行,我要去跟总理表个态,我要一辈子做纺织工人。(起

身离场)

[众人赞许地微笑。表演区灯光渐暗。

[追光起,老年黄宝妹开始讲述。

黄宝妹　我知道,这部电影受到大家的喜爱,是因为纺织工人的精神感动了观众,是大家对劳动者的赞美。虽然我非常肯定,我绝对不会转行当演员,可是这次拍电影的经历还是让我十分难忘,我会把它永远珍藏在记忆中。说到转行,26 岁的时候,因为我表现好,厂里调我做管理干部。我在办公室里坐了几天,浑身不舒服,要求赶快回到车间,回到纺织机旁。人的一生可能会有很多次选择的机会,不管你选择什么,都要努力把它做到最好。演员也好,干部也好,都不适合我。我选择了当纺织工人,我的岗位,就永远在车间里。拍完电影两年后,我又收到一份意外的礼物——厂里让我到华东纺织工学院,就是现在的东华大学,脱产学习三年。我,一个纺织工人,能够上大学了,这可是千载难逢的机会啊!可是,说是礼物,接受它却是无比的艰难。要知道,这个时候,我几乎可以说是一个文盲。我拿出消灭皮辊花的劲头,去跟文化知识搏斗,那叫一个艰苦卓绝。
　　　　[追光暗。

[表演区灯光亮起。这是市委书记的办公室,书记和青年黄宝妹走进来。

黄宝妹　书记,您找我来有什么事?
　　　　[书记一脸严肃,不作声。

黄宝妹　（有些疑惑，又有点焦急）书记呀，会议开完了，没什么事，我就先回学校了。我们现在在学制图，我画的那个立体视图，总是像块布头一样趴在那儿立不起来，马上要考试了，我必须把它拿下。

书　记　回学校？你还是先回家吧！

黄宝妹　回家？不用回家，我要去学校学习！

书　记　你倒是学得热火朝天，你知不知道，这回你可出风头了！

黄宝妹　啊？

书　记　哦不对，你一直都蛮出风头的。可是这回，你这风头可出出花样来啦！

黄宝妹　到底什么事啊？

　　　　［书记从抽屉里拿出一封信，拍在桌子上。

书　记　你差点就上《解放日报》啦！

黄宝妹　（拿起信，小声嘟囔）我又不是没上过《解放日报》。

书　记　嗯，是，你厉害！你总上《解放日报》，你还上过《人民日报》呢！那能一样吗？以前是表扬，这回，是吃批评！

黄宝妹　（紧张地）我犯什么错误了？（看信）

书　记　光顾着自己学习，儿子的学习你管过吗？家长会都不去，让外婆代劳，外婆可倒好，听不得老师批评孩子，还跟老师板面孔。老师一封信寄到了《解放日报》告状，告你这劳动模范不关心自己孩子的教育！

黄宝妹　啊！我没开家长会，《解放日报》也管啊？这是我的不好，我的责任，我这就回家！

书　记　等等，回去可不许打孩子骂孩子，你就把自己是怎么学习的跟孩子讲一讲，读书读得都读出肺结核了，妈妈是多么的用功,这是最好的言传身教。

黄宝妹　知道知道。

书　记　当然,不赞成读书读到损害健康,小孩子身体更要紧!

黄宝妹　好的好的,书记,您放心,我回家了!

书　记　等等!(从抽屉里拿出一个纸袋)把这个带回去,送给孩子。

　　　　〔黄宝妹打开一看,是一个崭新的铁皮文具盒。

黄宝妹　书记,这……

书　记　你这个劳动模范,每天只知道劳动、学习,肯定不知道,这可
　　　　是眼下孩子们当中最时髦的东西了。

黄宝妹　(感动地)谢谢书记,他现在用的文具盒是我用废布头缝的
　　　　布袋子,这个铁皮文具盒,他肯定喜欢。

书　记　快回家吧!

黄宝妹　嗯,书记再见!

　　　　〔黄宝妹匆匆下场。表演区灯光渐暗。

　　　　〔追光起,老年黄宝妹开始讲述。

黄宝妹　那个文具盒,我儿子用了很多年。我对他说,虽然妈妈的成
　　　　绩也并不好,但是我很努力,如果你因为贪玩影响成绩是不
　　　　能原谅的。我们约定,看看谁更努力,谁的成绩提高得快。
　　　　后来,我坚持完成了大学学业,顺利毕业,儿子也认真学习,
　　　　得到老师的表扬。大学毕业了,我从工人成长为工程师,但
　　　　是我的专业领域仍然在车间,我还是坚决回到了生产一线,
　　　　在我最热爱的纺织车间工作到退休。不过,我是个闲不住
　　　　的人,我总觉得,为人民服务,共产党员永不退休。退休之
　　　　后,只要是力所能及的工作,我都愿意做。兜兜转转,我来

到了市劳模协会,为退休老劳模服务。那是上个世纪90年代经济转型的时期,很多企业经营困难,效益下降,影响到许多退休劳模的生活也很困难。为了能真正帮他们解决困难,我们二十几个离退休劳模集资,加上社会资助和领导支持,成立了上海英豪科技实业公司,选我做总经理。我们股东约定,公司不分红,赚的钱都用于资助生活困难的老劳模,开办"劳模之家",为劳模们组织丰富多彩的文化活动。大家都把我们这个公司叫作"劳模公司"。

[追光暗。

[表演区灯光起。劳模之家内正在进行演出排练,几位退休劳模排练越剧唱段《我家有个小九妹》,一句还没唱完,被上场的黄宝妹(此时60多岁)打断了。

黄宝妹 我回来啦!不好意思啊,来晚了!

劳模甲 不晚不晚,我们刚开始。宝妹呀,瞧你这一身汗,衣裳都能拧出水了!

黄宝妹 噢哟,今朝38度,热煞!吃勿消吃勿消!

劳模乙 (拿过扇子给黄宝妹扇风)怎么样?订单谈得怎么样?

黄宝妹 (从包里拿出订单给大家展示)订单谈妥!建设党校,工作服500套!咱们劳模公司又有生意进账啦!

劳模乙 哎呀!宝妹,你的功劳大大的!这个夏天,从沪东跑到沪西,少说也有十几趟,总算没白跑!必须奖励一下,我去给你拿瓶盐汽水。

黄宝妹 不用了,我这带的水还没吃光(从包里拿出水杯),我吃这个就好了,咱们赶快排练!

劳模甲　不急不急,先喘口气。宝妹啊,我们这次是去哪里演出啊?

黄宝妹　虹口区敬老院,前段时间,我找他们帮忙,安排了一个老劳模住进敬老院,解决了一个大问题,我们劳模协会要谢谢他们,所以组织这次演出,让敬老院的老人们都高兴高兴。我们还邀请住在附近的退休劳模也去看演出,到时候,肯定很热闹的!闲话不说了,我们快点开始排练!

　　　〔几个人站好队形,开始演唱。刚唱一句,老主任拿着一包被单上场,排练又被打断了。

老主任　黄老板!

黄宝妹　(嗔怪地)哎呀老主任,你不要瞎叫,什么黄老板呀,你不是一直叫我宝妹的嘛。

老主任　你是劳模公司的总经理,叫你老板,天经地义呀!向黄老板汇报,这次演出要发的慰问品,我给你搞定了,喏,兄弟厂家赞助,咱们只出了成本价,民光被单50套,(亮出手里的被单)"四菜一汤",一条好用30年,质量顶呱呱!

众　人　灵额灵额!

黄宝妹　谢谢老主任,要给你记一功!

老主任　记功不必了,你们这是在排《小九妹》? 来来来,认真点,好好唱,我来检查检查,看看你们水平进步了没有。

　　　〔老主任边说边从旁边搬过一把椅子摆在正当中,准备坐下来好好欣赏。大家恢复队形开始演唱。刚唱一句,电话铃响起,演唱又被打断。

众　人　(不耐烦地)啊哟,怎么回事呀! 还让不让人唱了!

　　　〔老主任去接电话。

老主任　喂! 你好! ……对,这里是"劳模之家"……你找黄宝妹,她在,稍等。

黄宝妹 喂,我是黄宝妹。

电　话 黄阿姨,您好呀!

黄宝妹 噢,你是老劳模蔡龙英的儿媳妇吧?

电　话 是的,黄阿姨您还听得出我的声音。

黄宝妹 听得出听得出,你有什么事啊?

电　话 黄阿姨,我们家老人在世的时候,您和劳模公司帮我们家解决了好多困难,老人走了以后,你们也一直关心我们。现在,我儿子找到了工作,第一次拿到了工资,我们想把这份工资捐给劳模公司,钱不多,算是表达我们的一点心意。

黄宝妹 孩子啊,你们家的生活越来越好了,真替你们高兴! 劳模公司本来就是为劳模服务的,这个钱肯定不能收,心意我们领了!

电　话 (想要再争取一下)黄阿姨……

黄宝妹 好孩子,谢谢你! 再见!(赶快挂断电话)

众　人 这家人真是有心了。这些年宝妹帮老劳模们解决了多少事情啊,看病,拆迁,分房,件件都是要紧事,大家都要来谢你!

黄宝妹 我在劳模协会工作,又开劳模公司,又办劳模之家,就是要为劳模服务的嘛!

老主任 好了好了,大家不要发感慨了,赶快排练了。(大家恢复队形)宝妹这个越剧啊,从她还是小劳模的时候我就听她唱了,那时候唱得叫一个荒腔走板,是越剧还是沪剧都听不出。

黄宝妹 老主任,哪有那么差!

老主任 现在好多了,唱得越来越有味道了。

众　人　那还用说,宝妹的唱腔可是得过徐玉兰、傅全香的指点的!

老主任　好,预备,开始!

　　　　〔一段较完整的唱段,在几人一个精彩的亮相中结束,表演区光暗。

　　　　〔追光起,老年黄宝妹开始讲述。

黄宝妹　我55岁退休,然后开劳模公司,办劳模之家,继续为党工作,为劳模们服务,这一干又是20多年。80岁了,我还是闲不住。这时候,很多地方邀请我去给年轻人作讲座,讲讲劳模精神,讲讲纺织工人的优良传统。2019年,习近平总书记考察杨浦滨江,他鼓励我多向年轻人讲一讲,坚定他们对中国特色社会主义的道路自信、理论自信、制度自信。我愿意把我的故事讲给大家听,只要我讲得动,就一定会多讲讲。我上的党课在哔哩哔哩上直播,年轻人叫我"黄奶奶",说我是"90后"主播。

　　　　〔背景屏幕播放黄宝妹在B站的党课视频。

黄宝妹　我一生的荣誉都从劳动中得来,是踏踏实实、认认真真地劳动成就了今天的黄宝妹。2021年,建党100周年,我90岁,入党70年。党授予我党内最高荣誉——"七一勋章"。我和其他28位同志在人民大会堂,等待习近平总书记为我们颁授勋章。让人高兴的是,在这里我又见到了老朋友。

　　　　〔吕其明上场。

吕其明　宝妹呀,我们又见面了!

黄宝妹　吕其明老师,我最爱听您写的《弹起我心爱的土琵琶》,还有

《红旗颂》!

吕其明　(开玩笑地)我给你的电影写的曲子就不爱听了?

黄宝妹　爱听,爱听!

吕其明　我们真是有缘分啊! 63 年前我们一起创作了电影《黄宝妹》,今天我们要一起领"七一勋章"。

黄宝妹　是啊!

　　〔蓝天野上场。

蓝天野　一部电影,走出了两位"七一勋章"获得者,真是一段佳话啊!

黄宝妹　这不是蓝天野老师吗!

蓝天野　小黄啊,我们也有缘分啊,我们差点成为同行,哈哈哈!

黄宝妹　蓝天野老师,您又说笑了,我能当好纺织工人,可当不了演员啊!

吕其明　走吧,90 岁依然美丽的纺织女工,我们一起进场。

黄宝妹　走!

蓝天野　走!

　　〔三人下场,灯光渐暗。背景屏幕播放颁授仪式现场视频,背景音为介绍黄宝妹的颁奖词。

　　〔剧终。

舞台剧

榜样2

编剧 刘 茜

舞台剧《榜样2》四个故事串联方案：

舞台固定位置有一个老式绿色邮筒，四个故事用信件和邮筒进行串联。

蔡竹青：戏的开头蔡竹青的女儿会往邮筒里寄一张明信片——寄给留在上海的妈妈，戏的结尾蔡竹青会寄出一封信——寄给过去的自己。

张金春：戏的开头张金春的妻子会从家门口的信箱里取出一沓信——铁皮长的订单信件，戏的结尾张金春会寄出一封信——寄给张、李两位已经不在身边的工程师。

钱月芳：戏的开头钱月芳会拿着一封信——凌女士拒绝修复请求的回绝信，戏的结尾钱月芳会寄出一封信——寄给被自己剪坏顾绣小鸟作品的前辈。

罗清篮：戏的开头罗清篮会收到一封 E-mail——黑客挑衅的电子邮件，戏的结尾罗清篮会寄出一封信——寄给未来的自己。

一、 劳模蔡竹青（诗剧）

人物表

蔡竹青　钟表工程师

群　英　蔡竹青的女儿

大　钟　北京火车站大钟

另有厂长、工程师、工友等若干

　　[国庆节前夕,北京火车站熙熙攘攘,人声鼎沸。舞台角落立
　　有一个绿色邮筒,有路人时不时往邮筒投递信件或明信片。

群　英　北京,长这么大我还是第一次来北京！小时候同学的爸爸
　　　　妈妈经常会带她去北京,回来她总能带回来很多糖果跟大
　　　　家分享,所以北京在我的记忆里是甜甜的,像糖。

蔡竹青　（兴奋）群英啊,北京的景点有很多,但爸爸第一个就要带
　　　　你……

群　英　天安门,从小就听你说。

蔡竹青　还有升国旗呢,那个国旗护卫队可威风了,迈着雄壮的步
　　　　伐……带你去之前我们先给妈妈寄张明信片,弥补她今天
　　　　没来的遗憾。（蔡竹青往绿色邮筒投递明信片）

群　英　爸爸,我想看看北京站的那个大钟,你当年建造的大钟。

蔡竹青　群英啊,你抬头看。

群　英　它很漂亮！

蔡竹青　漂亮吧！不光漂亮,它还会唱《东方红》呢！（自顾自地唱起来）

　　　　〔群英看着爸爸兴奋得像个孩子也被感染,父女开心地唱着、笑着。

　　　　〔画外音传来:爸爸——爸爸——！父女俩疑惑,灯光变化,舞台一侧定点光起,大钟上。

大　钟　爸爸!

群　英　你是谁,你跟谁叫爸爸? 这是我的爸爸!

　　　　〔蔡竹青摘下眼镜又戴上,仔细打量着眼前这个小姑娘。

蔡竹青　我不认识你呀?

群　英　你不认识我了? 我是你的女儿!

蔡竹青　我的女儿? 我的女儿群英在这儿啊。

　　　　〔大钟有些失望、哀怨地看着面前蔡竹青。

蔡竹青　（抬头看看大钟,又看了一下自己的手表）10 点 59 分,时间一致!（笑）看来是我想多了! 群英啊,大钟马上就唱《东方红》! 我们一起唱好不好?

群　英　爸爸,你可小心别抢拍子了。

蔡竹青　放心吧,爸爸对这首曲子太熟悉了!（低头看手表）11 点 01 分!（抬头看大钟）10 点 59 分!

　　　　〔紧张,音乐起。

蔡竹青　（快步走近大钟）怎么回事? 是零配件坏了? 还是机芯出了问题? 难怪我最近总是梦到大钟时间不准! 整个北京火车站乱了套,大批旅客错过火车,火车也因为时间差异被迫停运。我彻夜难眠,我没想到梦里的事是真的,没想到大钟这次是真的病了!

[爸爸对大钟紧张的样子,一下勾起了群英心中童年时对爸爸的不满。

群　英　爸爸! 你的大钟好像并不那么听话啊。

蔡竹青　你不要胡闹。

群　英　我怎么是胡闹呢? 是你的大钟胡闹,她怎么还不唱歌啊!

蔡竹青　你别闹,爸爸在工作。

群　英　工作!"爸爸在工作"这句话我太熟悉了,以前的时候只要我听见这句话,那就代表着我看不见爸爸了! 爸,你不是答应我到北京是来玩的吗? 你又要像以前那样去工作了,对吗?

蔡竹青　群英,以前都怪爸爸,这次爸爸保证不工作,爸爸就陪群英!

[大钟听到蔡竹青不停地安慰群英,更生气地哭起来。

蔡竹青　姑娘,你怎么哭了?

大　钟　爸爸,你真的不认识我了吗? 1959 年的 9 月初,在上海。

蔡竹青　1959 年 9 月上海……

[闪回场面:

[上海火车站,众人在等蔡竹青出来。

张工程师　蔡工呢? 今天是大钟要运往北京的日子,可不能少了蔡工!

王工程师　就是啊,怎么还没来?

李工程师　我刚才还看见他,你们看他来了!

[蔡竹青捧着一块红绸布,庄重地走到人群中间。众人鼓掌欢呼!

赵工程师　蔡工,您今天还换了新衣服!

张工程师　今天可是蔡工的大日子,女儿出嫁了! 哈哈哈……

〔众人欢呼！

蔡竹青　要说女儿,这大钟不是我一个人的女儿,她是大家的女儿!同志们大家辛苦了,从元旦到今天整整 8 个多月,247 个日夜⋯⋯

张工程师　5 900 个小时。

王工程师　35 万 6 千分钟。

李工程师　之前做实验的时候可没见你计算这么精准!

王工程师　我又不是搞财务专业的。

蔡竹青　我们是做钟表的,精确更是关键,跟数字密不可分,我们大钟身上每一个零件都要有精确的数字。

赵工程师　两座子钟 8 个面! 不论哪一台走时发生快慢控制台会发出报警信号,调试器可自动调整到统一标准时间。

〔众人鼓掌叫好!

张工程师　钟表指针时分针内外同轴。分针外径 60 毫米,内径 20 毫米! 长度 1 米。

王工程师　时针轴外径 80 毫米,内径 60 毫米,长 800 毫米!

李工程师　时针分针在 12 级风力下的压力是 26 公斤压力。

赵工程师　但是我们提高到了 80 公斤! 80 公斤压力也不能使指针扭曲变形,对内部结构不受影响!

〔众人鼓掌叫好。

王工程师　机芯重锤二至三吨、机械结构 4 平方米、大小不同类型齿轮上百个!

众　人　你说那是国外的!

张工程师　我们大钟的机芯 0.25 平方米,重量仅 1.5 吨!

李工程师　国外的钟声配音:直径 3.1 米,从高 2.5 米铜铸、敲钟机械传动装置及 6 个大铁锤重十多吨,需黄铜、钢铁,光一套人工控制录音机,价值 4 万 5 千元。

赵工程师　而我们采用了一套机械和电磁场相组合结构装置和一套 500 伏特扩音,费用 4 500 元,重量不到 250 公斤。

〔众人鼓掌叫好。

蔡竹青　同志们,还有不到一个月,我们的新中国就要过她的十岁生日了,咱们国家不容易啊,底子太薄了,条件艰苦,资源也有限,大钟的这个任务那真是任务重、时间短、条件差、还缺乏经验和参考资料,但是我们靠着这股拼劲儿、这股韧劲儿!硬是把这块硬骨头啃下来了!我们是谁啊,我们是上海工人啊!我们必须走,也能走出一条独立自主的创新之路!党号召我们要多、快、好、省地建设社会主义,今天我宣布,组织交给我们的这个新中国十周年生日的献礼,我们完成了!

〔众人鼓掌叫好。

张工程师　给咱们的钟起个名字吧?

王工程师　对,应该有个名字。

〔人群应和。

李工程师　我说叫"北上"!北京的大钟我们上海制造!

赵工程师　我看应该叫"九月钟"!九月完成的。

王工程师　"壮壮"!或者叫"倍高钟"?

〔人群中大家纷纷起名。

蔡竹青　(依依不舍地看着大钟)我看就叫"大钟"吧。听着朴实、和善、有劲儿! 像我们的国家!

〔众人叫好,就叫"大钟"。

359

蔡竹青　大钟啊,你就要一个人到北京了,我们都很担心你,那边的天气干燥,不比这边湿度大,你可不能想家闹脾气啊,你要知道全国人民到了首都北京那第一眼就是看你,你可得好好表现,得给咱们厂争光! 要是真想家,你就在整点报时唱《东方红》的时候,大点声,我们听得见!

张工程师　好了蔡工,时间差不多了。

蔡竹青　好,给我们囡囡披上红盖头!

　　　　〔众人扬起红绸缎飘在空中,灯光收。

　　　　〔闪回当下。

蔡竹青　(恍然大悟)你就是大钟?

　　　　〔大钟的哭声更大了。

蔡竹青　你真的是大钟呀!

　　　　〔大钟不回答,继续哭。

蔡竹青　大钟,你是不是"生病"了?

大　钟　我没有病!

蔡竹青　钟啊,你听爸爸的话,让爸爸给你做个检查。

　　　　〔蔡竹青拿出了图纸。

大　钟　我没有病!

蔡竹青　钟啊,你可不能这么任性! 时间准确对北京火车站可太重要了!

大　钟　我曾经幻想过 100 种与他见面的场景,但唯独没想到是今天这样——他会不认识我! 甚至,在他的身边,还带着一个和我一样大的女孩,也叫他爸爸,这让我生气又难过! 他竟然忘了我这个女孩儿,我就要故意跟他赌气! 他越是跟我讲道理,我就越走不准时!

蔡竹青　大钟,爸爸刚才没有认出你来,是爸爸不好。

群　英　你到底是谁呀?不要跑到这来随便认爸爸!

蔡竹青　她是大钟,是你还在妈妈肚子里的时候,爸爸日日夜夜设计
　　　　并建造的大钟!她比你大几天,也算是你的姐姐啦!叫
　　　　姐姐。

大　钟　谁稀罕做她姐姐,你还当我是你的女儿吗?你心里根本就
　　　　没有我!你早就把我忘了!这么多年一直都没有来看我!
　　　　你真狠心啊,我也不要你这个爸爸!

　　　　〔大钟又委屈地哭起来。

蔡竹青　(对大钟)我虽然一直没有来看你,但是在我的心里一直惦
　　　　记着你。我经常梦到你,胳膊是不是转得太累了,是不是想
　　　　歇歇?关节是不是要润滑剂了?不然你的关节是要疼的。
　　　　我还想着你的嗓子每天都要发声,都要唱歌,那一定要好好
　　　　保养,不然声音哑了可就难受了。我也会梦见每天成千上
　　　　万的旅客依靠你知晓时间,听着你的钟声奔走赶车;周边居
　　　　民百姓伴着你的钟声晨起工作,听着《东方红》酣然入梦。
　　　　女儿啊,爸爸为你感到骄傲!

大　钟　我这才知道,原来爸爸他一直惦念着我!他一直记得我,惦
　　　　记我,他记得我从无到有的每一个瞬间、每一次变化,是我
　　　　冤枉他了!

大　钟　爸爸……

群　英　爸爸,你不是带我来看天安门的吗?走吧,我不要看大钟
　　　　了,我们看天安门!

大　钟　(故意)爸爸,你说得对,我生病了,真的很难走得准了,都

怪我。

蔡竹青　不,不,孩子,这不怪你,这么多年难免出现情况,让我来
　　　　帮你。

群　英　爸爸,你干吗去,带我去天安门!

蔡竹青　爸爸去工作!

群　英　爸爸! 爸爸! 工作?

　　　　［蔡竹青下。爸爸最后的一句"去工作"再次让群英难过,她
　　　　对大钟产生了敌意。

群　英　你看什么? 爸爸是我的爸爸,就算你是她的女儿,爸爸爱我
　　　　不爱你!

大　钟　你看见我的裙子了吗,这是爸爸给我亲手做的!

群　英　一条裙子有什么了不起?

大　钟　有什么了不起? 也不能怪你,当时你还在妈妈肚子呢。

　　　　［闪回场面:

　　　　［工厂办公室里,几位工程师围着蔡竹青,气氛压抑紧张!

张工程师　蔡工,钟面的设计方案您再不敲定,时间可就真的来不
　　　　及了。

王工程师　是啊,后边的几道工序都等着这个方案呢?

蔡竹青　还是那句话,造价! 造价! 还是造价! 今天我三顾茅庐请
　　　　来了张老师,这是我们数据计算的专家! 小李,你把钟面设
　　　　计方案说下吧。

小　李　张老师,我们第一种方案就是用铜,铜稳定、耐腐蚀,施工操
　　　　作相对简单而且美观,就是造价有点高。

张老师　如果用三至四毫米厚紫铜板。四至五米直径的钟面,那么

362

就要二至三吨紫铜。

蔡竹青　二三吨紫铜,同志们,紫铜,我们国家到处都在建设,本来物资就少,这么多紫铜如果用在制造电线、电缆、变压器、交换器,那得解决多少问题啊?

张老师　而且需要庞大的设备和劳动力,对运输也带来困难。

蔡竹青　这个方案不行,小吴你说。

小　吴　用上海海关和上海图书馆方案,就是用 300 毫米工字钢围成四五米直径的圆环作框架! 用生铁浇制花纹的玻璃框架。

张老师　(在本上画了几下)估计四面需要用 15 吨金属材,还需大概 128 平方米奶白色玻璃。

蔡竹青　15 吨金属材料?

张老师　这还是理想情况下,加上损耗,恐怕还要高。

蔡竹青　不行,造价太大了! 不行。

王工程师　蔡工,我们要为新中国十岁生日献礼,这点钢材铁皮还是可以的,不能太抠门了。

蔡竹青　咱们国家底子薄啊,经济、技术、物资那还处于一穷二白啊,一年全国钢产量也就 2 000 多万吨,听着多,可是建设中哪处不用钢,上到国防科技,下到家用电器,这 2 000 万吨平摊到全国,那就少得可怜了!

王工程师　那也不差咱们这点吧。

蔡竹青　这不差点,那不差点,最后差的就不是一点半点了。

小　吴　蔡工,您的心情我们也理解,总能只顾造价不顾其他了,毕竟这是献礼啊。

蔡竹青　你说对了,我们不仅顾及造价我们更要顾其他! 这个大钟不仅是献礼,她要装在哪？要装在北京新建火车站！首都的车站那是祖国大门,你们想想国庆十周年,大钟在车站上迎接各国来宾前来观礼,是十年来我们的成就,标志着咱们国家的工业水平啊！

张老师　蔡工,您说得太好了,我很振奋！我刚才突然有了一个想法！这种材质不仅美观、大气而且成本造价施工难度都低。

蔡竹青　张老师您别说出来,我也有一个想法,这样我们都写在手心,看看我们想的是不是一样？

　　　　[两人在手心写下文字,众人在两人翻手的时候惊呼！两人写的一致——"大理石"！众人沸腾了！

众　人　大理石！

　　　　太好了！

　　　　我怎么没想到！

　　　　建筑物表面贴上黑色大理石！

　　　　乳白色玻璃字母自动照明看来也美观大方。

　　　　重要的是还节省了金属材料。

　　　　而且美观啊,雍容华贵,大气！

蔡竹青　哈哈哈,这些就是你们美术设计师傅的事了,但有一样！

众　人　造价！造价！还是造价！

　　　　[闪回当下。

大　钟　(摸了摸身上的衣服,很珍惜)爸爸为了找到适合给我做裙子的面料,和工友们反反复复推敲,虽然不是最贵的,但却是爸爸最用心的。

群　英　我不想听！

大　钟　你为什么不听呢？你不是要跟我抢爸爸吗？

群　英　我要去找我爸爸了。

大　钟　你的名字"群英"是护士起的，而我的名字"大钟"是爸爸起的，你出生的时候爸爸根本就不在你旁边，知道为什么吗？因为那时爸爸正在忙着把我生产出来！是爸爸制造的我，我身体的每个部件都是爸爸亲自设计的。你呢？

群　英　（急得眼泪快出来了）我的爸爸……对，就是我的爸爸！小时候我爸爸对我很好的，每天都会陪着我。春天爸爸带我去放风筝，风筝放得老高，我都看不见了，我跟风筝挥手：爸爸！你在吗？夏天带我去游泳，淘气的爸爸突然从水里钻出来吐了我一脸的水。秋天爸爸带我去爬山，我爬不动了就喊：爸爸爸爸，背着我啊爸爸，你背着我啊！爸爸就俯下身子背起我，从来都不嫌累！冬天好冷，爸爸帮我暖手，爸爸的手很大很厚也很暖，这时候爸爸的手突然要拿开，我拼命要抓住爸爸的手，我抓，可是我醒了，我的爸爸都是在梦里。

　　　　〔蔡竹青上，听见这些话。

蔡竹青　群英，都是爸爸不好，忙于工作，疏忽照顾你和妈妈。

群　英　爸爸你造大钟不陪我？可为什么造完大钟了，还是看不见你呢？

蔡竹青　爸爸在……

群　英　在工作。

蔡竹青　是啊，建造完大钟后，我们国家遇到了三年自然灾害，苏联停止了对我们国家的援助，撤掉了所有领域的专家，爸爸参与了 301 型航空时钟的研发工作！这是为飞行人员掌握精准时间和领航计时的装置,你可以想成就是飞机上的时钟! 我们国家早期的飞机上,像歼 5 歼 6 都是,后来又有 105 快 艇钟,308 航空时钟,318、362 时间控制机,随着这些带码 数值增加,你也渐渐长大了。后来我又去了卫星发射场,和 同事们研制了人造地球卫星回收时空仪器,卫星顺利回收 了,可是我也错过了你们两个长大的时光。爸爸一辈子跟 钟表打交道,但却不能让时间倒转。都是爸爸不好,是爸爸 不好。

群　英　爸爸。

大　钟　爸爸,是我不好,我只想着你这么多年都不来看我,我以为 你把我忘了。爸爸对不起,你不要怪你这个女儿任性。

蔡竹青　怎么会呢? 爸爸要告诉你,这么多年来,爸爸一直都为你 骄傲!

大　钟　爸爸。

蔡竹青　群英,能等爸爸一会儿吗? 我去把大钟修好。

群　英　嗯。

蔡竹青　好孩子!

大　钟　爸爸,您不用去修了。

蔡竹青　嗯?

大　钟　我以为您不爱我了,我跟你赌气,才故意不走准时的。

蔡竹青　什么? 你这孩子啊。

　　　　[整点到来,《东方红》的音乐响起,大钟的光收。

　　　　[空中传来了大钟的声音。

大　钟　爸爸,妹妹,我就不跟你们去天安门了,我要像爸爸一样坚 守岗位,站在这里来守护时间、来守护爸爸的梦想,这里需要我,我也知道你们是爱我的,我也爱你们……

〔舞台上两束定点光,一束光打在蔡竹青身上,一束光打在绿色邮筒上。

〔蔡竹青独白:16 岁的蔡竹青,你好! 窗外时光弹指过,席间花影坐前移。我想起 1949 年的十月一日,新中国成立 16 岁的你真是激动万分,你心里暗暗发誓,一定要做一个对新中国有用的人,为新中国的建设贡献自己的一份力量。这么多年过去了,我算是完成了你当年的心愿了,虽然老了,不过你可别因为我老了就小看我,只要国家一声召唤,我依然跟你一样会奋不顾身、勇往直前,依旧会时刻准备着,为了祖国奋斗终生!

二、 劳模张金春(话剧)

人物表

张金春　39 岁,上海华明电子金属柜厂厂长

李工程师　29 岁,男工程师

张工程师　28 岁,女工程师

妻　子　38 岁,张金春的妻子

〔张金春家门口立有一个绿色邮筒,有邮递员骑车经过会往里面投递信件。多媒体和画外音:世界上第一台投币式电子寄存柜的发明者张金春,是我们地地道道的松江人。他

出任上海华明电子金属柜厂厂长后，为企业经济复苏做出了显著成绩，被人称为"张铁皮"。20世纪90年代初期，为了使投币式电子寄存柜试制成功，他几次从病魔中挣脱出来，花了一年多时间在国内外做市场调查，经受了上百次失败，终于研制成功我国第一台投币式电子寄存柜，获准了国家专利申请，填补了国内外空白。在当年的松江，张金春无人不知无人不晓，甚至有一个说法：挂号信的地址只要写"上海松江张金春"，他就能收到。大家眼里的他工作勤勤恳恳，亲力亲为，是大家学习的榜样。

［1994年除夕的前一天，张金春上海松江的家中。客厅里摆满了各种书籍和制作工具，张金春眉头紧锁，坐在书桌前翻阅资料。妻子从信箱取出一沓信，端着一杯热水走来。

妻　　子　又忘记吃药啦！早晨就放在这里了，水都凉了！

张金春　嘿嘿，不是忘了，是药太苦了。

妻　　子　大过年的还不歇歇，你要是再累犯病了，没人陪你去医院！

张金春　自己去也行，医院吃住有人管，我就有空闲好好地想……

妻　　子　想什么？想这些破烂家伙吗？我看你是想得美！吃药！

张金春　(接过热水，吃药)这些都是宝贝，怎么能是破烂家伙？

妻　　子　(把那沓信交给张金春)厂里铁皮柜的订单又都寄到家来了，为什么？还不是因为你松江"张铁皮"的名气，可不是你弄的什么高科技！(叹气)老张，听我的，好好做咱们的铁皮柜就好了，咱就是初中学历，非要研究高科技，这不是难为自己吗？

张金春　那可不一样！你想，铁皮柜一卡车卖掉可能是2万块钱，但是如果是一卡车电子寄存柜那就不是 2 万,那是 20 万!给厂里带来的收益能一样嘛!这就是科技的价值。

妻　子　20 万在哪了?张金春,这些你都弄了一年多了,搭进去的钱和时间不说,自己累得住了几次医院?自己说!

张金春　4 次!我认为第一次住院的时候经验不足,浪费了很多时间,思考的都是电子寄存柜外观这些次要问题,不过等到了第二次生病,特别是第三次住院以后有经验了,等到第四次又住进了医院,我已经开始思考锁芯电机组成的核心问题了!(身体疼痛)

妻　子　你就异想天开吧。

张金春　老婆,这不是我异想天开!我张金春是从钣金工学徒开始做的,三十几年到今天,做铁皮匠也是 No.1,要不然能叫"张铁皮"吗!但是现在,日本有了这种电子寄存的自动铁皮柜了,你说我张铁皮不出手搞出来那还能指望谁搞出来!再说社会进步了,这个行当不改革不创新,做不大的。

妻　子　我不反对你创新,可那是日本,咱是农民。

张金春　农民怎么了?!日本人怎么了?不都是两条腿支起一个脑袋吗?日本人能用的我们中国人也要用上。再说就这么一个电子寄存柜!日本人能造出来的,我们中国人凭什么不能?

　　　　〔门外传来敲门声,妻子去开门。

　　　　〔李工程师和张工程师拎着大大小小的礼品进门。

妻　子　(热情地)是小张和小李啊!快进来,外面冷吧?

李工程师　师母,我们来看看师傅,顺便带了些新年礼物。

张工程师 （点头）对,师母,新年快乐!

妻　子 怎么带这么多东西,人来就够啦! 一会走的时候带点刚做的酱鸭回去尝尝!

张金春 （惊讶地站起）你们怎么还没回家? 明天就是除夕了。

张工程师 我是明天回青岛的车票! 他是凌晨回哈尔滨的火车。回家前带着大伙的心意特意来探望您呀,（调皮）张厂长!

张金春 哎,还是叫师傅! （高兴）明天走的话,今天留下一起吃饭,让师母做两个好菜!

妻　子 小李,我最近在学包北方口味的饺子,今天正好秀一下成果。

张工程师 （上前接过茶水）谢谢师母!

李工程师 （接过张工程师递过来的茶水）太好了! 我们东北讲"上车饺子,下车面",这可太幸福了! 谢谢师母!

妻　子 一家人客气什么。你们陪师傅聊会儿天,省得他又摆弄那些破烂家伙!

〔妻子去厨房包饺子,下场。

李工程师 师傅,我们临近除夕还没回去其实还有一个原因,就是放心不下电脑寄存柜的研究,想加快研发进程。

张金春 很好! 不过这个也不差这几天,等过完春节回来再说,但是没事的时候脑子也别闲着,得思考。

〔张工程师拿出一个大大的包裹。

张工程师 我们俩待到现在还有一个原因。

张金春 还有一个原因?

张工程师 一直在等给您的新年"礼物"到货,今天终于到了! （神秘地）您猜猜看是什么礼物?

张金春　嘿嘿,还有惊喜! 看这大小……毛巾被?

张工程师　不对。

张金春　热水壶?

张工程师　也不对。这个礼物您看了肯定开心!

李工程师　这是我们托朋友从日本购买的电子寄存柜!

张金春　日本电子寄存柜?

李工程师　是的,师傅,咱们给它拆了,看看到底是什么技术。凭您的经验和我俩对电子元件的了解,咱们的困难不就迎刃而解啦!

张金春　(脸色一沉)抄作业,抄日本人作业?

张工程师　师傅!

李工程师　借鉴,师傅,是借鉴!

张金春　那不是一样吗? 你小子跟我这么久,师傅最见不得什么你们知道吧?

李工程师　知道。

张金春　知道还把这个给我拿来?

李工程师　可是咱们研发这么久,一直没有头绪。

张金春　没有头绪就抄人家的,你刚当我徒弟的时候我怎么跟你说的?

张工程师　可是师傅! 试验 100 次都不止了!

张金春　100 次怎么了? 不成功就 200 次、500 次,总能成功的,我早就看出你小子就是见硬就怂,瞅你那怂样,还不抵人家小张一个女孩儿,一副没出息的样子,走! 走吧!

李工程师　(委屈)师傅!

张金春　你别叫我师傅,日本人才是你师傅,你走吧,把你师傅抱走!

张工程师　师傅,买柜子也是想给您个惊喜。

张金春　你们这是惊吓。

张工程师　(拍了一下李工程师,示意他少说话)师傅,既然柜子都到了,买都买了,要不您就看一眼。

张金春　为什么要看? 不看!

张工程师　哎呀,我差点忘了。

　　　　　[张示意李工程师从地上一堆礼品包里拎出罐头、鸡蛋……

张金春　干什么? 贿赂我?

张工程师　哪有? 师傅,这是销售部陈姐自己做的灵芝芡实芝麻糕,里面的灵芝是她大舅哥从东北寄来,可以提高免疫力。这是车间王哥媳妇做的罐头,说把家里的糖都放进去了,比外面罐头甜,加班熬夜没时间吃饭的时候补充体力! 这是门卫王大爷给的鸡蛋,自家下的……自己家鸡下的,让您加强营养,保重身体……

张金春　你怎么能收王大爷的东西? 他老伴儿常年有病,儿子又有残疾,一个人支撑一个家不容易,这些鸡蛋还不知道攒了多久! 其他工人日子也不好过,赶紧给他们拿回去。老婆,每个袋子里给他都装点年糕酱鸭什么的。

张工程师　这些都是大伙儿心意,您身体一直不好,大家都担心您。

李工程师　大伙儿托我们带个话,说盼着您身体早点好起来,带着大家继续研发电子寄存柜。厂里的效益越来越高,大伙的日子才能越过越好。师傅,要不我们拆开看看!

张金春　它才是你师傅,你还要拆你师傅,我看你是大逆不道了。

张工程师　师傅,您听过一句话吗?

张金春　哪句?

张工程师　师夷长技以制夷！

张金春　姨？什么姨？谁的姨？

张工程师　不是谁的姨。

张金春　你的姨？

张工程师　也不是我的姨，"夷"指外族或外国，"长技"指他们的先进
　　　　　技术，"制夷"则是为了抵抗侵略、克敌制胜。总之就是学习
　　　　　国外的先进技术，目的是打败他们！

李工程师　师夷是手段，制夷才是目的。

张工程师　这句话是清代思想家魏源最早提出来的，魏源可是和林
　　　　　则徐一样的大人物。

张金春　虎门销烟的林则徐？

张工程师　对！

张金春　师夷之长。

李工程师　以制夷！师傅，日本人开始也是靠着抄德国人……借鉴。

张工程师　师傅。

张金春　师夷是手段。

李工程师　制夷才是目的。

张工程师　制夷才是目的。

张金春　好，师夷长技以制夷！开！

　　　〔李工程师小心翼翼地打开包裹，里面却是一个普通的电子
　　　　计时钥匙柜。

张工程师　这还是用钥匙开锁的嘛，也没有电子程序元件啊。

李工程师　这个是不是呢？

张工程师　计时器，这就加了一个像电子表一样的计时收费的计
　　　　　时器！

张金春　插钥匙的？计时器？这不还是手动的吗？也不是电子寄存柜啊！

张工程师　（对李工程师）你是不是买错了？

李工程师　不可能，我就按照师傅之前跟我们提到的那个报纸的信息，托亲戚买的啊！

张工程师　（对张金春）师傅，报纸还在吗？

张金春　在的，你们等等啊！（去书架翻找报纸）我当年在医院床上就是看到这张报纸，上海很著名的广告人邵龙图写的——这不是"日本的电子存包柜"。

张工程师　师傅，就凭这几个字？

张金春　你看，"日本电子存包柜"！

李工程师　没错，这柜子上有汉字！"电子—细聊嘎"。（日语）

张工程师　（失望）现在看来，这个电子寄包柜是用电子表计算时间，它是计时，方便计时收费的。

李工程师　我们以为整个机器是电子控制的，电子智能柜子。

张工程师　（失落，垂头丧气）也就是说日本根本没有电子寄存柜，原来是个误会。

张金春　（更振奋了）既然日本人没做出来的话，那我们来研究！

张工程师　（震惊）师傅，这不光是日本没有电子寄存柜，是世界上没有电子寄存柜。

张金春　我知道啊！所以我们来研究啊！中国人自己要是做出来，这不世界上就有了吗？就赶超日本了嘛！你们这份礼物送得不错啊，让我很意外也很惊喜！我太喜欢这个礼物啦！

张工程师　师傅，您不会真的要研发一个世界上都没有的东西吧？

张金春　怎么？没信心？

李工程师　师傅,我们既然要做世界上没有的电子寄存柜,那就需要
　　　　　更多启发和参考,最好过了春节能出国考察一下其他国家
　　　　　的柜子,再搜集一些电子计算机方面的材料书籍,找找灵感
　　　　　和启发。

张金春　想法是好的!

李工程师　您也正好利用这段时间把身体调养好!

张工程师　调研是好,但是估计要很大一笔费用吧?

李工程师　所以要从长计议,现在最重要的是师傅的身体要养好!
　　　　　资金的事慢慢想办法。

张金春　资金的事你们不用管,我来想办法。还有你们从日本买柜
　　　　　子的钱,一并报给我。

李工程师　师傅,咱们一个乡办厂,这个费用可不少。

张金春　哎,不能让厂里为难! 我有钱,你师母应该还有些国库券!
　　　　　〔张金春的妻子端来热气腾腾的饺子。

妻　子　吃饺子吧!

张金春　哎呀! 尝尝你们师母这手艺,我跟你们讲,不是夸你师母,
　　　　　她包饺子……

妻　子　我第一次包!

张金春　第一次包,那就更厉害了,第一次包就这么好。
　　　　　〔妻子瞪了张金春一眼离开。

李工程师　师傅,其实钱还是小事,主要是技术,根本没有参考无从
　　　　　下手啊,柜体通电、绝缘这倒还好说,关键是如何启动开关,
　　　　　如何不用钥匙就能开锁关锁? 就算能做到,那最难的就是
　　　　　这个触发装置,总不能靠手一拍、拳头一砸、一拍脑门就启

动开锁啊。

张工程师　你少说两句。

张金春　来,趁热先吃饺子!师母也过来坐啊?

妻　子　我要出去!

张金春　出去?

妻　子　去给你拿国库券!可别拿了国库券还研制不出来!

张金春　看你们师母多支持我。

　　　　〔三个人围桌而坐。

李工程师　说实话,我已经快一年没吃过饺子了。

张金春　我也是!

李工程师　韭菜猪肉馅儿!小时候不吃韭菜,不喜欢这个味,因为这个没少被我妈骂,说我太娇气。后来有一次被我妈逼着吃了一口,就是这个韭菜猪肉馅儿,那是我人生第一口韭菜,没想到真鲜啊。

张金春　你这第一口饺子还挺波折。

张金春　是啊,第一口饺子,万事开口难!

张金春　(一杯酒下肚)来,我敬你们一杯……作为松江乡办铁皮柜厂的厂长,为了提高厂里效益、跟上时代的发展,我想要研发电子寄存柜,这段时间你们跟我吃苦了。之前可能是我想简单了!我想这日本人跟咱们长相相似、吃的也差不多,他们能做的我们中国人也能做!没想到这是个误会,他们也没做出来!不过那更好,我们要研究一个世界上没有的东西!我知道很难,但是"难"不是不坚持的理由,"世界上没有"更不是放弃的原因,如果是那样,人类那么多的从无到有的发明创造就不会有了!我张金春是做铁皮柜的,只有初中文化,电子元件这些我确实学着费劲,但我不服输,我不信那个邪,我觉得我们中国人身体里天生就有不服输的劲儿!这个电子柜的研发我们没有人能依靠,我也不想靠谁,如果依靠,我只想靠你们俩,你们年轻、有文化,你们是大学生!工程师!我相信靠着你们一定能把这个电子寄存柜研发出来。往常我不让你们叫我厂长,因为我是你们师傅,但是今天你们是我的师傅!(提酒)两位师傅,我敬你们一杯!电子寄存柜靠你们啦!

〔张金春一饮而下。

〔两位工程师手足无措,立刻跟喝一杯。

张金春 (往嘴里塞了一个饺子)味道不错!来,吃饺子!(又往嘴里塞了一个饺子,突然眉头一皱)哎哟!(从嘴里拿出一个硬币)

张工程师 是硌到牙了吗?

李工程师 师母太用心了!按照我们老家传统,我们在家过年,每年除夕妈妈都会包带硬币的饺子,谁吃到硬币都会开心很久。

张工程师 我妈妈也会这样包,师傅您吃到了代表好运马上就要降临了。

张金春 大家新年都有好运!

〔张金春将硬币随手一扔,硬币落地发出清脆的"啪"声。他捡回来,又扔了一下"啪",捡回来又一扔"啪"……这一声仿佛触动了他的灵感开关。

张金春 (猛然站起)有了!

李工程师 师傅!

张金春　投币,投币! 电子触发装置!

张工程师　投币?

李工程师　师傅,什么意思?

张金春　(激动)可以用投币机制代替传统的开锁方式。用投币触发电子元件的开关!

李工程师　(兴奋)这不仅能解决技术难题,还能提升产品的便捷性和安全性!

张工程师　用硬币代替钥匙! 好想法!

　　　　〔众人一惊,随即眼前一亮,纷纷赞同,群情振奋。

张金春　咱们现在就试试!

　　　　〔音乐中,三人立即放下筷子,投入新一轮的研发尝试中。

　　　　〔客厅内再次充满了紧张而满是希望的氛围……舞台收光。

　　　　〔舞台定点光,两位工程师倚靠在绿色邮筒上,阅读张金春寄给他们的信。

　　　　〔张金春写给张、李工程师信的画外音:两位"小师父",你们的进修学习还顺利吧? 告诉你们一个好消息,我们研制的投币式电脑寄存柜不仅获得了国家专利申请,赶超了世界先进水平,就连日本人还想来买断咱们的技术,给我开出高薪待遇,我肯定是不能理他们的。对了,你们师母问你们好,说等你们进修回来还给你们包饺子? 多放硬币! 两位小师父学成了就赶快回来,你们还得带着我这个老徒弟继续搞研发,继续为咱中国人争气,让中国制造走在世界的前列! 想你们的老徒弟!

三、 工匠钱月芳（音乐剧）

人物表

钱月芳　40 岁左右,松江电子仪器厂顾绣车间的绣娘

凌女士　60 岁,华侨

凌公子　30 多岁,凌女士的儿子

另有小鸟、绣线、绷架、绣花针等若干

〔2000 年 7 月,报纸上刊登的一则悬赏启事:上海松江华侨凌女士斥重金购回一件流落海外的文物——顾绣版的《山鸟图》。但遗憾的是,经过多年的颠沛流离,时光浸染,国宝《山鸟图》出现了一处细微的瑕疵,于是凌女士在全国内征集顾绣专家进行修补! 新闻在上海一时引起轰动,高额的奖金让许多人趋之若鹜,登门者络绎不绝……

〔舞台上立有一个绿色邮筒,报童手拿报纸从绿色邮筒前跑过,喊着:"号外号外,今天的报纸头条新闻……"

〔几名绣娘围在凌公子的身边请求拿到修补权。

凌公子　好了,各位,《山鸟图》是文物,我们要找的是顾绣专家,各位还是请回吧。

〔绣娘纷纷离去。

钱月芳　凌先生!

凌公子　怎么又是你!

钱月芳　你还记得我！

凌公子　你前后都来了三次了，我怎么不记得？

钱月芳　我这次来，还是想要请求凌女士让我来修补《山鸟图》。

凌公子　我妈妈不在。

钱月芳　（从书包里拿出绣有"小鸟"图案的枕套）这次我带了我的绣品，您看看……

　　　　[凌公子拿过来一看是绣花枕套。

凌公子　前几次我们已经说得很清楚了，我不会把《山鸟图》交给你的，你这个人怎么这样啊，不能为了钱就去做能力之外的事情呀。

钱月芳　你以为我是为了钱才来的？

凌公子　不是吗？

钱月芳　我真的不是为了钱。

凌公子　都这么说，好了，还是请你离开吧，不要再来打扰我妈妈。我们不可能让一个普通的绣娘去修补《山鸟图》，这是文物，不是你工厂里每天绣的枕套（不耐烦地把枕套丢给钱月芳）。（笑）说句难听的你也不要不开心，我们登报纸是重金修复，是要找专家，你的水平不配！

钱月芳　凌公子，我 19 岁学习顾绣，从最简单的拿针、穿线、色彩搭配、针法运用练起，到现在也有几十年了。

凌公子　绣得早就代表绣得好吗？不见得！

钱月芳　我不是这个意思，我想说的是我第一次绣的就是小鸟，如果没有娴熟的针法和批丝的技能，我怎么敢来这里请求修复《山鸟图》呢？

凌公子　绣过鸟就能修补《山鸟图》？那我见过徐悲鸿的画，我是不是就能画马啊!

钱月芳　虽然我不是专家,但是我用针线复刻出的名画佳作真的不在少数。请相信,我会尽全力修复好这幅《山鸟图》。

凌公子　哎呀,你这个人怎么都说不通呢。

〔凌女士拄拐出来。

钱月芳　凌女士,我刚才的话您也听到了,我虽然是个绣娘,但我真的仔细研究了《山鸟图》,请您给我这个机会。

凌女士　你了解顾绣?

钱月芳　每天都在绣!

凌女士　你见过这幅《山鸟图》?

钱月芳　梦里梦外都是它。

凌女士　这幅《山鸟图》色调淡雅,画工脱俗,画中取山却不见山,树枝的枝叶舒展有度、张弛有功,花繁叶茂却不抢鸟儿光辉,鸟儿羽毛轻柔灵动,根根清晰,尤其是鸟儿的眼神,专注不散,神韵不呆,只可惜……

钱月芳　只可惜翅膀下有一处硬币大的破损,不能让鸟儿跃然于画布之上。

凌女士　是,你想修补。

钱月芳　想!

凌女士　那我问问你? 关于修补,你有什么思路?

钱月芳　我……不瞒您说凌女士,针对这幅画我专门对顾绣进行了针法的改进和创新!

凌女士　你不要说了,你根本不懂顾绣! 哼,年纪轻轻的张口改进、闭口创新,浮于表面! 不是浮皮潦草的花架子,就是急功近利地去造假! 你走吧!

钱月芳　是我不小心哪句话激怒了您吗？凌女士，我怎么了？

凌女士　你当我不懂顾绣？不要糊弄我是个老人家，顾绣的针法虽然多变，但哪里有什么新针法！齐针、铺针、打籽针，接针、钉针、单套针，从没听说过有什么新针法！

钱月芳　（唱）海上的小船

　　　　　　有心中的灯塔

　　　　　　绣品气韵生动

　　　　　　意境才是家

　　　　　　《山鸟图》针如毫色如画，

　　　　　　线细如发似雨后春芽，

　　　　　　为鸟儿披上彩霞

　　　　　　创　"虚实针法"

　　　　　　断了羽毛仍归心似箭，

　　　　　　固有思想却蚂蚁绕圈。

　　　　　　山谷外喊声才能听见，

　　　　　　求创新为　不断向前。

　　　　　　祖宗留的心法，

　　　　　　不曾忘，在心尖！

凌女士　我用尽半生积蓄，历尽千辛万苦，才把《山鸟图》买下来带回国。顾绣是我儿时的梦想，也是我父亲的夙愿，曾经答应父亲如果有一天遇到它，一定倾其所有带回来。只是我对于破损的地方一直耿耿于怀，还是想要完整地捐献给国家，让她完好地飞回家。

钱月芳	那就交给我,我不会让你失望的。
凌女士	《山鸟图》的线细如发,绣针如毫,色如画,若想要修补它,不仅要更细的丝线和更巧妙的针法,更重要的是怀有一颗尊重我们祖辈的传统的敬畏之心!
钱月芳	传统当然要遵循,但是我觉得,改进创新才能够更好地向前!
凌女士	嘴上说说谁不会? 我看你就是光说不练!
钱月芳	就拿这个小鸟断裂的羽毛来说,传统针法当然必要,但是最重要的是需要更细的丝线,劈丝必须要劈得足够细,从没有过的细。
凌女士	劈丝? 这是顾绣的基本功,你这么年轻,我猜你连 32 分之一估计都做不到啊!
钱月芳	不够! 32 分之一不够,64 分之一不够,甚至 128 分之一也不够!《山鸟图》需要 256 分之一的细丝!
凌女士	256 分之一? 你说你劈出了 256 分之一的丝?
钱月芳	不然我也不敢接您的这单! 为了修补好《山鸟图》,我一直在研究形态各异的小鸟。修复小鸟对羽毛需要更细的丝线,我为此日日夜夜练习,终于劈出 256 分之一这更细的丝线。
凌女士	(惊讶)256 分之一?! 我不相信! (身体不适,开始咳嗽)
钱月芳	凌女士,我说的都是真的,请您相信我,给我一次机会。
凌公子	钱小姐,我妈妈已经拒绝得很清楚了。你这是第三次到我们家,这次我还是接待了你,但我希望这是最后一次。我妈妈年纪大了,身体也不好,我们在国内最多再待一周,时间很紧迫! 请你离开吧!

凌女士 不可能的,那么多专家都……你一个小小的绣娘。

钱月芳 凌女士,请您相信我。

〔音乐起。

〔舞台上出现小鸟、绣线、绷架、针等若干。

〔钱月芳边唱边劈丝。

钱月芳 （唱）以针代笔,劈丝线为墨

半绘半绣间岁月穿梭

颜色在阳光下劳作,

针线在深夜诉说。

19岁初识,用一生相托

自由自在间绣婀娜

中间色的一抹

爱的心锁

凡笔　不足　则弯针能独到

凡墨　有缺　则用丝线补缺少

如痴　如醉　这一生没辜负

无怨　无悔　这曾有的劳苦

顾绣赠予我的福

绷　架 （唱）顾绣很慢,秀娘腰很弯

指甲大小要绣一晚

绣花针 （唱）上下往复折返

穿过这云薄间

绣　线 （唱）浓淡深浅、老嫩相融之间

　　　　　　尽是意境为上的渲染

小　　鸟　（唱）当我睁开双眼

　　　　　　振翅欲飞上云天

合　　　　（唱）凡笔　不足　则弯针能独到

　　　　　　凡墨　有缺　则用丝线补缺少

　　　　　　如痴　如醉　这一生没辜负

　　　　　　无怨　无悔　这曾有的劳苦

　　　　　　顾绣赠予我的福

凌女士　　果然是 256 分之一,真是不可思议! 你是怎么做到的!

钱月芳　　你们再看我身上这件旗袍,上面图案都是我自己绣的,还有
　　　　　很多我绣的成品也是远销海外的。

凌女士　　旗袍上这只鸟也很可爱! 虽然鸟跟蝴蝶在一起看起来有点
　　　　　繁琐。

钱月芳　　不瞒您说,这个鸟是因为旗袍不小心刮破了,我才自己修补
　　　　　绣上去的。

凌女士　　你绣的? 但是为什么要绣只鸟呢?

钱月芳　　其实在我心底有一个秘密,但已经无法弥补。我从小就喜
　　　　　欢顾绣,第一次接触就是从小鸟开始。当年为了绣出跟前
　　　　　辈一样栩栩如生的小鸟,我用剪刀剪开了前辈即将绣完的
　　　　　顾绣小鸟,它像《山鸟图》上的小鸟一样可爱。之后我绣了
　　　　　各种各样的小鸟,绣品越绣越多、技艺也越来越好,每一幅
　　　　　都像自己的孩子一样,但是一想起那只被我剪坏的小鸟,还
　　　　　是会心如刀绞。

凌女士　　原来是这样。

钱月芳　　所以当我在报纸上看到这只残缺的小鸟,感觉特别的亲切,

抑制不住想把它绣补好！所以才日日夜夜练习劈丝,研究修补方法。

凌女士　(思考)钱小姐,我决定了,把《山鸟图》交给你！

凌公子　(难以置信)妈！

钱月芳　(惊喜)凌女士,当真?

凌女士　当真！你心中有这样的一只鸟,交给你我放心！

　　　　〔音乐起。舞台上灯光变化,宛如时光流逝。

　　　　〔钱月芳在家中,撑开绷架,夜以继日研究绣补《山鸟图》,终于含泪修补好了《山鸟图》。

　　　　〔音乐中舞台光渐收。

　　　　〔舞台光再起时,凌女士和凌公子看着钱月芳修补好的《山鸟图》,二人惊叹钱月芳精湛的技艺。

凌女士　不可思议、不可思议,谢谢你钱小姐！

钱月芳　凌女士,钱小姐我听不习惯,您就叫我月芳吧！

凌女士　好的,月芳啊,你给了我一幅完整的《山鸟图》,我要兑现承诺。

凌公子　这是你应得的。

钱月芳　凌先生,我当时就跟您说了,我不是为了钱啊。

凌公子　那怎么可以呢。

凌女士　月芳,这个是我的心愿,也是我的心意,你就收下吧。

钱月芳　凌女士,我有一个想法。您是懂顾绣之人,当您看到这幅《山鸟图》的时候,相信您跟我一样,为它的气韵所吸引。

凌女士　是的,不然我就不会把它带回来了。

钱月芳　你我是幸运的,都能一睹这顾绣之美,但是还有很多人没有这个缘分,所以我想用这笔钱建立一个顾绣基金会,用来办学推广顾绣,让更多人感受这顾绣之美。

凌女士　哎呀月芳,你这个想法太好了,我怎么说呢,怎么说都没法表达我对你的敬意。

钱月芳　您不用客气,我这样做,既是帮您了却心愿将《山鸟图》完美献给国家,也是了却自己多年的心愿。等我下次再去看前辈的时候,心里就不会那么内疚了,我虽然剪坏了一只小鸟,但是我又救活了一只小鸟。

〔舞台上定点光,钱月芳站在绿色邮筒旁边。

〔写给前辈的信,钱月芳独白:前辈您好!19岁因为喜欢开始学习顾绣,有人问我能不能耐得住孤苦寂寞?这么多年过去了,我真切地感受到"热爱可抵岁月漫长"。如今我入选了第六批国家级非物质文化遗产传承人名单。顾绣至美,传承至艰,我将倾我所有、毫无保留为青年一代介绍我们的传统文化,为顾绣薪火相传。

四、 工匠罗清篮（肢体剧）

人物表

罗清篮　30多岁,网络安全工程师

同事1、2　罗清篮的同事

玫瑰飞扬　网络黑客

另有公司老总、黑客病毒等若干

［大屏幕画外音：一家大型跨国企业发生了来源不明的网络病毒攻击，导致严重的数据泄露，价值千万甚至上亿的核心图纸可能在分秒之间就发送到地球的另一端。

［罗清篮收到一封黑客挑衅的 E-mail：小子！网络传说你是专业的，很强大？我看你什么都不是，Low 爆了！有本事跟我一决高下，我在网络世界等你，说话算数！

［虚拟世界：

M1D1：（2 分钟）

肢体表演：病毒狂欢！（4 人）主题——数据掠夺！

罗清篮（青蜂侠形象）与病毒战斗！

病毒败退。

同　　事　应该就是她！罗工！

同　　事　你看这个"玫瑰飞扬"。每次出现网络攻击事件的时候，她都有留痕！

罗清篮　的确，防火墙对她如同虚设。

同　　事　你看这里，这里，还有这里……

同　　事　哎，奇怪！

罗清篮　是不是？你们也感觉到了，她攻破安全墙后并不会继续攻击数据库，就在这周围转圈！

同　　事　留痕也是奇怪！很像故意的。

罗清篮　你把她轨迹联系起来看。

同　　事　笑脸！

罗清篮　嚣张啊，这是在跟我们炫技！不过技术确实是不错！

［不同时空。

玫瑰飞扬　多谢夸奖,小意思!

罗清篮　这样的技术当一个网络黑客可惜了。

玫瑰飞扬　爹味儿太重了吧,罗清篮!

罗清篮　你知道我?

玫瑰飞扬　网络安全卫士,谁都知道!

罗清篮　既然你知道我,应该也知道我做什么,我想邀请你加入我们!

玫瑰飞扬　没兴趣!也没意义!

罗清篮　没意义?

玫瑰飞扬　病毒在暗处,网络安全员在明处,病毒出现之前可不会跟你打招呼的,就如同消防队救火,救火车数量固定,但是火点是遍布全网的,一旦火点爆发,网络安全卫士会疲于应对、应接不暇,你们永远会被牵着鼻子走!就说刚刚的这场战斗,你虽然暂时胜利,但境外的他们绝对不会善罢甘休!这场战争你们终究会失败,注定失败的事情,努力注定没有意义!再见!(转身消失)

同　事　罗工,她太狂妄了!

同　事　她知道是境外的黑客?

罗清篮　她说的这些其实我早就有这样的担忧,只是还没想出一个解决的思路。

同　事　那现在这个数据窃取隐患怎么办?

罗清篮　让我想想,现在最重要的是图纸。

　　　　　［罗清篮打电话的画外音:你好吴总,我是罗清篮,我想请求对我们开放贵公司的数据权限,这样有利于防止数据窃取,

389

保护图纸安全……这样啊，虽然这次有惊无险，但是他们一定还会再来的……可是……好吧……

同　事　吴总怎么说？

罗清篮　吴总说开放数据权限涉及商业机密，他们拒绝了！

同　事　真是的！这怎么办？

罗清篮　不能这么被动挨打。他们是奔着图纸来的，这些网络黑客不过是受雇于人的打手，他们拿到图纸一定需要交易，我想试试从交易源头入手，进入图纸销售的交易平台，调查买家到底是谁！

同　事　（合）您想进暗网！

[虚拟世界：

M2D2：（3分钟）

肢体表演：罗清篮置身暗网交易市场，他被4个网络黑客盯上，被网络黑手纠缠，深陷"黑网"。关键时刻，"玫瑰飞扬"出手相救，挣破黑网！

[现实世界：

同　事　罗工没事吧？

同　事　刚才好险。

罗清篮　确实好险，我没事，让我一个人待会。

　　　　　[灯光变化。

罗清篮　我知道你还在。

玫瑰飞扬　我不得不说，罗清篮名副其实！技术不错！

罗清篮　刚才谢谢你！

玫瑰飞扬 他们以多胜少不讲武德！以后小心！

罗清篮 等等！我正式邀请你加入我们！

玫瑰飞扬 加入你们？然后呢？就算这次咱们俩一起能保住这家跨国公司的图纸，但是下次呢？下个公司呢？没有尽头的！我还是做开心的网络海洋的浪子！

　　〔玫瑰飞扬消失。

罗清篮 玫瑰飞扬！罗清篮，你要保持清醒！目前来看大部分人强调的安全，其实是封闭安全，即堆叠足够多的防火墙和防御软件，然后把核心资产和核心数据放置其中。然而，网络安全却如同"黑天鹅"事件，即使做了再多的防御，也存在千里之堤、溃于蚁穴的风险。传统网络安全维护还是一个纠错模式、杀毒的思维，总是当危机出现，我们去化解，可是随着互联网越来越发达，地球互联互通，数据入侵的隐蔽性、随机性、快速性、多样性使网络安全维护的难度大大增加，不行，必须找到一条维护网络安全的创新之路！主动性，主动性！

　　〔客户紧急来电，画外音：

罗清篮 吴总，怎么？

吴　总 罗工，大事不好了，我们公司的数据突然大量泄漏，都不知道怎么泄漏出去的，图纸、图纸！

罗清篮 吴总，您别急，请马上向我们开放进驻公司内部的数据权限。

　　〔虚拟世界：

　　M3D3：（3分钟）

391

肢体表演:病毒围剿图纸,罗清篮与病毒战斗,在玫瑰飞扬的帮助下,终于夺回图纸!

[画外音:罗工啊,你让我们说什么好啊,你帮我们挽回了价值千万甚至上亿的直接损失,如果图纸流落海外,那为我们国家造成的经济损失不可估量,我代表集团谢谢你!

[现实世界:

罗清篮 怎么? 不留下来吗?

玫瑰飞扬 罗清篮,我很尊敬你,更敬佩你做的事,但是以我的理解,这件事不会成功,保重,再见!

罗清篮 等等,如果我找到一条新的思路呢?

玫瑰飞扬 新的思路,什么思路?

罗清篮 我要打造一个"漏洞银行"!

玫瑰飞扬 漏洞银行?

罗清篮 就是开放安全,企业欢迎自己的核心数据被所有的安全爱好者、安全测试者甚至是黑客来进行测试。开放安全最独特的地方,就在于可以将外部测试者的成本转化为企业的收益。在开放安全的框架之下,随着企业业务的不断壮大,需要堆叠的防御设备反而会越来越少,但是安全防御的能力和韧性会越来越强。这就是漏洞银行给企业带来的独特价值。

玫瑰飞扬 好想法!

罗清篮 自主创新、重点跨越、支撑发展、引领未来是我们党提出的建设创新型国家的指导方针。创新科技、引领未来离不开青年人,你我都是国家的一员,青年的一员,应该为这个伟大的时代贡献自己的力量！现在我诚恳地邀请你加入漏洞银行,成为与其合作的"白帽黑客",你愿意吗？你们愿意吗？

[音乐中,一个个青年站出来,高喊"我愿意"！玫瑰飞扬大受感动,加入战队之中！

[虚拟世界:

D4M4:(1分钟半)

肢体舞蹈主题:出征

[舞台上两束定点光,一束光打在罗清篮身上,一束光打在绿色邮筒上。

[罗清篮手拿纸飞机,独白:未来的罗清篮你好！不知道你现在是什么样了,是个中年大叔还是少年依旧？你一定记得我们在创业之初的愿望,拥抱新技术,凭借新技术研发出更好的新产品"惠及世界、改变世界,让世界变得更美好",不知道你是否还保持着这份初心。科技创新是一个国家走向繁荣富强的立身之本！从一个科技大国迈向科技强国的道路上,我们的国家此刻正面临着重重困难与多方挑战,但是作为青年一代,我不会有一丝的犹豫和退缩,希望未来的你仍保持着这份少年感,这股创新力！我在这里向你发起挑战,创新之路我不会停止,未来的你接招吧！

[罗清篮将手中的纸飞机投向高空,绿色邮筒的光熄灭。

编剧学课程作业

话　剧

雷雨啊，雷雨！

编剧　林　恩

时　间　20 世纪 80 年代末至 90 年代初
地　点　北京医院 305 病房

人　物

晚年万先生　80 岁左右

中年万先生　50—60 多岁(ABCD 四个中年万先生,可由 2—4 人扮演)

玉　茹　万先生第三任妻子,60 多岁

瑞　娟　万先生第二任妻子,中年,50 岁左右

少年万姑娘　13 岁左右,万先生与瑞娟的女儿

青年万姑娘　30 多岁,大多时旁观,有时介入与万先生和朴园的对话,作为父亲心理的解读者和自我批判者

雷　雨　《雷雨》中的第九个角色

护士小白　20 多岁

巴　老　90 岁左右

祖　光　70 多岁

永　玉　60 多岁

阿瑟·米勒和夫人英格　80 岁左右

《雷雨》里的角色　朴园,繁漪,鲁大海等,都保持各自在剧中的年龄和装扮

《艳阳天》里的角色　马弼卿,保持在剧中的年龄和装扮

[病房是一个大开间，左边有一张病床，右边是客厅（从观众方向看）。

[病房的门通向左侧。舞台左侧正向观众有一个窗子。病床床头靠墙，床头右边有一个书桌，书桌上有一盏台灯和一部老式电话（带拨号盘的），电话旁有一个笔记本，一支笔，书桌前有一把木椅。书桌左旁立一书柜，里面摆满了书。病床上有白色的床单、被子和枕头，上面印着红色的"北京医院住院部"字样和红十字标识。病床前有一张轮椅，轮椅上放着一本厚厚的书（托尔斯泰的《复活》，观众一开始看不到封面，最后才看到），一张单人沙发，沙发靠舞台中间一些，面对观众。沙发侧后方立一衣架，上面挂几件衣服。沙发前有一张矮茶几，茶几上有一个热水瓶、茶壶茶杯，还有一些凌乱放着的书报杂志。沙发上有一件打了一半的毛衣。

[客厅向右也有一个门。客厅墙上挂着一幅字，是万先生的书法：

　　日月忽其不掩兮春与秋其代序。

　　惟草木其零落兮恐美人之迟暮。

　　汩余若将不及兮恐年岁之不吾与。

[字的下方立一橱柜，上面摆一幅照片。舞台场景会令人想起《雷雨》中的周公馆。客厅中面对观众有一张长沙发，亦

如周公馆客厅里的那张长沙发,沙发右侧后方有一立式台灯,台灯右边有一把椅子。客厅右边有一扇旧式的雕花窗户,紧闭着。

［雷雨,一身白色长袍,头戴帽子(与长袍连在一起的帽子),站在舞台最后方一个约四五十厘米高的立方体上,像一尊雕像,他多数时把双手温柔地握在胸前,有时会张开双臂,俯瞰全场。光从后上方照下来,看不清面目。雷雨会一直站在台上,万先生能感觉到他的存在,甚至能看到,万先生时常仰望前方,即在仰望雷雨。

1. 某年春

［传来街道的嘈杂声:街边商场播放的电视剧《渴望》主题曲《好人一生平安》,"有过多少往事,仿佛就在昨天,有过多少朋友,仿佛还在身边……"混杂着街头的人声、汽车喇叭声、降价大甩卖的叫卖声。

［左场病房:光渐起。一个身影站在窗前,渐清晰。

［万先生,80岁左右,上身穿着病号服,拄着拐杖,头发花白,一缕头发覆盖在前额,站在窗前,看着窗外(观众方向),一脸悲戚,他已站了很长时间。

［玉茹,坐在他身后单人沙发上叠衣服,不时抬头关切地看一眼站在窗前的万先生。

［万姑娘,30岁左右,站在门边,手里拿着一本书,如一旁观者,不介入剧情,但有时会介入与万先生的对话。在众人中,万先生的话有些只是说给万姑娘听的,而万姑娘的话只是说给万先生听的。万姑娘是父亲一定程度上的心理解读者和自我批判者。

[玉茹把衣服一件件叠好,放在沙发扶手上,又把叠好的一叠衣服拿起来一起放进衣柜,玉茹从衣架上取下一件外套,走上前,从身后披在万先生的身上,伸手把窗子关上。窗外嘈杂声音减弱,消失。

玉　茹　别冻着了! 一大早就这么站着,也不和我说一句话。看什么呢?

万先生　(仍看着窗外)看人,来来往往的人。

玉　茹　(抬手把万先生额前的头发轻轻抚上去)人有什么好看的?

万先生　人是最好看的。

玉　茹　……

万先生　从早到晚,忙来忙去,只为一口饭吗? (沉默)

玉　茹　你说呢?

万先生　他们的身后是父母、兄弟、姐妹,

　　　　身旁是亲戚、朋友、邻居……

　　　　他们是丈夫,妻子,儿子,女儿……

　　　　(停顿)摩肩接踵,熙熙攘攘……

　　　　　　每年每月,每月每日,每日每夜……

玉　茹　……

万先生　他们是什么?

玉　茹　人呗,你不是说了嘛。

万先生　芸芸众生。(停顿)

　　　　看他们,也是看我自己。(停顿)

　　　　奔波劳碌,如同蝼蚁,

　　　　诚惶诚恐,飘如陌尘,

　　　　俯仰之间,已到晚年,

错失半世,荒芜一生。

玉　茹　人家不都是这么过来的吗?

万先生　(轻轻摇头,很悲伤,几乎哭出来)不是的,不是的,人家不是
　　　　这样的,只有我才是这样。

玉　茹　苦日子都过去了,不想这些了,现在多好,高兴才是。

万先生　是啊,高兴才是,可我,怎么想哭呢?

万姑娘　还是自己不断地来苦恼着自己。

万先生　这是我50多年前说的话。

万姑娘　我踌躇满志地来到这个世上,

　　　　却做出了最愚蠢的事情。

　　　　这全部都能归咎于自然的冷酷

　　　　和天地的残忍吗?我有些害怕。(停顿)

　　　　[突然传来嘈杂的喧嚣声,口号声和枪声,又瞬间消失。

万先生　太可怕!太可怕了!

玉　茹　哎,你站了这么久,腿麻了吧?(搀扶万先生)来,我们快回
　　　　去坐下歇会儿。

　　　　[万先生似从梦中回到现实,转身,随玉茹搀扶慢慢走向单
　　　　人沙发。

万先生　肉体和灵魂,物质和精神,意识形态,形而上学——(坐在沙
　　　　发上)还有一大堆根本就说不清道不明的东西,新名词,总
　　　　是拧巴着,拧巴着。

　　　　[护士小白上,手里拿着血压计。小白一身白色的护士服,
　　　　如进来一束阳光,病房也瞬间亮了一些。小白青春、活泼、
　　　　机灵、可爱。现场气氛也变得活泼。

小　白　爷爷早!奶奶早!

万先生、玉茹　（高兴地打招呼）哦,小白姑娘早! 小白姑娘早!

小　白　爷爷昨晚睡得怎么样呀?

万先生　（学小白口气）睡得很好呀!（三人大笑）谢谢小白姑娘每天的问候!

小　白　不用谢,小白姑娘应该的! 来,爷爷,伸胳膊,量血压,测心率。

万先生　老三样,不用了吧,每天都是又量又测的,结果都差不多,太麻烦你了。

玉　茹　（收拾屋子）他就是怕麻烦,一辈子怕麻烦别人。

小　白　（弯腰麻利地把血压计绑在万先生胳膊上）不麻烦,爷爷! 这是我的工作,您这么重要的大领导大专家——胳膊放在扶手上——为您服务是我们的光荣!（蹲下身给万先生测血压）

万先生　哎哟,我有那么重要吗?

小　白　（操作血压计）当然有了! 您不重要,谁还重要? ——来,袖子再撸高点儿。

玉　茹　小白姑娘今年多大了?

小　白　23 了,属马的。

玉　茹　多好的年龄啊!

小　白　听说爷爷写《雷雨》的时候也是23! 也好年轻啊!

万先生　（眼睛发亮）是啊,也是23,当时还在清华读书,什么都不懂,但什么都敢说,什么都敢写——每天一大早就跑去图书馆,一写就是一整天,写得不行,撕掉重来,不行,撕掉再重来,不知道废了多少稿纸呀,都塞床铺下边,晚上睡觉还硌得慌,哈哈,写累了,就跑到外面,躺在草地上看蓝蓝的天空,看悠悠的白云……

小　白　好美啊!

万先生	唉,现在不行了!
小　白	为啥不行? 您现在想写还可以写啊!
万先生	老喽,不敢想了,头脑被框住了,死死地框住了。
小　白	框住了? 被啥给框住了? 就像孙悟空似的被套上了紧箍咒吗?
玉　茹	是啊,他就是给套上紧箍咒了,哈哈!
万先生	是啊,是给套上了紧箍咒啊! 你们现在好了,你们年轻,赶上好时候了! 改革开放了,思想解放了,胆子也大了,有啥想法都敢说出来了,说出来也没事了。
小　白	也不能乱说,前几天我们还学报纸呢。
万先生	哦,学什么呀?
小　白	学《社论》。
万先生	哦哦,《社论》,(小心地)对的对的,学《社论》好,学《社论》是对的,不要乱说,不乱说是对的,什么时候都不要乱说,一定不要乱说。(赶快伸手把茶几上的几页稿纸翻过去,拿一本书压在上面)
小　白	爷爷,您的血压和心率都很好,一切正常。
玉　茹	太好了!
万先生	谢谢小白姑娘。
小　白	(站起身收拾仪器)不用谢。爷爷,昨天我们开会,张主任又特别交代,这段时间外面很闹腾,窗户一定要关好,您不要站在窗前往外看,对下肢血液循环不利,容易造成静脉曲张和血栓,血栓随血管流到心脏就是心梗,流到脑袋就是脑梗。
万先生	有这么严重吗?
小　白	当然有了,爷爷。

万先生　我说外面的闹腾。

小　白　（专注于收拾仪器）这是科学,爷爷。

玉　茹　可不是嘛,刚才又站了一上午,我要不拉他现在还站在窗前呢!

万先生　开窗透透气,心里闷得慌,只一小会儿。

玉　茹　一小会儿? 我衣服都叠好放衣柜里了,一回头,您老人家不还站在哪儿往外看,眼巴巴地,就像小孩站在村口等卖糖葫芦的似的,哈哈。

小　白　哦,对了,领导还说了,爷爷要减少会客,叫我们护士帮您拦着点儿,我们哪拦得住啊? 都是有来头的,谁拿咱们小护士当回事儿?"喂,小姑娘,我们哪哪的,来看望万先生,你的,快带我们进去! 快快的,死啦死啦的!"——根本拦不住啊!

〔两人都被逗笑了。

万先生　哈哈,来的都是客,全凭嘴一张!

玉　茹　嗨,不但全凭嘴一张,电话也不断,我一天下来脚跟都跑断了,从早到晚,他老先生倒好,有求必应,大的、小的,该去的、不该去的,他都去!

万姑娘　——想去的、不想去的——

玉　茹　清楚的、糊涂的——

万先生　有时装糊涂的——

玉　茹　其实就是拿他做个样子,像菩萨似的摆在那儿。

万姑娘　面前簇拥着鲜花和掌声,但内心隐隐地埋藏着苦恼。

玉　茹　（对小白说）听到不开心的,回来还生气,一生气就半天不说话。

小　白　爷爷,您要觉得累就推掉,没啥了不起的,您这么大的官,谁

405

敢拿您怎么样？

万先生 （苦笑）我哪样大的官哟！还好大的官！

小　白 我们领导都喊您主席，您还不是大官？住咱们这层的可都是大官——您的隔壁是陈部长，陈部长的隔壁是刘区长，刘区长的隔壁是秦书记，秦书记的隔壁是沈主任，沈主任隔壁是闵区长，您左边还有余主任……咱这层就数您最德高望重，我们院长说……

万先生 （忙摆手）哎哟，别说了，别说了，羞死人了，羞死人了！

玉　茹 我叫他能推就推，他总是犹犹豫豫。

万先生 能推就推？哪有那么容易哟！"长恨此生非我有"啊——

万姑娘 ——"何时忘却营营"——

万先生 ——连苏东坡都没办法，我能有办法？

玉　茹 你是怕得罪人，拉不下脸来，拉下脸来才有办法。

　　〔万先生望着玉茹苦笑，玉茹忙止住话题。

小　白 （收拾好器具）爷爷、奶奶，我得走了，得给秦书记送药了。爷爷您好好休息吧，奶奶有事叫我。

万先生、玉茹 好的好的，谢谢小白姑娘，你忙去吧！

　　〔小白下，病房安静下来，万先生取下眼镜，拿起那本厚书看。

　　〔熄光，迅速转定点光。

　　〔两束定点光分别打在万先生和万姑娘身上。背后远处站着雷雨，如雕塑。

万姑娘 我知道，你有一种说不出的沮丧。

　　〔万先生抬起头，目视前方，眼光迷茫。

　　〔万姑娘关爱的目光看着父亲。

万姑娘 有时候在外人面前

你的真诚是用惯常的、虚伪的方式来表现

但是，你的喜怒哀乐

最后又总是遮盖不住你的真诚

万先生　厌恶，又抵挡不住诱惑

因为软弱

总是在真诚与虚伪之间徘徊

万姑娘　让你对自己产生了怀疑

于是你举手投足都没有了年轻时的自信

　　〔万先生手里捧着那本厚厚的书，眼睛仰望着前方。

万姑娘　我不知道，在你的思想深处

是否定自己多，还是肯定自己多？

　　〔雷雨张开双臂，停顿，定点光渐熄。

　　〔电话铃声响，定点光起，打在玉茹身上。玉茹背对观众，坐在电话旁打电话。

玉　茹　哦，是的，我是他爱人，万先生正在接待客人，哎，好的，我记下，您请说，——下午，3点，大会堂，日本作家代表团，茅盾同志也出席。好的，好的，我转告他。不客气！（电话铃响）哦，谈《雷雨》创作，哎，这个以前谈过很多次了——哦，王部长指示，五条，我记下，我一定转告他。（电话铃响）上午9点，友谊宾馆，《易卜生》首发。（电话铃响）上午10点，纪念鲁迅先生，北大。（电话铃响）下午两点半，青年编剧班结业。（电话铃响）下午3点，学习贯彻——（电话铃响）喂，都满了，下周也满了，要下下周了。（敲门声）哦，抱歉，来客人了——

　　〔定点光熄。

　　〔屏幕上滚动：

周四下午 2 点,黄州市作协一行 5 人拜访……

周六晚 7 点,首都体育馆,首都文艺界庆祝……

周二上午 9 点,埃及作家代表团来访……

2. 深秋

〔病房渐渐起光。时间显示夜里两点多钟。地上有许多白色的纸团。

〔台灯亮着,万先生趴在书桌上写作,观众能看到他的背影。万先生撕掉稿纸,团作一团,胡乱地向后一扔;写几行,撕掉,团作一团,胡乱向后一扔……摇头叹息。万先生站起来,他穿着薄棉袄,一条长围巾束腰(扎紧棉袄保暖),拿起桌边的拐杖,背对着观众,呆呆地站了一会儿,才转过身,走到单人沙发前,从沙发上拿起那本厚厚的书,又缓缓走向右边的客厅。

〔右场客厅起光,蓦然发现朴园正坐在沙发上看着他。朴园穿一身旧呢子大衣,戴着金丝边眼镜,手里拿着一本厚厚的黑色封皮的书,微笑着,万先生愣在了那里。

〔万姑娘坐在后面立柜旁的一个高凳上,拿起立柜上的照片看一下,放下,手里拿着一本书在看,时而转身看父亲和朴园。

朴　　园　万先生,久违了!

万先生　朴园? 是你?

朴　　园　是我,万先生。

万先生　你,你怎么到我这里来了?

朴　　园　我是来看您呀!

万先生　看我?

朴　　园　看您,我来好好地看看您!

万先生 我有什么好看的？你都死了这么多年了，而且你也不是什么好人。

朴　园 看看看看，几十年没见了，一见面就出言不逊，什么叫我死了多少年了、我又不是好人？"坏人"就不能来看您？死人就不能来看您？我看到了您，就像看到了我自己。来来来，坐下好好聊聊，这么多年没——

万先生 哎哎哎，姓周的，你知道自己是谁吗？看我像看到你自己？还跟你坐一起？我和您老人家一样吗?!

朴　园 （站起来，脸突然靠近万）您和我不一样吗？

万先生 （像躲避瘟神一样向后避开几步）当然不一样！一丝一毫都不一样！

朴　园 （再次靠近）真的一丝一毫都不一样？

万先生 （把朴园推开）走开！我怎么可能和你这类人一样？

朴　园 （悻悻地坐回沙发）分别心，分别心啊！万先生，我明白，您现在是有身份有地位的人，比不得60年前的那个20多岁的毛头小伙子了——那时您是个穷书生，很单纯，说话直来直去，从不顾忌。但有些话，我不便直说，就是当年说萍儿——你们俩年龄相仿，不，他比您还大几岁，他自杀那年28，您23——

万先生 （很反感地）别拿我和你周家人比，根本不一回事！

朴　园 （继续说）——我也只是点到为止，更不用说现在，来说您——有如此身份和地位的万先生了。

万先生 （手指点周）朴园啊朴园，你不用酸溜溜的，我和你是新旧两个社会，完全不同时代的人，这是本质区别，天壤之别！我俩没有相同点，更没有可比性，你不用跟我套近乎。

朴　园　未必吧,万先生,江山易改本性难移,我身上不但有您的影子,甚至还有令尊德尊先生的影子,这可是您自己说过的。

万先生　这句话我是说过,但是我和你,根本就不是一回事,老实说,你的残忍、自私和虚伪都是我所唾弃的。

朴　园　哦,此话怎讲?

万先生　(大义凛然地)朴园,你这个人可以说是坏到家了,坏到了自己都不认为自己是坏人的程度。你表面上是社会"名流""贤达",你还认为自己的家庭是个"最圆满、最有秩序"的"理想家庭",你教育的儿子周萍,也是个"健全的子弟",其实已经腐烂透顶了。30 年前……

朴　园　(眼望前方,机械地背诵)你为了和一个门当户对的阔小姐结婚,把遭受你凌辱、迫害生下两个孩子的丫头鲁侍萍,在大年三十的晚上硬是从家里赶了出来,大儿子你留下来了,二儿子才生下 3 天,病得奄奄一息,你就让鲁侍萍抱走了。可以想象,那情景多么凄惨……

万先生　(紧接朴园说)无依无靠、走投无路的鲁侍萍急得没有办法,只好跳河,跳河而又不死,连孩子也被救起,这就是后来的鲁大海。周萍和鲁大海,同父同母的亲兄弟,由于阶级地位和生活环境的不同,再也没有办法相处在一起……鲁大海对你朴园怀着极端强烈的憎恨,这不只是他一个人的家仇家恨,而是阶级仇恨。……

朴　园　(背诵)不知道为什么,当时我捣鼓出这么一大堆东西来……

万先生　是我,不是你!

朴　园　——对,是您,不是我——因为您常看报纸。您听人说,有一个资本家在哈尔滨修一座江桥,他故意让江桥出险,使几千个工人丧生,他是承包商,从每个工人身上扣 200 块钱。您就把这件事按在我身上。

万先生　你就是这样发了一笔昧心财、血腥财,从此才阔起来。说你没道德,你却觉得自己最崇高,最了不起,你糟蹋过的丫头,都被你抛弃了,甚至你和这个丫头胡搞、后来生了孩子的那间房子,房子里的摆设,你都保持原样,不准别人动一动。

朴　园　瞧你的用词,"甚至你和这个丫头胡搞"! 我和侍萍之间是胡搞吗?

万先生　你自以为是好丈夫、好父亲、正人君子,其实你是个在外杀人如麻、在家专制横暴的魔王。你这个人永远觉得自己是正确的。对,杀人如麻,专制横暴,这就是你! 朴园,你活着是个不仁不义之人,死了也是个不义不仁之鬼!

〔万先生说完,坚定地把脸转向观众,把书夹在腋下,双手拄着拐杖,不再看朴园。

朴　园　(转过脸来看万先生)过瘾了吧,痛快了吧,万先生? 还不仁不义之人、不义不仁之鬼? 我都不愿意理你好吧! 你骂人就是骂人,不要捎带上鬼! 人是该骂,"骂"有余辜! 但是鬼比人好,好鬼比比皆是,好人呢? 比比皆"非"!

万先生　哈,比比皆"非"? 纯粹是鬼话! 鬼终究是鬼,人终究是人。

朴　园　人终究是人但不一定是好人,好人呢? 好人在哪里? 你指给我看看。

万先生　(指台下)好人都在这里,这都是好人,(指朴园)就你不是。

朴　园　那您呢?

万先生　我看和谁比,和你比,当然是。

411

朴　园　（停顿）您这大段话痛骂我的话是什么时候说的，还记得吗？

万先生　那哪记得？几十年来在各种场合谈《雷雨》，每次都少不了痛骂你，谁还记得什么时候？

朴　园　这是您最后一次骂我，1978 年 9 月。

万先生　何以见得？

朴　园　史料为证，（背诵）"1978 年 9 月，王朝闻①同志拜访万先生，请他谈创作《雷雨》的经过，万先生作了两个小时的长谈，内容殊为可贵。本刊征得万先生同意，将记录作了整理，并经他亲自核定，发表于此。"

万先生　本刊？什么刊？

朴　园　《〈雷雨〉研究资料》，长江出版社，2020 年 8 月第一版，第 149 页。

万先生　（惊异）哦，此时我已去世 24 年，他们还专门出书说到我？还没有忘记我！

朴　园　没有忘记您。

万先生　人们还在评论《雷雨》？研究《雷雨》？

朴　园　《雷雨》和您是中国戏剧的永恒话题。

万先生　有争议吗？

朴　园　从未间断。

万先生　（惊愕，双手赶快扶住拐杖）哦，也能想象到。

朴　园　而两年之后，1980 年的 10 月，您在杭州讲学，您又是怎么说我的？还记得吗？

---

　　①　王朝闻（1909 年 4 月 18 日—2004 年 11 月 11 日），原名昭文，四川泸州合江人，文艺理论家、美学家、雕塑家、艺术教育家。

万先生　(有点紧张)我怎么说的?

朴　园　(背诵)朴园是个资本家,但也是一个"人"。朴园是一个比较复杂的人物,他是封建家庭专制主义的代表,但并不是没有人性——

万先生　例如,他对鲁侍萍的爱情,应该说不是虚伪的。30多年前,朴园是个大少爷,曾到德国求过学,并不像他后来的儿子周萍那样胡闹——

朴　园　(背诵)而侍萍当时是周家的侍女。这女孩子当时漂亮、伶俐,还读过书。在日常的接触中,朴园感到侍萍很懂事,能听懂他讲的话,服侍很周到——

万先生　于是,他对侍萍产生了感情,有如《红楼梦》中贾宝玉对晴雯、袭人那样——

朴　园　(背诵)以后,就发生了关系,生了两个孩子。朴园的父母也是默认了的——

万先生　后来,鲁侍萍被周家赶走,朴园是不情愿的,但在"父母之命、媒妁之言"的时代,他又没有办法阻止,何况在赶走之前,周家始终没有让他与鲁侍萍见上一面。

　　　　[朴园取出手绢擦眼泪。

朴　园　您在1978年痛骂我用的词是"糟蹋""迫害""抛弃""和丫头胡搞","在外杀人如麻,在家专制横暴",仅仅两年之后,您又帮我说话,说我是有人性的,我对侍萍是有真感情的,侍萍被赶走也是我无法阻止的,仅仅两年,为何变化如此之大?

万先生　(有点尴尬)唉,前面那次,老实说,当时刚出来,惊魂未定,有些话不说不踏实。后来形势松动了些,可以说点真实想法了。

朴　园　您刚才不还说"人就是人,鬼就是鬼"吗?您这里哪句是人话,哪句是鬼话?

万先生　唉,朴园啊,你我都这把年纪的人了,我们不是周冲、四凤他们那个岁数,有时真的是很无奈的,你难道不知道吗?

朴　园　(把手里黑色的书抱在怀里)我当然知道啦,所有人都有罪啊,都是罪人,没有义人,一个都没有,包括你我。

　　〔万先生点头。

朴　园　我承认我前生罪孽深重。

　　〔雷雨缓缓展开双臂。

朴　园　当我死后经受审判,站在上帝面前的那一刻,我一生中所说过的谎言、所做过的坏事都一一展现在眼前,分毫毕现,让我触目惊心,痛心疾首,那一刻,我泪流满面,内心却重新燃起了生的希望,于是我跪倒在地,决心悔改。我通过死亡,那道窄窄的门,得到了新生。(眼含泪光)万先生,您有过这样的体验吗?

万先生　我?(突然惊醒过来)我拒绝回答你这种唯心主义的问题。

朴　园　从那时起,我没有了伤痛,没有了恐惧,没有了名利,没有了忧虑,我真的快乐了,我唯一的追求就是追求光明,让自己的灵魂变得晶莹剔透。万先生,您有过这样的体验吗?

万先生　(讽刺怀疑的语气)你无欲则刚了? 到达自由的彼岸了?

朴　园　还记得《雷雨》的"序幕"和"尾声"吗?

　　〔远处传来教堂的合唱声和管风琴的声音,万先生、朴园都侧耳倾听,闭上了眼睛,10秒左右后音乐消失。

朴　园　我感谢您写了这两段戏,给了我救赎的机会,那是我最喜欢的,可惜现在演出都给删掉了。也难怪,您自己不也是今年删掉,明年添上,患得患失,左右摇摆吗?

万先生　（言不由衷地）那，可以看作是我的创作自由吧。

朴　园　"合槽"也算"自由"吗——我们总是写那些合槽的东西，这是写不出好东西来的——这也是您的原话，我甚至能告诉您出自哪本书、哪一页。

万先生　我知道的，我知道的（突然醒悟似的，察看四周，怒斥）那么你呢？朴园，别以为你今天跑到我这里来，满嘴仁义道德，就可以动摇我的信念！我还不了解你？你的灵魂深处也同样被罪的绳索一道道捆绑，你日夜挣扎，你东游西逛，找点无聊的事情来麻痹自己，你比繁漪的病要严重得多得多！你花重金请来的那位德国克大夫更应该来给你看病，而不是给繁漪。可怜啊！你这个有知识有文化的高级恶棍！PTSD患者！

朴　园　（用手拉住万的手）瞧瞧您的手，万先生，您的食指指向我的时候，您的中指、无名指和小指却都指向了您自己。

　　　　　［万甩开周的手。

朴　园　您的这些话伤不到我，万先生，我身上那件充满罪恶捆绑着我的囚服早已脱掉了，早已扔进了地狱的火炉里烧成了灰！

万先生　（几分讥讽和几分羡慕地）热烈祝贺！

朴　园　（动情地）是的，我自由了，但是您呢？您的囚服还紧紧裹在身上吧？现在这里没有别人，只有你我，您不用演戏，也不用挣扎，（站起来，双手抱住万的肩膀）看着我，看着眼前这个曾经罪孽深重的囚徒，被您唾弃的人，做回自己，不好吗？

　　　　　［两人定格。

　　　　　［雷雨张开双臂，俯瞰万、朴二人。万转用力过头，仰望远方，仿佛灵魂出窍。

万姑娘　做回自己，回到婴儿时的样子，用纯真的眼睛看世间万物，看自己,那样美妙的时光,在那里,你能领悟到知足常乐的满足、随遇而安的欣然。

朴　园　(诚恳地)您刚才的一番义愤填膺让我产生一阵恍惚,不知我面前的是 23 岁勇敢而自信的万家宝呢,还是 53 岁诚惶诚恐的万先生呢,还是 83 岁苦闷挣扎的万主席呢?

万先生　……

朴　园　您的那番痛骂,并非出自真心,是说给人听的,您是害怕暴风雨再来,先给自己找一块遮风挡雨的塑料布或垫脚石吧?读书人啊,真的暴风雨来了,您这书生的那几句豪言壮语恐怕还抵不上一个铜皮带头吧?

万先生　……

朴　园　PTSD 患者——创伤后精神紊乱,遭受过严重身心创伤的后遗症,您,难道没有吗?

　　　　〔雷雨把双臂放下,双手又慈祥温柔地握在胸前。

万先生　(恍惚间从梦中醒来,摆脱掉周的双手)我——没有心理问题,从来没有,没有的,没有的。

朴　园　一个常年靠服用安眠药也只能睡两三个小时的人?

万先生　我只是郁闷,和……苦闷,还没有那么严重。

朴　园　好吧。听说后来的剧评家们说我是"不觉自私的自私,不觉虚伪的虚伪"。

万先生　(努力振作)是的,十分准确,虽然已很客气。

朴　园　但这句话用在您身上,万先生,是不是也很准确呀?

万先生　我和你,还是不大一样吧?

朴　园　(双手再次抱住万的双肩,靠近万的脸,双目对视)不大一样吗?那些存在内心深处的东西,敢拿出来——晾晒吗?

万先生　（身体向后倾,但并没有躲避）这个,说老实话,我不敢,我相信你也不敢,没有人敢,谁都不敢,谁都一样。

朴　园　（放开万,坐回到长沙发）这正是"不觉自私的自私,不觉虚伪的虚伪"。

万先生　……

朴　园　您女儿对您好像也有过类似的评语吧?

万姑娘　不,我的原话是:

有时候在外人面前,

你的真诚是用

惯常的、虚伪的方式来表现的。

朴　园　"你的真诚是用惯常的、虚伪的方式来表现的","不觉自私的自私,不觉虚伪的虚伪",有啥区别?

万姑娘　我后面还有一句——但是,

你的喜怒哀乐最后又总是遮盖不住你的真诚。

万先生有真诚,而您,周先生,有很深的城府,似乎没有多少真诚。

朴　园　（故意地）他真诚? 他是虚伪的真诚? 还是真诚的虚伪?

万先生　（捣一下拐杖,明显疲倦,眼睛寻找合适的地方坐下来）别理他胡说八道,我们活人不必理会一个死人。

朴　园　不过万小姐,作为他的女儿,您能说到这个份上,已十分难得,这一点很像我的冲儿——可惜他死得太早,而且死于非命——唉,你爸下笔太狠了,我的两个儿子,他一个都没放过——不过,我并不怪他,既然那样写是发自他的内心。您热爱您的父亲也是发自内心,但是您的话如果拿到法庭上当作证词,恐怕法官都不会采用,因为来自近亲。

万姑娘　您是说我偏爱我的父亲？

朴　园　偏爱你父亲是对的，一个人如果连亲人都不偏爱，他还能爱
　　　　别人吗？

万先生　（发现没有别的地方可坐，沮丧地走近朴园坐着的长沙发）
　　　　小心他的迷魂汤——我真的太累了，筋疲力尽，我得坐下，
　　　　坐下歇会儿。

朴　园　愿意和我坐一起了？（往旁边让了让）万先生，我是鬼，说的
　　　　又是鬼话，您不介意？

　　　　〔万不理周，但尽量远离周坐下。朴园和万先生并排坐在沙
　　　　发上，两人左手都拿着一本书，右手分别拿着雪茄和拐杖，
　　　　直视前方不语，神态非常相似。

　　　　〔繁漪扇着扇子从右门上场。

　　　　〔繁漪从万姑娘面前走过，对视，略停，繁漪继续往前走，万
　　　　姑娘注视繁漪的背影。繁漪绕过来从万先生和朴园的面前
　　　　走过，朴园和万先生并不看繁漪，依然直视前方。繁漪走到
　　　　二人的右前方靠窗处立定。

繁　漪　（转身瞟了一眼）哟，两个老男人都在呢？

　　　　〔万、朴二人目不斜视，直视前方。

繁　漪　（发现窗子关着，疾步上前推开窗户）谁又把窗子关上了？
　　　　要把人都闷死在这坟墓里吗？

朴　园　这么多年了，脾气还没改。

万先生　《雷雨》中最"雷雨"的性格。

朴　园　哈，您这个比喻很贴切呀！

万先生　（几分得意地）哼！

繁　漪　哟，二位先生在我这么个弱女子身上找到共同语言了！

[朴园笑而不答，万则一脸的尴尬，下意识地又把身子往外挪，但被沙发扶手挡住。

繁　漪　（又瞟了一眼二人，眼望前方）她一望就知道是个果敢阴鸷的女人。她的脸色苍白，只有嘴唇微红，她的大而晦暗的眼睛同高鼻梁令人觉得有些可怕。但是眉目间看出来她是忧郁的，在那静静的长的睫毛的下面，有时为心中的郁积的火燃烧着。她的眼光会充满了一个年轻妇人失望后的痛苦与怨望。她会爱你如一只饿了三天的狗咬着它喜欢的骨头，她恨起你来也会像恶狗狺狺地，不，多不声不响地恨恨地吃了你的。然而她的外形是沉静的，忧烦的，她会如秋天傍晚的树叶轻轻落在你的身旁，她觉得自己的夏天已经过去，西天的晚霞早暗下来了。（停顿，目光转向万）万先生，在您的眼里，我就像这样一条恶狗吗？不，不止这些，我还与他们父子通奸乱伦，我更像一条阴郁的、狡诈的、冰冷的却充满情欲的毒蛇，对吧？

万先生　我不还写了您的善良吗？写了您给予周冲的深深的母爱吗？

繁　漪　是的，您还写我为了报复周家父子，发泄心中的怒火，不惜把我那只会善良而毫无防人之心的傻儿子喊过来，让他亲眼看到他心爱的姑娘爱的不是他，而是他的哥哥——与他母亲乱伦的情人！（冷笑）哈，在您的眼里，万先生，我就该这么被您作贱吗？

万先生　繁漪，您误会了，这是文学创作，是人物塑造的需要，为的是制造戏剧冲突，这是我们写戏的技巧——克吕泰墨斯特拉不也把她的丈夫阿伽门农杀死在浴缸里吗？甚至她还先与她丈夫的堂弟埃奎斯托斯通奸。您听她骂过埃斯库罗斯吗？她埋怨过索福克勒斯吗？没有吧？从来没有。

繁　漪　那是因为阿伽门农将他们的大女儿伊菲革涅亚杀了献了祭！
　　　　是她丈夫先杀了她心爱的女儿在先，男人作恶在先。而我
　　　　呢？我做了什么恶？犯了哪条罪？却要遭受您这样的诅咒？

万先生　这世上所有人都有罪，都是罪人，没有义人，一个都没有，包
　　　　括你我。

　　　　〔朴园意味深长地轻轻拍了拍手里黑色的厚书。

繁　漪　哎哟，唱起双簧了！不愧小时候您那温柔慈爱的母亲常带
　　　　您去教堂，因此，(指朴园)才有了让你的罪恶灵魂得到救赎
　　　　的"序幕"和"尾声"吧。

朴　园　(点头)是的，我刚才对万先生承认过了，并表达了诚挚的
　　　　谢意。

繁　漪　可惜，他后来都给删了，毫不留情地删掉了——

朴　园　后来也加上过。

繁　漪　再后来又删掉了，而且一个字都没剩下！不信你去看，知道
　　　　他是什么样的人了吧？

万先生　您让我无言以对。

繁　漪　不过，万先生，您这么写我，我也不恨你，因为在你们男人的
　　　　世界里，一个女人天生就是有罪的，我们必须活得如你们所
　　　　期望的那样才不会被评头论足，才不会被下判断、才不会招
　　　　来非议，无论是古希腊的索福克勒斯们，还是您，东方的万
　　　　先生——或者万先生们，这是你们骨子里的东西，哪怕去教
　　　　堂洗礼一百次一千次，干脆住在教堂里都没用的。

万先生　(激动地站起来)繁漪呀，您这样说可错怪我了，大大地错怪
　　　　我了！我和索福克勒斯不一样，我和他们都不一样。我是

一名社会主义文艺工作者,我是受到过思想改造的,您怎么能把我和3 000年前古希腊奴隶制城邦社会里的一个剧作家相提并论呢?

朴　园　万先生不但是优秀的剧作家,还是一位优秀的演员,我能证明。

繁　漪　万先生您确实是经过改造的。

万先生　(沮丧地坐下)你俩都在讽刺我——我也没办法,早习惯了——但我对女性始终怀着深深的同情与尊重。繁漪,我一直都用"您"来称呼您,就是鲁侍萍。

　　　　〔繁漪皱了一下眉头。

万先生　我也称她为"您",而我称呼他(指朴园),我只用"你"——

朴　园　(摇头)不觉虚伪的虚伪。

万姑娘　(纠正)被虚伪掩盖了的真诚。

繁　漪　——(接万的话)不过是文字游戏而已。也是你们的戏剧技巧吧,大人物造一个新词,一群文人蜂拥而上,解读背书,载歌载舞,先给自己讨来一碗饭,再一起哄骗那些等在门外手里的碗还空着的人——那些芸芸众生,您每天从窗口都能看到的人,就是我们。

万先生　繁漪,我没有哄骗您,凭良心说,我对您,对鲁侍萍——

　　　　〔繁漪皱眉。

万先生　对四凤,对花金子、陈白露、瑞珏、鸣凤,甚至翠喜、小东西她们都是真诚的。

繁　漪　您不过是为了标榜自己的教养和身份,而我们女人是您绝好的道具,就像您施舍惠中饭店门口的乞丐一个铜板一样,而且是以最便宜的方式,您以为我会当真?对不起,我对您的尊重也是敷衍,别人对您阿谀奉承我不会,也不想会,不想玩那一套!

朴　园　很深刻,很辛辣。

繁　漪　你闭嘴!

　　　　[朴园无奈地摇头。

万先生　您的话很刺耳,但您的勇气让我钦佩,我羡慕您的勇气,您的果敢!

繁　漪　我们彼此彼此。

万先生　不不不,我远比不上您。

繁　漪　(几分轻蔑地)哈,您误会了,我是说我们彼此的敷衍。

万先生　我是真诚的。

繁　漪　如果说"真诚",您也许还比不上您旁边的这位,这位至少还给了他前妻一张5 000块的支票(周点头)——虽然被前妻给撕了,而您呢?

朴　园　说得好!不给钱,怎么谈得上真诚?

繁　漪　你闭嘴!侍萍这些年受的苦你拿钱能算得清吗?

万先生　说得好!真正的感情是不可用金钱来衡量的!

繁　漪　(不等万说完)但是万先生,听说您离婚时,您前妻问您要500块,被您拒绝了。

万先生　不是我不愿给,唉,当时是真的拿不出来。

繁　漪　当时按你的工资能拿不出来?

万先生　(痛苦地摇头)这事过去了,过去了,不说了吧。唉,说到底,繁漪,(走近繁漪)其实,咱俩都一样,刀子嘴,豆腐心。

繁　漪　(忙向后躲)哎,可别,万先生,繁漪不敢高攀,咱俩可不一样!

朴　园　(笑、摇头)我本将心向明月,奈何明月照沟渠呀!

万先生　怎么不一样？

繁　漪　您是男人，我是女人，本质区别。

万先生　（想说话，被繁漪制止）……

繁　漪　在这个世界里，我、侍萍、四凤、陈白露、翠喜、小东西、花金子、瑞珏、梅小姐、鸣凤，等等，甚至愫方——最像您家瑞娟的——我们女人们承受了全社会所有的苦难，社会强加给我们的苦难，也是男人们强加给我们的苦难。无论我们身在何处，在哪个阶层，都逃脱不了这样的命运。记得您给瑞珏写的歌吗？

万先生　"妈说过，

　　　　　做女人惨，

　　　　　要生儿育女，

　　　　　受尽千辛万苦，

　　　　　多少磨难，

　　　　　才到了老。"

繁　漪　"是啊，女儿懂，

　　　　　女儿能甘心，

　　　　　只要他真，真的好！

　　　　　女儿会交给他，

　　　　　整个的人，

　　　　　一点也不留下。"

万先生　女性的这些苦难都是千百年来的黑暗的统治阶级造成的，是历史造成的。

繁　漪　"您不要觉得您害了我，您叫我苦，您欺负我，一样都不是，我这样的犟脾气，只要是真好的，真正好的，不能再好的，我都甘心！不管将来悲惨不悲惨，苦痛不苦痛，我都不在乎。……三少爷，想着一个人真从心里暖，她不愿意给您添一点麻烦，添一丝烦恼。她真是从心里盼望您一生一世的快活，一生一世的像您说过的话……"

万先生 这是鸣凤对三少爷觉慧说的话。

繁 漪 "我真是爱他，真是说不出的那样爱，那样爱啊！他快活了，我才快活。可他这么苦！这么苦！他从来没有畅快地大笑过一次啊。说来你不会信，我真是认真的，我不是说假话讨巧，我不是造作呀。你会明白一个女人爱起自己的丈夫会爱得发了疯，真是把自己整个都能忘了的。只要你快活一点，他也能快活一点……""大表嫂，你真福气，一个女人嫁出去，能这样爱自己的丈夫，才真幸福啊。"

万先生 这是瑞珏和梅表姐说觉新的话。

繁 漪 这就是万先生您为我们女人树起来的好女人的样板吧？一个女人可怜还不够，您还要拉另一个更可怜的女人来做陪衬。

万先生 这是艺术创作。

繁 漪 如此"好"的女人，如此舍生忘死地去爱她们的男人——还有愫方，她"把最坏的留给自己，把最好的留给别人"——"别人"是谁？就是您自己吧？你们就希望普天下的女人都这样为你们男人在社会上能做个人模狗样的"人"而先拿自己不当人吧？

万先生 完全不是，天地良心！我这样写，正是为了揭露旧封建社会大家族的黑暗，为普天下的女性鸣不平啊！

繁 漪 高觉新他配得上瑞珏如此的顺从和牺牲吗？一个连把快要生产的老婆送到医院去的责任都不敢担当的男人，一个置老婆和孩子生死于不顾,老婆孤苦伶仃地在城外破房子里要生孩子,他却一个人偷偷跑到生前被他辜负的情人的坟头上去虚情假意地流一通廉价眼泪的男人,就他,高觉新,配得上这个善良温顺的女人的生命付出吗?

万先生 觉新也有难言之隐,他下面还有两个弟弟,他要作出表率,他身不由己。

繁　漪 您这么理解他,我怎么感觉高觉新身上有您的影子呢?

万先生 不不不,繁漪,我还不至于软弱到觉新那样的程度——我不还写了觉民和觉慧吗?

繁　漪 但您却最像高觉新。

万先生 唉,繁漪呀,我是和你们女性站在一起的,这一点您得承认吧?

朴　园 我承认。

繁　漪 你闭嘴!(转向万)您是和我们女性站在一起的?

万先生 难道不是吗?

繁　漪 难道是吗?

万先生 难道这一点还有怀疑吗? 自从《雷雨》问世以来,这近百年来评论家都这么说的,说我的戏都是"褒女贬男",几乎是公论了! 还有《日出》《原野》,我都在歌颂女性啊!

繁　漪 哎,万先生,您对我们有恻隐之心,我不否认,但这种恻隐之心是源于您对您的生母和继母的怀念,源于您对这两位善良母亲的感恩——您的生母去世时才 19 岁,刚生下您 3 天,我没说错吧? 至于您所谓和我们"站在一起",其实,您不过是个过客而已,而且一闪而过。

万先生 我只是"一闪而过"的过客? 我由爱自己的母亲推及到我剧

中的女性,推及到普天下所有的女性,我以饱满的热情,怀着友善、尊重、平等的思想来塑造女性,老吾老还能以及人之老,幼吾幼还能以及人之幼呢!

繁　漪　您"及"不到我们,万先生! 给您举个例子,《红楼梦》第33回宝玉挨打一折,宝玉挨了父亲贾政的暴打,贾母疼爱孙子斥责儿子贾政,贾政吓得忙向母亲跪下磕头,哀哭道:"母亲如此说,贾政无立足之地了!"贾政对母亲尊爱有加,比您万先生有过之而无不及吧,但这能说明这个贾政,一个封建社会的工部员外郎,恪守三纲五常的老爷,他怀着友善、尊重、平等的思想看待天下所有女性吗? 他对贾母的尊爱能"及"到您的两位母亲——武昌的薛氏姐妹吗?

万先生　(连连摆手)你这瞎比喻,我和贾政没有可比性。

繁　漪　(不等万说完)而且万先生,面对女性,您意识到没有,您始终居高临下,就连您为我们喊冤叫屈的时候,您也觉得是在对我们施舍,包括您现在对我,对吗?

万先生　(不等繁说完,激动站起来抢话)繁漪呀繁漪,冤枉啊冤枉! 我始终把你当作我最熟悉的朋友,我对许多人说过,你是值得同情、值得赞美的,我还说过,您犯下的错误,被有些人看来是罪大恶极(语气指责)——妻子不像妻子,母亲不像母亲,而我认为,这都是令人深感怜悯、同情甚至尊重的,都是可以原谅的。

繁　漪　(轻蔑地)同情? 尊重? 还原谅?

万先生　什么……? 我连原谅你的资格都没有吗?

繁　漪　我需要得到您的原谅吗? 我伤害过您万先生吗? 您有资格来审判我吗?

万先生　　……

〔繁漪转过脸去。朴园意味深长地点点头。

万先生　（转向朴园）朴园，您是可以作证的！在你们周家，我是不是
　　　　对她最好，同情也最多的？整个《雷雨》中我着墨最多的就
　　　　是她呀，鲁侍萍——

〔繁漪皱眉，摇头。

朴　园　她的戏都没有她多。我在很多地方都在为她说话，虽然也
　　　　包括鲁侍萍——

〔繁漪摇头，闭目。

朴　园　和四凤她们，我都是由衷地为她们说话的呀！特别是鲁侍
　　　　萍……

〔繁漪斜视了一眼万。

朴　园　"灯下黑"，"灯下黑"呀。万先生，我相信您的话，我也相信
　　　　您的真诚，繁漪对您——

繁　漪　不许你提我的名字！

朴　园　哦，好好，我不提，我不提——（转向万）她对您确实苛刻了
　　　　点儿，甚至太过分了，也请您理解，20世纪六七十年代的一
　　　　些西方思潮，女权运动的一些言论——

繁　漪　（不等周说完）我就喜欢这些言论，说出了我的心里话。

朴　园　——在她那儿一点就着！她就喜欢看那些东西——

繁　漪　那是觉醒和解放！

朴　园　——不过，万先生，被人鸡蛋里挑骨头，误解、冤枉，自己心
　　　　里很难过吧？是不是觉得很委屈？

万先生　（警觉地）你什么意思？

朴　园　我没什么意思，放松点儿，我都能理解，男人嘛，落地为兄

弟,何必骨肉亲。

万先生　哎哎哎,朴园,别拉拢腐蚀我,我和你不是兄弟,更没有骨肉亲!

朴　园　得得得,又来了! 好好好,万先生,您是人民的剧作家,我是万恶的资本家,您一定要跟我划清界限,我一定不僭越一丝一毫,行了吧? 但我必须指出的是,您一直都在讨好女人,却还讨不到好,而对男人呢? 您就很不客气了。

万先生　我怎么不客气了?

朴　园　您私下夸赞繁漪——她说:"她总比阉鸡似的男子们为着凡庸的生活怯弱地度着一天一天的日子更值得人佩服吧。"

繁　漪　这是夸赞我吗?

朴　园　您说的"阉鸡似的男人",就是《原野》里的焦大星,《日出》里的黄省三、王福升,《北京人》里的曾文清,《艳阳天》里的马弼卿,也许,还有《家》里的高觉新,我们这边的鲁贵,我们家萍儿吧——

繁　漪　瞧瞧,都是些什么人!

朴　园　哈,"阉鸡似的男人们",男人都是阉鸡似的?

万先生　(沮丧地坐下)男人愚蠢得一塌糊涂,我了解男人,我知道男人是怎么回事。

朴　园　那也因为您也了解自己……咱们自己吧?

万先生　我了解自己吗?

繁　漪　其实万先生,您也不必太在意我怎么看您,别人如何看您,这并不重要,无论别人怎么看,您还不就是您自己?

万先生　不不不,这很重要,人就是通过别人的目光来认识自己的。

繁　漪　那别人要是把您看错了呢? 对您误解了呢? 您是个好人,却故意说您是坏人呢? 你自己不就成了别人的同谋了吗?

万先生　我是同谋？我是害自己的同谋？……

　　　　［右场客厅熄光，朴园、繁漪下。

　　　　［定点光起。

　　　　［定点光打在万先生和万姑娘身上。万先生双手拄着拐杖，垂下了头，非常沮丧，双手拄着拐杖，额头抵在手背上，花白的头发耷拉下来，一声不吭。万姑娘走上前，蹲下身来，用手轻轻地抚摸着父亲的脸，万先生缓缓抬起头，哀伤地看着女儿，良久。

万先生　都是罪人，都是罪人呐！

　　　　［定点光熄。

3. 冬夜

　　　　［左场病房，起光。万先生站在书架前，伸手从书架上抽出书来，翻看，嘴里喃喃自语，放一边，又抽出一本来，翻看，又放一边，他无心烦躁，坐卧不安，在书架前走来走去。万姑娘坐在沙发上整理小茶几上的书报杂志，把它们分类放整齐。

万先生　（书架前，小声地）聂赫留朵夫，玛丝洛娃，玛丝洛娃，"如果爱一个人，那就爱整个的他，实事求是地照他本来的面目去爱他，而不是脱离……"——哪有那么容易哟（扔在一边，又拿起一本）；陀思妥耶夫斯基……"可怜的索尼雅，可是他们倒有办法，找到一个丰富的矿井！"唉，可怜的姑娘（叹气，扔在一边，又拿起一本）；"所谓人生，不过是一个行走的影子。一个舞台上指手画脚的伶人，登场片刻，便在喧嚣之中黯然退场……"我就是如此啊，说的就是我啊（扔在一边，又拿起一本）；安娜·比特洛夫娜，"你对我说了许多关于真理、善良和你的高贵计划的谎话，我每一个字都相信了……"（叹气,扔在一边,又拿起一本)我也都信了,每一个字啊,全都信了! 尤金·奥尼尔,阿瑟·米勒,唉,米勒,《推销员之死》(叹气,放在一边),人家现在还在写,还能写,人家只比我小5岁……

〔书桌上已乱七八糟地堆满了书,有的还掉在桌下。万先生无聊地走到茶几前,似乎看不见万姑娘,无心烦躁地翻动着茶几上的书报杂志,把万姑娘刚整理好的书报杂志又翻得乱七八糟,有的掉在了地上,他也不管。万姑娘站起来,把沙发让给父亲,在一边,静静地看着父亲。

万先生　(自言自语)不行啊,孩子啊,我好像不行了,不知道什么时候才能有那种劲头,现在好像真的不行了。

〔万先生神情沮丧,坐在沙发上,看着茶几上的和掉在地上的凌乱的书报杂志和稿纸,神情恍惚,喃喃自语。

万先生　(看着眼前凌乱的书报和稿纸,如梦呓)小方子,你逼我吧,不逼不行啊! 我要写东西,非写不可啊! 我痛苦,我不快乐,我总是感觉自己被包围着。昨晚吃饭时的那个大使,说我是什么伟大的作家,狗屁呀! 我算什么伟大作家? 但丁才是,托尔斯泰才是,莎士比亚才是,易卜生才是,契诃夫才是……我拿着年轻时写的一点东西混日子,拿社会活动麻痹自己,拿一些没用的套话、空话来赢得掌声,一回到家,心里就空荡荡的,空出了一个大洞来,痛得狠啊! 抓起笔来,脑袋里一团乱麻,想写,却写不出,不知道从哪儿说起,不知道哪句话对,哪句话错,感觉手臂被人从后面牢牢地抓着,这不再是我的手,我心里忐忑不安啊! 小方子,你能理解吗?

〔万姑娘倒了一杯热水,递给父亲,父亲熟视无睹,万姑娘把水杯端在自己手里。

万先生 昨夜熬到4点,写出点东西,今天再一看,根本不成样子,半个月了,我连一个结实的大纲都写不出来呀!爸爸苦闷啊,小方子,爸爸宝贵的中年都失去了啊,都白白浪费掉了,我的中年啊!我的最宝贵的中年啊!整整20年,我都干什么去了? 20年啊! 我都干什么去了!!!

〔万先生面对观众,瘫坐在沙发里,眼睛瞪得老大,愣愣地看着远方。

〔左场病房:熄光。

〔舞台上一片黑暗,背景突然喧闹嘈杂,模糊不清叫喊声。

〔右场客厅:定点光起,打在中年万先生 A 身上。以下的中年万先生 ABCD 约 50 岁左右,20 世纪五六十年代的模样,满头黑发,分别站在客厅的不同位置,面向不同方向表演。

中年万先生 A　(白色衬衫扎进裤腰,手里舞动着稿子,满面春风)日子过得快极了,像坐了神仙的飞车一样。工作、学习、劳动、开会、看戏、旅行、听报告、参加热火朝天的运动——生活仿佛是一道愉快的泉水,晶莹闪耀,奔腾过去。我们在歌唱中,在战斗中,过着忙碌而又充实的日子。

〔定点光熄。中年万先生 A 暗中下。

〔定点光起,分别打在中年万先生 B 和晚年祖光身上。祖光,70 多岁,20 世纪八九十年代的晚年形象,身穿浅蓝色西装,白衬衫,领子翻在西装领口外,很整齐,很精神,站在万后方,与万的年代反差很大,带着怜悯和超然的态度从背后看着中年万先生 B。

中年万先生 B　(蓝色旧中山装,上衣口袋别一支钢笔,手里拿着稿

子,气宇轩昂)我的感觉好像是,一个和我们同床共枕的人
忽然对隔壁人说起了黑话来,而那隔壁的强盗正要明火执
仗,夺门而进,要来伤害我们。而在这当口,你,你这个自认
是我们朋友的人,忽然悄悄向我们摸出刀来了!

祖　光　"你"是谁?"我们"是谁? 唉,你就是太听话了。

中年万先生 B　你的第一把刀,就是"外行不能领导内行的反动思
想",你的第二把刀,说当年的重庆如何如何,你的第三把
刀,说譬如贤如万先生这样也有所谓"想怎样写和应该怎样
写"的问题……

祖　光　你不得不写一些应景的话,你本来胆子就不大,现在更是有
求必应。

中年万先生 B　我写《明朗的天》,没有一句言不由衷的话,但是今天
看来,我把你们落入"阴阳河"里的这些人写得太好了……

祖　光　口是心非,怕是写不出好剧本的。

〔定点光熄。万先生 B 和老年祖光暗中下。

〔定点光起,分别打在中年万先生 C 和一短发中年女人身
上,中年女人穿白色上衣,缓慢从万身后走过。

中年万先生 C　(白色短袖上衣,手里拿着稿子)我和她在莫斯科的时
候,她得了斯大林奖金,她很高兴,我也为她高兴。但她却对
我说:"以后要写几本好书了,像托尔斯泰、高尔基那样的多
写几部。"我觉得她的口气里有一种莫名其妙的味道……

〔定点光熄。万先生 C 和短发中年女人暗中下。

〔定点光起,打在中年万先生 D 和一个灰衣中年男子身上,
中年男子从他身后缓缓走过。

中年万先生 D　(灰色旧中山装,灰色便帽,上衣口袋插着钢笔,手拿

着稿子)他是文化界熟识的人,他很聪明,能写作,中、英文都好。但有一个毛病,就是圆滑、深沉,叫人摸不着他的底。过去,他曾在浑水里钻来钻去,自以为是龙一样的人物,然而在今天的清水里,大家就看得清清楚楚,他原来是一条泥鳅,是一个脚踏两只船的政客!

[定点光熄。万先生 D 和中年男子暗中下。

[定点光起,分别打在中年万先生 B 和一卷发、戴眼镜的中年女人身上,中年女人穿蓝色上衣,从他身后缓缓走过。

中年万先生 B (蓝色旧中山装,上衣口袋插着钢笔,手里拿着稿子)她是抱着"资本主义牌位"一个"守节"的女教授,她是阴谋小集团的中心人物,她把自己打扮成一个旧约圣经里的先知召唤人们忏悔的圣洁模样……她表面看去像是一块丝光糖果,里面却是巴豆、砒霜、鹤顶红。她伪善到了极点,你这个虚伪、残忍、无耻的"法利赛"人!

[定点光熄。万先生 B 和卷发戴眼镜的中年女人暗中下。

[定点光起,打在中年万先生 A 身上。

中年万先生 A (扬眉吐气,情绪高昂)清晨起来,新鲜的生活立刻像春风一样迎面扑来,我觉得年轻了,仿佛又回到少年读书的时候。一切像重新做起,而天地却与以前迥然不同,我们生活在这样一个自由、舒展、人人都能够扬眉吐气的时代!

[背景突然传来乱哄哄的声音,光怪陆离的灯光在万先生 A 脸上闪过,女声尖锐的口号声:

["打倒反动权威!"

["彻底清算反动作家的罪行!"

["批判反动剧本!"

433

［"打倒反动作家!"

［中年万先生 A 一下愣在了那里,手里的稿子飘落到了地上。

［右场客厅熄光。

［黑暗中突然传来少年万姑娘(12 岁左右)呼喊声。

少年万姑娘　妈妈! 妈妈! 妈妈你怎么啦? 你怎么啦? 你说话呀!

［左场病房,定点光起,分别打在中年瑞娟和少年万姑娘身上。瑞娟,约 50 岁,身形消瘦,短发凌乱,漠然地站着,眼睛看着远方,手里攥着一个白色药瓶,似乎没有听到女儿的呼喊。万姑娘背着书包,站在门口抽噎着。定格。

［右场客厅起光,定点光打在中年万先生 D 身上,万先生 D 老老实实地站在一个煤堆旁边,低着头。天上飘着雪花,地上一片白色。一个 30 多岁的女教师上,小心地左右察看,然后悄悄走近万先生 D。

女教师　先回去吧,他们早把这件事忘了。

万先生 D　(抬起头,极其小心地)行吗?

女教师　大不了再揪来就是了,不必傻等在这儿,多冷啊! 你太老实了。

［万先生 D 疑惑地看着对方,点了点头,默默地踩着雪,下。女教师目送万下。

［定点光熄。

［万先生 C 头上戴着蓝布帽,脖子上扎一条白毛巾,推着自行车从前台慌慌张张地跑上场,慌忙停住自行车,跑向瑞娟,抱着瑞娟的双臂,急切地呼唤。

万先生 C　瑞娟,瑞娟! 你怎么啦? 你怎么啦? 你说话呀,瑞娟! 你

434

说话呀!

少年万姑娘 (伤心地哭诉)妈妈,他们……呜呜……他们不准我进教室上课,在地上画一个圈,叫我待在里面,一整天不准出来,还往我身上扔石头,吐口水……

〔瑞娟不答,冷漠地看着远处,眼泪从眼角滑落。

万先生 C (放下妻子,转身抱住女儿)小方子,小方子! 我的孩子! 我的孩子! 爸爸在这里! 爸爸在这里!

〔万姑娘挣脱出父亲的怀抱,跑开去,手里玩一根橡皮筋,一拉一松,一拉一松,眼睛里闪烁着泪光。

〔寒风中,万先生 C 弯下腰,双手捧着头,肩膀颤抖。

〔电话铃响起,"叮铃铃",定点光起,打在病房的轮椅上,轮椅上有一部黑色的老式电话,万先生 C 赶快跑过去,弯腰拿起电话听筒,听电话。

万先生 C (怯生生地)喂。

电话里的人 (蛮横粗野的声音)哈! 终于等到你了,你这个王八蛋! 你听好了!

〔万先生紧张地蹲下。

电话里的人 你个狗日的! 你他妈的……不准你放下电话,你要放下电话,我就去砸烂你的狗头! 这个电话我每天都要打一遍,你他妈的每次都必须听完,不准放下,听到没有? 你这个王八蛋,说,万某某是王八蛋,说! 万某某是王八蛋! 说! 你自己说! 万某某是个大王八蛋……哈哈……

〔万先生 C 强忍着听着对方的辱骂,不敢放下电话。

〔观众能看到万先生 C 颤抖的背影。

〔声音渐消,定点光熄。演员下。

[左右场交界处(舞台中央)定点光起,万先生家晚饭。一张小饭桌,矮板凳上坐着中年万先生 B,满头白发的姥姥和少年万姑娘三人,地上散落着书稿、纸张、被撕开的书籍,白色的十分刺眼。饭桌上摆着简单的几个碗盘。万先生 B 面对观众,神情落寞,不安地朝电话方向看一眼。他的左右分别是满头白发的姥姥和少年万姑娘。一家人默默地吃饭,只能听到碗筷相碰的声音和万姑娘喝稀饭的声音。姥姥吃一个烤红薯,她把皮剥掉放在桌上。突然轮椅上的电话铃响,万先生 B 吓得赶快起身,伸手要去接电话。万家晚饭定格,光转暗,观众仍能看到一家人的身影。

[左场病房定点光起,打在老年万先生身上。

万先生　这都是我的错,全都是我的错,我感觉自己是个罪人,是个一分钱都不值的废人。

[外面传来粗野的谩骂声和人的哀号声。

万先生　半夜醒来,只感到胸口隐隐作痛,我心惊胆战,缩成了一团。我不愿叫醒睡着的瑞娟和小方子,她们睡在另一间小屋里,白发的岳母瘫在木板床上。

[老人的咳嗽声。

万先生　四面是乌黑的海。黑浪翻滚着,时而漂浮起几个没有眼睛,没有面目的人头,发出声声惨叫……这大约是梦,我惊醒了。

[右场客厅定点光起,打在晚年祖光身上。祖光的装扮和前面一样,晚年,70 多岁,和晚年万先生中间隔着万家当年的晚餐(暗光),两人隔空对话。

祖　光　你心惊胆战地写,写啊,写啊,伤害了别人,也害了你自己。

[雷雨缓缓张开双臂,悲悯地俯视舞台。

万先生 每一次批判别人,都是先要用刀刺向自己的心,心流出血来,才能蘸着血,写出那些胡说八道的狗屁文章。

祖　光 你终究不是那种人,你缺乏那种人的冷酷、决绝和无耻。

万先生 当我自己躺在牛棚里的时候,想到那些被我批过的人,我的灵魂战栗不安,懊悔不已。他们打你,逼着你招供,供了以后,不但别人相信,甚至连我自己也相信,觉得自己就是个大坏蛋,就是一堆垃圾,不能生存于这个世界的垃圾。(苦笑)我就是孙子,不,连孙子都不是,就是一条虫,随他们怎么碾。记得"王佐断臂"的故事么……王佐说,你也明白了,我也残废了!

祖　光 同年轻时的那个自信勇敢的家宝比起来,你怯懦了。

万先生 我怯懦了。

祖　光 甚至还虚伪了。

万先生 我虚伪了。

祖　光 还开始敷衍了。

万先生 我,敷衍了。

祖　光 不仅自己跪倒,还软硬兼施地诱导别人。

万先生 我害怕。

祖　光 还记得你在《艳阳天》里写的那个马弼卿吗?

[定点光起,打在《艳阳天》里的角色马弼卿身上。

马弼卿 (《艳阳天》里的马弼卿的扮相)魏大哥,逼到这儿了,您可千万别见我的怪啊,我也是没办法啊……哎,我们读书人啊……

[马弼卿身上定点光熄。

〔万家晚餐定点光起。中年万先生B、姥姥、少年万姑娘等三人右臂戴着黑纱。万先生B情绪低落,不动筷子。姥姥慢慢咀嚼红薯,万姑娘捧着碗吸溜吸溜喝稀饭,脸被碗盖住。万先生B捡起姥姥剥下来的红薯皮,塞到自己的嘴里,慢慢地嚼着,吞下去,细细的脖子伸得很长。

〔雷雨怜悯地看着这一家人。

〔祖光身上定点光熄。

万先生　(哀伤)我的精神残废了,这是一个不断衰竭的过程,步步退却,放弃自我,尊严被一点一点剥夺,被折磨得像一条倒卧的老狗,一个害自己的同谋。

〔定点光打在万姑娘身上。

万姑娘　可是你的本性并没有迷失,你有良知和真诚,心中隐藏着不安和内疚,但又有一丝侥幸,这样残缺的精神支撑着你的生命。

〔万姑娘身上定点光熄。

〔右场客厅定点光起。朴园从沙发上站起来,走近饭桌,手里拿着那本黑色的厚书,静静看着饭桌上吃饭的一家人。

朴　园　(抬头看远处的老年万先生)不过万先生,我是很感激您的。我喜欢那两幕戏,《序幕》和《尾声》。繁漪说得对,那是对我的救赎,您给了我救赎的机会。谢谢您,万先生(远远地向万鞠躬)。

〔餐桌定点光熄,演员暗中下。

万先生　(眼睛里闪烁泪光,仰望前方)你找到了救赎,而我呢?

〔万先生走到窗前,推开窗。

〔朴园身上定点光熄。

万先生　(看着窗外)

我羡慕那些街道上随意走路的人，

一字不识的人，

没有一点文化的人，

他们真幸福，

他们仍然能过着人的生活

——普通人的生活，多好啊！

〔敲门声，病房起光，护士小白像一束阳光，轻快地走了

进来。

小　白　爷爷早！来，量血压、测心率！

万先生　(如梦初醒)哦，小白姑娘早！早！天又亮了！

小　白　是啊！新的一天又开始了！

万先生　新的一天又开始了，说得多好啊！

小　白　是啊！爷爷，上周检查报告出来了，今天下午张主任、陈大

夫来亲自来给您和奶奶解释，请您最好不要安排其他的活

动了。

万先生　好，我不安排其他活动，我哪儿也不去。

小　白　哎，爷爷，我送您一件小礼物，看！(从口袋里掏出一个皮影

玩具，一个孙悟空的头，带两个筷子一样的小操作杆，举在

万的眼前)爷爷，这是什么？

万先生　哟！这不是小孙悟空吗？小孙悟空的脑袋！

小　白　对啦！(用手操作皮影玩具，孙悟空嘴巴一张一合)这是孙

悟空的小脑袋，您这样玩，他就能说话啦！(学孙悟空)"喂，

师父，师父，您救俺老孙出去吧！让俺老孙出去吧！"哈哈

哈！瞧，您叫他说什么他就说什么，可听话了！来，爷爷，您

也试试!

万先生　(从小白手里接过皮影戏玩具,试着玩了两下,孙悟空的嘴巴一开一合,苦笑)是的,叫他说什么,他就说什么……

　　〔收光。

4. 秋夜

　　〔客厅起光。地上凌乱地散落了一些书报,纸团,书稿。

　　〔雷雨双手慈祥地握着胸前。

　　〔鲁大海上,弯腰从地上捡起一个纸团,展开看。

　　〔定点光起,打在万先生身上,万先生站在病房窗前往外看。

　　〔鲁大海抬头看站在病房窗前的万先生。

鲁大海　万先生,您还是同意了?

万先生　(转身)哦,大海,我同意什么了?

鲁大海　您同意他们把我这个角色给删了?

万先生　哦,那是昨天,一个年轻导演来看我时提出的,他说他想变换一个思路来演《雷雨》,想穿越人物之间社会阶层差别带来的表面冲突,进入人物复杂的情感世界。年轻同志想做一些尝试,作为老同志,应该支持嘛!

鲁大海　您说的我听不懂。

万先生　哦,我是说,他想把阶级斗争这条线去掉,突出人物间的感情冲突,比如繁漪和朴园,繁漪和周萍,周萍和四凤,朴园和鲁侍萍,鲁贵和四凤等等,这些情人关系、兄妹关系、夫妻关系、父女关系,来表现这些关系中的复杂的感情冲突。

鲁大海　那我呢? 我不是儿子、弟弟、哥哥吗? 我与他们不是父子、兄弟、母子、兄妹关系吗? 我与他们的冲突没有感情因素吗? 就不复杂吗?

万先生 （有点尴尬）当然,您是的,当然,可是,我也没有马上……我的意思是,是可以试试的。

鲁大海 不,万先生,您是马上……您当时就同意了,而且您还说了,删掉鲁大海,罢工这条线就没有了,这个内容跟整个戏是不大协调的,把这条线抽掉,没有伤筋动骨。而且您还说了,当初您写鲁大海就是为了要表现一点进步,革命,其实我哪里懂得工人阶级啊——这是您的原话——所以在整个戏里鲁大海这个人物也是最嫩、最不成熟的,删掉,好,我赞同! ——这也是您的原话。

万先生 你怎么知道? 你当时并不在场。

鲁大海 我在的。

万先生 什么? 你在这儿? 此地?

　　　　[客厅熄光。

　　　　[定点光起,打在侍萍身上。侍萍站在客厅中央,手里拿着原本放在立柜上的相片,显得很孤独。

侍　萍 嗯,就在此地。

万先生 （无比惊讶）哦! 是你,鲁侍萍! 你怎么来了?

侍　萍 我原本就在这儿。我们都在这儿。

　　　　[客厅起光。朴园从沙发上站起身,手里拿着那本黑色的厚书;繁漪站在窗边,举手正要推开窗户;周萍一手拎着皮箱,胳膊上搭着风衣,正要往门外走;四凤双手端着茶杯,站在朴园左前方;周冲拿着网球拍,手拉着四凤的胳膊;鲁贵忙从地上爬起来,手里拿着扇子,站在侍萍旁边。鲁大海站在刚才的位置上。

　　　　[鲁大海不动,其他人慢慢走向靠近舞台左侧病房处站立,

远远看着万先生。

　[万先生与众人深情对望。

　[沉默。

万先生　（有些激动）我想念你们。

　[众人沉默不语，不同的表情看着万先生。万先生略显尴尬。

鲁大海　（咳嗽一声）请问万先生，还是老问题，您为什么同意他们把我删掉？

万先生　唉，老实说吧，你这个角色我不会写，因为我不熟悉，不了解，我写不好。

鲁大海　不是写不好，是不想写吧？

万先生　大海啊，说话可要有证据，我们现在可是法治社会。

鲁大海　我有证据。

万先生　那就说出来，如果你批评得对，我诚恳接受，有则改之、无则加勉嘛！

鲁大海　好，万先生，您当时对城里的妓院也不了解吧？

万先生　不了解，但我明白你的意思，你是说我在《日出》第三幕写翠喜和小东西她们。

鲁大海　您为了写她们，这些落在地狱里的可怜的动物们——这也是您的原话——所遭受的悲惨，您多次到那些地方去体验生活。

万先生　我没有体验，我只是去看看，还是找人带着我去的，实地调查了解一下。

鲁大海　请您别误会，我也没说您去干啥，您只是去看看（用手比画强调只是两只眼睛观看），但您看的不止一下，您去了许多下——您是带着感情的(弯腰从地上捡起一本书,翻开)哦,请听这一段:"求生不得,求死不得是这类可怜动物最惨的悲剧。一个老,一个小,一个偷偷走上死的路,一个不得已必须活下去,这群人我们不应该忘掉,她们生活在最黑暗的角落里,她们最需要阳光。"

〔万先生仔细听。

〔周冲弯腰从地上捡起一本书,打开。

周　冲　"我将致无限的敬意于那演翠喜的演员,我料想她会有圆熟的演技,丰厚的人生经验,和更深沉的同情,她必和我一样地不忍再把那些动物锁闭在黑暗里,才来担任这个困难的角色。"

鲁大海　写得多好啊！怎么一写到我就不一样了呢？我也是落在地狱里的可怜的动物啊！您把我写得这么多余,干巴巴的,甚至成了全剧的累赘。

万先生　还是因为不熟悉你的生活。

四　凤　当初您加上我哥这个角色,也只是为了表现自己的进步和革命,并非发自内心,是一种迎合;几十年后,您又同意别人把他给删掉。

周　冲　也是一种迎合。

繁　漪　瞧,正反两面,几十年来,他都在迎合。

万先生　是的,我确实不知道怎么拒绝别人,我怕驳人面子。

〔鲁贵弯腰从地上捡起一本书,翻看。

周　萍　也不尽然,请听这一段(读)"《日出》不演则已,演了,第三幕无论如何应该有。挖了它,等于挖了《日出》的心脏,如果为着某种原因,必须肢解这个剧本,才能把一些罪恶暴露在观众面前,那么就砍掉其余的三幕吧!"瞧,您当时多么果断!

鲁　贵　当初他写大少爷一枪把自己崩了,我当时就觉得,别看您是个读书人,下手也有狠的时候,看对谁。

侍　萍　不要乱说,他是讲感情、心地很善良的人,我理解他。从感情上讲,《日出》第三幕是最贴近他的心的,他为了写这段戏,遭受了许多折磨、伤害,甚至侮辱,有一次被人误会,还差点被打瞎一只眼睛。

鲁大海　因为您更喜欢女人,在您的几出戏里,您都是赞美女人贬低男人的。

朴　园　(讨好大海)瞧瞧瞧瞧! 大海的这番论述一针见血! 大海的这个观点应该让繁漪听到,她对万先生是有偏见的。

繁　漪　我听着呢! 万先生对我们女性的同情之心和怜悯之意我从未否认,但这并不是尊重,我们需要的是真正的尊重,而不是居高临下的施舍。不只是万先生,请现场所有男人们都听好了,包括台下的各位,我们女人并不需要你们的可怜,我们有独立的人格——万先生,您知道为什么每次听到您称呼"侍萍"为"鲁侍萍"我都皱眉头吗?

〔众人注意力被繁漪吸引,特别是侍萍和鲁贵,鲁大海看着别处。

万先生　我没注意,为什么?

繁　漪　为什么? 侍萍人家姓"梅"! 梅花的"梅",不姓鲁! 他鲁贵配叫人家侍萍随他的姓吗?

〔侍萍感激地看着繁漪,万先生点头。鲁贵气恼地用扇子指了指繁漪,又摇头拍自己的大腿。

繁　漪　（转向鲁大海）还有大海，你对妹妹、对妈妈都尊重吗？是不是也吆来喝去？

　　　　〔四凤和妈妈的手不由自主地拉在一起。

　　　　〔鲁大海不看一眼繁漪和朴园。

繁　漪　瞧见没？男人的傲慢。

朴　园　这跟性别无关吧，我曾见过大海很有礼貌地对他母亲和妹妹说话的——

鲁大海　（不耐烦地打断朴园）万先生，您就是没有拿出写翠喜和小东西的劲头来写我，您要是也用心写我的话，我这个角色也不会像现在这样尴尬。男演员们都争着抢着去演朴园、周萍、周冲，甚至鲁贵这种人渣，而不愿意演我，现在还干脆要把我给删掉！

朴　园　（高声）我是不同意删掉大海这个角色的。

　　　　〔繁漪斜睨了一眼朴园。

万先生　大海啊，我理解你的心情，但是文学创作不是工人挖煤，只要地里有就能挖出来，它需要真情实感，不熟悉的人物、不熟悉的生活是写不出来的，硬要写，就只能瞎编了。

　　　　〔较长时间的沉默。

万先生　其实，写完《家》之后，我也曾尝试过写历史剧，写《三人行》、写《李白与杜甫》，那是 1942 年，我还去西北采了风。几个月采风回来，只写了一幕就写不下去了，为什么？因为我的历史知识太有限了。写你也一样，大海，我对你的生活了解也有限，不知道你每天都在想什么、做什么，无法把你写得丰满、鲜活，只能喊几句空洞的口号。既然今天话都说到这个分上了，大海，今天，我可以明确告诉你，我都这么大年纪了,我不打算迎合任何人了。我要顺从我自己的心,我是同意他们删掉鲁大海,而且我今后再也不会修改《雷雨》,不会再改。

〔众人沉默,默默地看着万先生。

万先生 (动情地)但是我还是很想念你们,想念你们每一个人,朴园、繁漪、侍萍、周萍、四凤、周冲、大海、鲁贵,我爱你们每一个人,你们是我年轻时最早写出来的人物,你们就像我的孩子,文学的孩子,感谢你们陪伴了我一生。再见了,诸位!

〔众人不语,只是深情地看着万先生,抬起手,向万挥手告别。

〔右场客厅收光,众人暗中下。

〔万先生转身,坐到沙发上,拿起那本厚书。

〔左场病房起光,病房瞬间如阳光明媚,玉茹手里拎着饭盒上。

玉　茹 吃早饭了! 看我今天给你带了什么?

万先生 月饼! 又到中秋了?

玉　茹 (放下饭盒,清理茶几上的书报)可不是嘛! 时间好快!

万先生 时间真快。

玉　茹 你猜我路上遇到了谁?

万先生 遇到了谁?

玉　茹 (抬头看万先生)哎哟,你脸色怎么这么憔悴? 昨晚又没睡好?

万先生 (摇了摇头)哎,你刚才说,遇到谁?

玉　茹 噢,晓钟,大老远他就冲我咧嘴笑,说要来感谢你。

万先生 感谢我什么?

玉　　茹	他说上面派人来学校考察了,很快就给学校批了钱,盖了新的教工宿舍。
万先生	这么快!
玉　　茹	是啊,他说这都是因为老院长跟上面能说得上话,换了别人都不行。
万先生	(情绪好了些,高兴地)我哪有这么大本事? 嗨,上次政协会,中央领导参加我们小组讨论,我就提了中戏的"三子"问题——缺房子、票子、帽子——就是职称了,我还说上戏的条件更差,除了华山路上那几栋老房子,啥都没有!
玉　　茹	上戏我知道,那家伙破的! 都是解放前的老房子。
万先生	是啊,没想到咱们中戏这边这么快就解决了。也是因为这个大环境,尊重知识、尊重人才,没有这股东风,谁都不行。
玉　　茹	(收拾屋子)不管东风还是西风,房子盖起来就是好风! 你看晓钟他们多高兴! 所以呀,咱也别老折磨自己,快乐一点,高高兴兴地过好每一天。今天是中秋,待会儿我们吃月饼。
万先生	我就是缺少你这种天生的乐观精神,有你在我身边,真好。
	〔万先生握住玉茹的手,温柔地贴到自己的脸上。
玉　　茹	有你在我身边,我也觉得好幸福。
万先生	我这苦闷,不快乐,也是天生的。唉,我父亲就常骂我,"你一个小孩子,懂个什么?"
玉　　茹	苦闷、不快乐是因为你心肠软,明明自己不愿意,还要委屈自己。
万先生	我一天到晚瞎敷衍,用活动来麻痹自己,说点这个,说点那个,真正自己想写的又写不出来。

玉　茹　（用手整理万先生的头发）写不出也不一定是坏事，谁知道呢！（停顿）哎，生活就像一筐水果，有甜的有苦的，有新鲜的也有坏掉的，咱就挑好的吃，不要挑那些苦的、坏掉的吃；人一辈子几十年，发生过许多事，咱就挑那些幸福的、高兴的来回忆，忘掉那些痛苦的、伤心的事。

　　　　　〔护士小白进来，小白手里拿着一封信。

小　白　爷爷奶奶好！哎哟！（突然看到万李两人相拥，忙用信遮住眼睛，立即退却）对不起，对不起，爷爷奶奶，我啥都没看见！我待会儿再来。

　　　　　〔两人哈哈笑，赶快松开手。

万先生　哦，小白，小白，回来，回来——我，我这是让你奶奶帮我揉揉太阳穴，脑袋有点疼。

玉　茹　（大笑）哈哈哈，揉什么太阳穴！都七老八十了，还怕什么！

小　白　（不好意思地）我来给爷爷送一封信。

　　　　　〔小白把信递给玉茹，李接过给万先生。

万先生　谁寄的？

小　白　信封上还画了一个老头喝茶呢，一把大茶壶，真好玩，一定是一个画家吧？

万先生　小白真聪明！你猜对了，这不但是一个画家，而且是个很神的大画家。

小　白　很神的大画家？那是谁啊？

万先生　永玉，你知道吗？

　　　　　〔小白不好意思地摇摇头。

万先生　他快成仙喽！

　　　　　〔万先生拆信。小白和玉茹说话，小白下。

[玉茹把月饼从盒子里拿出来,放在茶几上,把月饼切小块。

　　[左场病房熄光。

　　[右场客厅起光。长沙发已撤掉。永玉(约60多岁)正站在一个画架前给一对美国老年夫妇画像,他们是阿瑟·米勒和他的夫人英格。英格坐在一把椅子上,阿瑟米勒拿着烟斗站在身后,背景是美国乡村景象。永玉手里拿着画板和画笔,侧向观众。三人说着话,但是静音的。

　　[左场病房定点光起,打在万先生身上。

　　[万先生坐在轮椅上认真看信,他把信拿得很近。

永　玉　(给米勒夫妇画像)家宝公,我到美国已经三个多星期了。在纽约,我在阿瑟·米勒家住了几天,他刚写了一个新戏《美国时间》,我跟他上排练场去看,他边排边改剧本,那种活跃,那种严肃,简直就像鸡汤那么养人!——哎,英格,向左稍侧一点,这样面部光线更好,可以动,稍微走动都可以,但别忘了回来,哈哈,很好——阿瑟和他老婆英格,一位了不起的摄影家,两人都七十大几了,开车走很远的公路回家,然后一起在他们的森林中伐木,砍成劈柴,米勒开拖拉机把我们跟劈柴一起拉回来——两三吨的柴啊!我们坐在阿瑟自己做的木凳饭桌边吃饭,我觉得他全身心的细胞都在活跃,因为他的戏,不管成败,都充满生命力!那时我想到了你,我挂念你,如果写成台词,那就是(永玉停止画画,转面向观众,手里拿着画板和画笔),"我们也有个万先生!"但我的潜台词却是:家宝公,你多么需要他那点草莽精神啊!我不喜欢你后来的戏,家宝公,一个也不喜欢!你的心不在戏里,你失去了伟大的通灵宝玉,你为势位所误!瞧瞧你的头衔,常委、委员、院长、主席……一大堆,虚的实的,你能扛得住吗?你从一个海洋萎缩为一条小溪流。总是高!大!好!这些称颂迷惑不了你,但是混乱了你,作践了你。写到这里,不禁想起莎翁《麦克白》中的一句话:醒来啊麦克白,快把沉睡赶走!醒来啊,家宝公,快把你的心收回来,收回到戏里来!

[右场客厅熄光,演员暗中下。

万先生 (很痛苦)我的心不在戏里吗?可我的心一直都没有离开过戏啊!

[电话铃声响起。

[右场客厅,定点光起,巴老,约90岁,满头白发,坐在轮椅里,膝盖上盖着一块毛毯,面前是一个小圆桌,小桌上放着一个白瓷盘,瓷盘里放着月饼。

[万先生面前也有一个小圆桌,上面放着瓷盘和月饼。

巴　老 家宝老弟,我很想念你呀!

万先生 老哥哥,我也好想念你呀,我好想过去跟你见见面,说说话呀,可我现在过不去呀!

巴　老 是啊,今天是中秋节,可惜你这次来不了。

万先生 医生不让我来,现在我们只能共看一个月亮,共吃一个月饼了。

巴　老 来,我俩来共吃一个月饼,共看一个月亮!

[两人仰脸望月,拿起各自的月饼,咬了一口,哈哈大笑。

巴　老 还记得那年我去江安看你吗?

万先生 记得,记得,50多年了,那个冬天。

[雷雨张开双臂,俯瞰一对老人。

巴　老　是的,那个冬天,我在你家里过了 6 天安静的日子,你那间简陋的小屋只有清油灯的微光,却是很温暖。我们谈了很多事情,我们从《雷雨》谈到《蜕变》,我想起当年在北平三座门大街 18 号南屋中间用蓝纸糊壁的阴暗小屋里,翻阅《雷雨》原稿的情形。我一口气读完,我落了泪,但流泪之后我却感到一阵舒畅。同时,我还觉出了一种渴望,一种力量在我内心产生了,我想做一件事情,一件帮助人的事情,我想不自私地奉献出我微小的精力。《雷雨》是这样,《日出》和《原野》也是这样。

万先生　一切都历历在目,就像昨天一样。

巴　老　家宝老弟呀,你还要继续写呀,你是艺术家,我不是,你比我有才啊。

万先生　唉,老哥哥,我有点力不从心啊。

巴　老　我们都好好听医生的话,先把身体养好,养好后,丢开那些杂事,多写几部戏,甚至一两本小说——你说过,你想写几本小说的。你比我小六岁,你要比我活得长啊。

万先生　我喜欢你最近出的《讲真话的书》,那是留给社会的珍贵礼物啊!

巴　老　家宝老弟,你一定要继续写啊,我记得屠格涅夫患病,在病榻上给托尔斯泰写信,求他不要丢开文学创作,希望他继续写。我不是屠格涅夫,你也不是托尔斯泰,但是我也劝你多写,多写你自己多年来想写的东西,把别的东西都放下,把你心灵的宝贝全交出来,多给后人留下一点东西呀。

〔客厅定点光渐收光。

〔万先生神情落寞,百无聊赖地拿起桌上的孙悟空的皮影玩具,看了看,开始玩几下。

万先生 (学孙悟空说话)师父,师父,快放我出去! 放我出去吧!

〔万先生神色哀伤地看着手中的孙悟空,突然低下头去,双手捂着脸,抽噎着,肩膀颤抖不已。

〔定点光起,打在万姑娘身上。

万姑娘 父亲晚年最想写的是齐天大圣孙悟空。他说,孙悟空护送唐僧取经之后又回到了花果山,他以为自己的快乐的日子、自由自在的生活又回来了。于是他朝着东方一个筋斗翻过去,十万八千里,落脚后迎面是一座高高的山峰,他怎么也翻不过去,于是朝着西方又翻了个跟头,依然是一座高高的山峰,还是翻不过去,于是朝南朝北都翻不过去,最后他落在一个空旷的山谷,这时听到从天外传来哈哈的大笑声:猴子,你是翻不出去的,你永远也翻不出去的!

〔定点光熄。

5. 冬夜

〔咳嗽声,万先生伸手拉亮了床头灯,摸索着起身下床,慢慢地走到茶几前,拿起热水瓶倒了一杯水,双手拢着杯子,喘着粗气,挪到沙发前坐下,拉亮沙发旁的阅读灯,双手抱着杯子喝水,放下杯子,吃力地伸手拿轮椅上的那本厚书,手颤抖着,努力了几次才把书抓过来,抱在怀里翻看,看着,看着,头一歪,厚书掉在地上。

〔定点光起,打在朴园上,朴园弯腰从地上捡起书,翻看封面,是托尔斯泰的《复活》。朴园把书重新放回万先生的怀里,用毛毯盖好万先生的身体,关上了沙发旁的立式阅读灯,下。

[左场病房熄灯。背景起光,雷雨向两侧张开双臂,观众能看到雷雨的剪影,像一个十字架。

[字幕:1996 年 12 月 13 日夜,万先生在北京医院逝世,享年86 岁。

[舞台响起背景音乐,肖邦的《葬礼》。背景光熄。

6. 某年春

[舞台光渐起,一个身影出现在窗前,如第一幕开场。

[光渐亮。雷雨慈爱地把双手握在胸前。

[万先生头发花白,穿着西装,精神矍铄,站在左边的窗前往外看。

[左场病房和右场客厅中所有家具摆设都已撤掉,变成一个空荡荡的舞台,只留下了左右两扇窗户。

万先生　你问我在看什么? 我在看人,我在看亲戚、朋友、邻居,我在看丈夫、妻子、儿女,我在看芸芸众生。

[万先生走到舞台中央。

万先生　我诚恳地祈望看戏的人们也以一种悲悯的眼俯视这群地上的人们。我想送看戏的人回家,带着一种哀静的心情,低着头,沉思地,念着这些在情热、在梦想、在计算里煎熬着的人们,荡漾在他们的心里应该是水似的悲哀,流不尽的,而不是惶惑的、恐怖的,我不愿意《雷雨》就这样戛然而止,我要流荡在人们中间还有诗样的情怀。

[万姑娘上。

万先生　小方子,你告诉我,我写过的东西,是真的好吗?

万姑娘　爸,您不要想了,这不是您的事。

万先生　怎么讲?

万姑娘	您写了剧本,完成了您的任务,行了,以后就交给时间吧。
万先生	那我的戏是不是还算经得住时间考验的?
万姑娘	你说呢?
万先生	你说呢?

〔熄光。

〔剧终。

字幕滚动:

我说的悲剧,

是抛弃猥琐个人利害关系的。

真正的悲剧绝不是寻常无衣无食之悲。

他们除了表现个人的不幸外,

与国家、社会没有任何其他内在关系,

这不能称为悲剧

悲剧要比这深沉得多,

它多少是离开小我的利害关系的

这样的悲剧不是一般人做它的主角的,

有崇高的理想、宁死不屈的精神的人才能成为悲剧的主人。

悲剧的精神是敢于主动的。

我们要有所欲,有所取,有所不忍,有所不舍。

古人说:所爱有甚于生者,所恶有甚于死者。

这种人才有悲剧的精神。

不然他便是弱者,无能。

活着,像一条倒卧的老狗,

捶下去不起一点反应,从这里怎能生出悲剧……

〔在演员谢幕过程中,后面的字幕保持滚动。